Koarashi Kuhachiro
小嵐九八郎

蕪村《ぶそん》

己が身の闇より吼《ほえ》て

講談社

蕪村　己が身の闇より吼《ほえ》て／目次

装幀　鈴木正道
カバー画　与謝蕪村「紙本墨画淡彩鳶鴉図」
Alamy/PPS通信社

蕪村　己が身の闇より吼《ほえ》て

序章　何者か？　蕪村《ぶそん》とは

一

ん、わ、おお。しゅっしゅっ、ぽっぽおお。

汽車の喘《あえ》ぎの音が、南方角から届く。

今は一九三三年、今上《きんじょう》天皇が即位してから、そ、足掛け八年、昭和八年じゃけえ。

一昨年《おととし》は、中国の地方都市の瑞金《ずいきん》で赤いソビエト政権ができて、おや、まあ、ぎょっ。去年は日本が満州国を建設し国民全体が挙《こぞ》って「やったあ！」と興奮したら、今年はドイツで大ドイツ主義とユダヤ人排斥のヒトラーが政権を打ち立てた。そして、日本は今年三月に国際連盟を脱退した。

――京都の秋の足は速い。

三高中学予科に入ったばかりの時に淡い付き合いをした女の面影を探そうと京都へときた七月半ばは、空焚《からだ》きした五右衛門《ごえもん》風呂の中に屈《かが》む暑さだったのに、一と月半もしないうちに、鴨川で水浴びして脱ぎ捨てた浴衣がどこかへ消え、おろおろ探す間に似た冷えとなっている。

額ばかりは広く、その上、禿が進んでいる六十男は八坂《やさか》神社と高台寺の間の道を西へと向かう。江戸時代の文人画大家の池大雅《いけのたいが》宅の跡は既に見てきた。中国の科挙の試験を合格したりしての士大夫《したいふ》の文人の描く余技のそれというより、高踏《こうとう》的に職業と無縁の詩画を嗜《たしな》み、専《もっぱ》らの絵師などを拒む志を愛するのが日本の文人画であり、江戸時代の半ば以後の美術界の主流であったし、池大雅はその頂《いただき》に立った。実際は、画を売り込むのに四苦八苦したのが日本の文人画を志す絵師だったのだが。

六十男の歩みは団栗《どんぐり》橋で鴨川を渡り四条通へ出て、写実派の大御所だった円山応挙《まるやまおうきょ》宅を地図を手に確かめ、そして気づく。応挙と、あの絵師の家は目と鼻の先だ。

うむ、地図では、あの絵師伊藤若冲《いとうじゃくちゅう》、そうぞなもし、十八世紀後半の、京への学問修業の人に対してばかりでなく人名録であり観光案内にもなっていた『平安人物志《へいあんじんぶつし》』の画家部門で与謝蕪村《よさぶそん》より上位である若冲の家がところ狭しと店の並ぶ錦小路《にしきこうじ》の奥まったところに記されておる。六十男、河東碧梧《かわひがしへきご》桐《とう》は独り言つ。

ということは蕪村と若冲の住まいはせいぜい歩いて十分《ぷん》の近さ。生まれた年は蕪村と若冲は同じはずで、競争心とか反撥しあう心とか、場合によっては切磋琢磨の気分とかいろいろあれこれ互いに感じたじゃろうぞ。もっとも、絵師の若冲の画はきんきらきんとして存在の濃密さ、維新後の明治のこの頃はあんまり話に出ぬわい。ま、蕪村については師匠の大学予備門以来の親しい友人の夏目漱石が『草枕』っつう小説で画工であり詩を恋する主人公のモデルにしたという師匠の、声を潜めての打ち明け話だったが、画人としては師匠も漱石もそれなりに買っていた。むろん、その画の序《ついで》に蕪村の俳句を見て、やや早とちりなのは「蕪村こそ写生の志があり、俳諧のこれからの魂だ。いや、五七五だけを独立させる俳句としよう、俳句の魂だあ」と飛びついたぞなもし。

碧梧桐は今年、還暦を二月に迎え、格好良く「俳壇引退」をみんなの前で表明したのだ。そう、引退声明は「定型《ていけい》、定型、五七五を守れ。それで、子規先生の写生写実を教えとして、花鳥風月《かちょうふうげつ》こそ俳句の王道」と抜かして久しい、同じ四国は松山の幼馴染みだとしても冒険知らず、詩心知らず、弟子とよいしょばかりの取り巻きを増やして俳句の保守精神を神とする虚子への、本音としては「だったら、俳句と和歌の終わりを意識しての詩の引き際の潔《いさぎよ》さを示すのがええぞ」との当《あ》て擦《こす》りだった。更には、「詩心を大事中の大事にするための五七五調の破棄、季語よりも抒情の方が大切」と説得し、そして可愛がってきた荻原井泉水《おぎわらせいせんすい》が離れていったことへの怒りの思いも「俳壇引退」の声明にはあった。

けれど。

もう一と花、咲かせたい。

小説という手がある。

虚子のやつめ、どう考えても言文一致の散文の二葉《ふたば》亭《てい》四《し》迷《めい》の現代の人間の悩みを記した『浮雲』の足許にも及ばぬ、何が小説だ。『俳諧師』とゆうか、詰まらん小説を書きやがって。そもそも、わしゃ、歴《れっき》として河東碧梧桐という俳名で通じているのに、松山時代の「秉五《へいご》郎《ろう》っぺ」と人前でやつは呼ぶ。因《ちな》みに、やつの本名は「清《きよし》」だが、わしゃは、ちゃんと「虚子《きょし》君」と呼んでやってると碧梧桐は口籠もる。

解るのだ。

江戸時代中期の若冲は、京の人ばかりでのうて、勉学や遊山《ゆさん》や各地から江戸ほどではないとしても集まる侍を「これが古来伝統の味」、「格式高い干し魚、昆布、焼《や》き麩《ぶ》、木の実つまり山椒《さんしょう》などの乾《かん》物《ぶつ》」、「品《ひん》のある野菜」と半分は騙《だま》くらかして優遊《ゆうゆう》と儲けておった。ゆえに、画布・高価な顔料・筆と自由にし得た。絵の注文も、どういう筋が先導したか、どうも宗教心と、男と男などが匂う大きな寺社ばかりから。

若冲のすぐ先に住んだ蕪村は、二十《はたち》ぐらいまでは、どういう理由か、両親の出自も本名も生まれた場所すらまるで語らず記さず謎のままで未知だが、要するに食うや食わずの暮らしのみが想像できる男、そもそも画の才は当初の作では平凡そのもの、それが死す前の五年ばかりでいきなり凄まじくなり、ま、しんどいところからの出で立ちで晩成。だから、常に、若冲や大雅の後塵《こうじん》を拝み……。

違う……ぞもなし。

そんな、若冲と大雅対蕪村の、画についての、あったかなかったか不明の仇敵の仲なぞのつまらんことではねえ。

蕪村の詩の魂ぞ。

師匠の子規は、肺病で先が見えて、短気な上に、短い命すら急ぎに急ぐせっかちな御人、松尾芭蕉の例えば《閑《しつ》かさや岩にしみ入る蟬の声》みたいなそれなりの名句も、かつて与謝野鉄幹が書生節《しよせいぶし》に託して舐《な》めたように「石を抱《いだ》いて野にうたう芭蕉のさびを喜ばず」と同じで解っていなかった。俳句に、現代の文学を生かそうとして芭蕉を否定し、写生・写実の詩心を蕪村に見てしまう、とんでもねえ誤まてる即断をしちまったぞなもし。ま、その上で、おのれ碧梧桐も、明治維新を経ての現在では芭蕉の句より蕪村の抒情と伸びやか、しなやかな虚構の中の真実の方が好きだわな。それより凄いのが書《しょ》だがの。

よっし、宿へ、早めに帰り、京都で集めたこの五日間の蕪村の資料を、気合いを入れ直して目を通そうと碧梧桐は早くも嵐山《あらしやま》方角に沈まんとする夕陽を見る。

二

河東碧梧桐は、なお、ぶつらぶつら胸の内に呟《つぶや》く。

わしゃ、近代俳句と短歌の刷新を為《な》した正岡子規師匠の俳句の弟子ぞなもし。その縁で、子規亡き後、有力なる新聞『日本』の俳句欄の選者を引き継ぎ、五七五の形を野放図に解《ほど》く〝新傾向俳句〟運動を始めたけれど……敗色は濃いのう。

師匠の子規は同郷の同輩で有力なる弟子の虚子を「火事みてえな性《しょう》じゃろう」と笑い、おのれ碧梧桐を「冷えて氷じゃけれ」と評した。

碧梧桐は《ミモーザを活けて一日留守にしたベッドの白く》などの俳句を作ってきた。

やがて、他人《ひと》のことは言えぬが東大を出てそれなりに出世コースを歩んでいたのに儘《まま》ならず《都のはやりうたうたつて島のあめ売り》や《婆さんが寒夜の針箱おいて去《い》んでる》を作った尾崎放哉《おざきほうさい》、そして《分け入っても分け入っても青い山》や《うしろ姿のしぐれてゆくか》を、あたかも世捨ての旅が目的のようで実は自身の句を残すための大いなる芝居を貫いた種田山頭火《たねださんとうか》の自由律の俳句とゆうか詩に呑《の》まれていく命運が、おのれ碧梧桐だった。

但し、書《しょ》についての鑑識眼の鋭さ真っ当さには自負がある。

ま、自らの書については、あまりに頼りなく、好い加減と自覚している。無理して実力を過ぎて、うん、余りに過ぎて評すれば、力《ちから》なく、おろおろ、うろうろしているところの飄飄《ひょうひょう》とした味じゃけえの。死して十年二十年は無理にしても、五十年後に変わり者の誰ぞが評価してくれるかも……。甘い夢そのものぞ。

そう、碧梧桐の眼裏《まなうら》に、中学生だったはず、もう惚《ぼ》け始めていて四十年五十年前のことのような、故郷の松山に子規が一時帰ってきて「野《の》ぼーるを教えるぞ」と、碧梧桐に、馬革の手袋の大きいのを嵌《は》めさせ、子規自身が硬めのちっこい球を宙に放り撃ち、そ、そ、そう、その球を左に跳《と》び跳《は》ねて手袋に収め得たあの手応えと、師匠が「ナイス、捕球《ほきゅう》！　初心者なのに」と、横に切れたような眼差しを縦長にして、かつ、「へ」の字に歪《ゆが》んだ口許を真ん丸にして誉めた言葉と、その灰色の球が忘れられぬ。

それと、蕪村との出会いの呼吸はまるで似ている。

――うむ。

あれは、もう四十年前になるのか、おのれ碧梧桐が秉五郎《へいごろう》時代、京都の三高中学から仙台の二高中学へ編入したものの校風が合わず退学し、松島《まつしま》見学などして一旦松山に帰り、上京する前に寄った京都だったかの、耄碌《もうろく》してくると前後の記憶が乱れてくるが、いずれにせよ凍てつく季節に、新橋と神戸の間に開通して四、五年ばかりの汽車に揺られ、洒落《しやれ》たつもりの膝まであるフロック・コートばかりか学生服の五弁の桜が「三」に囲まれた徽章はむろん、ワイ・シャツや股引まで石炭の煤《すす》に塗《まみ》れ、その足で新聞・雑誌『日本』を出している社屋を訪ねた。そろそろ心の中で〝師〟と慕っていた故郷の先輩、野球と俳句の師匠に会うために。

そうぞ。

あの時代は、日清戦争の開始の前夜、先進国への不平等条約への怒りがあって日本国民がこぞって大大的に盛り上がり憤激した頃、明治維新前後の国内の対立から民族的な一致、アジア諸国を服従させ、先進の欧米に追いつき追い越すのじゃけえと燃える時だったわの。

子規先輩に手ぶらでは礼を失するので、京都に寄って、四条河原町の漬け物屋から千枚漬け、そして、経師屋《きようじ》と古本屋と古道具屋を巡り、その果てに経師屋に置いてあった画と俳句が一緒の、紙の地に水墨画に淡く色を施してあり「蕪村」の署名と「謝長庚《しやちようこう》」「春星氏《しゆんせいし》」の連印が押してあるのを土産にした。《岩くらの狂女恋せよほとゝぎす》と仮名文字が主なやつだ。

どうしてこの一幅の紙本墨画淡彩を買ったかというと、その仮名書きの文字のくねった粘りのあっさりさと骨牌《かるた》で遊ぶみたいなふんわりする力と、それとは逆に、何か過ぎた密度で軋《きし》み、絡《から》み合い、読み手を安堵させるのに矛盾して屈服させる力に溢れて迫ったからだ。その俳句は、どうでも良かったのじゃけえ。一幅の左下に紫陽花《あじさい》、右上にほととぎすの画もあんまり冴えない、けんど仮名書きの書ばかりが秀でているのを、土産用に買った。その頃、並みの天丼《てんどん》が四銭、それが百杯も食える四円もの値段だったのだ。

「旦那さん、これ本物じゃけえの」

「あのな、蕪村の贋物《にせもの》は流行《はや》ったのやけど、これは本物でおます」

「うーむ、なるほど。じゃけえ、四円は学生の身には痛い。並みの駅弁《えきべん》一つが十二銭《せん》、三十三個を買えるほど」

「ん、ん、しゃあありまへんどすな。そうや、おまけとして、蕪村の俳人としての弟子の高井几董《きとう》の編んだ『蕪村句集』の写本を進呈するわい、無料《ただ》で。ま、上巻のみやけど。下巻はどこかに消えてしもうたとよ。それと、蕪村の一門か誰かが編んだ蕪村の『秀逸発句』つぅやつも」

主は、ひょいと棚から、古びて毛羽《けば》立つ濃口鼠《こいくちねずみ》の色の表紙で綴《と》じた冊子と手紙のような巻紙を手にした。どうやら、忘れられた蕪村好みの客、鴨《かも》を待ち続けていたらしい。手際がかなり良い。

――とどのつまり、主の熱心さに応え、「紫陽花とほととぎす」に《岩くらの……》の書、いんや発句《ほっく》があるのを四円で買った。

じゃけえ……。

おのれ碧梧桐、いんや、あの時はまだ秉五郎《へいごろう》だったの、福沢諭吉の説く『脱亜入欧』が知識人から一般の人人に滲《し》みてくる時代、画どころではねえぞの気分、ここの主は俳人、俳諧、俳画などと言うが要するに俳諧はありのまま見たままで作為がなく、閑寂と幽玄の芭蕉が九、生活の哀感と自虐のユーモアの一茶《いっさ》が一で全てぞ。それより、この蕪村ちゅう男の漢字と仮名の交じりの直の仮名書きの解り易いのに捩《よじ》れて、過ぎた密度のある上に、かつ瀟洒《しょうしゃ》とゆう魅《ひ》く力、それに漢字書法は観《み》る側に、百年以上前の印刷術の倹《つま》しい時代にあって読み解き易《やす》い必死な工夫の上に、素朴、単純。誠ある強さがあると感じ入った。

あかん、汽車の時刻が迫っておると、なお二十だったか二十一だったか若い碧梧桐は駅へと急いだ。

三

それで、要するに、汽車は、東京の新橋、とゆうても品川寄りの汐留《しおどめ》あたりが終着駅で三十分遅れで着いた。三日前に電報で知らせていたけれど、かなり慌てて東京市神田区の子規先輩がどうやら威張っている『日本』の社屋の受付に、若かったし急いだので白い息を竹箒《たけぼうき》のように吐き出し、息急《せ》き切って辿《たど》り着いた。背中に担ぐリック・サックもあの寒さなのに濡れてぐっしょり、額入りの土産の蕪村の書のある画が汚れたかもと心配になった。

「うむ、待っていたぞ。よっし、行こう」

伊予松山の御国言葉が東京弁に馴染んできていて幾分淋しかったけれど、子規先輩は一高時代以来の肺病で喀血《かっけつ》したこともあるのに、煙草《たばこ》の脂《やに》だらけの歯を剥《む》いて笑い、丼《どんぶり》に山盛りの吸い殻に吸いかけの紙巻き煙草を突っ込んで揉み消し、立ち上がり、左肩に大きな軍人用の背嚢《はいのう》に似た箱形の鞄《かばん》を引っ掛け、未だ二十六、七歳で力に満ちていたのである。ずんずん先へと行く。

着いたところが昼から飲める神保町の酒場で、その隅《すみ》っこの座卓で向かい合った。

「おいっ、早く出せ、土産を。ぐぷーっ、うめえ、この冷や酒は。早く、せえっ、秉五郎《へいごろう》」

子規先輩は、せっかちの性《しょう》を丸出しにして土産を促し、酒の息と煙草の煙を碧梧桐の目ん玉あたりに吹きかけた——振り返ると、師匠は、この後、日清戦争の従軍記者を志《こころざ》し中国の遼東半島に渡り、でも下関条約がすぐに調印されて役立たず、帰国の船の中で大喀血したわけで、人生最終の飲み、食い、吸う、ふほっほ、これは先輩から師匠へと昇る御人のこと内緒だわな、買う、の時だったの。一九〇二年だったはず、子規師匠が三十四歳か三十五歳で死んだのは。今は一九三三年で、もう三十年以上前。なお、嬉しく、懐かしく、哀しくなる。合掌……ぞなもし。

「おいっ、河東、秉五郎っ、今さら、京、京都の漬け物じゃねえだろう。維新後、既に二十七年ぐれえ経つ。政治、文化、産業、酒……おーい、姐《ねえ》さん、この酒、うめえぞなもし、どこの酒だあ？　越後の維新で負け戦をした長岡《ながおか》だってか。ほれ、秉五郎、酒だって、京阪の下り酒の時代じゃねえ。うん？　この平べってえ漬け物、でかい蕪《かぶら》だな、上出来の味だ。近頃、見つけた俳人の発句、いんや詩だな、それほどじゃ。いや、やっぱり、奴《やつ》が上か」

子規先輩は、箱形の鞄《かばん》の外についているポケットから鋏《はさみ》を取り出して漬け物を包む経木《きょうぎ》を切り裂き、直の指で千枚漬けを口の中に放り、誉めた。

「おめえな、食い物や飲み物の土産っつうのは良いようで良くねえんだ。一時《いっとき》は、おいしい、うんまい、珍しいと感動しても舌のことだから忘れちまう。師、先達、先輩には、ずーっと残っちゃ重荷になるから野球と同じくアウトおじゃけれ、二、三年『ありがとさんよ』と思わせるのがふさわしいんだ。他《ほか》に、ねえのか」

怪し気な江戸弁で子規先輩が言う。この先輩は言葉、言語については天才、たぶん、奥羽に入ればずうずう弁、京坂を訪れたら一と昔前の正統日本語の関西弁を話すであろう。そう、思い返せば、だからこそ、後に、俳句、短歌、平易なる口語文の随筆を書き残せたぞなもし。

「よっし、よっし。額縁がいかにも急造りで安手じゃけれど、お、お、おいっ」

頭の毛をごく短かく刈り込んでいて、その上、そもそも程度が並みではなくだだっ広い額《ひたい》で、額ばかりのところに横に切れた双眸《そうぼう》と「へ」の字の口《くち》の印象の子規先輩が、いいや、先生と呼ばんとあかん、慌てん坊で、勝ち気の利《き》かん気の両眼をくわっと見開いた。

「この句の……『狂女』のくるおしいほどの恋心と血反吐《ちへど》を吐くまで歌い鳴くほととぎすの組み合わせ……凄えわな、秉五郎《へいごろう》」

てっきり、仮名書きの書と、ほととぎすと紫陽花がまるで別別で余白の白さが無駄そのものの好い加減な画を的《まと》にして評するかとその時は秉五郎から碧梧桐へと俳名を変えたばかりだったが先生は覚えてくれず、子規先生の言《げん》にかなりびっくりした。

句が、凄いって本当……ぞ？

《岩くらの狂女恋せよほとゝぎす》が、か。

「秉五郎、心を病んだ女が男に逢えず恋しさのあまり、ほととぎすみたいに泣き叫ぶんだ……俺もやがて肺病で床に伏せる身、解るんだ、深く解るぞなもし」

そういや、ほととぎすは子規《しき》とも書く。子規先生はコップの冷や酒を、おや、俄《にわか》に涙ぐんで、飲み干した。

「この男、蕪村ちゅうのが、俳諧の発句と画を一緒にする俳画っつう芸を拓《ひら》いたらしいのだよ、秉五郎。幾らした？　この土産は」

「はい、四円でしたじゃけえね」

「おいっ、安いな。今のうち買い漁《あさ》っておけ。いや、俺が行く。京都のどこだ？　地図を書け。待て、安過ぎる、こりゃ、贋作《がんさく》かもな」

「あ、はい。それだったら、もう二つの土産を。こちらは御負《おま》けで無料《ただ》だったので」

「出せ、秉五郎。おいっ、けれども、秉五郎は芋臭《いもくさ》い本名だな。浪漫《ろうまん》溢れるのを名乗れ」

「ええっ、そうですけえか。いや、あ、はい」

子規先生に圧《お》され、どうやら京都の経師屋の主のあれこれの口上《こうじょう》や出し惜しみや無料《ただ》の付録《ふろく》は正しい戦術だったと今頃気づき、『蕪村句集』の上と、巻紙の蕪村に関する『秀逸発句』を差し出した。

「おっ、内藤鳴雪《めいせつ》が本郷《ほんごう》の古本屋街で五日前に見つけたのと同じ蕪村の弟子の几董《きとう》編『蕪村句集』だ。おいっ、鳴雪も同じ前編の上巻しか入手できんかった。鳴雪は俺の願いでその続きを血眼《ちまなこ》で探している最中だ」

子規先輩はその句集と巻紙の句集を手にして拾い読みしていく。

「ああ、何でこんなに凄え本塁打《ほんるいだ》の発句が凡打《ぼんだ》単打《たんだ》の中に紛れておるぞなもし。いんや、これからは発句を独り立ちした句としてポエームにせねばあかんのじゃ。ああ、この、作り手自身の眼《まなこ》、鼻穴、耳の奥、手触りの直の感覚は、ああ」

「ああ」ばかりを連発し、子規先生は目尻から垂れるしょぼついた涙を手拭いでなく洋式のハンカチーフで拭い、それでも肺病の次の段を予感させ、「はふう、はふう、はっはっ」と感嘆の喘《あえ》ぎを胸の夾雑《きょうざつ》の乱れた音と共に吐き出す。よほど、感激しているらしい。そもそも、作としても、紫陽花《あじさい》とほととぎすの画などに目ん玉は注がず過ぎただけ、画には関心ないらしい。書《しょ》については、もっとだ。何の感慨もないらしく、単に記号と判断しているのだろう。

「おいーっ、《離《さら》別れたる身を踏込《ふんごん》で田植哉》、だってよ。秉五郎、解るか？　この哀しさと夫に捨てられた農婦の意地と、次への切ない覚悟を。そして、それより、この離別された農婦の心情を発句、いや詩に託せる才と情けを」

子規先生は、新潟の冷や酒よりも、蕪村の句に酔って喋《しゃべ》りの舌を滑《なめ》らかにしてくる。

「おいーっ、この現《げん》の初初《ういうい》しい嬉しさの発見、《夏河《なつかは》を越すうれしさよ手に草履《ざうり》》はどうだ？　この句の詩の核は、実の体験の事実からきておるに決まっとる。嘘や偽りやはったりのないことが、発句、いや俳句と呼ぼう、俳句の芸術の精神ぞ」

　ますます、子規先生は初恋の女を口説《くど》くみたいに蕪村の句に熱を帯びてくる。

「おいっ、《不二ひとつうづみのこして若葉哉》だぞっ。雪が残る富士山が目ん中の視野を埋め残し、そうじゃ、富士山だけがなお白く聳《そび》えておって、けんど、その回りは全て、みんな、ことごとく新《しん》緑《りょく》ぞなもしーっ。北斎《ほくさい》は、葛飾《かつしか》北斎だ、この句を知っておって、真っ向から背《そむ》いて、富士山の偉容を裾野《すその》の大森林と空《そら》の白い雲が横へ横へと聳《なび》く、通称『赤富士《あかふじ》』、格好つけての『富嶽三十六景　凱風《がいふう》快晴《かいせい》』をものにし得たのじゃけれ」

　何か、子規先生は、とんでもない空想へまで登っていくらしい。診説じみたことを主張し始めた。でも、虚構の中に美《び》を感じさせるなど、蕪村は絵師の写生や空想を掌《てのひら》に収めての闊達さがある、嘘の中に、そう、句の読み手に真実の感激をよこす詩情があるぞなもし。

「おおっ、これなんぞ、事実を見つめ切った哀しみがあるわ、《身にしむやなき妻のくしを閨《ねや》に踏《ふむ》》。凄えなあ、この、死んじまった女房の櫛《くし》を二人の布団もあるはずの寝室で踏んじまうなぞ。寂しい、侘《わび》しい……追悼詩、挽歌だ」

「え、はい」

　碧梧桐は、この蕪村の亡妻を惜しんで引きずる詩情に、確かに、胸が狭く窄《すぼ》んで苦しくなる。

　じゃけえ、じゃけえ……。

　蕪村の人生の遍歴は分からないし、人生史というか年譜も見たことはないし、たぶん、これらを調べ上げるには十年はかかるだろうけど、絵師としては当時の京では四番目とか五番目あたりとは聞いているので、そこの関わりから何とか人生史を入手してえぞ。蕪村が、この句を作ったのは妻の死後なのか、生前なのかを。ここ、重大なこと……。妻が息をしている生前なら、凄過ぎる……。

「決めた。おいーっ、秉五郎、決めたぞ。俳諧の五七五の発句、つまり、連句の前の五七五の長句をこれからは俳句と宣告しよう。付句、短句の七七は無用、不用でえ」

「はい、先輩。いいや、先生」

「よっしゃ、その俳諧の発句の五七五の俳句を、月並みの遊戯《ゆうぎ》の芸から西欧の芸術へと改める精神が見つかったぞ。どうでも良い師匠の好みと指導を仰ぐのではねえ。蕪村の句を習い、写生、写実の志だ」

「ええっ、あ、はい」

「さようなら、芭蕉だ」

「は……い。そのう、先生、書《しょ》の方はどうですかね。仮名書きは瀟洒《しょうしゃ》で、書での『側《そく》』とか『勒《ろく》』とか『磔《たく》』の永字《えいじ》八法《はっぽう》とか、つまり、止《と》め、撥《は》ね、打ち込みなどは無視の伸びやかさが。つまり、筆遣いの圧《お》す力を脱《ぬ》いてのしなやかさの見事な……やつは」

「そうか」

「そうなんです。漢字の方は楷書には素朴にして古びた味、行書には洗練されてるのに新鮮な味が」

「あのな、秉五郎。江戸時代じゃねえんだ、活版印刷の活字で本を読む時代だ。書く方だって欧米じゃタイプライターっつうのが二十年前から始まっておる。和文だってそうなる、機械が文字を出すんだよ」

「しかし、先生。絵画が廃《すた》れないように、人の直の手触り感覚は不滅……では？」

「そうだろうけどな、与謝蕪村の今の今の意義は、画でなく書でなく俳句革新ぞ。俳人蕪村として人に短詩をやる輩《やから》に知らしめることぞ」

「あ、はい」

碧梧桐は、しかし子規先生が、この五十分間で蕪村の句の素晴らしさをやはり教えてくれたわけで、その書に未練を感じながら、頷いた。

四

そうじゃった。

正岡子規先生は、東京市下谷区にて、日英同盟ができた後あたり、明治三十五年、一九〇二年九月に死んじまった。ほととぎすの、けたたましいが悲愴な命短しの決心の鳴き以上の、夥《おびただ》しい、小さな白い泡を含んだ真っ赤っ赤の血を吐き……。死の十日ほど前に上根岸の子規庵に見舞いのために行ったけれど、なぜかこの年は暑くて涼しい風がこない中、「碧梧桐、俳句が芸術になれるなら蕪村が教祖だ。その資料と勉強を続けろ。因《ちな》みに、短歌は『万葉集』が重くて重いぞ」と、振り返れば、遺言のように、ひゅうひゅうひゅうっ、ぜえぜえ、んぐんぐっの肺や気管からの、鍛冶屋《かじや》が鉄を鍛えるのに送る鞴《ふいご》よりも激しい息を吐き出し、「蕪村についても、も、もっとけ、けん、研、きゅ、きゅう、究じゃき、やれーっ。んぐっ、出生から成人へのな、な、謎を解けーっ。そうじゃった、三絶《さんぜつ》の広い眼の謎もだわ、句・画・書のそれーっ」と、かなり前進したことをおのれ碧梧桐に告げていた。

そうか。

子規先生に、「紫陽花とほととぎす」の書と画と《岩くらの狂女――》の短詩から成る俳画を土産にしてから、既に、おおよそ四十年。子規先生が三十四歳の若さで死して、三十年ばかりか。時代は変わるの。一九三三年の現今では、ロシアでの赤色革命の大波でプロロレタリア小説とか舌が滑《なめ》らかに回らず嚙んでしまいそうな散文を主にした文学の流れも現われ、解らん。ま、〝赤《あか》〟の文芸なのだから、おのれ碧梧桐の季語無視、五七五どうでも良《え》えの句も認めてくれればなあと思うぞなもし。《曳かれる牛が辻でずっと見廻した秋空だ》なんぞ、牛をプロなんとか、労働者としたら生きはしめえかの。生きねえな。

潔《いさぎよ》くせねばならんぞ。

碧梧桐は、やっぱり結論する。我が俳句への道、定型と季語を捨てた道は、冷静なるおのれなのに、全体を見渡せば、自由律を含めた詩というジャンルがあり、わざわざ俳句なぞ作る必要はねえのであって、敗北必至だったと。

負けの地平で、人人に、きんから、胸底から、尻の穴あたりから、訴えたいことがあるぞなもし。四十六歳の初老で先生の弟子になった俳人で蕪村に詳しい内藤鳴雪も死んで、そう、蕪村について一番の資料を持ち知悉《ちしつ》しているのはおのれ碧梧桐が一番中の一番、虚子などには負けねえ小説をものするぞなもし。

しかし、売れるか?

うむ、子規先生の俳句刷新ばかりか和歌の刷新、平易な散文の主張もあり、なお芭蕉崇拝者は多いが蕪村の人気は鰻《うなぎ》登り、歌人・詩人が何と言おうとも、世界で最も短いポエームじゃ、何とかなろうもの。

課題のどでかい一つは、蕪村研究の第一人者のおのれ碧梧桐すら解いていない蕪村の幼少期から成年にかけて、まるで沈黙したことの謎だ。生まれた場所、本名、親のあれこれなど一切、秘密にしていたのだ。何でや? 何でや?

課題の二つは、全国を流浪し、画・句・書《しょ》を自由に股にかけてのこだわりのなさとしかし深さの源泉の思い、感覚だろう。これは、調べ得た。そう、画だって、遊び、ゆったりと真正面からの大作と広い視野と技がある。句でも、然《しか》り。子規先生が思い込んだように写生あり、子規先生の思い込みとは逆の虚構あり、思わず噎《む》せて泣いてしまう抒情あり、ユーモアありと変幻自在。書も、仮名書き、楷書、行書、草書とそれぞれの独特の味がある……。

課題の三つは、恋、愛についてだ。どうも若い時に女にものぐるおしくなった資料が少なく、結婚したのは当時ではもう老人に近い四十五歳頃。けれども、京の遊里には出入りしていたし……うむ、これについては、京都の古本屋が「新発見の資料どす」と言って近近東京へと送ってくることになっておる。

課題の四つは、おいーっ、おのれ碧梧桐は既に六十、もうすぐ、五七五の結句が必らずあるように終わりがくるけえ……。急がねば。

碧梧桐は、秋風が速さと強さを増してくる音を聞く。

気を落ち着けるぞなもしと、新しく仕入れた蕪村の資料を、汚さぬように、大切に、時の系列順に並べていく。

おいっ。

書簡、便りは、〝手紙魔〟みてえに多いな。

だったら、あんまりことの捏造《ねつぞう》はできねえわ。良い、良いっ。小説は、蕪村が詩を本質とする俳句でやったように虚構の中の、他者に共感させる真実っちゅうことだ。

あのな、急《せ》かすな、ひゅーいと秋の木枯らしの風鳴りめ。

第一章　帰りたくても、帰れない

一

江戸時代の中頃だ。

将軍吉宗は、江戸・京・大坂などに目安箱《めやすばこ》を設置し直に民の声を聞く努めをしたり、上米《あげまい》の制で参勤期限を在府半年にしてその代わり大名一万石につき百石を上納させたり、少禄の侍から人材を登用できる足高《たしだか》の制を作ったりと、いわゆる享保《きょうほう》の改革をしている最中である。


五月、梅雨《つゆ》が一休みして、どんより空の下、人が、否《いな》、子供と大人の狭間《はざま》にあるような若い男が風呂敷の包みを背にして、裸足で喘《あえ》ぎ喘ぎ、走っている。

道は、大坂湾から京へと続く淀川沿いの土手、微《かす》かとしてもしっかり登り坂となっていて、ぜえぜえと息を切らしそうになる。慣れている道とはいえ、ただでさえ蒸《む》す季節、それに二里《り》ほど離れた海の塩辛い匂いに河口の灰汁《あく》の匂いが追い駆けてきて、鼻穴を塞《ふさ》ごうとする。

息切れの苦しさからの救いは、野の茨《いばら》が素足に痛いとしても甘ったるい香りをそこはかとなくよこして、半刻前の自らの家でのことを忘れさせはしないが、色を淡《あわ》くしてくれそうなことだ。

「そうやねん」

「げっつい気色悪いことを見てしもうたのや」

「それどころか、とことん、とうないことを為《な》してしもうたんや。出直しは利《き》かんことやで」

若い男は、夏草から飛び跳ねる無数の蝗《いなご》や殿さまばったを踏み潰すだけでなく、尖った小石も踏んで走るしかなく、幾度となく力《ちから》ない独り言を吐く。

「もう、帰ってはならんのや」

「再びは、帰れんさかい」

よくよく見ると、前髪を既に落とし月代《さかやき》を剃《そ》っている若者は、ちょいと見《み》は野良着《のらぎ》とも映るが絹でできた弁慶縞《べんけいじま》の絽《ろ》、そして、その薄い衣地の右袖と襟元に、赤黒い痕跡《こんせき》をべっとりと膏薬《こうやく》みたいに貼りつけ、裾にも点点とした赤黒い染《し》みをつけている。

朝飯を抜かして、慈《いつく》しみの深くて深いのに、何でや、女人の業《ごう》とゆうものさかいでーや、優しいけどや、ちと胸くそ悪いことをもしたあん人が、夏祭りが近いから、一《いち》の糸、二《に》の糸、三《さん》の糸を指で押さえ、そうや、象牙《ぞうげ》の撥《ばち》で、びゃびゃびゃん、ん、んとんと、つんつつんと五つの息づかい、つまり五拍《はく》に、七つの息づかいの七拍を足すと感じてしまう爪弾《つまび》き、わいが、どどんがどん、どどどん、どおんと五拍七拍の叩きのつもりで二本の撥で立て置き台に乗せた締太鼓《しめだいこ》を打っておったら、あのでけえことが……。

せやから、もう午《うま》の刻の昼九ツを過ぎて、腹が空《す》いて堪《たま》らんのや。いんや、これからは、これからは、この空《す》きっ腹《ばら》は常《つね》のことになるやろう、確かに。我慢しいや。

若い男は、汗だらだら、半刻前の夥《おびただ》しい血《ち》飛沫《しぶき》のいきなりの件を整理できずに、胸の奥に、あれこれごった煮《に》にして呟《つぶや》く。

ばれたら、大事《おおごと》そのもん。

名も、出自も、全て消せねばあかんでえ。

別人へ、別人へ。

京へ、京へ、逃げるしかあらへん。

けんどや、おのれ、わいの、上の歯四本の目立つ出っ歯と、仏像や物を乗せる台座形の顔に似てるからこそ抉《しゃく》れて瘤《こぶ》を四つ並べたごとき顎《あご》は目立つわけで、この村、いんや、もうあの村や、みんな、わいのことをむさんこに覚えておる、永遠《とわ》に忘れんやろ。


——普通の背丈で五尺一寸、頗《すこぶ》る頑丈で小さな相撲取りの軀つきの若い男は、十五歳。顎の抉《しゃく》れた台座顔に出っ歯で美形ではないが、目ん玉二つのよこす直の感じは茫洋《ぼうよう》としていながらちょいと見は凶暴、この国にはいない虎のごとき厳しい影を宿している。

その時代にはあんまり注目も評価もされなかったが、ゆくゆく百五十年、二百年後に「おいっ、こんな句を、いいや詩を作っていたのがいたのかあ」と読み手を共鳴りさせて、日本史上稀有なる怪異小説『雨月物語』を記した同時代人の上田秋成《うえだあきなり》がその死を悼《いた》んで《かな書《が》きの詩人西せり東風吹《こちふき》て》と詠んだように、俳人というより詩人となる前の与謝蕪村だ。

既に残りの命は五、六年という時期に画が凄くなって謝寅《しゃいん》の号で伸び伸び、自由奔放《ほんぽう》、時に真面目に大いなる自然に畏《おそ》れながら対峙《たいじ》して迫力満点の画を描いた男が蕪村だ。

——男の軀の底ばかりか、耳穴や爪先や指先にまで、どどんがどん、どどどん、どおんの太鼓の音鳴りが響く。女人の、三味線の心地良く、胸の弾む音鳴りも。

が。

やつが、振り上げ、殺《あや》め、壊した、矩形《くけい》のごつい刃を持つ手斧《てよき》の、がっ、がっ、がっ、がっの四拍と感じた無気味な骨を砕く音が、祭り太鼓の音を遮《さえぎ》る。

そして。

わいが、為《な》した、やつへの出刃《でば》包丁での仕返しのあれ、あの、必死なる突き、刺し、貫きの、その度ごとの……血の轟く拍《はく》も。

ぎ、ぎ、ぎっ。

げ、げ、げげ。

肉と骨を削って、弾《はじ》く音を含め、三拍半から四拍……。消したいのや、この音と拍を。

——天をど突くほど重い罪と科《とが》やが、こないなことは今は考えてはあかん。

逃げるのや。

大坂のここから、京まで八里、走り抜くのや。京は寺が多く、慈悲の心が満ち……許してくれそう……や。

しもうた、わいはへげたれ、馬鹿もんや。血の大いなる祟《かさ》に胆を潰し、仰天、慌て、そやかて、罪の気分に陥って考えを失くし、背中の唐草模様の風呂敷には要の銭を一文も入れてねーやも。死んだ父《ちゃん》が「諳《そら》んじるんやで」と手習所《てならいどころ》でも使う唐《から》の故事を四字句にして偶数句で韻《いん》を踏んだ『蒙求《もうぎゅう》』と、訳《わけ》の解らん陶淵明《とうえんめい》とかいう人の漢詩と、孔子さまの教えの『論語』、腹の足しにならへん。

　いんや、夕まずめに淀川で釣りをしようと、五本繋《つな》ぎの継《つ》ぎ竿《ざお》と、鉤《はり》と、天蚕糸《てぐす》を咄嗟《とっさ》に包んできたわ。魚の血を抜いて捌《さば》く、大きめの肥後守《ひごのかみ》もや。

あかんねん、土手沿いの一本道では、足がつく。

勝手知ったる脇道へ……。

二

そして、二年と三月《みつき》。

前年の蝗《いなご》の害によって西国の米は凶作の中の凶作、それが尾を引き、八木将軍《はちぼく》、米つまり八木、米《こめ》将軍吉宗なんつうのも好い加減と分からしめ、この年の米の値は上がりっ放しである。飢えによる死者は、若い男が算盤《そろばん》で推し測ると「万」の桁《けた》になる。

京は、賀茂川の東岸、西光寺近く、畑がこちらにもあちら西岸にもあり、蕪《かぶら》やら小松菜やら葱《ねぎ》やら背を伸ばし、都の京といってもかなり鄙《ひな》びているところだ。

享保十八年、若い男は十八歳となっている。

若い男は、自身の本当の名を誰にも告げていない。仲間は、やはり利《き》かん気《き》の双眸《そうぼう》から「虎」と呼んだり、逆に、ぼけーっとして虚《むな》しさを孕《はら》んでいる目つきから「虚無僧《こむそう》」、これは長くて呼びにくいので「こむ」と略して呼んでもいる。自らは、強いて名を聞かれた場合には姓も実はあるのだが名のみの「土良三《とらぞう》」と答える。

若い男は、淀川の河口あたりの実の家でことを為してから独り言が癖になっている。大切にしてきた五本の継《つ》ぎ竿《ざお》で、苦労して赤い布の裂《きれ》を解《ほぐ》して作った贋《にせ》の餌《えさ》をつけた鉤《はり》で、釣り糸を垂れている。

正しくは、上下に、左右に、斜めに虫が動くごとくに揺らしている。賀茂川の流れを石を積んで緩《ゆる》めている小さな堰《せき》の手前だ。狙いは、山女《やまめ》だ。たまに、鮎の大きい半尺《はんじゃく》が掛かるが、鮎は友釣りに較べ

人やて。

さかい。それで、飢え死にしたり、痩せ細って流行り病や風邪でぜいぜいと嵐の荒れ風や木枯らしのような胸の唸《うな》り声を出し、ひい、ふう、みぃ——十六人が死んじまったわ。仲間五十五人中の十六

間のためにも——去年の飢饉と今年の米価のあまりの高さで、人人の施しもむさんこ吝《しわ》ん坊になった

て贋の餌では釣果《ちょうか》が少な過ぎる。飢えを凌《しの》ぐためだ、数多く釣らねばならない。そうやねん、乞食仲

もっとも……。

生き残ってる三十九人の中では、明日は死ぬのは我《われ》の番、何としてでも、他の乞食をぶっ殺してでも生き延びるのやと、とりこみ、つまり内輪揉め、げっつい一人一人の腕力に頼るおのれの利《り》へと、地獄もこんなものやろか、互いに消しあうところへ……。

そうやて、去年の秋口までは、加茂橋から下の三条橋までの河原と橋の下が根城《ねじろ》で縄張り、少し遠出して銭乞い、もっと遠出してお上《のぼり》さんの多い東と西の本願寺あたりでの三人四人が組んでの揺《ゆ》すり、たかり、置き引きを上手にやっておったんえ。時に、ど偉く、貴い人の屋敷に忍び込んで泥棒やて。

それが、今年の春の麦もまた不作の噂あたりから崩れ、互いの信《しん》がおかしくなったのや。

原因は飢饉にあり、おのれ一人だけは生き延びようとするところにあると、自称・土良三《とらぞう》は考える。生き残った三十九人がそれなりに仲良く助けあって生き長らえたのは、三十路になる元相撲取りの頭《かしら》と、その次の副の頭二人が取り仕切っていたからだ。なのに、腹を下《くだ》して熱を出し、あっけらかあと真夏にその三人が死んだのだ。それまでは貰った銭、くすねた銭、奪った銭は分け合い、食い物や衣類も公平そのものではないとしても頭《かしら》からの序列順に配分していたのだが、今では貰《もら》いの銭を正直に見せなかったり、食い物や衣類を一人一人の内緒のところに隠すようになってしまった。

士良三とて……自らを蔑《さげす》むが、銭は全て出してきたが、冬の凍てを思うと襤褸《ぼろ》としても頭巾と、裂けて穴だらけの股引を都の外れの上善寺《じょうぜんじ》の縁の下に桐油紙に包んで隠し持っている。

銭、食い物、衣類だけでなく、橋の下や寺社の縁の下の寝床を巡ってもすぐに喧嘩となる。

おまけに、次の頭を誰にするかで、いろんな性《しょう》や技《わざ》が現れてきた。俄《にわか》に「わいは、実は、剣道場の次男で、木刀の突きで三人ばかりを半殺しにしておるんえ」と棍棒を振り回す仲間とか「四年の約束で、わいの実の父親が迎えにくることになっとる。今年の冬や。近江《おうみ》の呉服商で銭は腐るほど持っとる」と甘く囁いて手下を増やしたり……と。

年若いが士良三も次の頭《かしら》の一人とされている。釣った魚をきちんと分配するからだろう。しかし、あと一と月もすれば、冬でも鱸《すずき》・油子《あぶらこ》・沙魚《はぜ》と豊かな海と異なり、川の魚は河口でない限り、消える。釣れなくなる。

その上、士良三らの乞食《こじき》仲間の他に、飢饉で新参者がうようよ出てきて集まり、縄張り争いでいつ何時、血を見るどころか死人を見ることになるのか。

しゃあねえ、生まれ育った場と家での罪《つみ》と科《とが》のほとぼりが冷めるまでは……。せやけど、ほとぼりが冷めることなどあるのやろか……。京は寺が多く、仏心の慈悲が溢れておると思うたが、そんなことはあらへん。

士良三は、乞食なのに、木綿地の粗布《あらぬの》としても膝を隠すほどの小袖を着て、髷《まげ》を結《ゆ》っている。物乞いだけが稼《かせ》ぎの口凌《くちしの》ぎではないので、かなり無理をして姿と形には気を使っているのだ。でも、月代《さかやき》は小指の爪先ほど八厘《りん》ぐらい伸びている。

月代もさることながら、おのれの垢《あか》も臭《にお》いよる。けれども、やっぱり、生きることで一番大事なのは食い物、衣《ころも》、寝床の三つが一緒の一つのことや。銭があればみんな解《ほど》けるのに。そうか、銭が一番か。一番やでえ。

それと、この頃《ごろ》、女子《おなご》が欲しゅうて堪《たま》らん。風の強い日には、五条橋《ごじょう》の下で、若い女の尻を着物の裾が捲《めく》れる隙間から飽きずに眺《なが》めるし、脹《ふく》ら脛《はぎ》から内股を縦褄《たてづま》から衽《おくみ》が割れて翻《ひるがえ》るのを見つめるが、魂《たましい》をくすぐるわい。もっとも、真夏には、若い十代の乞食同士で河原で水浴びしながら、互いの股間を女陰《ひめと》代わりに巫山戯《ふざけ》て擽《くすぐ》り合うが、あれも悪いもんとちゃうでえ。しかし、恥ずかしがったり、ひどく嫌ったりする若いのもおるなあ。いや、多いわ。何でや、あないに楽しいのに。わいは女を思うと同じほどに男の男がぴんぴんするのにや。

よおっし。

苦竹《にがたけ》の釣り竿が撓《しな》って、うん、型も一尺弱、でかい山女だ。魚籠《びく》は洒落《しゃれ》ているし格好が良いけれど買えず、水漏ればかりする木桶《きおけ》に放《はな》つ。既に五匹目だ。

「若造、また会うたな、土良三《とらぞう》とやら」

白い衣の上に、緑っぽさの濃い袈裟を着て両肩から布の袋を腹へと提げている坊主がまやかしの名の土良三を背中から呼んだ。

「飢えておるのなら、阿弥陀《あみだ》さまも魚釣りを許すわ、形の良い山女が五匹もか」

これでこの坊主に話しかけられるのは三度目だ。一度目、二度目は「殺生もほどほどに」と胡散臭《うさんくさ》い目つきで高みから喋っていたが、飢饉の深さをやっと少しは知ったらしい。

「竿先と釣り糸をいつも揺らしておるのは偽りの餌で魚を欺《あざむ》くためやな。して、その心は何や」

痩せて、目の窪《くぼ》みと頬骨ばかりの目立つ四十歳を過ぎたあたりの坊主は聞く。こういう欲のままには飯を食わずに骸骨《がいこつ》ごとき真面目そのものに映る輩《やから》は乞食への恵みもしぶちんと二年三月の主に乞食暮らしで土良三は知ってきた。せやけど、たった一人、真剣を構えるようにして考え込み、どーんと六十匁《もんめ》、一両はある丁銀《ちょうぎん》を惜し気なく出す商人風情もいた。もっとも、土良三がまだ死んでもいないのに「南無阿弥陀仏《なむあみだぶつ》」と言い土良三に合掌したから、仏の道を本心から信心している男らしかった。

よっし、だったら、試《ため》しを含めて……。

「お坊さん、賽《さい》ころ博打《ばくち》より選びが厳しい、二つに一つの丁半《ちょうはん》博打を釣りに賭《か》けてまんね。地獄か、その反対の極楽を」

「おいっ、地獄？　若造」

「そうでんね。釣れなかったら、わいも乞食仲間も、もっともっと飢える。釣れたら釣れたで、三十人何ぼの仲間が『わいのが足りん』、『わしゃ、もっと食いたいわい』と争いまんね」

正直なところを土良三は口に出してしまう。

「なら、極楽に賭けるとは何なのだ、おいっ」

関東あたりの訛を出し、坊主が額に汗をいきなり浮かべた。

「十八匹釣ったらみんなが半匹食えるわい、三十六匹なら一匹ずつ。けれど、普通は釣れんのや。釣れても、鴨川が涸《か》れて痩せるわ」

これも、久し振りに正直な心情だ。

「おいっ、だったら、とどのつまり、地獄を釣るために釣り糸を垂れてんのかあ」

「その通りでひょ」

土良三の言い分を、釣れなくても地獄、釣れても地獄と纏《まと》めたのはこの坊主のしっかりしたところだ。それなりに仏道を学んでいるらしい。

「若造、いや、若いの、本当の名は？」

「覚えがすっぽり消えて……ここで乞食でんね」

「うっ。生まれは？」

「一所懸命に努めても覚えから生まれの場は抜けよって、昔の住まいも思い出せんのや」

「う……うう」

普通に人と較べれば、いや侍よりも遥かに知識に富み、身分も保たれている誉りが汚されたか、坊主は呻《うめ》いた。

「あのな、去年から今年にかけての飢饉で、辻斬《つじぎ》り、強盗、押し込みと増えておる。徳川さまは江戸だけでなく、京、大坂の役人を使ってな、寄《よ》せ場《ば》や乞食の群がるところへ、人相書《にんそうが》きを持って……狩《か》り込《こ》みをするそうじゃ」

暫《ようや》く口を噤《つぐ》んでいた坊主が、土良三の弱いところを突いてきた。乞食仲間でも話になっている狩り込みだ。一斉に取っ捕まり、痛くもない腹を探られ、人相書きと照らし合わされ、少しでも似ていると石抱きや鞭打ちの拷問《ごうもん》を加えられるという。

「おめえさんの顔は如来《にょらい》や菩薩《ぼさつ》を置く台座みてえな顔なのに、顎にぶっとい綱《つな》を張った怏《しゃく》れ顔で目立つわな。出っ歯も、ひでえや。目ん玉も、春の昼間の海みてえにのたっと眠ってるのに、急に獲物を襲う獣《けだもの》ごときに変わる。仏さまと地獄の閻魔《えんま》の同じ住《す》み処《か》……総じて凶暴なる顔、目立つわ、面相《めんそう》を書くのは易しいわ、土良三とやら」

「………」

次に沈黙するのは土良三だった。

生涯、あのおどろおどろしい罪と科《とが》から逃げられんのかいな。しゃあねえわ、一刻一刻、一日一日、生き延びる……これしかねえでーや。

せやけど、おのれの為したことはまるっきり全て罪と科か？

親孝行と我が身を守るっちゅうことも……。やっぱ、違うでえ。あん人にはぎょうさん世話になったのや。

「いや、若造や、善意で、阿弥陀如来の、法然《ほうねん》さまの広く大きく深い心で……言っておる」

「………」

「そうだ、儂《わし》のところへ困ったらこいや。いいや、今日でも明日でもいつでも。ま、頭は丸めて、作務衣《さむえ》姿で、雑用はたんとあるし、急がしいがな。せやけど、飯《めし》は食える、寝床もある、寺社奉行の縄張りさかい小役人は顔を見せぬ」

坊主は懐《ふところ》から矢立《やた》てを出し、やっぱり坊主は持っている、きちんとした高価な紙にだ、切《き》り図《ず》をさらさら描く。

「べんくう、つうのが儂の名だ」

坊主は弁空という名を記し、仮名を振る。漢字は上手ではないと映るが骨太で安心できる形だ。くねった仮名には坊主のひねくれた性格が滲《にじ》んでいて悪くない。


——一と月半が経ち、霜月《しもつき》半ば。

山女《やまめ》が三日続きで坊主《ぼうず》、つまり釣果《ちょうか》なしだったその夜。

京は、淀川と大坂の湾の交わる故郷とはまるで異なり、もう凍てが降ってきた。だから、根城から離れてはいるが鴨川の向こう、東の常林寺《じょうりんじ》の本堂の下の縁の下に潜り、眠ろうとした。

蚊《か》は、既に寒さにどこぞかで死んだろうが、凍ての沁《し》みつく湿りは好かんと、望《ぼう》の満月の光が三割ほど射すところで、神か仏かは正確には解らないが、銀河《ぎんが》とこの大地を司《つかさど》るあるものに「今日一日、生かしてくれて、おおきに、はあ」と呟《つぶや》いていると、ぬっと三人の顔が仮の名、嘘の名、仕方あるまい本名も忘れようとしているが「ちんと、土良《とら》、土良、土良三よ」と呼んだ。

次の頭の資格のある乞食ではなく、どちらかというと土良三を慕《した》い従う三人だった。一人が、どこから手に入れたか菜《な》っ葉《ぱ》切りの包丁、一人が荒縄、一人が先の尖った木の枝を持ち「起きるのやあ」、「おとなしゅうしてもらう」、「死んでもらわ」と低く交交《こもごも》、脅《おど》しの声をあげた。

咄嗟《とっさ》に、刃の短い小柄《こづか》を脇から手にして、しかし、油断の隙と時をたっぷり与え、がば、と土良三は跳ね起きた。

「ぎ、ぎ、ぎえっ」

小柄の細いが強い刃が、あかん、右手首を狙ったのに、一人の右の肩を刃が埋もるほどに刺し込んでしまった。死にはしまい。が、血で、指先が生温かい。

こやつは死にはしまいが、やばいのや。あの、二の舞いに、愛しいのに帰れぬあのところでのあれになる。

――逃げた、逃げた、満月の明かりに、大原《おおはら》に近いところまで。

気がつくと、西の嵐山《あらしやま》の方へと月は沈みかけ、東の近江《おうみ》の海《うみ》、琵琶湖《びわこ》の方角から陽《ひ》が昇り始めていた――陽が昇るのに、願いの実る明かるさは凋《しぼ》む。おのれ土良三と仲が良かった仲間に襲われ「帰りたいのに帰れない」心より、たった一人、一人というげに淋しい気持ちを止められない。せやけど、さすらいの命にこれは当たり前やろう……な。

三

そして、また、二年半弱が経った。

御所《ごしょ》の建礼門《けんれいもん》を背にして立つと左方角だが、かなり離れての京の西の端《はし》だ。桂川《かつら》の春のせせらぎが届く。

二十一となった若い男は、もう、姓なしの土良三の名はとっくに捨てていて、寺男《てらおとこ》だが得度を適宜に好い加減に済まし、円春《えんしゅん》と、それらしい名を貰っている。

唐《から》の国に行ったことはないし、訪ねるなんどほぼ有り得ぬが、この浄土宗、法然《ほうねん》を祖とする寺では「唐《から》の清《しん》で、やっと吉利支丹《きりしたん》、耶蘇教《やそきょう》を禁じたと。遅い、遅過ぎるのや」と、緋《ひ》の色の法衣《ほうえ》は一人しかいない寺だが、弁空が一つ偉くなっての紫のそれと同じ位の僧が苛《いら》だつように喋っている。南蛮の和蘭陀《おらんだ》のあれこれ、西洋のいろいろの事情は入らぬが、どういう伝《つて》とか道からか、唐《から》の国のことは入ってくる。江戸について、とりわけ家康公の菩提寺《ぼだいじ》となり大いなる出世をした増上寺《ぞうじょうじ》とその周辺のことは、僧の出世を示す法衣の移り変わり、病や死、将軍家や幕閣のこと、江戸の米価や料理屋や水茶屋のこと、江戸の絵師のこと、京より盛んになりつつある俳諧のあれこれのことなど、近所に住んでるがごとくに話の題となる。

これからも幾度名を誤魔化し、変名を重ねるしかないのだろうか、円春は、近近、それも、一と月以内に江戸へと下るつもりだ。

理由は、同じ場所にいるのは、どうも落ち着かないのだ。十五歳のあのことが発覚するような……。そもそも、おのれは、流離《さすら》うのが性《しょう》に合っているような……。同じ住《す》み処《か》と、同じ人との付き合いでは、必ず、生死の伴う揉めごとに巻き込まれそうな……。

ちゃう、違うでえ。

天、大自然、『荘子』の「知《ち》北遊篇《ほくゆうへん》」にある宇宙、そうやねん、〝宇〟は広がりやて、〝宙〟は時や、その法《のり》には、一つのところに永遠と平安があるとは思えんのやて、逆に、川や風のように、流れ流れ、そしてその中に死んでいくのが良《え》えと呼ぶものがあるんえ。

円春は、町人の住む長屋とさして違いのない僧房の中の一室の六畳で、山羊《やぎ》の形をした雲が、撥《は》ね上《あ》げ戸のあちらの空をゆったりと、しかし、確かに西へと流れゆくのを見る。

その上で。

ここで飯を食わせてくれ、褌《ふんどし》や襦袢《じゅばん》や作務衣や法衣などの衣と寝床を用意してくれ、もしかしたら流離《さす》らっても法衣を纏《まと》い、仏事作法を熟《こな》し、主な経《きょう》を諳《そら》んじていれば何とか食《く》い繋《つな》げそうな手をみっちり仕込んでくれた弁空に、大いなる感謝をしている。

そうやねん、墨衣《すみごろも》を着て、その襟《えり》に帽子《もうす》、ま、町人の女が用いる肩掛けや襟巻きみたいなもの、正式には領帽《りょうぼう》とか呼ぶのやけど、それを引っ掛け、頭に水冠《すいかん》を被ればこりゃほんまもんのど偉い僧と思われてかえって疑われるから、禅宗の雲水笠《うんすいがさ》が良《え》え、この姿で「南無阿弥陀仏」とか『無量寿経《むりょうじゅきょう》』の要《かなめ》の「四誓偈《しせいげ》」である「我建超世願《がごんちょうせがん》　必至無上道《ひっしむじょうどう》……」と喉《のど》とゆうより、腹の底あたりから、やや「むぐむぐ」を混じえて唱えれば、切手《きって》や寺請証文《てらうけしょうもん》など要《い》らずに関所も船の乗り場の番所も文句一つつけられず通れるのや――とこの寺の上役である僧侶から教えられておるねん。

それにしても二年半前の、乞食の同じ仲間、それも、釣った魚の分け与えだけでなく、物乞いの稼げる穴場とか、喧嘩で負けそうになった時のこととかの教えとか面倒見をした弟分三人に襲われた次の次の日から、引き取ってくれた弁空のしごきはきつかった。

初めの十日間は、仏への供養の香偈《こうげ》、仏・法・僧の三宝への三宝礼《さんぼうらい》、仏を寺の隅隅《すみずみ》へと迎える四奉《しぶ》請《じょう》、そして、あえ、あえ、あえーい、ぎょっと自らの為して消せぬ過《あやま》ちどころか、無自覚の知らずの罪への懺悔偈《さんげげ》、そして、念仏を十回唱える十念《じゅうねん》――何しろ、いろいろあるのだ。数珠《じゅず》の持ち方、指の曲げ伸ばし、姿勢と。ちょっとでも誤まると、禅宗では棒切れで背中を本気で叩いて鍛《きた》え諭《さと》されるというが、どうやら似ていて、弁空だけの躾《しつけ》だけだろうが、擂《す》り鉢《ばち》に入れた豆や胡麻《ごま》を潰す擂り粉木《こぎ》の四倍ほどの長さの棍棒《こんぼう》で円春の両手を合わせての合掌の十指、項《うなじ》、背中と、あたかも空を飛ぶ鴉《からす》を打ち落とすごとくに叩いてよこすのだった。

　その浄土宗の仏事の作法の習得の終わらぬうちに、

「乞食なのに、おまえさんは『地獄』と『極楽』の言葉をその根っこの意味を悟っていたわな。これを読め。頭の中、心の中、喉《のど》でも、口でも、唇でも、すぐに、この阿弥陀如来のどでかい許しの言《げん》が出てくるほどに。俺は、ここに打《う》ち震《ふる》えて、武蔵の国から京へ、ここへと必死に出てきた、上京したのだよ」

と、額《ひたい》どころか、両眼の下、痩せて出っ張る頬まで、汗の滴《しずく》を矢鱈《やたら》に噴き出し、弁空は告げた、武蔵や江戸の訛りを出して。

　なるほど、でかい、広い、深さの底が見えんほどや。

　弁空の、ぼろぼろになる冊子《さっし》の浄土三部経の一つ、『無量寿経《むりょうじゅきょう》』の、阿弥陀如来になる前の法蔵菩薩の立てた四十八願《しじゅうはちがん》のうちの第十八願は、かなりの深い思惟《しゆい》と誠ある大願だと知った。平たく訳せば「……念仏を十回唱えても極楽浄土に往生《おうじょう》することができぬ人がいたら、私は悟りを開いて仏となることをやめる」の慈悲だ。しかし、しかし「但し、両親や高僧を殺すなどの五逆《ごぎゃく》の罪を犯したものは別だ」ともある。仮の名の円春は前の広い心と、後のやっぱりの厳しさの谷にいつも溜息を引きずってきた。わいは、実の父親ではないが、血の繫がる、実質でも父としての男を……。極楽浄土に行けるかどうかのぎりぎりのところや。念仏を唱えさえすれば救われるという普通の人人の救いとなる専《せん》修念仏《じゅねんぶつ》の教えですら、こう……。

　でも、同じ『無量寿経』の中の第一願には「設《たと》い我《われ》、仏《ぶつ》を得たらんに、国《くに》に、地獄《じごく》・餓鬼《がき》・畜生《ちくしょう》あらば、正覚《しょうがく》を取らじ」とあるから、とどのつまり「地獄に行く者が一人としてあったら、おのれ、やがては阿弥陀如来となろう法蔵菩薩は悟りなど要《い》らぬ」となり、はあ、度量の広さ深さに腰を抜かすほどに仰天するわとなる。

ここの問いと答は、生涯、引きずりに引きずるであろう予感が円春にはする。そう、あの人、母の爪弾《つまび》く、快い、びゃんびゃんびゃん、んんとんと、つんつんの三味線の音鳴りと、どどんがどん、どんどんの太鼓の心《しん》の臓《ぞう》の拍《はく》ごとき五拍と七拍《はく》の響き、そして、それを逆撫でする、鉄が肉と骨を削る不快そのものの、ぎ、ぎ、ぎ、ぎ、げ、げ、げ、げの四拍の音が消そうとして消えぬように……。

引き取ってくれた弁空は、浄土三部経の経典のみならず、法然が記した『選択本願念仏集《せんちゃくほんがんねんぶつしゅう》』、『一紙《いっし》小消息《こしょうそく》』の手紙による「阿弥陀仏に絶対帰依《ぜったいきえ》する他力《たりき》の念仏なら、一回でも往生できる」の説き伏せ、わずか二百字余りの『一枚起請文《いちまいきしょうもん》』の遺言のような名文を幾度も筆で写すことを命じ、諳《そら》んじさせた。

そして去年の暮《くれ》には「うーむ、おんしゃの筆は永字八法《えいじはっぽう》の側《そく》や勒《ろく》などの基本ができてないさかい、そう、止《と》め、打ち込みも無視ゆえやろな、かえって風変わりで既に風格があるわい。序《つい》でに、阿弥陀さまの像も写し取り、描きに描いて稽古せいや。鳥や花や獣も、そうや、写生《しゃせい》と京の絵師は言っておる。僧の姿で、書《しょ》を為し、画を描き、偉そうに勿体《もったい》つけて進呈すれば寝床と飯は何とかなるんえ」と弁空は渋く笑いながら告げた。だから、上役の僧の個個の買い物や時には芸妓《げいぎ》への付け文の使いっ走りをして銭を溜め、膠《にかわ》と胡粉《ごふん》、柔らかい線描き用の則妙《そくみょう》筆、硬い線用で腰の強い削用《さくよう》筆、ぼかしのできる隈取《くまどり》筆などを無理して揃え、阿弥陀如来、観音菩薩、勢至《せいし》菩薩、そして花瓶《かびん》の花を反故紙に、紙が切れたら板に、あるいは釘《くぎ》や木の枝で地べたに描いている。

それと、寺の持ち物である本も朝は明けたらすぐに起床し斜めに連子《れんじ》窓から入る陽《ひ》の明かりで、夜は、燭台の許で貪《むさぼ》り読み続けた。

その中では、唐の詩を集めた書物が訓読《くんどく》が難しいけれど、幾度も読み返すと、漢字にある響きとか、韻《いん》を踏む漢字の音が頭の芯へと沁みてくる絶妙な調べと楽《がく》とか、そもそも風景の大袈裟を越えた気ままな大法螺とか、今の寺小僧のおのれのあくまで仮の名の円春にふさわしい権《けん》とか威《い》とかとは無縁で幻《まぼろし》と思う心情に気持ちが揺れて且《か》つ、同じ波の高さ低さとなれる。

そうおす、ようでけたる昔、昔、その昔の千年ほど前の李白《りはく》の詩やて。「開《かい》」「杯《はい》」「来《らい》」で大和の我が民も韻を踏んで気分の良い李白の七言絶句でんね。覚えてしもうたわ。

うむ、詩の題は『山中與幽人対酌』だ。ま、『山中にて幽人と対酌《たいしゃく》しながら』ってところやろ。「対酌」は、この頃、この寺で覚えた酒で、向かいあって、弁空の説では、樽《たる》から酌《く》みながら飲んだとゆう。「幽人」とは天然《てんねん》を、つまり山水の流れ、大きさ、いろいろな翳《かげ》り、湧き上がる力と枯れる流れの美しさを解る人や。

両人　対酌《たいしゃく》すれば山花《さんか》開く
一杯一杯うんそうまた一杯
我は酔って眠りたいからおんしゃは少し消えよ
明日の朝　意が有れば　琴を抱いて来いや

こんな読みと訳《やく》が良かろうか。

正式には、書の学びとして訓練したが、

両人対酌山花開
一杯一杯又一杯
我酔欲眠君且去
明朝有意抱琴来

だ。

もっと、もっと、ある。

ただ、この寺の書庫から、一応の師の弁空の命《めい》でなく、自らの欲で借りて読んだ、最もの、圧《お》してきた一番の書は、荘子《そうし》による『荘子』であった。

　老子も大いなる天地や万物の始めとでかさを知って、かつ、常識というか孔子《こうし》の説く道を舐《な》めて、拗《す》ね、陳《ひ》ね、面白いより魂《たま》げた。しかし、政《まつりごと》に少しうるさく嚙み過ぎて白けるところがある。

　それにや、老子は……と円春は考える。

「谷神《こくしん》は死せず、是《こ》れを玄牝《げんぴん》と謂《い》う。玄牝の門、是れを天地の根《こん》と謂う。綿綿《めんめん》として存するが若《ごと》く、之《これ》を用いて勤《つ》きず」のところの「谷神《こくしん》」は女のあそこの仄《ほの》かな示しであるけれど谷に籠もってる神さま、「玄牝《げんぴん》の門《もん》」はずばり、おめこ、のことや。つまり「女陰はいくら働いても使っても尽き果てることはない、疲れない」との誉《ほ》め称《たた》えの論《ろん》にして楽《がく》やわな。そうやねん、「牝《ひん》」の古い読みは「ひ」、つまり「死《し》」「牝《ひ》」は押韻《おういん》し、「門」「根」「存」「勤」も韻を踏んで、忘れねばならん母の三味線、わいの太鼓の音や拍《はく》など超えてうんすけに楽《がく》そのもの。女は未だ知らんおのれやけど、ようでけたる立派と頭を垂れつつ、せやけど片手落ちとも思うのや。ここには女と男しかあらへんよって、男と男、女と女の愉快さも不滅とわいは感じるさかいに——この考えを、葬いの後の酒に酔い、ついつい弁空に喋ったら「そ、そ、そうやろね」と急に子供のように頰を染め、否《いな》まなかったわいな。

そこへいくと、荘子の方はと円春は腹の中で嚙みしめる。

初《しょ》っ端《ぱな》から、とうない大法螺に遊ぶのや、唐《から》の国の一里《いちり》はこの大和の国の一割から一割五分の長さとゆうが、それでも、魚が鯤《こん》となり鵬《ほう》となり、その背中は「幾千里なるかを知らず」の大きさなのや。たぶん、京から江戸へと往復してももっとでかい翼《つばさ》やろ、それが、空へ舞い上がること九万里なのや、それで「天池《てんち》」へと天翔《あまがけ》るのや……。なんちゅう、大嘘の楽しさやろう。せやけど、大法螺どころか大嘘と知りながら、ついつい、そこへと引きずり込まれるのはどないな理由か。和書の大和言葉と違うて漢籍なのに、厳しゅう引き締まって音の階《きざはし》を踏んでるせいか、祇園《ぎおん》や先斗町《ぽんとちょう》のまだ見ぬ舞《まい》妓《こ》の踊りみたいな華やかなせいやろかの。いんや、大法螺と大嘘《おおうそ》の中の喩《たと》え話の真《まこと》らしきゆえやろか……解らんえ。いずれにせよ、良《え》えわの、いつか、荘子の万分の一のこないな法螺と嘘を作って遊びてえ、戯《たわむ》れてえもの。夢や……。

夢とゆうたら『荘子』の「夢に胡蝶《こちょう》となる」の話も良《え》えわあ。夢と思うたのが現《うつつ》のことか、現が夢のことか。人の一生などたかだか夢という喩《たと》えでっかな、それとも人の生は移ろってばかり、どれが真《まこと》か線引きなど無駄っつうことやろか。聞きてえの、荘子はん。

「無用の用」の話もええ。何の役にも立たぬ木《き》は伐られずに済んで長生きできる。刑罰で足を断ち切られた刖者《げっしゃ》は戦《いくさ》に行かされることはない。決して消せぬ罪と科を抱えたおのれに勇気をくれはるわ。「渾沌《こんとん》こそ」の考えも、ああ、凄え。けんど、わいはまだ解らん。その上で、ほんまもんや。もっと勉強せんと。

――と、淀川の河口の生家で消しても消し切れぬ、忘れたいけど忘れ得ぬことを為した円春は、物乞い、脅し、盗みの暮らしから、これほどの書物を読む時と場を作ってくれて、もしかしたら食と寝床の種となる書《しょ》や画を学ぶ機宜《きぎ》を用意した骸骨《がいこつ》に似た僧の弁空に改めて「おおきに」と嵐の時の淀川に身を任せたくなるように感謝したくなる。

とはいっても、円春は、弁空の二日に一度の「学びの中身を告げよ」の強引さとねちまいさに嫌気を覚えてきている。『無量寿経』の慈悲の懐《ふところ》の宇宙ほどのでかさは知りかけてはいるが、この経の一言一句の諳《そら》んじへの細かい点検も厳しいし、円春の唐詩や荘子への関心についても骸骨顔を怨みのある幽霊みたいにして「そないな暇はないのや」と叱責するのに反撥を抑えられない。

だから、人の多いはずで、京ほど仏閣や公家の住まいのない、京より柵《しがらみ》があっさりしていると聞く江戸へと出たい。

いんや、もう京は長過ぎた。あのことは消すしかないのや、おのれ自身も忘れに忘れるほかはないのや。江戸の大きな町の中でひっそりして、乞食は慣れておる、野宿もしんどくない、消し切ろうと、円春は心の中に、ぶつぶつ、取り留めなく、くっ喋る。

あん？

この寺を出て、明日は確《たし》かでもないのに江戸へと出たい気分の高ぶりは、弁空への大いなる感謝を含むとしても面倒臭さ、何より、自らの、大坂、淀川の河口、毛馬《けま》村でのことを白紙どころか無《な》かったことにするっちゅう思いだけではないわい。

底まで解らんのに、荘子の一読二読三読の感じ、うん、「過ぎた時も、今も、やがてくる時も、流れに流れる。生きるも死ぬるも一つでけじめなんつうのではなく一条の糸、紐《ひも》、大河でも細い川でもある流れ、せせらぎ……」に気分が参ったのか、さすらい、流浪《るろう》、漂泊《ひょうはく》というのがおのれに似合っているような。いや、いや、願いであり、本当の理《り》に適《かな》う生き方やて。あの凶凶《まがまが》しいことを消し、忘れるためだけではなく、一回こっきりの命が「さすらいの方がええわ」と呼ぶのや。

よっし、出で立ちは、やのあさって。

明日、頭陀袋《ずだぶくろ》、旅の衣、履物《はきもの》、庇《ひさし》の深い笠、七九条袈裟《しちくじょうげさ》、一番に大切なのは念仏を唱えて喜捨を貰う銭の袋、うん、威儀細《いぎぼそ》の前掛けの麻袋を入手しよう。還俗《げんぞく》した僧侶とか、死んだ僧侶のを戴《いただ》いたものがあるし、足りないのはひそっと餞別代わりに……断りなく戴こう。

明後日は、やはり、世話になったこと大《だい》の弁空に旅へのことを打ち明け、感謝の意を表しよう。あとは、さっさか、さっさかと……。

四

翌翌日。

これで終わりのはずの名の円春は、朝、弁空に「旅立ちいたします、おおきに、ほんま、御世話になりましたえ」と。本当の気持ちの七割五分を告げた。

最後の奉公と、須弥壇《しゅみだん》を清め、廊下を拭き掃除して、夕餉《ゆうげ》の料理を手伝って作り、部屋に戻った。撥《は》ね上《あ》げ戸から見える桂川の畔《ほとり》に種が飛び散って咲く水菜《みずな》の黄色い花を見る。暮《く》れ泥《なず》む浅葱《あさぎ》色の下、薹《とう》の立った水菜の花の色は行方《ゆくえ》の分からぬ気安さを思わせる。

旅装は整え終えている。

そうすると、円春は、漢詩の絶句か律詩を作りたくなる。十五までは浪花《なにわ》の淀川の河口に近い毛馬《けま》村だったが「忘れんとあかん、忘れんとあかん」としても忘れられないが、この京でも六年ばかり過ごしたわけで、やはり込《こ》み上げてくるものがある。

が、あれほど唐詩が好きで諳《そら》んじてきたのに、実際に作ろうとすると中途半端にしか詩が湧かない。

和歌は難しそうだし面倒だし、あれは禁裏《きんり》の内側に住む公家《くげ》衆か、ごく一部の上流の人人の詩だ、おのれみたいに、法蔵菩薩の第十八願でも救われるかどうか危うい罪人は歌っても空しい……。

ならば、この京坂が生まれの元だろうが、連句の長句《ちょうく》の発句《ほっく》自体に冴え渡る詩の力を出した芭蕉が江戸で切り開いて力を持つ俳諧でも作りまひょ……か。

もっとも、俳諧は、なあなあの仲良しの集まりで五七五の長句の発句を作り、それを受けて場の気分で七七の短句を仲間が付句《つけく》として足すのが普通で、それが次から次へと続くのが正道と聞くわ。けんど、ええのや、さすらうのは一人、一人。一人で文字を記して歌うのや。

円春は、先を思えば再び乞食暮らしが待つやも知れないわけで、今のうちにと断りなしに戴いた反故紙《ほごし》と墨と筆を頭陀袋から取り出す。

えーと、や。

春の河へおのが科《とが》など流せざる
字余りや。いんや、その前に何と下手糞な詩や。季節を表す『春の河』が取ってつけたごときだ。うーむ、この詩は季題とか季語とかゆうのやろか、これが嘘や法螺の伸び伸びさを削《そ》ぐのやろか。ちゃう、逆に、五拍七拍五拍の決まりごとと同じでこの命運が詩の器《うつわ》を越えようとするわけで、解らへん。付句を足す人もしんどいやろ。

嵐山《らんざん》の山動きてなお欠伸《あくび》のみ
うーむ、これも字余り。調べが、ゆえに、腹下しの糞みたいや。

いざ発《た》たむ水菜花咲く京を背に
これもあかんねん。陶淵明《とうえんめい》の『帰去来辞《ききょらいのじ》』や、酒に酔っぱらって水の中の月を捕えようと溺れ死んだ李白の足許どころか影にも近寄れんし、詩聖の杜甫の『秋下荊門《しゅうかけいもん》』の大河の一と雫《しずく》も匂わぬわ。

「おい、入るわい」

骸骨顔と同じ骨と肉を持つ軀にふさわしく硬い、春なのに底冷えのする甲高《かんだか》い声を出し、弁空が滑りの悪い唐戸《からど》を開けた。小指の爪の長さの隙間すら許さないように、ぴったり、閉じた。

「おっ、旅立ち寸前まで書《しょ》の稽古か。いい根性や」

狭い部屋の、ごく小さい文机を、弁空は円春の項《うなじ》の方から覗き込んだ。その息が、円春の耳たぶかりか耳の奥を擽《くすぐ》り、こそばゆい。

「仮名書きやな。何だ？　俳諧の発句、長句かあ。悪かったわな、儂《わし》が、漢詩、唐の国の詩は『学んで良い』と叱ったことへの不満、不平、背きやろね」

そのこともきっかけであろうけれど、円春には、わけの分からぬ軀の中の心の臓、肺の臓、心や気持ちを持っているという腹や胆《きも》の中で、十五歳までの祭りの太鼓の拍の調べの良さ、母があくまで遊びで爪弾く三味線の音鳴りの上《のぼ》り下《お》りの楽《がく》が巣食っていると、弁空の言《げん》にかえって解りかけてくる。

うむ、おのれには、五七五の律《りつ》の厳しさと造化《ぞうか》の根の季節の言葉を持つ発句が、楽しく情がある生き方と、それとの断ち切りと、今とこれからに大事になりそうな……いや、若造の思う自らへの過ぎた自負やて。

待て、待つのや。

和歌も俳諧も五拍と七拍で成り立ち、これはこの大和の国の昔から、大昔から聞いて歌って詠んで心地良い黄金の響《ひび》き、音鳴り、楽《がく》ゆえにだろうが、おのれにはことさらの意味があるのや知れんて。

そうやねん。

あの人、女人、母ちゃんが、びゃびゃびゃん、ん、んとんとつんつんと象牙の撥《ばち》で爪弾く音鳴りは五つと七つとおのれ円春には聞こえ、わいもまた、祭り太鼓を、どでんどん、どどんがどん、と五つ七つの拍《はく》で呼応して叩いていよったわ。

それを断ち切り、壊し、鎖《とざ》したのは、おのれ円春のあのこと、ぎ、ぎ、ぎ、ぎ、そしてげ、げ、げ、げの肉と骨を引きちぎり砕く、四つの拍。将来もその時の今をも潰す望みなき無気味な響き。あかん、弁空殿との別れに、おのれ円春が殺めてしまった恩義ある人の「うぎいっいっいいっ」の九拍が蘇るわ。やばいのや。

円春は気づく、惨《みじ》めで酷《むご》い劇《げき》を忘れ、帰れっこないのに、帰りたいとの願いと思いが胆で腹の底で胸の皺《しわ》が呼ぶ……呼び続けるだろうと。

いや、弁空が、反故紙に書いた発句を吐息をつきながら覗き込んでいる。

「ま、俳諧で飯を食うのは至難の業や。けんど、この遊び、言葉の芸は、独りのものでのうて座《ざ》で、みんなで遣り取りして味があり、出世の道がある。おまえさんの出っ歯で抉《しゃく》れた顎と凶暴な面相は、他人《ひと》を遠ざけてしまうがな、少しおまえさんを知ると、顔立ちや体格とまるで別の感じをよこす。せやから、かえって好かれるわ。見た感じと逆の腰の低さ、優しさ、親切さに参る……はずだわ。あっ、そうや、ちぃーっと待ってろ」

弁空は、いそいそと部屋から出て行った。

——再び現われた弁空は、大きめの威儀細《いぎぼそ》を膨らませ、餞別らしき物と、書状を出した。

『早野巴人殿』

書状の表には、こうあった。

「江戸に出ても楽《らく》ではねえはず。『はやのはじん』と読むのでえ、寝床がなくて飢えたら、訪ねてみろ。もっとも、今は京におって、来年水無月には江戸で弟子を集める企てをしているわ。場所も決まってらあ。この御人は、俳諧師で、俳人用の名は、うん、こう書くんだ」

弁空は「宋阿」と反故紙に記し、『そうあ』と読む」と声を出し、江戸の日本橋という地の切り図と早野巴人の家の図も書いてくれる。「明暦《めいれき》の振袖火事までは江戸で唯一の時《とき》の鐘《かね》のあったところに半年後には俳諧の砦《とりで》を作るはずでえ」と、いつの間にか江戸弁になって言う。

むろん、円春は、躊躇《ためら》う。

命を、他の人に決められず、荘子の説のごとく、拘《こだ》わらず、『死生一条』のごとく流れ流れたい。

そもそも、過去は、なお消しに消さねばならぬ。京での乞食暮らし、寺小僧のことすら。

せやけどな、流れ流れてのさすらう中に真《まこと》を見出し、けんど、銭金を得る道も探すとゆう、情けない二匹の兎《うさぎ》を追うのがこれからの人生やあ……ん。

残り一夜だけの名の円春は吐息を、どでかいあのこと以来、癖となってしまった独り言を胸に呟《つぶや》きながら、長く引きずる。

こう考えが至ると、額《がく》は定かではないが懐紙に包まれた餞別の中身を確かめたくなる。定空に見抜かれぬよう、頭陀袋に仕舞いながら、厚みと重さを親指と人差し指と中指で懐紙を挟んで見当をつける。

ん？　三本の指の腹は、包まれた銭の硬さと冷え、形がやや長四角から、京坂で出回り出した一分銀ではなく江戸で使われる一分金と推し測れる。な、な、なーんと、三百四十升ほど買える。

「御餞別、江戸の俳人への紹介状、ほんま、ありがたく。この寺での、誠ある教えも心から心から。いつか、いつか、これは返す心構えですわ」

先刻の感謝の思いの七割五分を、九割九分ほどに高め、円春は、臍《へそ》どころか畳の表までに頭を垂れて嬉しさを表した。

「そ、そ、そう……だったら、儂《わし》も、あのうだよ」

おや、四脚が古びて揃わず揺れる文机《ふづくえ》の上の木の目の流れる紋様《もんよう》に、厳しく、ちと情《じょう》ゆえに煩《うるさ》く勉学を強いた弁空が、弁空らしくなく、小指の先で、円い円を幾度も描いて、なぞる。

「いや、いけねえや。忘れてた、もう一つ餞別があるんでえ。これだ、写して勉強しろ、円春」

麻の地の肌理《きめ》の荒い前掛けみたいな威儀細から、焦茶《こげちゃ》の表紙のついている流行り始めた読本か、かなり分厚い綴本《とじほん》を弁空は取り出す。

「町狩野《まちかのう》の絵師が弟子用に描いた粉本《ふんぽん》の画帖だ。初めての町、家、寺に世話になったり喜捨や布施を貰う時に、この画帖を手本に予め《あらかじ》練習しておくと便利だ。雪舟《せっしゅう》や狩野永徳《えいとく》の写しのまた写しだ」

「これは、これは、ほんまにおおきに」

銭金の元になるという稽古用の画帖に、円春の弁空への感謝の心は七割や九割などという割合いでなく十割以上の本音として溢れ出てくる。

「捲ってみろ……や、円春」

弁空が再び弁空らしくなく上ずった声を出す。

松、竹、梅、山、丘、子供、若い女、職人、茄子《なすび》、胡瓜、蕪《かぶら》、商人、海、川、唐《から》の山岳に渓流、唐の人人……。雪舟の山水画、永徳の桜花……は写し取りが下手だ。筆使いが粗《あら》い、硬い。

終わりの方になると、若い男と娘が口吸いしたり裸で交わったりの画だ、こりゃ、堪らんえ、と円春の男根は熱くなる。

おーや、陰間茶屋《かげまぢゃや》の様子か、屏風《びょうぶ》を背に、役者見習いの若い男を中年の侍風が可愛がっておる。これも、ええわいと円春の眼《まなこ》は見開く。

「あの……だな、あの、あの、円春。おまはんは『過ぎた昔は全て忘れた』と嘘をついておるがな、その謎を知りとうて……いいや、謎めくおまはん……の全てをや」

弁空が骸骨顔を青くさせ、窪んだ双眸《そうぼう》の辺《あた》りに汗の粒を浮かせ、吃《ども》りではないのに語りを滑らかにさせずに、円春の手に手を重ねた。

——初めての色ごとは、たぶん、女との方が楽《らく》で良い味がしたのではと円春は少しばかりだけど、悔いた。戦《いくさ》に女を連れて行けぬ戦国の武将や、男だけの暮らしの僧の中では必須でごく当たり前だろうが、一両の餞別が懐《ふところ》にある今のおのれは贅沢になっているのやと、肉と肉よりは骨と骨の軋《きし》みのそれなりの快さ、尻奥の痛みや疼きが別の感じとなりゆく不可思議さを円春は反芻《はんすう》し、春の盛りに江戸へと発った。

振り返ると、痩身に、別れに、墨衣《すみごろも》は似合う、弁空は、相撲取りを百人並べたほどの隔《へだ》たりの二町先の寺門のところで、しゃきっと立っていた。が、すぐに、腰から崩れ、両袖で顔を覆った。

おおきに、ありがとしゃん。

せやけど、人って、誰でも、たった一人で生き、さすらい、大火事や地震や津波で大勢が死のうとも一人一人の死とちゃうかあ、弁空はん……。

第二章　さすらいて、さすらう

一

京を出て、二年と十月《とつき》が経つ。

元文三年。

早稲《わせ》の性《さが》というか思い込みか荘子を一人合点で憧れ、心と軀を、流れ流れに任せているつもりの、なお若い男は二十三歳となっていて、あと三日で二十四歳となる。つまり、元旦がすぐそこに待っている。

京を発って、男よりもっと女を知りたく欲しくなり、頭を手拭いで覆い、僧衣を頭陀袋に仕舞って小袖の商人の姿となり、岡崎《おかざき》、三島《みしま》の旅籠《はたご》の飯盛女《めしもりおんな》を買い、遊び、ほんの少し女体の扱いを知ったと思ったら、弁空のくれた餞別は消え、やはり乞食と似かよってきて、しかし、自負しているのだが、法然の浄土宗の寺に限らず、他の宗の寺にも墨衣に数珠をじゃらじゃらで、それに経文を唱えると何とかなり、何と六月《むつき》も費し、見物もあれこれして、江戸へと辿り着いた。

江戸に辿り着いたが、どうも、本当にあれこれ教え、よこし、尽くしてくれた弁空と同じ嗜《たしな》みが、紹介状にある早野巴人《はやのはじん》、俳名は宋阿《そうあ》にあるのではないやろか、もちっと女体を知りたいのにと、浅草《せんそう》寺《じ》あたりで、経文を祭りの地唄に託す京坂に多いちょんがれ坊主みたいにして努めて踊りまでやったが、江戸の人は薄情、乾いてまんね、貰いや実入りがあまりに少なく……。

また乞食を、と心に決めて、寺の多い品川宿と、遊び人の多い深川《ふかがわ》や柳橋《やなぎばし》を根城にして踏張《ふんば》ったが〝さすらい〟の心情は居心地良いとしても何せ腹が空いて困り、いろいろ身心を縛られると知りつつ、去年六月、えぇーいと、弁空の記してくれた図を頼りに、御堀《おほり》とその近くの金座《きんざ》の屋敷の厳《おご》そかさにびっくりしたり、おいーっ、怖いわあ、ここいらが小《こ》伝馬《でんま》町の牢屋敷かいなと、うろうろ迷いつつ、やっと、町屋《まちや》の中の石垣が十段積んだ上の「時の鐘」を見つけ、近くの俳名・宋阿の家を探し得た。小さい、墨文字の真新しい「夜半亭《やはんてい》」と記した門札があった。

ほお、宋阿はんは、俳諧を便りや出張で教えたり、点数を付ける点者《てんじゃ》として宗匠《そうしょう》に間もなく組合によって認められるとゆう、しかも、そないな偉い人は江戸でも京でも七人か八人とも噂される名人か達人、さすがやな、武家のようある瓦屋根《かわらやね》の片開きの門や木戸門でのうて、質素やが詩《し》とゆうもんが漂う網代戸《あじろど》の門やて、小さい二つの両開きの戸とその両脇に檜《ひのき》と竹の束《たば》が重なっておる。

成《な》るのは至難とゆうが儲かるのやろな、俳諧の宗匠は。弟子や俳諧を好み作る人にはえもいえぬ嬉しさを与えるのや。けんどや、唐の古い詩しか解らへんわいには生涯かけても無理や。

など、惑いながら、忘れるわけもないが昔の名は土良三を経て円春、京を出てからは、そう、荘子の大法螺の大いなる鵬《ほう》は恥ずかしい、せいぜい、天竺《てんじく》よりももっと南で暑いらしいところにおるとゆう犀鳥《さいちょう》にしまひょ。鴉《からす》より大きく、身の丈六尺ほどで、長い長あい嘴《くちばし》を持って木の実と果実しか食わんとゆう、その鳥の名を貰《もら》いまんね。

ま、人にとっては名は仮りもの、犀鳥では、解らんゆうのも出てくる、そうや、大いなる鵬《ほう》を含め、全ての、伸び伸び、自在、どでかい夢を抱く、鳥ら全てを統《す》べる宰鳥《さいちょう》がええ。

あかん。

あのことは全て消し去り、忘れんとあかんえ。おのれに一人で語る言葉も、大坂や京の言葉を消し切り、田舎《いなか》者の集まる江戸弁にせんとや。

——つう、わけで、宰鳥は、宋阿の家で世話になって一年半だ。もっとも、八年前のおのれの仕出かした罪《つみ》と科《とが》を隠すため、宰鳥では何やら夢が大きい鳥のようで、宰町と目立たぬ俳名にして他人《ひと》とは付き合う。この頃《ごろ》は、俳名の号でしか呼ばれないので、本名のことは心配ない……。

宋阿は、宰町がちゃんとした京の浄土宗の僧の弁空の紹介状を持参したこと、しかも、江戸で夜半亭を旗揚げして一と月もしないうちの弟子入りのせいで、初めから商人でいえば番頭みたいにして扱ってくれている。

宰町より、宰鳥が好きなのだが、宰町は知ってしまっている。

孔子・孟子の儒教の教えでは歳上との付き合いは大切、とゆうより、あれは世《よ》や村や家の乱れを無《な》くす道との政《まつりごと》の略《りゃく》、けれど、従って見せる体《てい》が大切。同じ歳でも、相手を持ち上げる。歳下には、ある割合いで威張り、その上で、う、う、うーんと大事にして面倒を見る。京の河原で身に沁みた生き方だ。それでも、次の乞食の頭《かしら》を決める直前は、釣った魚さえ、おのれの欲を殺して分《わ》け隔《へだ》てなく与えたのに、寝首を掻かれそうになった。

うむ、そう、人生はたった一人、さすらうと知りながらも、一年、いいや、一と月、ううん、一日一日、生き延びるためには、もっともっと自《みずか》らを殺して遜《へりくだ》り、頭を低く低く……。

厭《いや》になりおす。本来《ほんらい》、人は、他人に親切に、場合によって自らを削ってぎょうさん、尽《つ》くすのが道なのに、おのれの欲を強いて削っての「優しく」なんぞ。おのれが畏怖《いふ》する荘子には記していない、ここいらの、おのれ、わて、俺、儂《わし》、あっしについては。

——江戸の冬の凍ては、京より、じょう緩《ゆる》く、楽《らく》や。

「おーい、宰町、出かけるわあ。深川の『花風《はなかぜ》』や。次に『江戸源《えどげん》』。終《しま》いは『海音《うみね》』やて」

六十を過ぎて前歯四本しかない師匠の宋阿は、去年に訪ねてきた時の噂通り、この九月、点者組合から俳諧の評の値打ちの点数を付けることができる点者《てんじゃ》として認められ、鼻息が荒い。元元下野《しもつけ》の出身で、京で十年ばかり俳諧を学び、江戸に出てきて、一年半だが、京での実力と評判がものを言っているらしい。

「正月の句を集める歳旦帖《さいたんちょう》の準備と、句会にこれん弟子や連衆《れんじゅ》や御得意さんへの案内の書も儂《わし》に代わって書いて、弟子や手伝いの娘を使うて届けてや。遠い連衆や弟子には町飛脚に頼みなはれ」

「あ、へーい」

「何せ、おまはんの筆は永字六法《えいじろっぽう》も知らん出鱈目《でたらめ》さかい、かえって単純、質朴《しつぼく》で説き伏せるのや。貰うた相手も安心する。うん、来年の梅が咲く頃には、深川の『江戸源』の十五、六の女を上手に抱かせるさかいにな、俳諧で銭が入るようにもちっと句を学ばんとあかんえ。そう、わいは六十を過ぎて、十五、六の女は小便臭くてかなわんから一番弟子のおまはんに任せるわ」

こういう師匠の宋阿だが、未だ深川には連れて行ってはくれていない。

宰町は、やるかやらないか定かではない、気《き》っ風《ぷ》が良く粋《いき》との評判の深川の芸者との遣り取りは、面倒であり、何となく「さすらい」の流れ流れのおのれに似合わない。すぐに、情というより軀の欲を交え、その後はきっぱり別れ、その瞬《まばた》きの情と軀を愛《いと》おしみ、悲しみたい。もしかしたら、ここの「夜半亭」の同じ弟子や通う門人の噂する「柳橋の橋の袂《たもと》の舟饅頭《ふなまんじゅう》」、「幽霊の出そうに田舎の音羽《おとわ》の夜鷹《よたか》」の後腐れのない交わりが最も望ましい……。

うっせえおすうっ。

捨て鐘三つが鳴り、続いて八回、鐘が響くというより轟《とどろ》いた未《ひつじ》の刻、真昼から夕方への時だ。ま、しかし、少しずつ、ちょっぴり生活《たつき》の匂いに満ちているとも感じてくる鐘の音だ。

思う。

師匠の宋阿の、軀や胆《きも》の内にある底力《そこぢから》は、ひどく小さな十二、三歳などの身の丈にあると。人人のあれこれの性《しょう》や質《たち》と比較し、推し測ると、普通の人より劣っているという激しく厳しく、自らの中へと籠《こ》もる思いは、凄まじい才、とんでもないおおらかさ、優しさを生むのやてと。

ならば、わいの強みは何やろ。

父親に十歳で死なれ、ぎょうさん可愛がってくれたけど母親の淋しさゆえとしても男ぐるいに裏切られ、憎いが世話になったし義理と恩義のあるあん男を殺め、いや、あん男は愛もくれたのや……逃げに逃げ、たった一人……。

そのくせ、京の乞食暮らしで他人《ひと》との付き合い方を上辺《うわべ》と底で知り、寺小僧で居候《いそうろう》をして他人の気配に敏《さと》くなり……。

うむ、そうや。やっぱり、一人で生きるしかないとゆう人の生を知ってること、流れ流れてしか生きられんちゅうことを身をもって知ることができたことやろな、これまでは。

この点、宋阿はんは懐《ふところ》が深いわ。「俳諧は師の教えに従うと上手にならんよって。弟子や御得意さん、連衆《れんじゅ》のみんなにはあんまりこの骨法《こつぽう》は喋らんようにな。けれどや、伸び伸び自在にが大切中の大切」と宰町に説く。ま、おのれは、けんど、どうも俳諧の才はなさそうだと考える。

然《しか》り。定例の月並《つきな》みの連句の会で、宋阿は、宰町に参会した人の句を懐紙《かいし》に記させたり、句会の進める役の執筆《しゆひつ》をさせてくれている。が、発句でも付句でもどうも他の人の作る句へと互いに凭《もた》れかかる詩《し》の形が、別別の参加者の作る長句に短句に予《あらかじ》めあり、たった一人の淋しさや嬉しさや悲しさが出てこないと感じてしまうのだ。醜い我儘さのゆえだが、むしろ、五七五のみの発句、長句だけで独り立ちさせた方が肌触りが良く骨身に胸や胆にぴんとくる……。その上、句会での「梅」とか「桜」とか「菖蒲《しょうぶ》」とか「とんぼ」とかの決められた題について詩を作るのも窮屈だ。うむ、そうや、独吟《どくぎん》がええ。言葉の遊びや芸ぐらいでの我儘は法然さまも許すやろ。

むろん、芸や技の磨きだけでなく、みんな仲良くの雰囲気と、互いにそれを現《げん》の商いの武器にしてゆく利点は大いにある……のだ。実際に俳諧の座で、宰町は、下総の俳号は雁宕《がんとう》とゆう世話好きで色黒の芋《いも》顔で兄弟子の豪商、毛越《もうおつ》という京から宋阿を慕って下ってきた同世代の男、宋阿の門弟で京から句会に参じる長老格の宋屋《そうおく》という白い顎鬚に気品のある老人とかと知り合っていて、あれこれ世の中について教えられている。

が、けんど、しかし、なのだ。

俳諧の諸諸の用件のない時はせっせと大川《おおかわ》、江戸湾や梅の花、職人の姿などを描いている宰町の画を描くことに、宋阿は文句を付けない。それどころか、細くて小さい軀全体で笑い、あれこれ評してくれる。

「おまはんの人物の顔、姿、動きは下手糞《へたくそ》過ぎる。手本の粉本《ふんぼん》に忠実だからや。誰ぞか、生きてる人を写し取ってみいや」

重ね重ね思う、名なしのごんべえ、土良三、円春、思いは宰鳥で通称宰町は、実にできた先達に出会うのだ。男としての魅く力にも満ちていた〝本物〟の僧の弁空、この俳諧の師の宋阿……。おのれ宰町の両刀好みの遣《つか》いのゆえか。違うのやと、宰町は考える。ここでの師の宋阿には芥子《けし》粒一つ、菜種ほどの男色への気配はない。寂しいぐらいだ。その宋阿は、どう考えても正しく的《まと》を撃つ、おのれ宰町の画の拙《まず》さについて話した。

よおっし、宋阿の門人一人一人の似顔絵を描くのが良え。そう、句会での自ら呻吟《しんぎん》し、他人への気配りで心を磨減《すりへ》らしながら、連句の約束ごとを守り、他人《ひと》の作った前句《まえく》の賞味と自らの作りに首を傾《かし》げたり、凄い句に頭を垂れたり、句が出ずに頻《しき》りに厠《かわや》へ通ったり、作り笑いをするその様《さま》を。即興で描いて、本人が喜ぶなら土産《みやげ》に。あかん、そこまでは師匠は許さんやろなと、宰町は溜息をつく。

そうやねん。手伝いの女二人のうち一人は、つたとゆう、出戻り女で二十八、底意地の悪さがあるさかい、かえって、顔に気持ちが滲《にじ》むそのところを描いたらどうや。そうやっ、小袖姿で裾を絡《から》げてもらい、あの、えろう、ちゃちゃむちゃくに、たっぷり、どでかい尻を描くのはどうや。駄目、出戻りでも、染物屋の長女、誇りが許さず、下手を打ったらぶっ叩かれる。もっと悪い時には、再婚の男として追い駆けられる。

けんどな、南蛮《なんばん》とはようゆったわ、「蛮」のつく国国の和蘭陀《おらんだ》では、いいや、その周辺のほとんどの国では「美しい」「清い」「うんと、うんと昔の人としての感情の蘇《よみがえ》り」と、女の素っ裸を堂堂と職としての絵師が描き、真面目かつ真剣に追うとの、長崎で通詞《つうじ》をした旗本の男の話やて。なるほどおす。

宰町は、重くてどでかく罪深いことを為した十五歳以来の独り言を止められず、自らの浅く、淡く、ほんの束《つか》の間《ま》の、東海道の旅籠《はたご》の飯盛女のことを思う。短い、あ、あ、あっの時だっただけでなく、油や値の張る蠟燭《ろうそく》を節約した明かりの丸行灯《まるあんどん》や手燭で、客を早めにころころ転がす工夫とゆうかけちな商いの遣り方、乳房や尻や尻の谷、繁みや丘や女陰をとっくりとは見させてはくれなかったのだ。いや、だからこそ、次を、となって良いのだろうか。

ならば、先先月に住み込んだ、もう一人の手伝いの女、出自を師匠は語らんし本人も喋らん娘っこ、ともはどうやねん。両目は、現《うつつ》には行ったことはない紀州や江戸の田舎の武蔵野《むさしの》の森の中にぽっかり湧く泉みたいな濃い瞳、幼いゆえか疑いと無縁、丸顔で流行りの瓜実顔《うりざねがお》ではないけれど口の形も締まりが少し緩《ゆる》くて男に安心の気持ちを与える。でもや、まだ十一歳や。可哀想やな。いんや、描くだけで、指一本も触れなんだら……。誤りや、噂が立ってともが不幸になるよって。ちゃう、ちゃう。師の宋阿の、わいの粗《あら》い素描としても削用《さくよう》筆で、さっさ、うんうん、こんぐらいで的《まと》は撃っとるとの自負の心で描いた画について……の反省や。

「しかし、宰町、おまはんの画は手本を食み出して余りある伸びやかさも、時折りあるわな。おまはんの書《しょ》と似ておるの。町狩野《まちかのう》に教わらん無風流のぎごちなさの絵の中の自在さや。名人ではないけどや素人《しろうと》が楽しむごとき心地良い三味線の味や、拍子が自分勝手な少し勇ましい太鼓の音の味やな」

ぎょ。僧の弁空も要《かなめ》のところを見抜いていた。が、年の功《こう》とは確かにあるわいと宰町は念仏とか俳諧に人生を賭けてきた人への畏怖を思ってしまう。そう、母の爪弾く三味線の響きとおのれが打つ太鼓の鳴りは消し切れぬ——同じく、おのれが、出刃包丁で肉を深深と刺しぬき、五臓《ごぞう》の幾つかを潰《つぶ》した胸糞のほんまに悪い轟《とどろ》きも……だ。

「なのに、宰町、おまはんの句は、七七の短句はまるで駄目。五七五の発句、長句も付句の人が困るようなおのれおのれの突き出しや。ま、俳人は死の際でのうても独吟の十七文字の発句集を板行《はんこう》したがるさかい、解らんでもないのやがな。この大和の史《ふみ》では誤り、邪《よこし》まの、おのれの欲に、五七五も、七七も、嵌まって、溺れるのやて。儂も……や」

序《ついで》のごとくに、宰町の苦手な句作についても宋阿は評し、

「書も画も、指や軀が覚えるように稽古《けいこ》に稽古や。儂は書画はよう知らんけど、たぶん、それに心眼《しんがん》が必要やねん……。とゆうても心眼の法《のり》は難しいわな。生きている歓《よろこ》び、悲しみ、造化《ぞうか》、天然《てんねん》の美し

さ……難しいやて」

と付け加えた。

「俳諧はな、稽古では上手にならへん。たぶん、芭蕉はんのようにさすらう旅こそ人のほんまの真《まこと》、その移ろいの中で、実《じつ》の眼と鼻穴と手触りと耳穴を経てわび、さび、軽みの心境なのやろな」

「は……あ」

生涯を費しても大いなる芭蕉の一万分の一の名句も作れんやろうけど、何となく芭蕉の句作と人生の絡みが宰町に見えかけてくる。そうか、芭蕉の真は〝さすらう〟ことにあるのやと、人生で二千や三千の発句は作ったという芭蕉を「作り過ぎ」と思っていたが、その心が解りかけてきた。

「けどや、宰町、儂は、俳諧は遊び心と思うとるんや。遊びが、時に唐《から》の詩へ、絵空《えそら》ごとへ、たまーに、生と死の正面からの向かいへと。いかに、ぎょうさん句を作っても、所詮《しょせん》、人生の重さや苦しさにはどうでもええことさかい」

うーむと、若い宰町には驚きとも不可解とも映ることを宋阿は重重しくではなく軽く軽く、童唄《わらべうた》を鼻先で歌うごとくに話した。

そして、忠告をくれた。

「和歌を作る高貴で暇《ひま》な御人も、儂達の俳人も、せやけど、遊び心と絵空《えそら》ごと、そして、たまたまの死生のことを詩の一つの形で表わすさかい、過ぎた句作は忘れるもんや。せやから、反故《ほご》紙にでも、いいや、きちんとした懐紙に残しておきいな、宰町」

「へい」

宰町は、解って解らない宋阿の忠告だが、故郷を逃げてからの習い、こう答えた。

――んなら、年の暮れだし、今年の句作、とゆうても、発句か、平句《ひらく》の長句か、記しておきまひょ。そう、この記しの紙は、師匠の説の通り、毎年毎年書き、取って残しておくのが良《え》えかも。〃さすらい〃の生としては、ちぃーっと、みっとものうて、しるい湿りがあるなあ。
《尼寺や十夜《じふや》に届く鬢葛《びんかづら》》
まだ筆先に墨がたっぷり残っているのに、今年の句作のできの良い長句はこれ一句だけなので、大切にするつもりの年の暮れの日誌には一行のみだった。「十夜」は、僧の弁空が属する浄土宗の念仏修行。「鬢葛」は、髪の整え手入れに使う油だ。
せやけど、我れながら駄句や。読み手が……おらへん、不在や。言葉の格好《かっこ》付けばかり。

二

そして、本名を忘れた振りをしている若い男は二十五歳となり、もう二日ばかりで二十六歳となる師走《しわす》である。

師匠宋阿の弟子の、下総《しもうさ》は結城《ゆうき》の名家の砂岡雁宕《いさおかがんとう》の紹介で、二度目だが、常陸《ひたち》は筑波山の麓《ふもと》の西、桜川の流れるところの百姓家の別棟にいる。京にいた頃と違って頭は丸めていないが、ここは江戸より冷え込み、頭のてっぺんから寒さがくる。

師匠に勧められた通り、懐紙に、今年のできの良い五七五の長句を記そうとするが自信作は一句もなかった。

江戸や関東の人人には、筑波山は富士山の三割ほどの人気がある。万葉《まんよう》の時代、東国《とうごく》ではどこでもあったというが、とりわけここいらあたりの歌垣《うたがき》、嬥歌《かがい》は有名で、豊作を前もって祝い祈る儀式で、群がり歌って踊り、男と女が、むろん、神事だけでのうて助兵衛の心でおおらかに裸で交わり合う祭りの名残りゆえか、そう、「あどもひて　をとめをとこの　ゆき集《つど》ひ　かがふ嬥歌《かがひ》に　他妻《ひとづま》に　わも交はらむ　わが妻に　ひとも言問《ことと》へ……」と長歌にあるせいだろう、この山は尊ばれているようだ。

うん、二つの峰を持ってなだらかに割れ、ゆったりとしている筑波山は格子窓が邪魔のように、曇り空の下、藍《あい》色に笑っているみたいだし、幅二十尺、人を縦に並べて四人分の小さい桜川も枯れ葉や小枝を浮かせて流れ流れている……から発句を独吟として一句、作る……か。

《行年《ゆくとし》や芥《あくた》流る、さくら川》

ふへい、雁宕の好きな謡曲を散散聞かされて、その『桜川』の「まこと散りぬれば、後は芥になる花と……」の思いを借りて、過ぎた一年をこの川に流し去り、新年を迎える構えのつもりや。けんど、どうも……でんな。

雁宕のいる結城からここ筑波山の麓にきたのは、おのれ宰鳥、そう、みんなが「〝町〟より、〝鳥〟の方がおまえさんにはふさわしい」とやっと宰鳥としてくれているけれど、師匠は大切に扱ってくれているし、こうやって旅に出して餞別もくれるし、もしかしたらとしても飯を食う種として俳諧を学ばせてくれてはいるけれど、やはり、一つのところに寝泊まりして決まった人と付き合うのがどうも息苦しいのだ。定まった住《す》み処《か》は、性《しょう》に合わん。息苦しい。

それでも、息苦しくないたった一人がともなのだが、決心を迫られてしまうことが起き始めてしもうてまんね。

——そうや、あのともも、あと二日で、十四か。そろそろ女として婚《こん》を為す年頃でんね。

それが、そのう、せんどくさ。

今年の夏のことだったわ、藪入《やぶい》りの時、むさんこ暑い昼やった。

根性が足りない弟子は、それでも良《え》え、と思うが、ま、も少しかにここにとも考えるが、俳諧師にはなれぬと正しくか、早とちりと正しゅう考えてしょっちゅう入ったり出たりしているが、藪入《やぶい》りとて新弟子の二十そこそこの二人が江戸では野暮《やぼ》で鄙《ひな》びた池袋村と、どのつく田舎という目黒《めぐろ》村へと里帰り。師匠の宋阿すら、ま、この頃、老いのせいか痩せ方が目立ってきたが、梅雨が明けると「暑くて堪《たま》らん。海風の匂う房総へ、館山《たてやま》へ行くわ。よろしゅう」と消えてしまった。深川の芸者を連れ、四尺八寸のちっこい軀を震わせて。

　それで、残ったのは、ともだった。

「おうい、おまえさんは帰らんのかあ」

がらんとする「夜半亭」の、弟子のうら若い男や手伝いの女がいなくなり森閑とした溜まり場の八畳の部屋へと声を掛けると、当たり前、「いる」と知った上で呼んだわけだけれど、

「はーい。飛ぶ鳥みたいに伸び伸び、巣《す》も忘れて、詩《し》っていうんですか、その一つの遊びを、ちゃーんとやる人、宰鳥さーん」

　との答えを聞き、宰鳥は、おいーっ、俳諧を作って「わしゃの句は」「俺の句は」「拙者の句は」と老人、中年、初老、若い男の自惚《うぬぼ》れを、この未《いま》だ小便臭いともという女は知っていると少し腰の骨と背筋を伸ばし、しゃきっとさせた。

「俺は俳諧の才はねえさ、おとも」

「そんなことはありませんて。御師匠さますら、発句や付句のでき塩梅《あんばい》を宰鳥さんに相談しているじゃありませんか」

　ともは、今時は流行らぬぽっちゃりの丸顔だが、十三の娘だからか、両目が黒く澄んでいるだけでなく、迷いそうに深い森で出会う湧き水、泉のごとき透き通った青みがかった色を持っていて、それ

を全て開けるようにしてぱちんぱちんと長い睫《まつげ》を瞬《しばた》いた。

「句をあれこれ評《ひょう》するのと、作るのは別もんだ」

そりゃ、ま、句会では前句に付《つ》きながら、独り立ちもする句を作らんとあかんわけで、評と作りとを兼ねておるけど……。

「俳諧は、春、夏、秋、冬の造化《ぞうか》のみやびを追うんでしょ？　こういうのは、やはり、稽古に稽古を重ね、ある年まで粘って、苦しんで、喜こんで、精進した後に、老いてから本物になるんじゃないの？」

どきり、とするほど老成《ませ》たことをともは口に出した。句会で茶を出したり、末席で知った耳学問なのやろかと宰鳥は嬉しくなりかける。

「宰鳥さん、旅をしたらどうなのかしら。四つの季節が身に沁みるし、道も宿も御飯も頼りなく安心できないからこそ句が生まれそう。老人の気分になれる」

「え……」

「《行《ゆく》はるや鳥啼《なき》うをの目は泪《なみだ》》とか《荒海や佐渡によこたふ天河《あまのがは》》とか唄《うた》った芭蕉さんみたいに」

「おいっ、おまえの父親は俳諧をやっていたのか」

俳諧の発句を「唄う」と言い表わすともに宰鳥は驚く。そもそも、芭蕉の句を諳《そら》じてるなど。

「え……生意気言ってごめんね」

い、ともは意味のはっきりしないことを喋って言葉を濁した。そうだ、師匠もとも本人も出自は一切告げてはいない。待て、ともが口に出した「俳諧は造化のみやびを追う」は芭蕉の『笈《おい》の小文《こぶみ》』での「風雅」「造化にしたがう」の説そのものだ。おのれ宰鳥すら、師匠の宋阿にひつっこく命じられ、読んだのは弟子になってから一年半して……。

「それに、宰鳥さんは、書《しょ》が仮名も漢字も上手。勉強すれば、あと五年ぐらいで職としてやっていけますよ」

「そりゃ、おおきに。いんや、ありがとうだが無理だろうな」

「画だって、師匠がいないのに、かなりですよ。画が売れるようになるのは時がかかるらしいですけど、死ぬつもりで稽古をして学べば……御師匠さまも言ってましたよ、『画の姿形《すがたかたち》は人も顔も竹も桜も整《ととの》ってないが、命が脈搏《みゃくう》っておる。何より、紙一枚に図を収める構えの物や形がひんなり落ち着くわい』と」

「買い被り過ぎだ」

「そんなことありませんって。あたいだってあたいを描いて欲しいもの」

「ああ、いつでも描きまっせえ。いんや、描く。今から、やろうか」

ともは美しい娘とは必ずしも決めかねるとしても、分厚く、深く、迷子になりそうな杉か松か針《はり》の葉っぱの積もる深い森の中の泉のごとき眼と、うーむ、首の色白さは真新しく張り替えた障子より白く、良《え》えわ、何か救いを求めるごとき両唇のちっこく捲《めく》れた形も「描くでえ」と宰鳥は水墨画に使う、この筆一本で全て楽しめて線の下手糞なのは誤魔化せる没骨筆《もっこつふで》、硯《すずり》、水、高価な紙なのにここ「夜半亭」は弟子が多くかなり儲かっていて沢山あり、滲《にじ》みの出せる麻の生紙《きがみ》を自室の四畳半へ行って用意し、弟子や手伝いの溜まり場へ戻ってくると、ともは、近頃は正座と呼ばれる両膝を揃え、畏って背中に鯨尺《くじらじゃく》を突っ込んだようにしている。

「済みません、気が抜けなくて、心も軀も強《こわ》ばって、汗がだらだら……で」

「しゃあねえさ」

宰鳥は硯に水を落として石を磨《す》りだすが、あまりにともは汗だらけで、夏用の薄い単衣《ひとえ》の小袖の襟元は汗の粒が真ん丸になってびっしょり、顔はそれどころか蚯蚓《みみず》の這うように筋を作っている。

仕方あるまい。立秋は過ぎたけれど、盆《ぼん》を挟む藪入《やぶい》りの頃が、実は一番暑い。そうやて、忘れねばならぬ浪花《なにわ》は淀川の河口と大坂の海の境あたりは一年で一番に波が大きい時……だんね、藪入りの日《ひ》日《び》は。あの母の、行水《ぎょうずい》……も瞼《まぶた》の底を掠《かす》めゆく。

「おとも、庭で行水せんでもここは内風呂《うちぶろ》がある。ありがてえや、贅沢《ぜいたく》でっせえ。汗を流してきたらどうやねん、冷んやりした水で」

「ええ、そうします。宰鳥さんは、やっぱり京や大坂の出なの?」

十三の少女の清くうぶで、真に魅《ひ》きつけて止《や》まぬ二つの眼が、どはっさい、お転婆《てんば》娘のごとく睨《にら》みつけてきた。

「いつ頃からかの、覚えが、ふっと消えてな。ま、かんべんや。あ、おともは、藪入りなのに、何で、帰らんのや」

上手にともの問いをはぐらかし、逆に攻め寄ったつもりで宰鳥は聞いた。

「さすが、御師匠さまだわ、口を噤《つぐ》んでくれてるんですね。あの、言えません。宰鳥さんがあたいを嫌いになるから」

簞笥《たんす》代わりの七段の棚の一番下から、浴衣《ゆかた》や、あれこれ謎めいた襦袢を取り出し、「夜半亭」の北側の厠《かわや》の隣にある内風呂へとともは小走りで向かった。よほど暑さに参っていたのだろう、盆踊りでもやるような弾む調子の歩み方で、廊下が、きし、きしっ、とと、とととんと、発句の五七五ごときのように鳴る。上機嫌で燥《はしゃ》いでいるみたいだ。

――隣り近所から経《きょう》をあげる僧侶の眠た気な唸《うな》り声がする、浄土宗では聞いたことのない『般若心《はんにゃしん》経《ぎょう》』だ。

そして宰鳥とともしかいない「夜半亭」の庵《いおり》に、ぴちゃぴちゃと水の跳ねる音がする。

そういえば、東海道の旅籠では暗い中か安い油の行灯《あんどん》の暗い橙《だいだい》色の光の中でしか、しかも、年増《としま》女《おんな》のそれしか見たことがなかったのやなあ、ついつい、いんや、好奇の気分と色の欲を堪え切れず宰鳥は湯殿へと忍び足で行く。忍び足なのは、やはり十三の娘に対して済まないという気持ちがある。が、途中で、おのれはこと色欲に関しては狡《ずる》いと知るが、いきなり急に引き戸を開け、おどけ、ふざけの体《てい》を装い、ともの裸を見る取《と》り繕《つくろ》いとしての効き目があろうとも考えた。

いつもより引き戸がむさんこに渋かった——振り返れば命運をちんと知らせていたような。

「あれ、嫌ですよ。宰鳥さん」

しゃがんで腋《わき》を手拭いで拭いていたともが振り向いた。

宰鳥は、息を飲む。

ひどく薄暗い風呂場に、仄白い乳色の昼顔が簀子《すのこ》から天井へと、直線の縦《たて》の流れで群《むら》がるようであり、楚楚《そそ》とした一つの白い塊《かたまり》としてまぶしい。

未《いま》だ十三なのに、腰は初初しさを越え、たっぷりと溢れる肉ではち切れる寸前だ。

胴回りは括《くび》れ切れてはいないが、痛痛しいほどにほっそりして、腰の肉と逆の感じをよこす。

南蛮、西洋では、この国の春画とはちぃーっと別で、女の裸を美しいものとしてうんと昔から描き、石の像に彫《ほ》ったり刻んだり、画にすると聞くが、その心と情が解りかけた。海原に潮が上がって満ちるものをよこし、清く澄んで冷めたさすら送ってよこすんのや、こりゃ堪らへん……。清冽《せいれつ》とゆうやつでえ。

「水を引っ掛けますよ、宰鳥さん」

背中、尻、両足を見せたまま立ち上がり、首だけを火口の竈《かまど》から背け、ともが捲れぎみのおちょぼ口を尖らせた。

「引っ掛けても良《え》え。ずぶ濡れになっても見つめていたい。綺麗な素裸だ。目が、眩《くら》む」

「御世辞が上手で、困りますよ。助兵衛それだけでしょうに。あたいは、まだ子供の軀」

いともが、今度は、こちら向きとなり股間に左手をやり、乳房を手拭いで右の方だけ隠して拗《す》ねる。

なるほど、その左の方の乳房はまだまだ成長しそうで椀《わん》の七割の嵩《かさ》だが、太腿は既に肉づきが大人の女のように逞《たくま》しく、かつ、柔らかそうやねん。しかも、股と股の狭間を手で隠しているぶん、その芯のあれこれを夢想させ、色欲の大きなものをそそり立てる。

西洋の裸の像や画は、たぶん清く澄んでる美しさだけではないのやろうとも解りかけてくる。助兵衛に燃える五官を擽《くすぐ》る絵師と、それを観《み》る者の熱い眼……もあるんえ、たぶん。

「なら、描いたらどうなのかしら、画の研鑽《けんさん》に」

いともは難しい「研鑽」などという言葉を使う。父親は、寺子屋の師か、薬師《くすし》か、まさか儒者ではあるまい、客や弟子の数は多いがこないなちっこい俳諧の庵に手伝いには出すまい。

「良《え》えんか、いんや、もとい、いいのか」

「あたいの軀は大人の女ではないのに『目が眩《くら》むほど綺麗』なんて、嬉しいもーん。画の題材《だいざい》の見本に使って、画の凄さを見つけて欲しいわ」

このいともはどこで仕入れて覚えてくるのか今度は「題材の見本」などということを口に出す。

いや、男の軀も、骨の頑丈さ、肉の例えようもない筋張《すじば》った動きと、魅《ひ》く力に滾《たぎ》っているけれど、女の軀は、正直に感じ、思い、納得してしまう、男の十倍、いんや百倍の見事さ、謎、色欲を強く強く小刀で脇腹や胸の骨を刺すほどに痛みや快さを訴えてくる。

ゆえに。

「ここは、蛞蝓《なめくじ》が、ほら五匹も。宰鳥さんの部屋で題材になります」とともの言葉で風呂場の外へ出て、縁側となってる廊下でともを振り返ると、女の大切そのもののところは隠しておらず、後ろ髪の水っ気を拭くおおどかなともなのである。

宰鳥は我慢できず、ともの両肩を抱き、南蛮での「濡れ場の始まり」と噂される口吸いをついついしてしまった。唇には、細かいが、ぎっしり縦皺《たてじわ》があり、女の性格ほどに肉《み》が詰まっていると、いたく、知らされた。

板塀の高さからしてこちらが見えるわけがないと、逸《はや》る気分で、ともの秘部をおし開いた。

それでも、あと二、三年ほどで婚《こん》を成すのが時世《ときよ》の習いとしても、十三歳と若いともへの科《とが》の後ろめたさが湧いてくる。その上で、まことに、その秘処の色あいの桃色の濃さ、繁みの淡さ、秘処を包むような小高い丘の健やかさ、おまけに、行水をしているのにその狭間の小水に焼いたばかりの唐黍《とうきび》を混ぜたごときに似た匂いが漂ってくる。おのれを制し切れない欲に息が苦しい。

それより、この娘が幸せになれるのか、この後に……。解らへん。

それに、この娘におのれ宰鳥は縛られ、さすらうことはできんさかい……。ぎょうさん小狡いおのれの思いやて……。けんど、わいには、安心して住める家も土地もないのや。性《しょう》にもむさんこ合ってないわけで、どないしよう……。

せやけど、このともを、もっともっと知りたい。

——それで、あれこれの優《やさ》言葉を告げてから、ま、面倒やの、ともの全身を反故紙に写し、そういや、不思議に感じたことを聞く気になった。

「おとも、この藪入《やぶい》りに家にも帰らんで、お父っつぁんは何してるのか」

「はい……二年半前、死にました。両国《りょうごく》で寺子屋を朝から昼間まで、夕方は月三回は町狩野《まちかのう》として画を教え、月一回は儒学を。そして、自分で俳諧を『下手糞の名人』と学び……」

やっぱり、この娘はあれこれ知ってるさかいになと思ったが、いや、十や十一で父親を亡くしたのは辛かったでひょとおのれ宰鳥が父を亡くしたのは十ぐらいだったわけで身につまされてしまう。

「お母っつぁんは？」

「はい、お父っつぁんと一緒に死にました」

「えっ、おいーっ。何やて？　夫婦で心中か、借金で苦しんだのやろか」

「いいえ」

これ以上を宰鳥は聞けない気分となる。

とももそうだろう、紺地に鬼灯《ほおずき》の咲く浴衣を、さっさと身に纏い、金物《かなもの》と金物《かなもの》がぶつかるみたいな硬い音を立てて帯を締め、帯を拳《こぶし》で叩く。

「三人組の押し入り強盗が……父の喉を包丁で滅多突きして……挟箱《はさみばこ》ごと持ち出し……火を放って、恐ろしさで腰を抜かしたあたいが逃げ遅れ、お母っつぁんが火の中であたいを助けたけど、障子戸の框《かまち》に蹶躓《けつまず》いて……髪に火が移り……焼け死にました」

薬罐《やかん》の湯の煙が消えていくごとく顔の動きをなくして、ともは呟《つぶや》くようだが、はっきりと答えた。

宰鳥は、まざまざ、十五の時に為《な》したことをつい今朝のことのように思い出してしまう。

この娘とは……あまりに経《へ》たことが似ておるんえ……もしかしたら、もしかしたら、離れられん……のかも。少くとも見守ってやりたい気持ちが込み上げてくる。春の盛りの満潮のくる海の膨れ上がるような……。

「それで、上野《うえの》に住む叔父さん、お父っつぁんの弟の家に引き取られ、でも、叔父さん家《ち》には子供が五人もいて……そこへ、お父っつぁんの友達で俳諧の御師匠の宋阿さまが訪ねてきてくれて、ここへ……ですよ」

「そ、そ、そう……それは、それはだ」

こうしか、宰鳥は答えられなかった。

「あら、宰鳥さんの軀の中には、太鼓や三味線や、笛みたいな音の調子が入ってるんですかね」

「えっ……」

「あたいへの答の言葉まで『そ、そ、そ、そう……それは、それはだ』なんて、五つと七つの楽《がく》の拍《はく》だもん」

「偶偶《たまたま》……やんけ」

十五歳までの母と遊んで祭りの準備などをした暮らしと、怖いあの瞬《まばた》きほどの短い一刻が眼の裏に出てきて、宰鳥はこの暑さなのに寒気を催《もよお》してくる。

「そうかしらね。まだ句会でも目立たないけど、いつか、宰鳥さんは、渡り鳥が鳴くみたいな伸び伸びして、漂う俳諧の名人になる気がしますよ。だって、肉や骨だけでなく髪の毛や毛の穴まで音を出す器が詰まってるもん」

「よいいしょは止《や》めろ」

「そうかしら……あたいはお父っつぁんが包丁で突き殺された喉笛《のどぶえ》の悲鳴、お母っつぁんが燃えながら家の下敷きになった時の死ぬ叫びが……厠《かわや》で屈んで……小水を出す時に、必ず……だもん。大きい方でも」

「あ、あ、あ、あん」

身につまされ、宰鳥は呻く。

そして、このともが、おのれと同じく、心の痛みやでかい傷が癒されるにはとおない、とんでもない時がかかる、否《いな》、死すまで癒すことはできへんやろと思いが至る。

「ほら、大切な話になると宰鳥さんは五つの拍《はく》と七つの拍で喋るのよ」

「う、うう、うう」

「だから、たぶん、発句、長句の五七五向きなんだと思うの。あら、直《じか》の感じです」

「………………」

暫し、宰鳥は、新しいおのれを発見したような気分となり、口を噤《つぐ》む。

「黙《だ》んまりも句に……似合ってるわ。そうなんだわ、俳諧とか和歌とか漢詩とか……沈黙を背中に負ってるのね。だからこそなのね」

この娘は放すまい、いいや、それではしがみつきの人生になると、宰鳥は悶悶《もんもん》とし始めた。

——暮《く》れ泥《なず》んできた。空が濃い鼠《ねずみ》色となり、筑波山は群青《ぐんじょう》色に藍《あい》色の顔料を混ぜたごとく厳しくも滑らかな峰の線を見せ、暗い空を区切っている。山自身は岩、土、木木《きぎ》が一つの塊《かたまり》として迫ってくる。

どないしようか、ともを。

ま、この夕方の、筑波山が一番冴える姿でも描きまひょ。

宰鳥は反故紙に、筆先の細く、強い、削用筆で、筑波山と、おや、雲が中腹に湧き上がってきた、その姿と形を走らせる。

あかんねん。

ともの、初初しく、すっきり清らかが九割で、色欲を煽《あお》るのが一割の素裸が、筑波山を掻き消すごとくに現われる。

これでは駄目やねん。

画で食うには、もっともっと稽古しなければ、山、海、森、木木、岩、川を写し取らねばならんて。そう、絵画が盛んな京では、僧の弁空はんがゆうてた「写生《しやせい》」とゆう技があるらしく、それを磨かんと。造化を、自然を、天地万物を上手に筆によって真似をせんと。それで、その果てに、造化、自然、天地万物の心の根っこを荘子ごとくに解ることやねん。

いんや、ともの裸を見つめていた時に、下手糞なのに図図しくも、画の真《まこと》は、描こうとする的《まと》をぎりりと眼《まなこ》に入れてそのものを写し取るよりは、その的《まと》の情、移ろい、雰囲気、大本《おおもと》の気《き》を吸うことやと気づいたのや。

けれども、どうしても、宰鳥の胆《きも》や心《しん》の臓《ぞう》どころか、目の前にともの裸身が、それぱかりか、その淋し気な顔つきが、森の中の泉みたいな瞳が……。

よっし、ともと仲良くして、もっと知るしかあらへんよって。夫婦《めおと》に、ついにはなるように、未だ稼《かせ》ぎはないけれど、画で二人が暮らせるように努めに努め……。

宰鳥は十五のできごとから始めて、その値打ちがあり好きで生死を漂う流浪から、定まった人、女、場《ば》へと心が動きかける。

心が集まらない中、筑波の峰の絵を粗《あら》い筆遣《ふでづか》いで描いた。

けれど、途中で放る。

にしても。

筑波山より、勝手な絵空ごとの思いのともの裸の墨の画で、へとへとに疲れたわ。どない理由やろか。

腹が減った。

おーや。

「宰鳥。や、いるだべか」

足音だけで分かる。二月《ふたつき》の違いだが兄弟子で一つ歳上の、ここを紹介してくれた下総《しもうさ》の結城《ゆうき》の雁宕《がんとう》が、太鼓を一発「どーんっ」と叩いた後になお唸り続けるような低い声で戸を押してきた。

「お、お、お……尻も、おっぱいも、太い腿も食いつきたくなる女の画でねえげ。あん、びっくらこくどお。あん、おお、え」

雁宕は、燭《しょく》の揺《ゆ》らぐ灯《ともしび》の中で、いきなり、驚き、宰鳥の描いた絵へと真っすぐに歩んでくる。背丈は普通だが、肉づきが山《やま》の芋《いも》、自然薯《じねんじょ》の先ごとくで、男の男としての惹く力はあまりに足りない。

「あんだ、俳諧の親方になるより、絵師になれえ。俳諧は人気が鰻《うなぎ》登りの真っ只中でもだあよ、まだ作る人が少なぐて、儲からね。宗匠になるにも、点者《てんじゃ》組合がうっるせえべ。そんだ、発句、前句《まえく》付《づけ》に点数をあれして銭を取る邪道の組合だもの」

「ま、そうです……。せやけど、画の方も売れるには、御用絵師で抱《かか》えられるか、師匠に胡麻《ごま》を擂《す》って、うんと銭金で尽くし、えーと免許をもらわないと駄目で」

「そこの順序を、馬鹿にして、舐め切って、串刺しにして。なあに、画だって売れればこっちのもんだべ」

「雁宕、いや、雁宕さん。『売れれば』までが大変だろうや」

「気にせず、気儘《きまま》に、あっけらかあと越え、好き放題をやるっかねえべ。なに、無一文の裸で生まれ、死んだら焼かれるか虫に食われて無一文だべ」

「夜半亭」一門は、頭《かしら》の宋阿の懐《ふところ》の深さに似た気分があるけれど、ここまで言うか。

「蒲鉾《かまぼこ》と竹輪《ちくわ》の土産《みやげ》だもな。風邪を引くでねいっ」

雁宕は、土産の品を置いて「俺は母屋《おもや》で寝るだね」と外へ出て行った。

宰鳥は考える。

俳諧は、季題を予《あらかじ》め伝え、少くとも数人、多い時は十数人と集《つど》い、主な客が発句となる五七五を作り、その場で宗匠が短句の七七の付句を脇とし、それが呼ばれた人や弟子や仲間の連衆《れんじゅ》によって繰り返される。おのれと他人との気遣《きづか》いとかゆとりの遊びだけでなく、相撲や剣の試合ほどではないけれど競い合いの差し迫ったものをよこす。短句であれ長句であれ一人の句としての独り立ちがないと駄目だが、前の句への気配り、付句をくれる人への心遣いを求められる。そして、ここでの、信頼しあう関わりは、下手な画が売れるほどの兄弟子、弟弟子、仲間を作るかも知れない。

そうやねん。

俳諧は、その座《ざ》、仲間で和気藹藹《わきあいあい》、そして緊張、緩《ゆる》み、前句を味わえず自らを押し出したり、自らの押し出しが足りぬ時、場合によっては「あほっ」となり、「おーや」となる人と人との関わりがひどく人臭《ひとくさ》く、生臭く、群がる人の芸やて。

そう、その上で、商い、商売に役立つどころか、一対一でも、銭金の貸し借りができ、そうでんね、雁宕みたいに、旅の出迎え、旅先の人や宿の紹介と、義理でなく、文の芸での情けと湯たんぽほどとしても絆《きずな》を持ち合える。

一人、長句と短句だけではなく、別の人との合わせる気配りも、見栄も、背伸びもあっての文、文字の芸……やて。けどや、おのれは下手糞そのものや。

師匠の宋阿の長老弟子、京から年に二度ばかり江戸に下ってくる五十の爺さんの宋屋《そうおく》はんは元気やろか。雁宕は「その顎鬚には虱《しらみ》が棲《す》んでるでねえですか」と大真面目に聞いていたけれど、あの半尺もあろう白鬚は見事だし、気品すら漂っていた。句会でも、その後の酒を飲む会でも、拙《まず》いおのれ宰鳥の句の良さを必死に探して口に出してくれた。誉めるのに、おでこから脂汗《あぶらあせ》を滲ませていた。

宰鳥は江戸に出てきてから先達、俳諧の兄弟、仲間に恵まれていることに気づく。

やはり、十五のあのできごとにより、おのれの性格が、悪く評すればことが発覚しないようにと臆病になった。良く評すれば、忍耐を教えられ、「たった一人」という心を知り、「死生は一条」の荘子の心に参ったこと……だろうか。だから、師匠や仲間もまた親切に優しくしてくれるのだろうか……。

でもや。

俳諧の芸は、座《ざ》の凭《もた》れ合いが強過ぎてわいにはやっぱりちぃーっと似合わん。その前や、才《さい》がないのや。

ここまでぐだらぐだら考えていたら、再び雁宕が、

「宰鳥、忘れてただあよ、酒だっぺに。それとだあ、おめ、宰鳥の発句、長句は嘘が本当のような強味があるっぺに、どこかに生生しい具《つぶ》さなことを入れるともっともっとだあ。作り続けることが大切だに。明日の出で立ちは明け六つで今時は暗いだよ、日本橋石町《こくちょう》みでえに鐘は鳴らんどもね、二日酔いしねえで」

と、三合徳利を持って再びやってきた。

「あ、おめ、本当の生まれたところとか本名とか心の中に止《とど》めてねえのか。不思議だども」

「えっ、そう、まるで……済まない」

「謝るこたあねっ。ほんじゃ」

明きらかに深追いしない体《てい》で、雁宕は踵《きびす》を返した。

江戸に戻ったら、ともには打ち明けるか……。いんや……。

三

年が明け、元文六年。

宰鳥は二十六歳となった。

結城《ゆうき》から江戸に戻ると、梅が匂い立っている。沈丁花《じんちょうげ》の花は、もっと自らを言い張り、その香りで鼻穴から甘い汁が零《こぼ》れてきそうだ。

当たり前、「夜半亭」の敷居を跨いだらすぐ、主の宋阿に、旅をさせてくれた礼、恙《つつが》ないか否か、正月に少し遅れて出したはずの歳旦帖《さいたんちょう》のでき具合いなどを話そうとしたら、どこか静けさが覆っていて、あれーっ、目当てのともではなく、出戻り女で三十幾つになったか、つたが足を洗う桶を持って出迎えた。「夜半亭」の番頭扱いをしてると、ちょっぴり嬉しくなる。すぐに、その柵《しがらみ》におのれを縛る煩《わずら》わしさで素鼠《すねずみ》色の気分になる。

「暮れ正月と御師匠さんは寝込んでてね、元気がないのよ。そろそろ、あの世ね。頑張りな、宰鳥さん。『夜半亭』二世、つまり跡取りになるのはもう一歩二歩三歩だよ」

「とんでもねえ、わい、俺には、俳諧の才がてんと、いや、まるでねえ」

肝腎《かんじん》の、ともは出てこない、「どないしたん?」と気もそぞろの中で宰鳥はつたが差し出した手拭いで足を拭く。

あれこれ、いろいろ、せんど、むさんこに、浪花《なにわ》と京と江戸の言葉が頭の中で混じり合うけれど、そして、おのれ一人でうろつき、ふらつき、さすらいの一生を送りたいが、うら若いともが父を殺され、母が焼け死んだとうない傷を塞ぎたい。あ、いや、その裸を気儘に、撫《な》で、扱い、そうやねん、あそこにあれを貫きたい。

「あのさ、宰鳥さん。おとも、ともはね、大晦日《おおみそか》に、叔父さんが死んだとかで、その、かみさんがきて、連れて帰っちゃったよ。あのかみさん、強欲《ごうよく》そうだね、『暇人《ひまじん》の好きな俳諧の手伝いをさせてるゆとりなんざないっ』とさ。罪人をしょっぴくみたいにともを」

「そ、そう……でっか」

いきなり、気落ちした気持ちが鳩尾《みずおち》の芯《しん》を撃ち、宰鳥の足が止まってしまう。次いで、両足が、腿から膝まで、だるくなる。何やて……。

ちゃう、違う、そうではない、これが正しい道にして解《かい》や。

思えば、ともは、父と母のあまりに酷《むご》い死を見てきた娘、女、定めのある一つの場《ば》、住《す》み処《か》、人が大切なのかも。反して、おのれ宰鳥は好い加減、あれこれ人に指し図されず、人に必要より上の機嫌を伺《うかが》うことは大嫌い、「死生一条」に任せ、命を、人生を渡り鳥のように過ごしたい。

けれどもや。

も一度、会いたいわ、ともに。うんと、切《せつ》にや。

しかし、今は……宰鳥は、どうやら床に伏しているらしい宋阿の八畳の部屋へと向かう。

――宋阿は、自室で薄目を開けて寝ていた。

「ただ今、筑波の麓《ふもと》と結城から帰ってきました。お軀の方は、どないでしょうか」

そういえば、短軀なのにうっすら脂《あぶら》の乗った赤ら顔で覇気《はき》に満ち満ちていた宋阿の顔色は悪く、夏蜜柑《みかん》が地べたに転がって土《つち》に染まりかけた色に近い。

ああ、嬉しいわ、師匠は、軀に掛けてる綿入れと褞袍《どてら》を撥《は》ね除《の》け、がばっと、半身を起こした。腹の肉がぱちっとしておる証《あか》しや。

「あんな、宰鳥。こないな病が噂になるとや、弟子も御客はんも離れるわ。せやかて、月並《つきなみ》の連句の会には出たいのや。何とか、案内の便り、常連への誘いは頼むさかい」

「むろん、でっせ」

「それとな、この『夜半亭』の手伝いの若い男と女と上手に優しゅうやってくれ。ともが連れ出されて……困っとるんえ。あれは、叔母とかの食い物にされるわな。力を尽くしたのやが、ども、ならん」

「わてが、直談判《じか》して取り戻してきます」

「『血は水より濃い』で、無理や」

「そ……んなあ」

「ふうん、宰鳥もあの娘が眼鏡《めがね》に適ってると思うえ？」

顔色は黄土色で悪いのに、宋阿は、きっちり進んできた。

「え……はい」

「けどや、もう、遅い。無理。三島の旅籠屋《はたご》に奉公に出され……やがて、如何《いかが》わしい店で酌婦《しゃくふ》か……もっと地獄か。父親は、儒学と漢詩に詳しゅうて俳人への志《こころざし》、職としても成り立ちそうな絵師。もったいねえおすわ、あの娘の将来は暗いやて」

「そ……う」

宰鳥は、案外に元気な宋阿に喜んだ後の、ともの人生にがっくりくる。世に筋道の通る条理があるとすれば、その反対の、そ、不条理やんけ。

せやけど、これが、人の過ごす一生……。今の世間では……。おのれは、ともに何もできへん。

「………」

いつの間にか、師匠の宋阿が、下手糞な篳篥《ひちりき》のごとき甲高い鼾《いびき》を掻いて眠っている。

そうや……。

ともをいつの日にか探し当てねば……。

でも、わいの、俺の、あの身震いと厭で堪らぬ十五のことの熱《ほとぼ》りが冷めるのはいつの日か……。

そう、ともを食わせる飯の種も得ねばならぬ。

せやけど、流れたい、さすらいたい……。


——次の年の皐月《さつき》五月に、師匠の宋阿は舌が縺《もつ》れ、言葉が澱《よど》んでしまったのだが「わいの句の、句の、句の……板行《はんこう》……を」だけはしっかと口に出し、水無月《みなづき》六月六日、梅雨空が稲光《いなびかり》でむしろ白くなる朝、息を鎖《とざ》した。右手を深川の贔屓《ひいき》にしている愛妓《あいぎ》に預け、左手を五人の弟子の中でも宰鳥にだけ預け……。

人は、死の際まで、どんなに荘子が「死生は一条」を説いたとしても、欲、執着の煩悩《ぼんのう》には勝てぬらしい。

待ちいな……だから、せやから、煩悩を持つからこそ、人は、人は、人は、喜びを知る……がっかりもする……嬉しがる……過ぎた哀しみを知る……望みのなさの次に縋《すが》る……のと違うか。よっし、他人《ひと》には決して見せぬように、自らには画の才はちゃちゃむちゃに、句の才はぎょうさんあると信じ込ませ、自惚《うぬぼ》れの業《ごう》に酔い、楽しみ、鍛錬《たんれん》しよう……か。

——通夜、葬い、挨拶回りと、雁宕の助けを貰って何とかやり切った。が、宋阿の遺した発句や長句を集め、その題の『一羽烏《いちわがらす》』を決めて編《あ》もうとしたが、銭がない。いろいろ宋阿が句を教え、点付けも甘くした弟子達や客がすぐに離れて行き、出せなかった。句が、よほど情や、風景に託す心や、泣きと笑いと喜びに満ち、詩として独り立ちして聳《そび》えないと死後は葬いの同情すら失くしてそっぽを向かれるのだと痛く宰鳥は教わった。「夜半亭」を保って続けることはできず、弟子達は離れ離れに散ることとなってしまった。

済まねえ、師匠はん、許せ。

呟《つぶや》きまで、京坂のそれから江戸へのそれが段段と多くなると知りながら、宰鳥は、師匠宋阿を悼《いた》む独吟が湧いてくる。

《我泪《わがなみだ》古くはあれど泉かな》

「古くはあれど」はいかにも手垢《てあか》の付いた言い表わしだ。が、「古い譬《たと》えだろうが」の照れの気持ちを入れてみた。

うん、巧《うま》い下手ではなく、哀悼の心が湧くのはそれで許されるはず。

——確《しか》とは信じられぬが、どうも通夜や葬いの席での噂話だと、不幸せなのに健気な、うら若い女、いや少女であろうともが意地悪な叔母によって、遠い下野《しもつけ》の旅籠《はたご》へ飯炊《めした》きとして奉公させられたとか、女衒《ぜげん》に売りつけられて関東の北の城下町へと発《た》ったとも聞いた。いろいろ噂は交叉している。やはり世話好きで素封家の雁宕もおるしと、そう、老いさらばえても句に命をかける早見晋我《はやみしんが》とゆうおどけが巧みで人懐《ひとなつ》っこく、酒蔵の主《あるじ》なのに古武士みたいな俳諧人もおるから、三度目か、関東の北、結城へと草鞋《わらじ》を磨《す》り減《へ》らすか。

四

寛保三年、宰鳥は二十八歳。年の暮れ。

結城の兄弟子の砂岡雁宕《いさおかがんとう》の元で食客《しょっかく》として暮らし始めて一年と四月《よつき》が経つ。雁宕は旧家の金持ちで暇人《ひまじん》、世話好きで顔も利《き》く、上野《こうずけ》・下野《しもつけ》あたりの旅の案内をしてくれる老いた俳人で酒造りを営みながら句に勤《いそ》しみ「夜の狐の群れの踊りを見ただあ」「狸に化かされたどお」と何とも獣と共に世を楽しむ七十を過ぎたおどけとぼけの味のある晋我、隠居の号は北寿、その他の人人に宰鳥の面倒を見るようにしてくれた。

ここ結城や下館《しもだて》の地の人人は、この三、四十年、暮らしに少しのゆとりが出てきて、江戸や京坂の芸ごとに憧れ、宰鳥に期待するところが大、これに応《こた》えられぬ負い目があるし、もしやもしやあのともと出会えるかと、結城を拠《よ》りどころとしてこの一年有余宰鳥は旅ばかりしてきた。これからも、そうするつもりだ。

去年は一人、道に迷い、飢えに悩みつつ、出羽国の八郎潟《はちろうがた》のどでかい沼というか潟《かた》というか湖を見た。陸奥国外《そと》の浜《はま》、陸前国松島《まつしま》、下野国那須野《なすの》を巡った。芭蕉が辿《たど》った道とほぼ同じだ。が、その詩のわび、さびの心など得られるはずもない。解ったのは、関東の北から白河を過ぎると農の民がいきなり粗末な衣となり、貧しいということ。わび、さびどころではない……ことだ。

あと二日で正月がくる。

亡き師匠、といっても「必ず師の句法に泥《なず》むべからず」と告げていた宋阿の忠告通り、俳席での気に入った発句、前の人の句に寄りかからぬ独吟の長句を冊子に記していく。

陸奥《みちのく》の旅では、擦れ違う人や景色で句の想いが独り立ちして、五七五に現れた。

《柳散《ちり》清水涸《か》れ石処々《ところどころ》》

うーむ、終わりの結句が字余りで、調子が崩れたわ。やっぱり、五七五の拍《はく》は、小判の黄金ほどの厳しく美しい音の重なる律《りつ》を生むわけで、守らんとあかんのや……ろね。

俳諧は、もう止《や》めるか。

せやけど、十五までの、あのできごとの前までの太鼓の音の階段を勢い良く登り降りするごとき四肢に駆け走る拍《はく》、母の爪弾く三味線の快い曲が、なぜか、俳諧の、発句の五七五を呼ぶから、やっぱ、続けるか。

——俳号を、変えよう。鳥に憧れての宰鳥の号だったが、やはり男や女への欲、とりわけとものことを思ってから、図図しい号と気づきだしたわ。

蕪村《ぶそん》にする。

唐の国の詩人、陶淵明の『帰去来辞』の「田園将蕪《まさにあ》れんとす」からと俳人達は推し測るだろう。せやけど、違うわい。十五まで過ごした淀川の河口の堤《つつみ》の下に蕪《かぶら》の畑があり、あの蕪は糠《ぬか》漬けでも、細く狭く輪切りにしてから昆布と塩をまぶし重石で漬けたのも、春三月に生《なま》で齧《かじ》っても、味噌汁のだしにしても乙《おつ》なのである。それより、蕪の花は薹立《とうだ》ちすると人の善さそうな黄色の花をつけ、その、お姉さんぽい匂いを含め、良かったのだ。未だ、汚れなき、罪なき俺、わい……やった。

蕪村。

うむ、あんまり目立たず、静かに、職としてでなく、閑人《ひまじん》の遊びとして画や書や詩を作った唐《から》の文人みてえで良い。ま、しかし、これは俳号のみだな。画の号は、また、考えなあかん。

――一年という時は、二十代後半になると速さが速さを増してくるようだ。

うら若く、並みならぬ不幸を知り、深い森の中に小さくも水を湛《たた》える泉のごとき両目を持つとも、はどうしておるのやら。関東の北の町に寄る度に、花街、宿場、茶屋のあるところで、僧形なのでひっそり探りを入れるしかないが、雁宕にも手伝ってもらいもしたけれど、まるで噂も聞かぬ。

しかし、いつ、いきなりともと出会うかも知れぬ。飯の種として画の稽古は続けるしかない。この一年は、唐の明《みん》代の文人画家の文徴明《ぶんちょうめい》の画の模写《もしゃ》の、そのまた模写と並行し励んだ。というのは、雁宕の誉めまくりでおのれ蕪村に過ぎて値打ちを付け、七福神の一つ、大袋を背負って打《う》ち出《で》の小槌《こづち》を手に米俵に座る大黒天の画を「幸福と財の徳がくるだよ」と注文してくる農民がいるのだ。やはり、しっかり描かないと済まない。書《しょ》と同じく師匠に従って教わったことのない画だが、墨や色をぼかして遠近を表わすための隈取筆《くまどりふで》で、縁《ふち》の線を描いてから内側を描く鉤勒法《こうろくほう》とか呼ぶやり方でなく、濃淡で感じを滲み出させる没骨法《もっこつほう》というやつで、七福神の一つの大黒天《だいこくてん》を描くのである。軟らかい彩色筆《さいしきふで》で、濃さ淡さが静かに満ちるように筆の軸《じく》を傾け、筆の腹《はら》で小槌や米俵に正月の目出度さが湧くような紅梅《こうばい》の色をあっさり足していく。米俵は実のそれを見て、大黒天は近頃ちょくちょく会う七十を過ぎておかしみのある早見晋我老人の顔を写し取り……。生まれて初めて画の謝礼の銀が懐《ふところ》に入り、嬉しいの何の、一人厠《かわや》に、俎板《まないた》を持ち込み、太鼓のように手で叩いた。

いずれにせよ、木木《きぎ》や人や岩や川や山を写し取ることは大切で、その要《かなめ》を唐《から》の国の画は教えてくれる。図の構え、線の太さ細さ強さ、濃淡、何より唐の文人の天然、お日さまや銀河を含む宇宙、大いなる造化への志が解る。

幸いにして、雁宕の菩提寺の浄土宗の弘経寺《ぐぎょうじ》には唐の文人画の模写ばかりか本物すらある。さすがは、浄土宗の十八檀林《だんりん》の一つではある。かつて、京の、愛しんで哀しみもある僧の弁空が語っていたように「元元は書の名人中の名人の王維《おうい》が祖《そ》。やがて、唐《から》の明《みん》代になって絵画きの専門家の北宗画《ほくしゅうが》と、偉い役人や役人を辞めた文人の描く南宗画《なんしゅうが》に分かれ、南宗画が大和の国に入ってきて南画」らしいが、画家の命の脈脈さ、心や志の生き生きさ、そう、唐《から》の国の画についての言葉という「気韻生動《きいんせいどう》」という静かな命の力が本物ばかりか模写のそれにもある。蕪村自身が、きっちり臨画《りんが》して、それを「ほんまもんや」と売りつけたい気分すら湧く。

そして、思うのだ。俺には大黒天を、楽しくすらすら軽く描くのと、文人画の水墨画に淡く色を施すようなのが性《しょう》に深くげっつう似合っておると。

ならば、もっともっと、空《そら》を山を川を海を、そう、人を、飲み込んで一つとなり、食って肥やしにする必要がある。南画、文人画を模写し尽くして、図の全体の構え、空白《くうはく》、色の濃淡、筆遣いの大胆さ、繊《ほそ》さ、荒さを……。書は、唐の大名人の王維の真名《まな》書きだけでなく、大和の国の仮名書きを平安の時世の小野道風、藤原佐理《すけまさ》、藤原行成の三跡《さんせき》の書を……。無理か。直筆は見ることはできねえ。むしろ、画の心を書に生かす工夫だろう。俳諧は、座の仲良し気分が過ぎ、そもそも苦手《にがて》だが、他人に気配りをして、即席でも句が閃《ひらめ》くように、史《ふみ》、そう歴史を、この日本の、そして唐の文を詩を学び尽くし、そこからも素材を捻《ひね》り出せるように……。

自らに吹き込め、「才に溢れておる」と。

――「才があるんだよ、画に書に俳諧に」と呪文のように自らに言い聞かすせいか、画に三日、次の日に書、そしてその次の日に独吟で長句を作っていくと、自らに欺されるのか、画で見えて見えないところが句に、句で見えないところが画に見えてきて、その繫《つな》ぎに書がけっこう楽しくなる。実のところ、どう考えても正しく習っておらず我流で下手糞なのだが「正月の掛け軸用に」、「婚の宴の招きの宛名書きを」、中には「三下り半を、あの女にだあよ」とやってくる。得度は形だけしかしていないのだが僧形というのは、いや、僧侶というのは実に得すると分かる。ええのだろうか、これで。

それで、年の暮れとなった。あと三日で三十だ。たった一回こっきりの人生で、もう既に六割五分ほどきてしまった。

「おいっ、儂《わし》に代わって、恋文を頼むべい。六里離れた宇都宮《うつのみや》の料理屋の女にだっぺよ」

きた、きた、また、きた、いいや、きてくれはった、一昨日《おとつい》の晩もきたけれど、今の世では珍しくとっくに古稀《こき》を越えた、下膨《しもぶく》れの顔で、はったりの強気を一転してお道化《どけ》る体《てい》で、けれども、俳諧は芭蕉の直弟子の其角《きかく》と嵐雪《らんせつ》に教わった大老人だ。晋我爺《しんがじい》だ。酒造りの主なので、大徳利に酒を詰めていて、どすーんと蕪村の卓《たく》の脇に置く。たぶん、十日の間は飲むことができる酒の嵩《かさ》だ。ありがたえ、おおきに。

「蕪村しぇんせ、その女子《おなご》は、亭主に死なれて三年、不惑のうんと前、三十五だわね。儂の銭にも、色《いろ》の技《わざ》にも振り向かねえーんだ」

「え、そりゃ、そのう……」

七十四に対して三十五の女なら、しっかたあるめえと蕪村は気持ちが引いてしまう。

「んだから、恋文の代筆を」

「附立筆《つけたてふで》など、晋我爺、おっと、早見次郎左衛門《じろうざえもん》さんの方が、きりりと使うわけで。俺なんざあ」

本当のところ、早見という姓まで持つ素封家《そほうか》の晋我爺は、どう考えても、書《しょ》の、いろはをきっちり学んでいて、格も調べもおのれ蕪村より高く、遥《はる》かに上だ。

「しぇんせ、あのだねえ、付け文、恋文は、筆遣いのきっちりした息詰まる書の体《てい》では、女が固《かた》まって男を遠ざけるだあよ。流れて、破目を外した文字こそ、ふさわしいっぺに」

そういうもんやろか、好い加減な墨文字の方が恋文に似合うなんつうのは。

「へえ。ならば、書かせてもらいますわい」

蕪村は、世話になっているし、酒も、新酒の搾《しぼ》ったばかりの火を加えていない舟出《ふなだ》しとかの、濃く、新鮮で、ぞぞっとくるほどおいしいのをくれる晋我爺の願いだ、引き受けるしかない。

そして、この、古稀《こき》は七十、それを越えて七十四と聞くけれど、どないに、どんなふうに晋我爺が、古《いにしえ》を懐《なつ》かしみ、今を宜《うべな》いながら、日日、刻刻を生きているのかに蕪村の思いはゆく。

「あのですな、晋我はん、晋我さん」

「おめ、あんだ、しぇんせ、生まれたところも父の名も母の名も忘れた御仁《ごじん》」

蕪村が恋文の代筆を請け負うのなら、晋我爺の処生観、経た恋のいろいろ、妻を二十年前に亡くしたらしいがその辛《つら》い気持ちを少しは知っておこうと問いかけたら、晋我爺は問いを遮るごとく口を開いて喉ちんこの赤黒い奥を見せた。

あ、いや、十五までの人生について「覚えていない」とのおのれ蕪村の話はかなり広まっている。まだ、あのことは故郷では忘れられていないに決まっている。あかん、嘘でも良いから筋書きは作っておかねばならんて。人というのは、他人の謎を追いたがる性分、罪人を探したがる質《たち》、いんや、造化、自然、森羅万象、宇宙の謎をも解こうとする性《さが》を持つのやで……。

「考え込むな、しぇんせ。昨晩は狸《たぬき》四匹が、そんだ、真夜中の四ツ半頃、離れ家に遊びにきてな、障子越しに踊っておったわ。腹を叩いて、下手な音鳴りをさせ、ぽんぽこぽん、ぽんぽんとな」

「へえ」

「そんで『儂《わし》も仲間に入れて』と頼んだべい」

「へ……え」

「入れてくれたただね。儂の顔をつくづく見てな」

そういえば、晋我爺の頬から顎にかけて急に下膨《しもぶく》れとなる丸い顔は老《お》い耄《ぼ》れた狸そっくり、狸四匹も敬老の心を表すしかなかったか。

「そんで、儂も踊っただあよ」

晋我爺が立って狸踊りを披露しはじめる。凍てが降ってくるのに、褞袍《どてら》を脱ぎ捨て、剣の稽古の胴《どう》着《ぎ》のような分厚い刺子《さしこ》の小袖姿となり、帯を解き、皺皺《しわしわ》の煤竹《すすだけ》色の腹を曝《さら》し、両足でけっこう快く軽い六つと四つの拍子を取り……。

「そんだ、儂が若い頃、京は伏見の酒蔵に修業に出た時に、京の、京だどぉ、五条の花街で芸妓に教わった踊りを、狸に教えてやったでな」

風邪を引かねば良いが、晋我爺は、まず小袖を脱ぎ、次いで股引《ももひき》を放り、肌着も外し、短いもっこ褌《ふんどし》一つで踊り続ける。それだけでなく、萎《しぼ》み切って陰気な黒い男根を時折《ときおり》、取り出す。んげっ。

晋我爺の踊りは上手だが、もう男色は止《や》めようとすら蕪村は思ってしまう。

「ほれ、ほれ、ぽんぽこぽんの、んぽんぽん」

晋我爺は眼《まなこ》ばかりか、頻《しき》りに指先を、蕪村が筆写しながら学んでいる芭蕉の『笈の小文』、『芭蕉翁発句集』、『奥の細道』の冊子に向けて踊りを止めない。

「お終《しめ》えだあ」

やっと、晋我爺は息をぜえぜえと切らし、座布団に座り込んだ。

「しぇんせ、陸奥《みちのく》の旅で、聖《ひじり》の芭蕉さまの心を学んだかね」

「それ以前で、野宿を重ねるしかなかったり、腹が空いたり、貧乏な人人とその暮らしに参ったり。芭蕉の志は凄くて、高くて、掠《かす》ることもあかんかった」

「そんだかね。だどんも、だどんも」

胡座《あぐら》から、両膝を揃えての座りに変え、背筋を少年のごとくに伸ばし、晋我爺は小袖を羽織る。

「しぇんせ、確かに、芭蕉さまはどが五つついても足りねえど偉さだよ。だどんも」

「はあ」

「高貴でわびさび、細み、軽みの追い求めは立派だあね」

「はい、その通りで」

「だけど、足りねえもんがある。聖《せい》ばっかりで」

「えっ」

「聖《ひじり》の芭蕉さまには、俗《ぞく》が無《ね》え、まるで。蕪村しぇんせは俗を深く知って、そんで聖《せい》をも取り込まねえと。百姓が日照りや年貢を怖がりながらも田畑を耕しての実りを育てる気持ち、職人が物を必死に作る健気さや嬉しさ、商人が一文《いちもん》でも儲けようとする狡さと賢さ」

そういえば、何か、芭蕉の限《き》りと暗がりをこの爺さまは見抜いている……ような。年《とし》の功《こう》は、句の才を遥かに超えるものか。

「江戸は吉原《よしわら》の女郎や、本所《ほんじょ》や音羽《おとわ》の岡場所の二十四文《もん》の闇商売の女、千住《せんじゅ》や板橋《いたばし》の旅籠の飯盛女の毎日毎日の苦《にが》さと夢と……嘘を放《こ》くしかねえ柵《しがらみ》が、芭蕉にはねえど」

ご、ご、ごーんと地震がくるようなことを晋我爺は告げ、「っくしょーん、はっくしょぉーん」と嚔《くさめ》をした。俄《にわか》に、その嚔の吐き出す息や唾《つば》の飛沫《しぶき》にまで凄みがあると蕪村に映ってくる。

「そもそもだあね、旅の日記や経たことの思いを文章にはしたけんど、そうだなす、随筆《ずいひつ》と呼ぶなす、旅の思いを記した文はあるとしてもだあよ、ものごとを、ほとんど五七五の発句や長句、せいぜいそれに足しての七七の短句っちゅう決められた形で考え、見る癖に聖《ひじり》の芭蕉さまは染まっていたっぺによ」

「ええっ……」

生涯、芭蕉は何千句、いや、何万句作ったのだろうか、そりゃ、染まるしかない。でも、なるほど……。

「しぇんせ」

晋我爺の口にする「先生」は、きつい、げっつう、ものすごお、皮肉ではないのかと、蕪村には分かりかけてくる。だから、身構えてしまう。

「決まって定められた形や型や、将軍や藩主が新しく代替《だいが》わりしてやる式《しき》の形と、詩の魂《たましい》はぜんぜん違うだね……と儂は信じるっぺに」

「は……あ」

「んだから、画とか書とか三味線とか太鼓とか、卑猥な踊りの楽しさとかからも、人を、森を空《そら》を川を海を山を見つめねばいけねえでねっか、しぇんせ」

拘《こだわ》りなく宇宙とかちっこい蝶とか役立たずの木とか、足を切られた罪人の心となる、途轍《とてつ》もなく広い、荘子ごとき考えを晋我爺は白毛だらけの直線の眉を上げ下げして訴える。

田舎の人を舐めたり、あほにしては決していけねえぜ。

句が下手な人を、軽んじたり、嗤《わら》ってはあかん……ぜえ。

俺、わいは、さすらい、漂い、流れるにぎょうさん憧れておるが、そして、浅はかにも、明日に死んでもええと思うておったが誤りでえ。長く生きると、実の経たことで、悩みで、苦しみで、いんや歓《よろこ》びを含め、解ることが出てくる……らしいわ。

あかん。まことに感心して、興奮すると、なお、大坂弁、京の正式な大和《やまと》言葉がごちゃ混ぜに胸の中に湧いてしまうのや。注意せえ、おのれ。

「しぇんせ、んだから、しぇんせは、俳諧の句に縛られず、伸び伸び、あれこれ、画を、書を、詩を……だど」

「あ、はい」

「っくしょおん、ん、んん。初めての人だあ。儂が大芭蕉の良くねえところを正《ただ》すと、誰にも相手にされねえ、俳人はみーんな、馬鹿扱いにして耳を塞ぐだあに」

今さらに凍てを知ったように、晋我爺は肌着、股引と身に着けていく。

そりゃ、天下の大いなる俳人の松尾芭蕉を敬まいながら貶《けな》す、俳席の下座の方に座る大老人の説は相手にされないはず。

「嬉しくて、嬉しくて。嘘の体《てい》でも儂の話を、耳を欹《そばだ》て、真剣に聞いてくれるなんど」

おい、おい、狸顔に涙は似合わない、晋我爺は、迎えにきた酒蔵の番頭や手代《てだい》に縋《すが》り、暗がりの道を、画の松葉緑青《まつばろくしょう》の顔料を胡粉《ごふん》と水に溶かすような夕闇へと消えていった。

――いけねえ。一年の百日から二百日は旅に出ていたが、残りは、ここ結城《ゆうき》か下館《しもだて》か、半日の歩きの八里《り》離れた賑《にぎ》わいがある宇都宮《うつのみや》の宿や小料理屋かで過ごすのだが、法体《ほったい》を隠して丸頭巾《まるずきん》で剃った頭を誤魔化して行く花街の料理屋の、その番頭達がつけを取りにきた。ごつい軀で、許しのない険しい目つきの男どもだ。

「大晦日《おおみそか》の明日に」と言い逃れ、雁宕に、誇りを失なって借金を頼むかと焦《あせ》り、潮垂《しおた》れた。

逃げるか、無一文で、雪の深さが尋常ではないはずの越後《えちご》へでも。

そしたら。

嬉しいが、飲むのに半年もかかりそうな薦被《こもかぶ》りの四斗《と》樽が、つけの催促の男どもが消えて四半刻もない時に届いた。

「わずかなこころざし　北寿」と紙にある。「北寿」とは晋我爺の隠居号だ。

よっし、これを、結城の料理屋に買い取ってもらおうと喜んだら、紙の裏に、更にまた紙の包みがある。開けると「みっともなく、醜い業と。然れど、地獄へ持っていけず」と、京で見た脂を取った様な小さなふくろ紙といっしょに、お、お、おいーっ、何だ何だ、ええのかあ、生まれて初めて手にする小判一枚が一六朱、それが三枚も入っておる。米、三百升近くが買えるわい。法度《はっと》を犯す夜鷹などの安い女郎は二十四文だから、五百人の女と遊べるぜえ。

こう考えると女郎も……哀しいわな。安い……もん。

あれ、小判を包んだ紙の底に、更に、捻《ひね》った、ごく小さい縦《たて》は中指《なかゆび》ほどの長さ二寸、幅は指先ほどの一寸の紙切れがある。

「蕪村師。次の発句をものしました。付句は要りませぬ。

〈夢を見た師走のつごもり醒めるなよ〉

正月の句会で、連句の発句にして下せえや。

点も、極上、ほどに。頼んます。晋我、こと北寿」

ああ、おんしゃ、晋我爺も、句を作らせると、我、儂、わたくし、わい、あてから外れられぬ命運《さだめ》だわなと思い、蕪村は自ら禍禍《まがまが》しいと知る両目を細くして、出っ歯をもっと剝《む》き、頰の肉が痛くなるほど笑った。この可愛らしい俗の根性に、参った。ん？　この俗根性こそが……最も……。

——明けて、延享《えんきょう》二年。俳号・蕪村、三十歳。

正月の三箇日は、この時世では、大事中の大事で、暮れに門松を立て、大晦日に縁起の良い年越し蕎麦《そば》を食らい、年が明けると寺社に参り、屠蘇《とそ》を飲む。蕪村は結城で、過ごした。

そして一月四日、漂《ただよ》いの誘いに耐えがたく、下館へと行き、水戸《みと》を経て、那珂湊《なかみなと》に出て、海を見て過ごした。

海は、あまりにでかい。荒さと、かそけさの差も、でかい。朝の色と夕方の色と、怖い夜の色の違いも怖い。蕪村自身は旅人だが、海辺に住む人、海の上で魚を捕る人は、別の眼差しを抱くだろう……。山や人や森や木木を写し取る時、懸命に描くと、自らが造化や他人になってしまうような思い違いというか思い込みを、束の間《つかま》する。唐の文人画を模写していると、自らがその画家になり代わったような幻に酔うのと……似ている。

いずれにせよ、流浪ばかりが人生の憧れとは決めつけられないのかも。定まった地にでも……何か、ある。いや、人の生まれ育ち老いゆく移ろいはある。海の色の移ろいが解りかけたように。それに、晋我爺が教えた「俗に塗《まみ》れよ」も定まった地平でしか、つまり〝遊び〟はできぬ。なお、みな、荘子の説くように〝渾沌《こんとん》〟や。

――結城《ゆうき》に戻ったら、ええっ、おいーっ、あ、あ、あの晋我爺が死んでいた。既に、葬いは終わっていた。風邪を拗《こじ》らせて、喉鳴りを、ぜえ、ぜぜえ、ぜえーっと突風が木を倒すほどに出し、息を鎖したという。その肌の熱さは薬罐《やかん》の湯が沸くほどだったとのこと。

だったら、風邪は、あの一所懸命にやったもっこ褌《ふんどし》一つの卑猥な裸踊りのせい……か。だろう。

ありがとしゃん。

大老人ゆえか、骨壺を揺《ゆ》らして、その魂というか霊を目醒めさせようとしたが、骨壺は隙間だらけらしく、かつ骨は枯れ切って細いのだろう、かこーん、かこん、ここんと甲高くはあるが、淋しく響くだけ。

――悼《いた》みの長句の五七五を独吟で作ったが、どうも、現《げん》の喪《うしな》いに句が太刀打《たちう》ちできずに立ち往生してしまった。

むしろ、唐詩に少し似て、変な詩が湧く。これで良い、誰に見せるわけでもない。そもそも、晋我爺は「五七五、あるいは七七からのみで物を見つめるな」旨を告げていたではねえってか。

《北寿老仙をいたむ

君あした に去《さり》ぬゆふべのこゝろ千々《ちぢ》に
何ぞはるかなる
君をおもふて岡のべに行《ゆき》つ遊ぶ
をかのべ何ぞかくかなしき
蒲公《たんぽぽ》の黄に薺《なづな》のしろう咲《さき》たる
見る人ぞなき
雉子《きぎす》のあるかひたなきに鳴《なく》を聞《きけ》ば
友ありき河をへだてゝ住《すみ》にき
へげのけぶりのはと打《うち》ちれば西吹風《にしふく》の
はげしくて小竹原《をざさはら》真すげはら
のがるべきかたぞなき

友ありき河をへだてゝ住《すみ》にきけふは
ほろゝともなかぬ
君あしたに去《さり》ぬゆふべのこゝろ千々《ちぢ》に
何ぞはるかなる
我庵《わがいほ》のあみだ仏ともし火もものせず
花もまいらせずすご〳〵と彳《たたず》める今宵《こよひ》は
ことにたうとき》

「へげ」とは「変わって、おかしい」とか「変化《へんげ》」の漢語のつもり。つまり、他人《ひと》さまには通じないだろうが、今の今のここでは、晋我爺への悼みであり、許されるはず、「へげのけぶりのはと打《うち》ちれば」は鳥の雉子《きじ》が「鉄砲で撃たれて変《へん》な煙の中でぱっと、急に息を吐いて散ってゆく」を、俳諧を作る癖でかなり端折《はしょ》ったけれどその意《い》だ。「西吹風《にしふく》」は、むろん、東の風と逆、日の没する、命の没する風だ。

器用に飛べず、人さまの犠牲になり易い雉子に似ていた早見晋我爺への五七五や七七の掟《おきて》を忘れた真情のみの詩だ。

誰にも相手にされないとしても、晋我爺に通じた気分になる。いいや、まさかや。骨がかこーん、かこん、ここんと鳴っていた。伝わるわけはないのや。

ならば、この勝手気儘な詩は五本の指での五人囃子《ごにんばやし》、へんずりと同じだぜ。

良い、良い。儲けにならん詩、詩の一つの俳諧、画、書では、ほとんどが自ら慰める喜びをくれるのやて。それで、良《え》えのや。

天を突く凄みやな、詩、句、画、書というものは。

飯の種にならんでも、生涯、必死に作り、描き、書くしかねえっ。ちゃう、追いたいのや。一文《もん》にならんのにでも、だ。

えっ。そしたら、あの不幸せの果ての少女、ともを食わしてやれんぞ。かなりでかい町の宇都宮の幾つかの料理屋で然《さ》り気《げ》なく聞いても、とんと分からんとも……だけれども。

五

早見晋我爺が死んで、早や、六年半が経つ。蕪村は三十六になっている。

梅雨のしとしと雨が、緑と重なり、匂う。

俳諧の句の一言一言についてはまるで叱りも、直しも、文句も付けずに誉めるばかりだった師匠の宋阿が亡くなり、十年に少し足りないが月日は経った。

蕪村は、兄弟子の雁宕《がんとう》の家を根城にしてだが、旅から旅へと繰り返している。

鳥のように伸び伸びとさすらうだけが全てではないと晋我爺の死あたりから知ってきたけれど、そう、どんな定まった場、住み家があっても、それは、常に変わっていき、移ろい、定めなき場であり家であると気づいてきたのだが、どうも、悪く言えば飽きっぽい、良く自らを認めれば新しい景色、新しく知る祭り、土地土地でまるで別の風習、新しい人に出会い、何かしらを探し当てたい。

と考えながらも、もう、ともと擦れ違って、指で数えると両手に余り十一年、ともとは古い関わりになってしまった。なのに、なぜか会いたく、関東の北、奥羽あたりをうろうろする気持ちを引きずっている。ともは二十四か、あわよく生きていれば、うんと幸せで他人《ひと》の女房、普通で酌婦、悪ければ女郎……。やっと、画でかつかつに食えるようになった俺なのにと蕪村は長い溜息をついて、雨戸を外し、障子戸を開いて雨に濡れそぼつ笹藪《ささやぶ》と惑う雀《すずめ》を墨で写し取る。

そう、画の方は俳諧の仲間だけでなく、その知人からの注文も、絵師ほどの値は付かないが、入ってくる。だから、手首が痛むぐらい沢山、ぎょうさん、描いた。落款《らっかん》だけでも「子漢」「四明」「浪花四明」の他に五つ用い、印章は「懶郎子」「朝滄」「号四明《ごうしめい》」の他にやはり五つ使ってきた。浪花でおぞましく凶凶しいことを為したおのれを隠すための数多くの号だ。

うむ、五年前だったか。

雁宕の紹介の下館の俳諧仲間の家で、杉戸に、羽子板で遊ぶ父と母と娘、父母の舞いを見習う、大和絵《やまとえ》の真似の彩色した画を描いたら、それから、少しずつ御得意の客が出てきた。大和絵風《ふう》では客が限られるので、南宗画の模写から学んだ線をきりっとさせて細かくして生かす漁父の図はけっこうな評を俳諧仲間がしてくれた。もっとも「浪花四明」の落款は「我が故郷の浪花よ、死んじまえ、俺は忘れてえあのことを」の意だったが、誰も気付くはずもない。しかし、油断するな。

そうだわな、俺がさすらうのは、本当の本当は浪花の淀川の河口の故郷へ「帰りてえのに、帰れねえ」からだろうな。それでも、あの景色を求めて、うろうろする……。

五年前は、どうやら、俳諧は好きになる一方だが上手にはならぬようで、もう少し南画の奥行きを深く知るためにと、浄土宗の江戸のでっけえ寺で格式のある増上寺の裏で、漢学の師匠に就いて『五経』や『荘子』や詩について学び直した……が、かえって和文や大和の独り立ちする詩の方が気になるようになって、四月《よつき》で、雁宕《がんとう》の縄張りの結城・下館に戻っちまった。漢籍によって逆にこの国の俳諧の発句、長句の凄みを知らされて、もちっと真面目に取り組もうとはなったが、秀でた句はできぬ。

「駄目だ……ぜ、俺の俳諧は、あ、あ、ああ」

胸の内だけでなく、声に出して溜め息をつくと、雁宕が四角い眼《まなこ》をもっと角張らせ、蕪村用の居候部屋、六畳に入ってきた。

「何を嘆いているだあね」

雁宕は、硯や墨や、筆を洗う小鉢や、顔料を溶く皿を見て、次に、先刻、蕪村が描いたしとしと雨の中を一本の手拭いを分けあいながら被って道を行く夫婦連れらしき二人の墨画と、なお描いている彩色の画を覗き込んだ。

「はあ、上手と言うより、笹藪が、生きて迷う鳥や人を呼ぶみてえだあっぺによお。おめえさんは、山や森や木や岩を描かせると、うん、とりわけ草や木を描かせると、実物より本物となるだね。心眼《しんがん》で物を見るせい……だかね」

四角い眼を少し丸くして、雁宕は、黒い顔を赤黒くさせる。「心眼」とは、面映ゆい。が、ついにはそこへ辿り着こうと願う。

「はん、ん、この、書《しょ》でいえば畏《かしこ》まって窮屈な楷書《かいしょ》でねぐて草書《そうしょ》みてえな夫婦連れのかなり崩した画……御用絵師には描けねえもんがあるだな。軽いのに楽しい……ほんわかするだあに」

自然薯《じねんじょ》みたいな芋顔《いもがお》に微笑《ほほえ》みは似合う、雁宕は誉めてくれる。せやけど、いけねえ、けれどもだよ、こないな、格の低い俺の趣味みたいな軽妙な画を買う人は、正月用の目出度い大黒天の図以外ではいるはずもねえって。

「あだあ、貧乏な夫婦が傘の替わりに手拭いを被っての画への説明書き、賛《さん》、と呼ぶっぺ？『妻夫《めおと》は善き哉』の仮名混じりの漢字が入る書もええだあ。何、何、《御手打《おてうち》の夫婦《めをと》なりしを更衣《ころもがへ》》って、この五七五の句は、ああん、付かず離れず、ぴったしかんかん。仮名は、分かり易く、漢字は潔《いさぎよ》く、けんど、変に圧《お》してこねえでな」

芋顔の雁宕は、書どころか句まで嬉しがってくれる。因《ちな》みに独吟の長句は、いつか歌仙を巻く席で発句として使おうかと浮かんだものだ。雁宕には済まない、悪い、嘘がひどくてと胸の中で詫びるが、一本の手拭いの下に並んだ夫婦らしきは元武士のそれではなかった。襤褸《ぼろ》の、つぎ接《は》ぎだらけの単衣《ひとえ》の小袖姿だった。町人が乞食に落ちたのであろう夫婦だった。

え、おい、待て。

よくよく考えを追いに追っていけば、画においては聳える山、繁る木木、喜怒哀楽を持つ人などを、そのまま写し取ることは決してできやしねえ。言葉でも、その通り写し取るなんぞ、有り得ぬ。だったら。

嘘の吐《つ》き方に、画も、俳諧の句にも、勝ち負けが横たわり、確《しか》とあるのか。

違うな。

嘘の中の、真《まこと》、実《じつ》の感じ、画を観《み》る他人《ひと》や、書を目に入れて意味を解ろうとする他人《ひと》や、俳諧の詩の最も短かく単純至極《たんじゅんしごく》の中に感じて激《げき》させるのは、嘘の中の、ほんまもんだろう……に。

俺は、この頃、ここいらの、画、書、句の〝美《び》〟に心の中、頭の中、男根までが、こんぐらがりながら憧れ、答を出そうとしておる。

そうだ、これも、冬がきたら歌仙を巻く座の発句として浮かんで小さい冊子に忘れぬように控えておいた、そう、

《おし鳥に美をつくしてや冬木立》

に使ったように、美《び》、なのや。ここに拘《こだわ》ろう。

「蕪村、四明《しめい》。えーと、えーと、昔は弟子のおめえさん。聞けっ、聞けえいーっ」

「あ、へい、はい」

かつてない雁宕の声の甲高《かんだか》さと、剣幕の体《てい》と、切羽詰まった物言いに、蕪村は、絵筆を置いて胡座《あぐら》から両膝を揃える座りに変えた。

「京へ上《のぼ》るだっ」

「えっ」

「不惑の四十の齢では遅過ぎるっぺに」

「はあ」

「画を、う、う、うーんと研鑽《けんさん》しろーっ。画は、伝統、史《ふみ》、権威《けんい》、それにへんちくりんを変に大事にするという気分で、侍が威張る徳川の江戸より、将軍を任じる天子の住んでる京だっぺによお」

研鑽とか、権威とか、天子とか、こ難《むずか》しい言葉を雁宕は、俄《にわ》かに使いだす。

「ふう……む」

「そこで、京で、揉《も》まれて、京の絵師の五十本に入るだあよ」

「もっと、ふらり、ふらり……を続けてえのですわ、雁宕の兄弟子」

「おめさん、女子《おなご》を欲しくねえのか」

「欲しいけど」

どうもとものことがあってから、女への欲が男への欲の倍ほどに膨れているが、男への色気は懐《ふところ》の広いこの雁宕だとしても言う必要はないだろう――いや、しかし、ともを忘れられぬ心は、先日、酒に深酔いしてついつい打ち明けている。雁宕は忘れておらず、ここいらを慮《おもんぱか》っているのだ……ろう。

「三十六で独り身じゃ、淋し過ぎるべい。絵師になって儲かれば抱き放題。いいや、ちゃんと操《みさお》の固い女とも夫婦になれるど」

「うーん」

ま、ともは諦めるしかないわけで、確かに、人気のある絵師ならば、大坂の淀川の河口から京へと逃げていた時は指を啣《くわ》えて見てるしかなかった芸妓をものにできそうだ。

それに、十五から、既に二十一年ほど経っていて、いかにおのれが出っ歯で、凶悪な目つきで、顎が抉《しゃく》れて目立つとしても、あのことは、京から鴨川を経て桂《かつら》川に入り更に下っての淀川の河口あたりの村では熱《ほとぼ》りが冷めている……はず。いんや、分からぬ。

しかし、しかし。

「おめさんが北関東や奥羽をうろついてる時、死んだ宋阿師匠の京時代からの弟子、一番弟子の宋屋《そうおく》さんがおめを二度も訪ねてきてるだあに。頼って京に上れ」

「はあ」

「宋屋さんは、京の俳諧の顔《かお》。おめさんの画より俳諧の才を買っていたべ。じいーっと耐え句作の教えを受けるのだよ。そんで、画を一所懸命に学んで稽古して、宋屋さんの弟子や俳諧の仲間、連衆《れんじゅ》に画を売るようにすんだ」

なるほど、ここの結城や下館より画の客は京の方が多いし、画や書に、いや衣にも銭をうんと注ぎ込む都だから、どうにかなるのかも。甘い……かな。

「宋阿師匠の末席の弟子、京人にしては男気《おとこぎ》のある毛越《もうおつ》もおるだ」

「うーん」

「渡り鳥すら、春の気配、夏の匂い、秋の香り、冬の凍てを知ったら塒《ねぐら》を離れて飛び立つど」

雁宕は、芋顔の毛の穴全てからのごとくに汗を吹いて説く。根っからのお人好しなのだ……。

そうだな、京へ出ても、それは通り過ぎる一つの点、場と思えば……。

——惑い続ける。

珍しく、汗ばかりか湯気まで立て苛《いら》立ち、勧《すす》め、怒った雁宕が母屋《おもや》へと小袖の尻《けつ》まで尖らせて帰ると、開けっ放しの杉戸から静けさが届いてくる。

そしたら、庭の笹藪の雀を脅すのか鴉《からす》が、「くわーっ、かあ、かかっ」と鳴く。そうか、梅雨になると虫が湧いて鳥どもの縄張りの争いが激しくなると眺めていたら、庭のあちらの、ついには街道へと出る道のでかい欅《けやき》のてっぺんあたりから「きょっ、きょきょ、てってっ、か、けっけっ」と雄《おす》の杜《ほと》鵑《とぎす》が雌《めす》を呼んで求めているのか、鴉への「負けねえよ」の叫びか、鋭い鳴きが灰色より濃い素鼠《そねずみ》色の空へと突き抜けていく。

そこへ、白群《びやくぐん》色の稲光りと共に、雷の「ど、どどーん、どどっ」の音が混じってきた。

そう、そうや。

荘子の言う、あの渾沌《こんとん》、だわな。

画の定めて行く先も、書の蠢《うごめ》いて惹《ひ》く力も、詩の一つの潔《いさぎよ》さのある俳諧、とりわけ、五七五の発句や長句の先も見えねえ。

みな……。

渦巻いて、渦が、まちまちに物を言い……。

ますます……渾沌。

京へ、発とう。

第三章　懐《なつ》け、懐かぬこん男

一

ついこの間までは素っ裸だった銀杏《いちょう》、櫟《くぬぎ》、柏《かしわ》などが緑の葉を野放図に、かつ、目ん玉だけでなく肝《きも》や肺の臓まで擽《くすぐ》った果てに新しくさせ勢いをつけている。

江戸ほど長崎からの外国《とつくに》の話や噂は入らないとしても、京でも、唐《から》の国の清《しん》は露西亜《ろしあ》と二十年ぐらい前、かなり損な国と国との約束を結んだという話が入ってくる。

この国では、何年前か大坂の竹本座《たけもと》で初めて演じられた人形浄瑠璃、竹田出雲《たけだいずも》が要となり、『太平記』を装い合作した『仮名手本忠臣蔵《かなでほんちゅうしんぐら》』がなお、人人に、さまざまな本や冊子に、歌舞伎にまで、高ぶりをよこし続けている。五十年ほど前の、赤穂浪士の熱さの程《ほど》の過ぎた真っ赤な行いの凄まじい力のゆえだろうが、やはり文や、とりわけ語りでの迫る力や、人形や人間の現《げん》の演じる力があるのだろう。

それにしても、京の地、いや、この敷島の国には陸《ろく》でもないことが、この数年、続いて起きる。

何年前だったか、京は大地震に見舞われ、七月まで地べたが揺れ続けた。もっとも、越後の高田では死人が一万六千人以上出たとの噂で、これに較べれば軽い方だった。

どうも奥羽の地では大飢饉が次から次へと襲い、百姓一揆も多発しているとのことだ。京で、ときめきと暗さを併せ持つ変わったできごとは三年前の甲戌《きのえいぬ》の閏《うるう》二月に、御用医師らが死罪となった者の処刑後の軀を腑《ふ》分《わ》けをしたことだ。人の肺の臓、肝《きも》、胃袋、腸などの実《じつ》の有りようを南蛮に見習って深く知るためだとのこと。


宝暦四年。

卯月《うづき》、四月半ば。

洛北。

鴨川から高野川へと別れ、下鴨神社よりもっと北の横通りの道の北大路の北。

古稀、そうこんな老人はめったにいない七十歳を迎え、庵《いおり》よりは立派で、八畳の居間、六畳の客間、四畳半の書斎のある家で、老人は自らの顔を見る。昼前に、包丁、鋏《はさみ》、銅の鏡の研《と》ぎ屋の「研ぎ屋あ、あ。研ぎ屋でございー」の五つと七つの息の吐き方に気分が少し共鳴りして、鏡を磨いてもらった。手に入れたいが、阿蘭陀《おらんだ》からきた硝子《がらす》のくっきり映る鏡は値が張って手に入らぬ。


磨いたばかりの銅製の鏡に、おのれを映すのは、京で芭蕉の句を学び、江戸でその根っこを広めようとした宋阿の弟子、それも一番弟子で長老、望月宋屋《そうおく》である。芸妓に嫌われ、おとし死んだ女房に嫌がられていたのに顎鬚を半尺も伸ばし、目の玉は窪《くぼ》み切って脳味噌まで届きそうである。俳諧は、かなりの実力の持ち主との評であるけれど、弟子が少ない。歌仙を巻く会や、連句の会にくる銭を沢山持つ客が少ない。

宋屋が好きな男がいる。死んだ師匠の夜半亭では大した俳人もおらず、その上で、それなりに「おっ、句の器が大きいわ」、「おいーっ、唐の『詩経』や『荘子』ばかりでなく『古事記』まで知っとる」、宋阿を江戸へ追い駆け三度訪ねたが、「的《まと》を射つ具《つぶ》さな言葉があるわ」と、たった三度の歌仙や連句の座で会っている俳号は蕪村、画名は四明とか朝滄とかあれこれのあん男もそうや、けったいな顔つきじゃ。悪事を働いて人相書を高札場や番小屋に貼られてもおかしゅうない顔つきのあん男だ。

七十過ぎになっても俳諧をやるせいか、それとも弟子や大尽の客が少ないので銭勘定に日日気配りをしているせいか、宋屋は「惚《ぼ》けとは、無縁ちゃうか」と思い込んでいるけれど、かまって、可愛がって大いなる期待をしている俳号は蕪村が懐《なつ》かないので焦《じ》れ、蕪村のことを考えるとついつい独り言を口に出したり、胸の内でのぶつらぶつらの呟《つぶや》きが増え、止められない。

そうや、三十六だったあん男が、わいを頼ってきたのは、徳川吉宗公の死んだ、ひい、ふう、みいー、よお、いつ、むう、そう六年前の、そろそろ風が老いた手足や首に沁みる葉月、八月、満月の望《ぼう》の頃じゃ。わいのところへ、京人にしては辛気臭くなくて、しわくもない俳人の毛越《もうおつ》に連れられてな。関東、江戸からは中山道を経てきた蕪村は、ちんと土産を持ち、けんど、おいっ、けったいな蜂《はち》の子をちゃちゃむちゃくに二升ほども沢山やて、それを提げて挨拶にきたのや。江戸弁で「この蜂の子は骨を丈夫にします。男の力も増します」と話してじゃ。関東の野面《のづら》に住む者や田舎者の集まる江戸の男にしては、言葉の尻にどこか京坂の正統なる響きを持ってな。

宋屋は、思い出す。

そのすぐ後に、弟子の稲太《とうた》などと共に歌仙を巻いたら、あん男は、

《秋もはや其《その》蜩の命かな》

と「其蜩」を「その日暮らし」と重ねた駄洒落の度合いのきつ過ぎるのを季題として発句にし、わいに「その日暮らしで蟬の蜩《ひぐらし》みたいに明日も分からぬ命です。どうか面倒を見て下さい」と頼み込んだのえ。歌仙の発句でこれをやるとは、見事なのである。しかし、これまでの渡りにきつぎり苦しんできたとか、幼少か若年の頃にちゃちゃむちゃくに苛められとかがあったのと違うか。

わいは、
《雲に水有り月に貸す菴《ヤド》》
と付句を足した。我ながら良《え》え、付けの脇《わき》やあ、あ。

そうや、蕪村は両親に早く死なれ、心や胆や脳味噌のどこかで経たことの覚えがなくなり、本名も、生まれたところも、父と母のことをもみーんな忘れてしもうたとのこと。ほんまやろか。

そいで、蕪村を知り合いの椹木町《さわらぎちょう》の家に住まわせたわ、賄《まかな》い付きでの。そん時は、目立つ出っ歯のままだが、人を鋭く長く太い爪で襲って噛み砕くらしい猛猛しい虎のごとき両眼を潤《うる》ませて、畏《かしこ》まり、わいに深深と頭を垂れ、畳の目に額をぴったり引っ付け、感謝の気持ちを表わしたのや。いきなりの目ん玉の潤みと和《やわ》らかさに、わいの銭にゆとりのやっと出てきた四十半ばから五十過ぎまでの頃を思い出してしもうたんえ。

そうや、わいは、侍や大尽《だいじん》の商人の見栄《みえ》とは違《ちご》うて、真《まこと》の、ほんまの欲で、当たり前や、女も好きに好き、せやけど稚児《ちご》や年若い若衆《わかしゅ》も憧《あこが》れで、その手の茶屋に通い、坊主や神主にぎょうさん銭を積んで稚児らを隠し家に招いた……のじゃ。

蕪村の凶凶《まがまが》しいほどの常の目つきが潤んだ時、わいは……もしかしたらとすら思うてしまった。が、もう、老いておる、ぐつ、みっともなうて……知らん振りするしかないんえ。嗜《たしな》み、思い、欲を告げて何になるん。

その上で、古稀とゆうても人生はたった一度こっきり、欲や願いや夢は消せんのやて。こん、乱暴と映る男らしさ、逆に優し気のある振る舞いを持つ蕪村と交わりたいとの望みは止《や》み難《がた》いのや。ま、江戸で会うたその時からじゃ。蕪村本人も「下総の結城に二度も訪ねてくれたのに留守で」と詫びていたが、実は四度やで。

あかん、蕪村の本筋に関わることや。
えーと、あん男は、椹木町の家をうんと昔の野武士らの砦《とりで》のようにして住みだしての、膠《にかわ》や胡粉《ごふん》や明礬《みょうばん》の臭い塊を並べ、狸や鹿毛などのあれこれの筆を並べ、各種の岩絵具で塵《ごみ》屋敷みたいにしたのや。そいで、寺寺を探し、訪ね、鯛《たい》の肉《み》を塩や味噌や醬油を振りかけて貪《むさぼ》り食って一と欠けらも残さぬごとく、画をあの、人を食うとゆう虎の眼で見つめるのやて。
「はい、行ってきます」、蕪村のやつあ、毎日毎日、顔を見せて恭《うやうや》しく礼をしたが、本音の胸の裡《うち》はどこにあるのか、京の寺寺へ行って、反故紙の束《たば》の裏の一枚一枚に、仏像や、大いなる絵師の画を写し取って帰ってきて、再び臍《へそ》まで頭を垂れて椹木町の仮りの家へ戻ってしまうのやった。
うむ、あの男、やつ、蕪村が大徳寺を訪ね、あそこの石の庭の石と砂利は素っ気なさが惹く力だが、その大仙院で、絵師の最高の法眼《ほうげん》の位まで登りつめ唐の画に大和絵の技を取り入れ飾りの美に凝《こ》った狩野元信《もとのぶ》の襖絵を見て心をいたく動かされたらしいのやて。うむ、俳諧はみんな仲良くの芸なのに、やつ蕪村は発句や長句の独吟への思い入れが珍しゅう強くあってや、拘《こだわ》り、村八分《むらはちぶ》、おっと、座《ざ》から仲間外れにされるやい、そんぐらいほどだわい、狩野元信の幼名である「四郎二郎」を敢えて使い、織り込んでな、
《時鳥《ほととぎす》画《ゑ》に鳴け東四郎二郎《ひがししろじらう》》
と、おい、おいーっ「時鳥」、あの、杜鵑とも記す姦《かしまし》くも切なくも鳴く鳥に命令までして、こうなると詩じゃ、作ったのや、俳諧の五七五の句として。
蕪村のやつあ、この句にあるように画への関心と修練に真一文字なのやが、俳諧と同じく師匠に従《つ》いて学ぶことなどせんで、名画をとっくり眺め、見つめ、写し取ること、そして山や森や人を写して生かすこと、つまり、いろんな先達や天然《てんねん》が師匠なのやて。

けどな、わいは、ほんまは「しろうじろう」の六音なのに「四郎二郎《しろじらう》」の五音とする句にあるように、蕪村の心の臓や血の脈のすみずみまで、むろん手足の指先まで、音曲の律《りつ》、そうや、楽《がく》の階段《かいだん》みたいのが通《かよ》っていると思うのや。軀の中に、太鼓の撥《ばち》と表の革や、琴や三味線の糸を孕《はら》んでおるように。

そうや、やつ蕪村は、上洛して三年ばかりは片っぱしから寺寺や豪商の持つ画を写し取り、どんな細かい銭の画の注文も引き受けておったが、ふらりと僧衣姿で丹後《たんご》へと旅立った。そいで、律義に便りをよこすが今は宮津《みやづ》の寺におる。三年も京を留守にして、ほんま、やつに定まった場、家とゆうのはないのと同じでひょ。

いや、あれは何年前か、その旅先から、うん、「丹波の加悦《かや》といふ所にて」と前書きがあり、そうや、確か与謝《よさ》とかいう村か部落かその近くや、わいも一度行ったことがあるんや、便りと共に句が記してあったのじゃ。「次の歌仙を巻く時の発句にしたい。直しや忠告を」とな。わいより、句はもう数段も上なのに。

《夏河《なつかは》を越すうれしさよ手に草履《ざうり》》

おーい、やっぱり、こん男は俳諧の独り立ちする五七五の句、それも仲間を当てになどしなくて一人、それを詩として溢れさす才があると、仰天したわ。「うれしさ」の感情を、「手に草履《ざうり》」で具《つぶ》さに表わし、夏の暑さに裸足を水が流れてゆく清清しさを歌い、そして、幼い頃の水遊びにさえ帰してくれたのや。

この、季題、季節の語の「夏」が取って付けでなく、ごく普通に、当たり前に、せやけどあっさりしながら脈をとくとく撃つがごとき生かし方は何なのやねん。

この繊《こま》やかにして、けんど、ぱちっとくる初初しく、魂《たましい》が震える思いは……。

大いなる芭蕉には敵《かな》いっこはあらへんやろうけど、大芭蕉にはない、そんじょそこらに転がっておることを句、いんや、唐詩より詩そのもんや、詩に託すとは。

わいは便りを、せやけど、返さんかったんえ。実は「画の稽古は止《や》めえ、目ん玉の気持ちの高ぶりと筆の器用な捌《さば》きより、俳諧、とりわけ発句、いいや、独り立ちの五七五に賭けよ」と大叫びしたかったんえ。言葉の美しさは、目ん玉と筆のあれこれより、忘れ去られることは多いが、他人の心をいたく動かす凄い刀、槍、矢だと。しかし、丹後の寺に世話になっておる最中に画ばっかり描いてると知り、「好きこそものの上手なれ」とゆうことも頭を掠《かす》め……。

だから、あれは今年の三月やった。

墨衣《すみごろも》の仏の道にひたすら正直に歩む雲水《うんすい》よりは、僧衣の裾が擦り切れてちっこい山並みとか鋸《のこぎり》の刃の形で、衣の前みごろや袖は継《つ》ぎ接《は》ぎだらけの乞食坊主の形《なり》で帰ってきて、たった三日しか京にいなくて旅立つ前、わいは説教をしたのや。

「おいっ、生まれの土地も、正しいおのれの名も、姓はあったかどうか分からへん、おぬし、蕪村」

「あ、はい。宋屋《そうおく》の大大《だいだい》兄さん」

「いつか発句か独吟に生かすつもりの『夏河を……』すんげえやてえ。画は諦め、俳諧、ま、わいは論《ろん》は知らぬが、一番に短い詩に、残りの命を賭けたらどうなんやっ」

「おおきに。ですが、俳諧では御飯が食えませんや。女房も貰えねえし、大大兄さん」

「うーむ」

「江戸では俳諧師の点者《てんじゃ》組合が強くて、同業者はなかなか認めてくれないし、ここ京ではお上《かみ》に届けねばならない上、そもそも点者の人数が決められているし、大大兄さん」

「そう……やなあ」

「俳諧を楽しむ人が町人や農家の人に拡がったのは嬉しいですな。武士だけでない層が、いろんな楽しみ、嗜《たしな》み、芸ごとを身につけ心に刻む時世《ときよ》がきたわけで」

「うーむ。けんどな、蕪村」

わいは、男が男に惚れてしまった弱味ゆえ、ぎりっと蕪村に刀の切っ先を突き付けられんかった。が、ここは、こん男のために、思い切って……。

「あんな、蕪村。命ってこれぎりやて。一回こっきりでんね。だから、大事ちゅうの大事をやらんとあかんねん」

「女に恋して、男に……、あ、いや、恋ですかね」

わいの目ん玉の奥あたりからだけでなく頰の内側からも火が噴くみたいなことを蕪村は口に出した。それも「女に」と「男に」を並べ……。

違うで、ここは、要《かなめ》を。

「そうは思うけどな、たった一度の人生で為《な》すことがあるさかいにな」

「あ、はい」

「蕪村な、画の世界やって厳しゅうてかなわん同類《どうるい》の仲間でできておるのえ。ましてや、おんしゃには師匠もおらんで引き立てる絵師もないのやで」

「あ、はい。武家は狩野派の御用絵師で占め、京の天子や公家の絵所預《えどころあずかり》はもっぱら土佐《とさ》派です」

うーむ、こん蕪村はこないなことを知った上で画に熱いのや。

「でも、大大兄さん、江戸では浮世絵が町人を抱《だ》っこして流行りだし、草双紙の挿《さ》し絵にすら引っ張《ひば》り凧《だこ》、この京でもわたくしが学ぼうとしている唐からきた南蘋《なんぴん》派や、独り立ちの絵師が新しく力を得てきつつあります」

「そう……やろか」

「それに、京は着倒《きだお》れが多い。奇想天外《きそうてんがい》をおおらかに受け入れる。画も少少は下手でも買い手がつきます」

そりゃそうなのやけどとわいも考える。しかし、けどもや。

「あのな、蕪村。聞いたことないでえ、二た股の名人は、画と俳諧の句の二つなんつうのは。いんや、おんしゃの場合は書《しょ》もかなりのもの、三つ股やで」

「はあ、己惚《うぬぼ》れでは、太鼓を叩くのもちいっとは上手で」

「道理でな。おんしゃ蕪村の句には、とりわけ独り立ちした発句、独吟には、太鼓の張り詰めよる革と撥《ばち》が踊って共鳴りする、血の脈に似た拍子《ひょうし》があるのや。季題の詩への取り込みとか、切れ字の巧みさ以前の拍子《ひょうし》、調べや」

「ぐふっ、っっ」

「いや、三味線の音鳴りの響き、調子、余って引きずる音のかそけさも聞こえるようや」

「ぐふうっ、ううっ」

早く丹後に戻りたいと焦《あせ》るのやろか、それとも、出したのが安い茶やから混ぜ物なんど入っているのか、いきなり蕪村は半身を捩《よじ》って、青い顔をして苦し気に噎《む》せ始めたのや。

せやから、

「分からんけど、分かった。おみゃあはんが丹後から帰ったら、いや、帰る前から、画の客は気にしておくわい。俳諧の客筋、弟子筋とな」

と、二度目の餞別だが、大袈裟にならんように脂取《あぶらと》りの紙に一分銀四枚を包んで渡そうとした。一両や。もう、勃《た》たんで久しいけどや、陰間茶屋で四人、裏《うら》の道の若衆を二人買える銭金じゃ。

「ううっ、失礼しました。あのですね、わたくし、俺は根が我が儘で、ううっ」

　蕪村は、餞別を、あっけらかあと襤褸《ぼろ》袖に仕舞うのや。ええかっこをして、見栄で、無理して一両を包んだのや、こん蕪村め。いいや、いつか、いつか……。こん男は、男に好かれる男たらしやて。何でやろか、わいの男と男の恋心と交わりへの焦《こ》がれだけではあらへん惹く力があるんえ。

　男たらしの他に何か、あるのやねん、こん蕪村には。

　あんじょう、分からへん。何やろ……。

　良《え》え。再び丹後に帰る蕪村は急いでおる。

「あのな、蕪村。次は、いつや、丹後から帰ってくるのは。人生のさすらい、漂泊、旅に旅は、大芭蕉を含め、思い込みそんものや」

「そうです。定った場でも、刻刻、移ろう」

　やっと、わいの説得の力に気付いたか、違うか、そもそも、然《しか》りと思うところがあるのか、ぎっと、蕪村は悪人ごとき本来の形相となり、わいを睨んだ。

　蕪村は、わいがもっともっと話したいのに、未練がないみたいに、すっくと立ち上がった。引き止めたかったのにや、むさんこに。

「あのな、おみゃあはんは暮れになると、発句となるのを貯めて書いていたわな。見せてくれんやろか。序《つい》でに、細《こま》いとか、柔らかいのでええから、画はあらへんか。弟子や知り合いに勧《すす》めるわ」

「おおきに、俺のしゃっちもない、てんと気が利かない句、じらじゃらで、しろっとした画を気づかってくらはって」

　おい、おい、こん蕪村は、正統の大和言葉の京言葉を使いよる、どこで学んだのや。無理して覚えたん？　ま、ええのやて、詮索《せんさく》するのは止《や》めまひょ。

しかし、せやけど。

おずおず、自らの発句を記した短冊を、蕪村は出した。

つまらん……句もあるわ
へえ。

こん蕪村も、化けものとか、怪しい道とか、そんでも仏の道を辿《たど》るつもりか。まさか、ですねん。

えーっと、何、何、何や。

《肌寒し己が毛を噛木葉経《かむこのはきやう》》

この句って、あの、狸《たぬき》の書き写した木の葉の経、いわゆる狸書経を素材にしとるのや。和漢の書はこん蕪村の一割を学んでおらぬわいの解では、通釈《つうしやく》では「ぞくりとするほどの肌寒い中、坊主に化けた狸が、狸自らの毛で作った筆を噛《か》み噛《か》みして書き写している」となる。有り得ぬことを、いや、夢や幻や妖怪を現《うつつ》とする句やで。そりゃま、軀の中に五七五の拍と調子を持っとる他に、古今の和漢の書はみんな熟《こな》しおって、霊や狸の化ける姿をも句の中に生かす力にはぶったまげるけどもや……。やり過ぎや。違う、凄まじい絵空《えそら》ごとを作る才に溢れていよる。

「下総の結城で、味のある老俳人の晋我《しんが》さんに御世話になって、その爺さまは幾度も化けた狸と遊び、俺も一度だけ狸に遊ばれ、去年、ふと思い出し、いつか句会で発句にと、大大兄さん」

どうも、おのれでも嘘の吐《つ》き方が下手と思ったか、顎の抉《しやく》れた、出目で獣じみた両目の顔を両手で蕪村は隠したのや。違うで、嘘は巧みなのや。

去る元禄の時世頃から釈台《しやくだい》を前に置いて、軍談や仇討ち話を張《は》り扇《おうぎ》で叩きながら勢いを作って語る講釈師のごとく、宋屋《そうおく》は、ぶつらぶつら独り、蕪村を思って喋り続ける。

早よう帰ってきいな、蕪村。

二

八月の終わりがきて朝顔の花が日に日に小さくなってきた。

代わりに、赤蜻蛉《とんぼ》が京の町中に一匹だけのも、番《つがい》のも、群れてきた。一説によると、赤蜻蛉は田んぼで羽化し、やがて山へと飛んでいき、夏は涼しい高原で過ごし、この秋になると低い野や町へと卵を生むために再び降りてくるという。ほんま、極楽とんぼや、蕪村のように。

宋屋《そうおく》は、いんや、赤蜻蛉は再び定まったところに帰るのに、あん男はまるで気儘、前もって決めての行ないなどあらへんのやと思う。

だから、いつ帰ってくるのやろと、蕪村が丹後の宮津へと踵《きびす》を返した次の日から、文机《ふづくえ》を六畳の客間に移した。そこのところの縁側《えんがわ》から通りがよく見えるのだ。蕪村が京に戻ってきたら蕪村の姿形がここから分かるはず。よおっし。

けんどや、女は眉目《みめ》の麗わしゅうて、性《しょう》は、か弱く優しいのが好みなのに、そして、わいの方がきつく当たって、時に苛《いじ》めたりして遊ぶのが好みなのに、どないな訳で、あないに出っ歯で猛猛しく顎の出っ張る顔立ちで相撲取り並みのごつい軀の男に惚れるのか、自らでもわからへんわい。それも、女は転がしたいのに、蕪村には組み伏せられたい欲が湧きに湧くんえ。

それで、毎日毎日、弟子や連句の客筋が訪ねてくる前も、句会や歌仙を巻く時の句の仕込みをした後も、昼九ツのごく軽い飯の後も、延べ一刻ほど宋屋は通りに目を見開いている。

それで、気が付いた。

真昼のちょっと前、昼九ツ前になると、三十を過ぎたと映る年増の女が、身の丈の半分よりちょぴっと高い三尺ぐらいの茶の木の垣根を過ぎていくのである。

女は流行《はや》らぬ丸顔、野茨《のいばら》のちっこい花みたいな感じをよこす。野茨は花は可愛らしく香りも良いが、やはり茎や葉に棘《とげ》を持つ。つまり二つを兼ねた気分を送ってよこす。

女は着丈の長い留袖《とめそで》姿で水商売風《ふう》である。まさか、新手の真昼間からのあちらの商いの女ではあるまい。が、化粧は濃い。この女が、単衣《ひとえ》、袷《あわせ》、昨日は冷え込んで綿入れなので、季節の移ろいが分かるほどだ。

女は半年前の晩春あたりは、おずおずと茶の木の垣根からこちらを見やって過ぎたが、夏あたりから、半身を横に向けて人を探すような目つきでこちらを見つめ、赤蜻蛉が舞うこの頃では束《つか》の間《ま》に足を止めてこちらを睨み、失《な》くした巾着《きんちゃく》や忘れ物を探せないような物悲しい眼差しで消えていく。

何もんや、あの女は。

家の中が暗くて外の道が明かるいからわいに気づいておらんが、もう四、五日も覗いたら、ど突いてやるでえ。

あ、あ。

宋屋は、あれこれ考える。

この家に住んでおるのはわいが一人。

ならば、通ってくる弟子の稲太あたりを、いんや奴は女房に頭が上がらんで女と遊ばぬ男、いずれにせよ、弟子の誰かを訪ねようとしておるのや。

あ、そうや。

蕪村を探しておるんえ。

そうや、茶の木の垣根を取っ払って、背の高い椿《つばき》と葉がびっしり繁る黄楊《つげ》を二重にした垣根にするわい。それに銭が掛かり過ぎるなら、ええーい、竹垣にするうーっ。

宋屋は、くわーっと妬心で逆上《のぼ》せる。

──が。

しかし。

けんど。

古稀の齢になり、やがて、といっても五日がかかったわけだが、落ち着いてくる。

いいや。

男と男の恋情より大切な心、絆、思いを抱かぬとあかんて。惚れた男の、きつぎり、思いっ切りの跳《は》ね、飛び、成長、これでひょ。

蕪村の俳諧の発句を、独り立ちの長句を、五七五をもっともっとでかく翔《と》ばさせ、深く、広くするのには女が必要なのや。所帯も持って、生活《たつき》の苦しみ、喜び、退屈さも知ってもらわんと、気張ってしなこい句はできへんで。うーむ、けんど、大芭蕉は、こない魚を焼くみたいな、しみったれの句は作らへんかったの。

こういう気持ちに、宋屋はなりかけた。

────。

ところが、宋屋の火照る思いか、それとも、竈《かまど》の薪《まき》が熾火《おきび》となって澄んだ赤さとなるほどの恋情を越える心が通じたか、翌月の九月半ば、蕪村は、髪は伸ばし放題で乞食か僧の区別もできぬ姿の上、腰の骨を壊さねばいいが、仏道修行のためのどでかい頭陀袋《ずだぶくろ》を麻の布地が切れて破れそうに膨らませ、その足でまず最初に挨拶にきた。礼を知っていると宋屋は嬉しくなりかけた。丹後から帰ってきたのだ。

宋屋は、しかし、この二た月の、自らの家の周りの、おかしい女の現われに、かなり気を配ってきて、蕪村の扱い、付き合いを変えねばと気を引き締めた。

あん？

あの女は、もしかしたら、ただ単《たん》に、この家が徳川家綱《いえつな》公の頃にできた建物、百年ほど前なので珍しくて見物にきていただけなのかも知れへん。

そんなはどうでもええ。男が男への恋情に専《もっぱ》らでのうて、それを孕《はら》んだ上に遥かに越えに越え、その男の志に惚れ切る心へと舵《かじ》を切り換えるのや。いや、切り換えたはずなのや、後ろ髪を引くのやない。

「やっ、土産でござす。おもたーても、耐えてくんなはれ」

おいっ、こん蕪村は喋り、従って、言《こと》の葉《は》も天賦の才に満ちておるのやろか、もう但馬《たじま》の言葉や訛りをものにして、毒でないやろな、茸《きのこ》の三つの類を一升ほど出してから、ちっこい布の袋を懐《ふところ》から取り出し、その上に静かにばら撒《ま》いた。

「貝殻《かいがら》……だら。大大兄さん」

「あ、そう」

「宮津の湾は、天橋立《あまのはしだて》の砂州《さす》にいろんな貝が棲《す》んでいて、流れて打ち上げられ、ほーら、匂いが白い砂と、藍色に冷めたく澄んだ潮と、深く深ぁーい松林の匂いまでさせますわ」

「へえ、そう」

もちっと増しな土産にせいや、と、宋屋は口に出しそうになった。が、なるほど、丸味を帯びた三角の縞《しま》模様の貝、波に長い間に晒《さら》され模様を失った蛤《はまぐり》、名は知らぬがこういう薄桃色で少年の男の先や生娘の女陰の色をした貝もあるのか、手に取って鼻穴を付けると、未だ行ったことのない宮津湾や天橋立の潮の香りが微かにする。微かだからこそ良《え》えのやな。

「こうやって耳穴に近づけると、潮風の音や、潮の満ちてくる時の立ち騒ぎの音が聞こえてきますけえ。時に嵐の前触れの潮騒《しおさい》も」

宮津あたりの言葉の終わりを使い、餓鬼んちょみたいに、京の若い気障《きざ》な男みたいに、丸く三角に尖った貝の底を、蕪村は耳に引っ付けた。

「え……そうかいな」

舌打ちを堪えて、宋屋も真似てみる。

確かに……。

わ、あ、あ、ああ……ん。

さ、さ、ざ、ざあ……ん。

びゅ、びゅ、びゅ……いーん。

宋屋は知る。

こん男、蕪村は、ごくそこいらにある雑草、枯れ木、虫けら、命のない砂、土塊《つちくれ》にすら造化、天然を、そうやねん、大いなる自然を、謎に満ちた時《とき》と嵩《かさ》を持つ宇宙を見つけてしまうのやて。そればかりか、然《さ》りげない物にすら、甘美と冒険を掻きたてる詩、物語を追い、拡げてしまうのや。屑《くず》に、雅《みやび》やかな気韻《きいん》を。

そう、楽《がく》のある音や、こん男の五七五に孕まれている鳴《な》りも美しい響きやて。

宋屋は恥じた。

珍しい土産や、値の張る産物より、この浜に打ち上げられた貝の匂いや音鳴りの方が遥かに素晴らしく、俳人としておのれ望月宋屋を認めてくれておるんのやと。この心遣いの繊《こま》やかさと赤さ……。

そうや、わいは「大大兄さん」なのだと宋屋は喜ぶ。

「蕪村、ぎょうさん大きな袋を持って、句、いや画の良《え》えやつはあらへんか」

宋屋は、この先、一所懸命に、男と男の気持ちをきつぎり越えて面倒を見るさかいに許せという言い訳を胸の内でしながら、心と裏腹に、上からの眼差しで告げた。そうや、蕪村の画の売り込みは、まだ描いておらんのに木屋町《きやまち》の俳諧はいろはのろしか分かってない主、上京《かみぎょう》の男どころか女にも手を付けていて発覚したら三日ほど陸晒《おかざら》しになる住職、しば漬けはかなりの四条河原町《しじょうかわらまち》の漬け物屋の番頭、金時《きんとき》にんじんの赤さの良《え》えのを仕入れて嬉しがらせる七条の青物屋の四代目の若旦那と注文を取ってんね、もう既に。

「あのですね、大大兄さん。俺、姓を持ちましたのです」

蕪村が、筋違いの、うむ、ほんの時折、こん男は、話《はっ》し合いや喋り合いの道と無縁なことを示すのや、けんど、それが、句の、とりわけ独り立ちする地発句《じほっく》の凄い思いを作るのやろうと、宋屋は文句を付けない。

「あんな、蕪村。侍だって、幼名、号、諡《おくりな》、役による名とか幾つもある。町人、特に、俳諧師、絵師、草双紙の書き手など五つぐらいが普通……それより」

何を今更、こん蕪村と思いつつ、宋屋は、どでかい頭陀袋《ずだぶくろ》を指差した。大き過ぎて、首には掛けず背負ってきた中身を。

「あ、はい」

蕪村のやつ袋に手を突っ込んで、おいなあ、自ら描いた画ぐらいは大事にせにゃあかん、裸で剝き出しで皺皺になっておるわい。

やっぱり、この男の自信は画やと宋屋は少し落胆しかけた。

墨の淡さ濃さに、段段の田んぼが重なり、濃い若葉色の丘を背に、泥の土があり、女一人が深深と腰を屈め、白っぽい緑の米《こめ》の早苗《さなえ》の束を手にしておる、何や、詰まらん画。この縦一尺三寸ほど、幅一尺ぐらいの画を売り付けんのとあかんとなるのか。

いや、いや、賛《さん》を、右上に記しておる。つまり、描いた画に関する文や詩歌、句が賛やから、好い加減に遊ぶつもりでおるんかいな。そうか、わいの期するところに蕪村がやってきたのやと宋屋は今度は嬉しくなりかける。

えーと、句、長句、独り立ちの五七五は、どないや。変わらず、漢字は分かり易いのに大胆にして伸び伸び、仮名は「読めたら、良《え》えのどす」とばかり読み易いがぱっと見たら黒と白で作る遊びの塊《かたまり》や。良《え》えぞ、おみゃあはん。けんど、少し、読みにくいわ。

宋屋は、ぶつらぶつら呟きながら、画の賛を目で追う。あくまで、画が主人で七割、賛は三割が今時の考えや……。

やあ、やあ、やあん。

思わず、女の甘えて吐く言《げん》みたいのが、宋屋の腹の底から出てしまう。

《離別《さら》れたる身を踏込《ふんごん》で田植哉》

「離別《さら》れ」たんだから、つまり、三下り半を突き付けられたか突き付けたか、たぶん、前者であろう、女の身の心だ、思いだ。田植えは、この大和の国国のほとんどが女、早乙女と呼ぶがやる習わし。ま、雇われた女もいるだろが。

何いーっ、こん蕪村は、夫婦仲を切られた女になり代わって句を作ったってゆうのじゃな。

「余りに田植えに必死なもんで『おや』となって、訳《わけ》を人に教えてもらいましたんけえ」

蕪村は、あっさり言う。

けどもや、女の気持ちに成り切って句を作るなど、ありだったのかと宋屋は驚きから畏怖へと向かう。

ありだったのやて。

この、いじらしい、田植えとゆう、村落のみんなが励まねばならん時に、三下り半のしんどを抱え……だから、かえって必死になって、侍も町人も米を食うしか生きられぬ大地の恵《めぐ》みの元の田植えに。

「ほいで」

宋屋は、蕪村の画を売り込んで、喜んだり、渋ったり、勿体つけて承諾した九人の名と住まいを口に出そうとした。

「あ、あ、あの、俺が京を離れている間……大大兄さん、誰か、訪ねてきいへんかったでしょうか」

宋屋の自慢できる話を遮《さえぎ》り、顎の抉《しゃく》れた、出っ歯の、怖い顔つきで宋屋の鼻の下から覗き上げるようにして、蕪村は声を潜《ひそ》めた。何や、今度は大坂の言い回しを使うておる。

「江戸や関東の北あたりで借金でもこしらえたん？」

そない悪い噂はわいの耳には入ってこんかった、せやけど、と宋屋は岡《おか》っ引《び》きの心情となって聞いてしまう。

「いいえ、江戸でも結城《ゆうき》でも遊んだけどつけや借金はありません……や」

「何え、丹後から戻る途中に大坂で遊んだのやな」

「そないな銭は持ってませんぜ、ちゃう、そんな無駄金は使えません。画で食えるためには辛抱せんとな。絵筆、顔料、紙と買わねばあかんし」

どうもこの蕪村は元元は京坂の出ではないのかと宋屋は声の調子で推し測る。なのに、この男は、強いて押し隠しておる……んと違うか。

ま、いいでひょ。それよりや、男が訪ねてきたかどうか気にかけているのなら、やっぱ、腹が立つ。女なら、画や書、いんや、俳諧の肥やしになるし、しゃあない。

待ちいな。言《こと》の葉《は》で美しさを追う詩や、画も、書も、女と男の二つを好きになる方が凄いのではあらへんか。別別の性《さが》を知り、その深さ、繊《こま》やかさを解るんえ。女の情、男の情、女の裸、男の裸と真《まこと》に近いものを知ることができる……のやて。

宋屋の方が今度は蕪村に胸底を透かし見られている気分となり、胸の中にだけ言葉が溢れ、外へ出せずに黙す。

「あ、おみゃあはんより十《とお》よりもっと若い女子《おなご》が、とゆうても大年増、三十に一つか二つかの女が、この家を覗きよった」

「へえ」

内心は解らぬが外面は常に不動の感じの蕪村の、獲物を襲う寸前の鷹の眼差し、この譬《たと》えでは生温《なまぬる》い、野良犬どもの頭目が人を食う少し前の眼そっくりの両目が、脈打つごとくに俄かにときとき、ときとき動いた。

「そうや、あそこの茶の木の垣根の間から、あるいは越えて、この家をじいーっと覗くのだわ」

宋屋が指で示すと、蕪村の眼も動いた。

その時や。

例の、あの女、年増で、流行らぬ丸顔で、水商売ふうで、二つの目ん玉だけは、ある夏の暑い日に、道の真ん中にぽっこり穴が開いて滾滾《こんこん》と湧き水が溢れるような悪くない気分をよこすあの女が、こちらの方を、伸びを精一杯して垣根越しに覗いていると宋屋は知る。

「あっ」

蕪村が、立った、まこと素速く。

女は、こちらが仄暗いのに声で蕪村と分かるのか、いきなり、茶の木の陰へと隠れて地べたを這うようにして、しかし、着物の裾から括《くび》れた足首と、新《さら》の白足袋と、三枚重《さんまいがさ》ねの草履が急いで逃げるように去っていく。

「待つんやっ、待つんやあーっ、待てーっ」

親を殺して決して許せん百里《り》先の仇を見つけたような慌てぶりで蕪村は、川か海か湖のさざ波が淡く立つ画に、地発句の賛《さん》を記した紙を放ったまま、裸足で、縁側から外へと駆けだした。

画はさっぱり解らへんよって、縦一尺ほど幅二尺ほどのそれは、そもそも反故紙の裏に描いたものでの草書みたいに砕《くだ》けているやつ、賛の句も力を抜いたものやろうと、宋屋は畳から拾い上げる。

うむ……。賛《さん》は、発句を記しておるねん。

何や、何、何！　なるほど易《やさ》しいわい。

《春の海終日《ひねもす》のたり〳〵かな》

丹後の宮津あたりの海か、そうではなく、やっぱり丹後からは瀬戸内海を経て大坂で遊んで帰ってきたらしい時の句か、いいや、どこの海にでも通じる、だだっぴろくて、朧《おぼろ》で、茫洋とした海や、特に定めない方が味がある、冬の厳しさを経た後の、春の海の、のどかそのもん、うららかそのもん、「のたりのたり」の海の様《さま》を現わす喋り言葉の効き目が鳩尾《みずおち》を擽《くすぐ》り続けて、眠くさせ……ついには、鉈《なた》で撃つみたいや……あ。宋屋は参ってしまう。

宋屋は蕪村の才をもっと深く知ったおのれに酔う。女への妬心も、それより大きい男への妬心も溶けてゆく……いいや、溶けかかってゆく。

――せやけど、蕪村が慌てて追い駆けて行ったあの女、誰や。

第四章　何が愛《いと》しいと言う？　烏丸《からすま》の一と夜

一

それから、ほぼ三年三月《みつき》、宝暦十年、そろそろ師走だ。

京の茹《うだ》って、腸《はらわた》まで内へ内へと籠もる暑さと全く逆さまの骨の芯までに響く寒さがくる中で、町町の通りや道の真ん中や、人人の集まる会所《かいしょ》の前で、新米や神酒《みき》や、いろんな魚や野菜が供《そな》えられ、井《い》桁《げた》が燃やされ、お火《ひ》焚《た》きの煙と灰に溢れ、鼻と目に沁みるという感じである。

ここは、四条烏丸《からすま》東へ入《い》ル町だ。

錦《にしき》市場の賑わいが、呼び込む声、下駄、荷を引きずる車の音と共に、微かながら、入ってくる。

女は、昏の二つが少し捲《めく》れて「品がない」と周りから言われ、「目ん玉二つは砂浜でも物乞いする場《ば》違《ちが》いの色あい」と評されてきた。

けれども、たった五人しか参じなかったけれど五日前に婚の祝儀をしてくれた男、宰鳥《さいちょう》、いや、今は与謝という姓を持って俳号は蕪村である夫、旦那、亭主、父ちゃんだけは「外見だけ見映えのする女は男の気持ちに気配りできずつまらん。そもそも老《ふ》けたら、みっともなさが目立つ。おまえの心根は幼い時の傷手《いたで》ゆえ、かえって、それを肥やしにしたから、死ぬまで不変や。滅びねえ」と誉めてくれる。その上で、あん人は「丸っこい顔は、安らぎをよこすわい。目ん玉の輝きは、森に迷い抜いて喉が渇く時に出会った泉みてえや。捲れた唇は、男心を擽《くすぐ》る」と言ってくれる。

それにしても、三年前は嬉しかったなあ。

女、ともは、独りごつ。

ううん、その前に、四年前、あん人、死んだ宋阿師匠の弟子の砂岡雁宕《いさおかがんとう》さんにうんとうんと感謝しなくっちゃ。

そう、十一の時、お父っつぁんが三人組の押し込み強盗に首を短刀《どす》で幾度も突き刺され、五升も血を出し殺されて、おまけに、放《つ》け火《び》をされて、あたしは腰を抜かして動けなくなって、お母っつぁんがあたしを縁側に押し出し、その時、転んで真《ま》っ赤《か》っ赤《か》の炎に包まれ焼け死んで屍は、顔は火膨れで桃色に焼け爛《ただ》れ、悲しかったわ、おかしくなっちゃった。当たり前よね。その後、宋阿師匠が拾《ひろ》ってくれて……その家で出会ったのが宰鳥さん。

初めに見た時は、恐ろしくて。目ん玉は野犬よりも黒みがかって怖くて、顎の出っ張りは自分の句の出来ばかり言い張るわからんちゃんのうら若い俳人そっくり。出っ歯は、乞食よりひどい欲そのものばかりで動く人のよう……。

もっとも、人が欲だけで動くのは仕方がない、明日は飢え、ひもじく、道端で倒れてあの世行きだったらね。その思い、情けなさ、望みなさに考えがちょっぴり至ったら、出っ歯も、仕方ないどころか、命への必死な餓《かつ》えと、何かしら輝いてきたのよね。

いつだったか、唄っていた。そう、音曲なしなのに、三味線とか太鼓とか、時に笛の楽《がく》と同じ、それより弾《はず》む句、五七五を。

その五七五と短か過ぎるほどの句、ううん、蕪村さんの場合は唐《から》の国ではごく普通にあるとかいう詩よね、調子があんまりに気持ちが良くて、音曲の拍子、節回《ふしまわ》し、流れの上り下り滑《なめ》らかさが決まっていて、聞いてみたくなったわけ。

何年前の発句か、宰鳥さんでなくて蕪村さんの、

《とかくして一把《いちは》に折《をり》ぬ女郎花《をみなへし》》

という句の遊女の譬《たと》えの「女郎花」をわざわざ詩に寄せる気分に「悔やしいわ」の心があってね。序《ついで》にこの階段をとことこ登って降りる言葉の秘訣も知りたくて。そりゃ、あたしは、あん人が、みーんな、あたしの全てとは言わないけどあたしの本当の質《たち》の五割より多く、男と寝るしかなかったことを知り尽くしているわけで、でも、同じ職、身分だった女郎に、蕪村さんは好奇の心と優しさで真剣になったんじゃないかって、あーあ、どうして女は妬《ねた》み嫉《そね》みをひつこく抱いてしまうの。そういやさ、妬みも嫉みも漢字の左側の偏《へん》は、「女」だわ。不公平だけど、真《まこと》もある……。

いずれにしても、内心は、とても気にしながら、まだ、抹茶は当たり前に飲めず、煎茶も二十日に二度か三度、普段は焦げ茶色の澄んだ感じが奥ゆかしい番茶で、それを飲みながら、貧しくてもこの人と布団と布団を並べて眠れるなんて幸せとも思いながら、そう、三年半ばかり前、宰鳥さん、おっと蕪村さんがあたしを椹木町《さわらぎちょう》の家に連れて行ってくれてからすぐに。

「ねっ、蕪村さんの、童唄《わらべうた》や、民謡や、流行り唄みたいな俳諧の発句、あら、長句とか立句と言うのかしら、そこに身籠ってる拍子、流れ、緩い石段を登るみたいな弾む感じの素晴らしさって、どこで、いつ頃、身に付け、学んだのかしら。子供の頃？　十三、四、五歳の時？　教えてよ」とね。

そしたら、急に、番茶って安いけど香りは良くて、でも、茶柱《ちゃばしら》が喉に突っかえたのかしら、蕪村さんは、

「げぼっ、げぼっ」

と、噎《む》せ始めてさ。

「あのな、俺は、俺には欠《か》けていてな、持ってねえ人としての温かさ、上《う》っ面《つら》でねえ本物の熱さを、じわりじわりのそれもある温かさにひどく憧れるんだ。だから、……かえって、嘘に真《まこと》を吹き込みたくなってさ」

やっと息の乱れを整えてから、あん人は、答えた。

「でもよ、俺には句の才はねえと長い間思っていたし、今でもそう思う。しかし、画を描いてると、そのために深泣《ふかな》きしたり笑ったり怒ったりする人や山や木木や川や海や獣を見つめていると……五七五の句が少しずつ楽しさ愉快さを増してやってくる気がするんだ。画の『凄いのを描かねえと』の気分と逆に『五七五で思い切って遊びてえ。太鼓を叩くみたいに、将棋や碁をやるみてえに、女の尻を軽く撫でるみてえに』」

「へえ」

「せやけどや、俺は、大いなる天然、宇宙の泡の類《たぐい》の一人と、そうだわ、荘子っちゅう唐《から》の昔の昔のまた昔の人の説の通りと考えてるがな、そこで足掻《あが》く人が好きで堪らんのだ。それでいくと、画は飯《めし》の種、句は楽しくて止《や》められん盆踊りに似た、あれ、あれ、独りで五本の指、あれだぜ、へんずりや」

「嫌あね。あたしもその荘子とかを学んでみたい」

へんずりと自らを貶《おとし》めることを五七五について蕪村さんは告げたけど、あたしは敢えてこだわらなかった。

「よっし、三日以内に用意するわ」

——こういった遣り取りをともは思い出す——確か、あん人、宰鳥さん、蕪村さんがあたしをあたしと分かって必死に追い駆けてきた年だから、えーと、蕪村さんは四十二、よく、あたしを覚えてくれたとおしっこを漏らすほど嬉しかったあの時は、だって、十七年振りだったもの。あたしは、その時、もう、三十歳の年増も年増、大年増だったのに。

じゃない、あの時に、あん人は言ったのよね、続けて。

「足掻く人、底で『何、くそお』と踏ん張る人こそ、男も女もまさに、人、人なんだ、人らしいんだと俺は思うわな。今は、合《あ》わせて十両盗めば、つまり米十石分《ぶん》盗めば死罪、盗みは、わずかでも三度重ねると死罪。主殺し親殺しは同じ死罪でも磔《はりつけ》のはずや」

「らしいわね、おお怖《こわ》」

「十五歳を過ぎたら情け容赦はねえ」

「だって……ね」

「しかしな、俺は、その最もの罪悪を背負ったやつ、極悪人ども……の心情になり切れる。いや、その心情こそ、五割真面目の画のみならず、遊び十割の俳諧の要《かなめ》の中の要と思うておるのや」

何かとんでもないことを隣りの布団の上から被せた二枚の綿入れの下の方で乳房へと手を出して告げたことをともは思い出す。掌は、でも、温かかった、とっても。

だから、あん人の五七五に音曲が潜《ひそ》んでいることを聞きそびれてしまったのだ、ともは。と言うより、その、すぐ後、かつてなく、愛おし気に、きつく、まるで凧《たこ》が大空《おおぞら》で、突風ゆえか、凧自らの紙と骨組みの弱さのせいか、いきなりくるくる回るように、釣り合いを失ったように、抱いてくれたからだった。激しいのよ、熱かったの。軀の真ん中の真の中の火照りが三日も残って、続いたもの。

じゃ、ない。

あれから指を折って齢を数えると、ちょっぴり命の無駄遣いに凋《しぼ》みかける、もう三十三歳。そう、あん人は四十五歳だものね。しっかりと生活《たつき》の今、先を考えないとね。

あん人、旦那、亭主、父ちゃん、いいえ、蕪村さんの五七五の詩は、もっともっと、中身と嵩《かさ》を膨《ふく》れさすはず。みんな我慢して尽くさなきゃ。

あ、でも。

ともには、苦《にが》い思い出が捩《よじ》れながら、捩《ねじ》れながら、まるで、もうすぐくる正月に新しくする神棚の注連縄《しめなわ》を縒《よ》ったみたいなさまで現われる。

ともは、振り返る。

「戻して、戻してよ、みんな」という気分と、あん人、ううんこの人が時折り言う「あのでんね、あのだぜえ、おまえさんが愛おしいから偉そうに説くけどな、人って、罪の重ねと、失敗や、どないもでけん負けを肥やしにできるのや。だから、一時の不幸、一時の挫《くじ》けは財宝なんだぜい。いや、十年を過ぎる長い不幸、挫けの引きずりすらも」の気分の谷間を揺《ゆ》られながら。

――厭な男を含めての寝床のことを数えるのと、若い熟《う》れ頃のおのれの苦《にが》い人生のいろいろあれこれを数えるのとではどちらが辛《つら》いか。

ともは、いずれにせよ、両手の指を一本一本折って余ると知りながら、十三歳の大晦日に父親の弟が死んでその妻である叔母がやってきてから経たことを思い出す。

叔母は、ともの十四歳の春弥生に、東海道の三島宿からやってきた妹の亭主の従弟の知り合いというややこしい関わりの四十男に罪人を引き渡すようにどすんとともの背中を叩き、「連れてってもらいな」と押した。

「五年間の辛抱だよ」

叔母がこう言った時、叔母は子沢山の貧乏だし、とも自らは食べさせてもらってる身のほど、不吉な予感は鳩尾《みずおち》を掻き回したが、仕方がないと四十男に従《つ》いて行くことにした。それに、吉原の遊女の年季は十年、その半分の五年なら我慢なのかもと。

「『夜半亭』の死んだ宋阿師匠の仲間や弟子には、安心しな、『宇都宮や結城《ゆうき》、水戸あたりの関東の北に下働きに出た』と言っておくから」

追い駆けてくる叔母の言葉に、菅笠《すげがさ》の下の前差しの稲穂の簪《かんざし》までが更なる凶凶《まがまが》しさに震えた。

宰鳥さんから遠くなる……。

もしかしたら、軀を売る女に……。

――四日がかりで着いたところが三島のこぢんまりした旅籠屋《はたごや》だった。

ついに……か。飯盛《めしもり》……女《おんな》か。

でも、父親と母親が生きていた頃の厳しい躾《しつけ》と宋阿師匠の教えで、文字は漢籍の初歩まで読める。算盤《そろばん》も何とか熟《こな》せる。習字の稽古も通っていたので下手糞としても筆は使えるから、風呂焚きや下足番や布団敷きだけでなく、帳場も手伝うことができ、泊まり客の酒食の面倒見だけでなく軀も任せる飯盛女をやらずに済んでいた。むろん、風呂焚きや浴衣姿で風呂場での客の背中洗いや、酒の酌《しゃく》もしたけれど。

もっとも、この旅籠屋の主の周助《しゅうすけ》さんは六十路《むそじ》を半ば過ぎていて、十と十三の娘二人を流行り病で亡くしているので、ともは運が良かったのだろう、春を売る勧《すす》めとか命《めい》とかは曖気《おくび》にも出さなかった。

逆に、かえって、職人とか商家の手代とか真っ当な侠客とか延べ七人と見合いまで取り計らってくれた。

でもさ。

あたしは、今時の女としては珍しいと自分で誇らしく思うけど、宰鳥さんを忘れられないしね。あん人の眼は野犬さえ目ん玉だけで食い千切《ちぎ》りそうに怖いけど、不器用な指の使い方もあって、そうなのさ、宰鳥さんの惹《ひ》く力は、みーんな、みんながみんな、ちぐはぐなところにある。とっても誇り高いのに他人《ひと》には必要以上の気配りをして下手《したて》に出る。猛猛しいのに優しさを正直に出す。男は誰でも女好きなのであの人も例の外でなく、なのに時折、ぎょっとするほど年下の男に露草《つゆくさ》の茎の滴《しずく》が垂れそうな目つきを送る……のよね。

その眼で、もっと恥ずかしい裸を描いて欲しいから、その指でもっともっと助兵衛をして欲しいから、見合いは七人とも、断わった。

どうも、あたしはおかしいのかしら、今の時世に、家とか禄とか商いの繁盛とかでなく、自分の、そして他人《ひと》の、その人だけが持つ一人の人として惹く力に関心を抱いちゃう。当たり前、世渡りに要《い》る作法だけでなく、他人さまのみんな全てと仲良くしたいし、助け、助けられたいのだけど。でも、一人の一人を言い張ってもみたくなる。

それでいくと、そうだったの。

宰鳥さんだけが、たった一人だけが、あたしの男だと、十一で、もう……助兵衛なことをやってくれてからは、それが念仏みたいに……。家《うち》は、宰鳥さんのところの浄土宗でなく、その真《まこと》の浄土宗なのかしら、違うわね、仏の教えってみんな自分のところを真実と叫ぶものね、そ、浄土真宗で、お父っつぁん、お母っつぁんの生きていた時に耳で覚えた御経みたいにあたしには聞こえていたわ、「ほーれ、宰鳥、宰鳥、宰鳥とおまんこやれーっ」とね。あら、あたし、やっぱり、おかしい。「お」で始まり「こ」で終わる四拍、ううん、四文字を胸の内だけとしても出しちゃうんだから。

だけど。

その旅籠の主の周助さんは、あたしが、そう、十八の春、死んじゃった。真正直でずるのない爺さまだったのに。お母っつぁんから、死ぬ前のお母っつぁんから教わった、なんせ指の使い方が難しい三味線まで近くの師匠に習わせてくれた情の深い爺さまが……息をしなくなった。苦しみ、悶え、でも息を引き取ったら、本当に安らかな死に顔で、空想のお釈迦さまみたいで、宰鳥さんに代わって、絵筆でその良い顔を描きたくなったのよね。死って、死んでしまうと、業《ごう》とか病とか欲とかから解き放されてすっごく人には和《なご》やかさ、安心の気持ちを持てる、ううん、そのところへ行くし、行けるって。

あら。

だったら、どうせ死んじゃうのなら、あん人《ひと》、宰鳥さんの俳諧の発句がもっともっとみんなに認められるように真底から思う気持ちは何なのかしら。それは……それは、あん人の句を味わうと、絵空ごとに耽《ふけ》って楽しめたり、実際に悲しくなったり、本当の本当に嬉しくなったりできるから。読む人が、口遊《くちずさ》む人が。音曲を奏でなくても、童歌《わらべうた》や流行り唄に酔ったようになれるしね。そもそも、五七五の言葉に遊べるものね。なーに、あん人だって「へんずり気分で作る」と、ふっふ、言ってるもん。

そう、今に戻っちゃうけど、近頃の蕪村さんの発句や独り立ちする長句を集めた帖面を見せてもらったの、ねだってね。そしたら、「化埜時鳥《あだしのほととぎす》」って前書きがあって「化埜《あたしの》」って京の西の焼き場のあるところよね、石仏が無数に空《そら》へとゆく姿で祈り叫んでいるところも近くにあってさ、《一雨《ひとあめ》の一升泣やほとゝぎす》って、凄い詩、句だと感じたわ。「一升泣《いっしょうなき》」って、大泣きの泣き、そのくらいのざあの大降りの中で、あの世とこの世を行き交う鳥、杜鵑《ほととぎす》のけたたましく怪しい鳴きが混じりあう光景のはず。画には描けない、現《げん》の今《いま》を超えちゃったような景色よね、音の響きまで聞こえるし。ぶったまげる遊び。ううん、遊びの果ての芸。

　画は解らない。あれこれ、言えない。

　でも、偉い師匠に習わないと栄達の道はないらしい。「一升泣」じゃないけど「百斗胡麻擂《ごます》り」が必要らしい。あん人、惚けた老人にすら当たりが良くてひどく親切、老人の方からも好かれる質《たち》だけど、胡麻擂りは根っからできない性《しょう》だもの。そもそも師匠を求めたりしない。

　それと、武家や公家とか寺の力のある人に気に入られることが画の出世には必須らしい。生まれの素姓、場所、育ちもまるで不明な人が蕪村さん、これも無理。

　あとは、画の目利きの人に大袈裟に誉めてもらい、評判を宣《の》べ広《ひろ》めてもらうことかしら。こういう人って、宣べ広めで儲けたり、自らこれっと予想する画の収集をして値が上がることを本音《ほんね》にしたりと、強《したた》からしい……し、ちょっとねえ。

　ともは、あれこれ思い出し、途切れ途切れの考えに耽《ふけ》り、暗くなったり、喜んだりする。

　——そう、あの主の周助、周助さん、死の五日前だったわ、うるさいおかみさんや主《あるじ》の義弟がいない枕許で、やっと半身を起こし、

「おまえの、ね、ね、年季、ぼ、ぼう、奉公は、あと十《とお》と一と月残って……これ、これで」

よく気力を残してくれた、たどたどしい呂律《ろれつ》で、どう少く見積っても二十両はありそうな塊《かたまり》、丁銀を包んだごわごわした紙を渡してくれたのよね。紙包みは、手首が折れそうに持ち重りがした。あたしは嬉しくて。単に嬉しくて、色気や厭らしさや助兵衛心などなく、裸で盆踊りでもしたくなったわ。

　そして、冥土の土産に、世話になった上に丁銀の塊までと、この周助さんに尻を撫でさせてあげた

くなった。ううん、あそこをちゃんと見せてやりたくなった。

あたしには春を鬻《ひさ》ぐ本性が棲《す》んでいるのかしら。

尽くさねば、から、うんと、うんと尽くしたいへ、そして、むらむらという気分へと……。

宰鳥さんという人を忘れられずにいるのに……。何つう、ことか。

もしかしたら、あたし一人だけじゃなくて女のみーんなの性《さが》なのかも。百姓家に行けば、夜這いがあってごく普通、娘っ子が受け入れているわけだし。武家の娘だけは「家の血を守る」とかで縛りがあって、その縛りに慣れちゃって欲を隠す芸ばっかり上手になって……。ううん、男だって浮気者が本性。かみさん、女房がいても他の女に手を出し、銭があれば女を買いたがる。あっ……仏さまの前身かしら、阿弥陀さまが、人の類《たぐい》を増やすため授けた、女と男への宝なのかも。たぶん、そうよ。

「御主人さま、ありがとう。ど……うぞ」

いつ、おかみさんが、周助さんの義弟がやってくるかも知れない、静かに、そして、急いで、あたしは単衣《ひとえ》の小袖の裾を襦袢ごと捲り上げ、周助さんの半身の下を跨いで、尻を差し向けた。

「おお……おおっ、あ、あ、ありが……てえ」

なまじ病の熱の火照りだけでない喘《あえ》ぎを周助さんは出した。尻の笑窪二つの底が生温《なま》かくなった。

けれど。

「ううっ、うおっ、おおっ、うぐっぐううっ」

いきなりの喜びが、病人にとっては息の乱れとなるらしく、主は、大きく咳《せき》込み、噎《む》せ始めた。涎《よだれ》も、だらり、だらだらと垂れっ放し。

家人がくるかもと慌てて、あたしは裾を降ろし、しっかと銀の塊を懐に収め、間一髪《かんいっぱつ》で危ないところを免れた。

だけど、この御礼と言うか奉仕が徒《あだ》となったらしく、医者の見立てよりずっと早く、主の周助さんはあの世へと旅立ってしまった。

ともはここまで思い出し、それでもあの頃は初《うぶ》と純《じゅん》な気持ちがあったと……悲しくなる。

人と人との義《ぎ》を大事にするって、邪《よこし》まな気持ちが入ったら、かえって他人《ひと》を不幸にしちゃうのかと……。

――案の定、周助さんが死んで五日後に、未だ仏事の四十九日も終わらないうち、おかみさん、周助さんの義弟と二人が並んで、仏間の部屋で言い渡した。

「年季明けには、まだ一年だね」

剃った眉の跡がぴんと跳ねて分かるおかみさんがお歯黒のかねつけの黒さも新しく濃い前歯を垣間《かいま》見せ、ぎっと切り出した。

「そうだ、おとも。明日から飯盛女もやるんだ」

おかみさんの言葉を、周助さんの義弟が継いだ。

「女将《おかみ》さん、年季奉公の残りの借金は、どれだけですか」

「十一両、何だかんだがあって十二両と二分だな」

主の義弟が「逃げさせねえ」、「どうだ、この銭は払えっこねえだろう」の気分を、平べったい鼻の穴を拡げて胸を反らした。

良かった、ともは、先おとつい、両替屋で丁銀を金貨の小判と一分金に取り代えてもらっていた。思ったより多く、やっぱり年寄りは、いいえ、人って根の根で思いやりがある人が必ずいる、あの主の周助さんはと思い知らされたが、二十五両と少しあったのだ。

「これで、決まりを」

ふんっ、と顎を上げ、四度五度と顎先を抉《しゃく》った。少し気張って十三両を。

死んだ周助さんに、胆《きも》の皺まで感謝した、ありがとさん、ありがとさん。

——飯盛女にならずに済んだという安心の気持ちと、死んだ主のくれた銭金があるという慢心《まんしん》から先行きへの構えの厳しさが余りに足りなかったのよねと、ともは悔しく思う。

ううん、蕪村さんが言う通り、悔しさばかりではないのかもね、そ、「心が滅入って闇《やみ》だらけの悔しさも、肥やしにすれば次に生きる」との言葉の通り……。

それで、周助さんが死んだ二十日後には、川崎宿の料理屋で働きだした。なぜ川崎かというと六郷《ろくごう》川の渡しを過ぎると宰鳥さんが近いと思ったからだ。

料理屋で、春を売る他は悉《ことごと》くみんな引き受けて働いた——下足番、料理作りの手伝い、六郷川の土手の芹《せり》や嫁菜《よめな》や蕗《ふき》の薹《とう》などの料理の材料の摘《つ》み、帳場やつけを取りにゆく役、酔った上客である侍や豪農や景気の良い商人のために駕籠《かご》の手配、挙げ句に客と芸妓やもぐりの遊女の遊ぶ部屋を取り寝床を敷くこと……振り返ってもあの頃の忙しさはともを疲れさす。

——とどのつまり。

二十六歳の冬がそろそろで寒くなる頃、川崎宿の料理屋の手伝いではろくな飯にありつけないし寒さを凌《しの》げないと、ついに、三日に一度、客を取るようになり、年が明けて川崎大師への初詣で旅籠が混む時、飯盛女一と筋となってしまったと、今なお、ともは吐息の尾を「ああ、ああ」と引きずってしまう。川崎へと出てきたのは、宰鳥さんがなお江戸にいると思い込んでいて、より近くなると浅墓《あさはか》に考えたせい……。本当に、実際に、会えば会うで、あまりにみっともなくて厠《かわや》の金隠《きんかく》しにでも隠れるしかないのに。

そうでなくても、二十六での飯盛女は「あまりに年増」、後であん人だけは惹く力があると誉めてくれたけど「顔の醜さは何なのよ」と同じ飯盛女の仲間からも、軀の売りは引退したけど如何《いかが》わしい私娼の宿の遣り手婆さんみたいなことをやる老女からも客に聞こえる大声で陰口を叩かれて……。最も気を配ってへとへとになるのは、客の子種を宿して身籠もることとだった。命の危なさを天秤にかけながらの藪医者に頼って堕《お》ろすとなると大枚《たいまい》を払うしかなく、旅籠の主は追い出しにかかり、普通は乞食か餓え死にの道を二月三月《ふたつきみつき》のうちに……だった。

飯盛女の先達に子種を孕《はら》まないやり方を頭を低くして、手拭いや薄葉紙《うすようし》を教え代として差し出し、聞いた。

若く精に滾《たぎ》っている客は、指でまず二度三度と出させてしまう。場合によっては、口で……。脂《あぶら》ぎった中年男は股の間とか乳の間でまず一度終わらせる……。

中には「女の月のものが始まって半月は危ないんだ。その時は尻の方で」と忠告する先達もいた……。

幸せなのか、もともと石女《うまずめ》かとともは心配したが、子供の種を宿すことはなかった。もしかしたら阿弥陀仏が「蕪村さんの子種だけを」の必死な祈りを……見つめていたのか。

——ところが、だった。

忘れることとは墓に入る直前まであり得ないだろう、飯盛女仲間からも「葉桜《はざくら》どころか、なまめきの一切ない姥桜《うばざくら》」、「同じと思われるから、そろそろにして」と正面からも言われ、どうしようかとぐだぐだ今の今と、すぐくる老いの将来について考え、いいや、それより、軀を商いにしているのは極めつきの悪人とも思え、訳も解らず父母が唱えていた浄土真宗の御経を三畳の同じ飯盛女との相部屋でぶつくさ口に出し、「よしてくんない、陰気な呪《まじな》いは」と文句をつけられ、そうであった、ともが二十九歳になってしまい、いくら何でも源氏名の「若《わか》あざみ」は恥ずかしくなり、この後の人生に望みも抱けず、しかし「今日、一日よ」「阿弥陀さまの力で生かしてもらってる一日だけでも嬉しく思わなくっちゃ」「客があれば良いなあ。でも、早く終わって欲しいのよね」と、大師さまへの年始の御参りで精進落《しょうじんお》としの客がくるかも、だけど、正月も十五日を過ぎていてあんまり御利《ごり》益《やく》がないと知っている男が多く、大師さまと二里離れた川崎宿で「今日、一日だけでも生かしてもらっている命のありがたさ」を思いながらも、そう、江戸では〝他力本願《たりきほんがん》〟と馬鹿にされることが多かったとしてもともの父親は熱心にともに言い聞かせていた親鸞《しんらん》さまの根っこらしい『無量寿経《むりょうじゅきょう》』の木版で平仮名を振ってあるけど難しい冊子を繙《ひもと》いた。

そう……銭で軀を売る罪は、軽い、軽いのよと、ともは思おうとした。

信じるよりはむしろ縋《すが》りたいし、難しいのでかえっていつも柳行李《やなぎごうり》の一番上に仕舞って幾度も諳《そら》んじているその『無量寿経』の阿弥陀さまに出世する前の法蔵《ほうぞう》さまの四十八願《しじゅうはちがん》のうちの第十八願、第十九願、第二十願をとりわけ、特に、低い低い声だけれど喉と舌で唱えた。

解き明かしの文では大事中の大事の第十八願について、法蔵さまは「念仏を十回となえても極楽浄土に往生《おうじょう》できない人がいたら、自らの悟りなど要らない」とある。何と救いが、心が晴れ、軀の売りが許される御経での言葉か。

もっとも。

「ただし、母と父や高僧を殺すなどの五逆《ごぎゃく》の罪を犯した者はそうではない」の解き明かす文のところがかなり重い。ともは、やっぱり思い出す、お父っつぁんが「大いなる芭蕉の発句より大切だぞ。親鸞さまの師匠の法然さまは『両親殺しを含め五逆は許されるはずもない』と言ったらしいけどな、何と、何とだ」と一旦、あの出っ張って尖った喉仏をひくひくさせてから、「親鸞さまは『五逆の罪を犯した人でも念仏を唱えることで極楽へと往生できる』としたんだあよ、おいーっ」と両目を見開いて目ん玉の白いところの血の脈を浮かせて喋ったこと……を。

いや、あたしの二十九の正月のこと。

縁起物の達磨《だるま》とか破魔矢《はまや》を手にして四人連れの初老を過ぎた客が、暮《く》れ泥《なず》む頃、留女《とめおんな》に尻を押されてやってきた。

ああ良かったあ、若い女はもう客がついているし、四人のうち一人ぐらいは、客になってくれそうでお茶を引かずに済みそう、でもね、四十過ぎて初老となるとねちっこい男が多いしとも思いながら燭を手に、客に湯の入った足洗いの桶を出した。

上がり框《かまち》に四人が背を向け、桶の湯気が白く立ち上る中で端にいた男が、振り向きざまに、

「おいっ、みんな。今日は一人一人の部屋にするっぺに。いいかな。んで、あんた、そう、あんただあよ、俺の係りに」

と山《やま》の芋《いも》ののんびりした顔と雰囲気を持っているのに、役人みたいな命令に似た言葉を出しともを指差した。

いけないいっ、雁宕《がんとう》さんだ。死んだ宋阿師匠の弟子だ……隠れようにも、下足箱が立ち塞がり、穴もない、客を取らない女中が、さっさか、雁宕とともを罪人をしょっぴくように廊下を急いで行く。

――ずるずると生きてきた人生に、分かれ道と、それへの決心の日でもあった。

あたしに指一本も出さなかったのは、老いて醜く飯盛女にしがみついているせいではなく、雁宕さんの人情の熱さのゆえと解りかけた――ともは忘れない。

「おともさん、おまえさんは宰鳥を、今は蕪村だな、どう思ってるのだべい」

やはり、雁宕はともをともとこの旅籠に入ってすぐに分かっていて、酒好きのはずだが湯上がりに酒も注文せず、沢庵《たくあん》に箸を付けながらまず聞いてきた。いきなり、的《まと》の中の真ん中を……。

「え、はい。こんな商いをしていて合わせる顔はないけど……せめて一度はまた会いたい、すんごく。駄目で汚れた女になった分、心が膨れ上がって」

　こう言った後に、こんなことを言う資格はないと、みっともなさと恥ずかしさで我れを忘れ、雁宕さんの茶碗に山盛りどころか茶筒みたいに御飯をよそってしまい、今なお、ともはあの惑いの中で本音を打ち明けたと自らを誉めたくなる。いろんな、両手の指を折るのを三十回やったほどに軀で男を受け入れてるのに、心のそこであん人を……だから、たぶん。ううん、これは自分を甘やかして酔ってる思い……。

「京へ宰鳥が上《のぼ》る前に、今から五、六年前か、やつは、べろんべろんに酔って『俺は、女房を貰えるような男ではないやけどな、そ、罪と科が深くて法蔵菩薩《ほうぞうぼさつ》も許さねえやて、いんや、その前の前、銭も稼げねえ男ですわ。けどもや、あんともが……』と打ち明けただっぺによ」

　芋顔の雁宕さんは、よくよく見ると菱《ひし》形の眼で、人の良さだけではない厳しさをも持ってると分からせ、ともへと顔を、ぬっと近づけ、奥歯をがちがち、がちーんと鳴らした。

「ええっ、そうなの、そうなのお、そうなんですかあ」

「そんだ。おまけに、その日の明け方、俺を、おまえさんと間違えて『とも、とも、とも』と隣りの布団から手を握ってきて、脛《はぎ》まで撫でたっぺに」

　雁宕さんの話に、ともは、おいしい灘《なだ》の下《お》り酒を浴びるほどに飲むぐらいに、うっとりとなった——あら、もしかしたら、と別の考えとか推し測《はか》りは一欠片《ひとかけら》も湧かずに。

「一刻一日を争うだで、おともさん。宰鳥を追わねえと間に合わねえど。何せ、京に、あん将来の画の名人はおるでな、女子《おなご》はうじゃうじゃ。京の女《おな》ごは、みんな垢《あか》抜けしてるど。公《おおやけ》の認める遊女ばかりか、闇の隠れ遊女、辻君《つじぎみ》すら、和歌を即席でも作るというだぞ」

殺された父親が俳諧を〝好き〟と〝溺れる〟の谷間にいたので、ともは、「俳諧は？」と聞こうとした。

「聞いとるべえか、おともさん、おとも。急ぐだあよ、京へ。京の、ここんところに……」

風呂敷包みから、矢立《やた》てを出し、厠《かわや》で使うような草葉色のざらざらした紙に、雁宕は、住まいと、かなり分かりづらい図を、しばし、時をかけて記した。

「やっぱ、死んだ宋阿師匠の京時代からの弟子の宋屋《そうおく》さんのところが手っ取り早く蕪村を見つけることができっぺ」

宋屋については、ともは白鬚を伸ばし、その白い鬚が奇妙な色気を持っていたことをはっきり覚えている。そう、良い年をしているのに女に言い寄り、女に言い寄られ、けれど、男にも好かれて隙あらば手を出しそうな、違うのかしらん、ゆとりで手招きするのかね……あら、醸《かも》し出す気《き》が誰かに似ている。

そうだわ、女にも男にも関心がある人って二つの正反対の情、心、形が解るわけで、戦国の世に小姓の蘭丸《らんまる》を可愛がった織田信長《おだのぶなが》を初めとして凄い武将ってそこいらがよおっく見えていたのだわ、たぶん。もしかしたら、戦国より前の時世からのこの八州《やしま》の国の誇るべき優れた性《しょう》で嗜《たしな》み、広さ、深さかも。戦《いくさ》でなく芸ごとにその力を向けたらどでかくなるはず。

だったら、宰鳥さん、蕪村さんはどうなのかしらとその時の気持ちをともは忘れない。

「だども な、宋屋さんは京では七本の指に入る俳人としても、弟子は少なく、貧乏。その上、いいや、だからこそ、気位が高いども。職をちゃんと見つけ、そっと、楚楚《そそ》として、羞《は》じらいを持って訪ねえと良《え》ぐねど。あん」

雁宕さんは、釘《くぎ》を刺した。

「やっぱ、酒こだな」

息込んで忠告した後、ぽつり雁宕さんは言い、酒を飲んだら男は好色になるし、その時は、ううん、これは雁宕さんが試しているのかも。断わる……しかない。でも、恩義に対して……。そう、あたしは、親切とか優しさに軀でお返しをする癖がある……。直さないと……。でもねえ。

ぐだぐだとともは考えたが、同じ部屋で布団は隣りだったが、雁宕さんは鼾《いびき》を掻いて眠ってしまった。

次の朝、桐油紙に包んだずしり重い物を「役立ててくんろ」と渡し、雁宕さんは旅の友達と共にあっさり消えてしまった。桐油紙を開くと銀でできた七福神の一つの恵比寿さまの像があって、笑い泣きをして鈍い光をよこした。

――ともは、京へ上《のぼ》った。

会えるかも知れない、という胸の胆《きも》の皺や、足に羽の生えたような軽さからくる高ぶりと、落ちるところより落ちた身の上への自信の無さの滝みたいな隔《へだ》たりの間で、痩せてしまった。

だけど、毛越《もうおつ》さんの友達の友達の小料理屋での奉公を住み込みでやり、慣れない京言葉を必死に覚え、京人の誇りの見栄と暮らしの辛気《しんき》臭さの表と裏を知り、江戸と異なり侍でなく町家の人人の力があって好ましく、洛北の北大路の淋しいところに宋屋さんの家を知った嬉しさ……。

あん人は、あんまり昔と変わらず、流れ流れるのが好みらしく、宋屋さんの家というか庵《いおり》にはいなくてともは焦《あせ》った。

でも、会えた。

「母殺し、父殺しさえ許してくれるという阿弥陀さまの前の法蔵さま」とお父っつぁんの教えた親鸞さまの言葉に、どが五つもつくおおらかな赦《ゆる》しに、縋《すが》ったせいなのかしら。

しかも、宰鳥さん、蕪村さんは、あたしをあたしと認めると、下駄も草履も雪駄《せった》も履《は》かず、裸足で、泥濘《ぬかるみ》の泥を跳ね上げ、雨水の溜まる窪地《くぼち》や水溜まりで衣の裾を濡らして追い駆けてきた……と、いとは幾度も思い出しては鼻の奥を痺《しび》れさせる。

二

ううん。女と男って、出会いと、結ばれる時が幸せの果ての果てと思っていたけど、必ずしも、うまくゆくとは限らないと分かった。

いとは、三年前に、蕪村と再び出会ってからのことを、苦《にが》さ、嬉しさ半分半分で思う。

苦さの内の九割五分は、春を、操《みさお》を、軀を、売っていたことを打ち明けられず、胆《きも》の底あたりに抱いて悶悶《もんもん》としたこと。

嬉しさは、あん人、蕪村さんは、あたしと一緒の暮らしをしても一と月に五日ほどしか帰ってこないけど、帰ってくると、ひどく優しく、耳の穴や足の指や背骨の一つ一つまで息を吹きかけ丁寧に扱ってくれるし、偶《たま》に、もしかしたらあたしの史《ふみ》、そ、女の歴史を実はとっくのとうに知っていて怒りまくるように乱暴にしてくれること。

でもね……え。

いとは、蕪村が婚《こん》を言い出す日を、願いや望みや夢を、のんびりと、伸び伸び飛んで叶《かな》えそうな蜻蛉《とんぼ》や蝶蝶に預けながら思いを託《たく》していた夕方だった。

もっとも、神無月《かんなづき》、十月、蜻蛉も蝶蝶も、ほとんど死んで見かけない。そりゃそうだ、もう、遠く離れた西京の嵐山《あらしやま》の紅葉が背伸びして見ると、そのむらのない赤さが目に沁みる。京の紅葉は、江戸や武州《ぶしゅう》や相州《そうしゅう》より赤いのはなぜだろう。

やっぱり、苦界《くがい》にいたことは打ち明けるべきかと、その紅葉の赤さ一色は思わせた。赤い色って人の誠を暗に示すのかしら。

いいえ、たとえ、夫婦《めおと》でも、内緒ってあるはず。むろん、人と人の間でも、親子の仲でさえ。そもそも、打ち明けた次の瞬《まばた》きの後には、蕪村さんは「あ、そうか。別別に暮らそう」と言いだすかも。何しろ、ともが両手の指を折り、開いて、また折ると……何百人の男となのだった。お上《かみ》の公認の花の吉原《よしわら》などと違って客筋を選べない、黙認の飯盛女……。

ただ、気になる。

あん人、蕪村さんも、闇を、江戸にくる前の少年の時に抱えていたような。それも、途轍《とてつ》もなく大きく、真っ黒な闇を……。

そういえば、あたしの今とかつてがごちゃごちゃ前後するけどと、ともは、一年半ばかり前か、蕪村さんが「みっともないけどな、俺の心の一番が出ている句だ」と照れて鼻を掻き掻き言い、「いつか画の名人で、性格も誠のある絵師に描いてもらうつもりの、その画の賛《さん》だ」と、《己が身の闇より吼《ほえ》て夜半の秋》の独り立ちの句を一つだけ見せてくれたことがあった。

この句のあまりの暗さを思い出す……。

ともは、かつてなく、うだうだと、広い野っ原に放られて帰る場が見つからないような、泳げないが海で舟から落ちて舟が遠くへと離れて戸惑うような気持ちに陥る。

でも、でも……。

互いに、真《まこと》のことを正直に打ち明けた方が、もっと、もっと、どでかく、乾いた土地に五百尺、人の丈《たけ》の百人分を掘った井戸のように深いもの、海や原っぱに迷わない心を……。ううん、幻《まぼろし》よね。

「お、おーい、帰ってきたぞぉ」

関東弁で、九日振りに蕪村さんが帰ってきた、その時。

そう、三年弱、共に暮らしてきたのに、

「夫婦《めおと》になろう」

とは、決して口に出さない蕪村さんが、帰るなりあたしの帯に指を掛けるのでなく、いきなり小袖の裾を捲り上げ、ふふっ、優しく優しく、激しくしてくれたのよねと、ともいは含み笑いをして西方角の紅葉から吹いてくる隙間風の案外に冷えて素裸の腿に尻にと通り過ぎたのを思い出す。

――終わって、今年最初の燗《かん》をつけた。

やはり秋もかなり深いし、京のこれからは骨の芯まで凍てつくわけで、あん人は藍《あい》色より濃い空を障子戸の隙から見上げ溜息をついた。

ともいは、この時、幸せだと実の実として感じた。

だけど、「会うは別れの初め」の方が死んだ父親の言っていたうんと難しい言葉、「絶対他力《ぜったいたりき》」の〝絶対〟であるわけで……。信仰するより前の真《まこと》だ。

そしたら、むしろ、ちゃんと、誠を持って、嘘偽りなく、真正直に、こん人、蕪村さんとは付き合うべきだとの……考えが、いきなり押し寄せてきて、堪らなくなった。

喋ってしまった。

告げてしまった。

打ち明けてしまった。

「ねえ、あんた。ごめんんね。あたし、洛北の宋屋さんちであんたと会う前、躯を売って……生きていたの」

と。

「ふうん」

煙管《きせる》の先っちょの火皿《ひざら》に煙草のきざみを詰め、火鉢の炭《すみ》の熾火《おきび》を鉄箸で取って火を灯し、蕪村さんは、気のないような「そんなこたあ予《あらかじ》め知っていた」という気も漂わせ、煙を鼻穴から出した。紫色がかった煙にも元気がなく、畳へ畳へと落ちてたなびく。

「女一人で生き抜くって、そりゃ、ちゃちゃいちゃむちゃくに、とーなく、しんどいさかい」

蕪村さんは、これだけ言うと酒も飲まず、黙《だ》んまりになった。

仕方なく、蕪村さんが好きな、大豆の倍の大きさの丹波産の黒豆を小さな竈《かまど》で小さな鍋で煮始めた。同じく好きな、海老《えび》の形をして縞《しま》模様が綺麗なえび芋を煮る仕込みをした。

「ごめんね、あんた」

口を噤《つぐ》んでじぃーっとこの人の頭がぶち切れてるだろう心情を待ってれば良いのに、ともは〝安い〟言葉を出してしまった。

「いん……や。真正直なおまえを改めて知った……せやけど……な」

いくない、まずい、危ない、蕪村さんはあたしを追い出しかねない。いいえ、こん人はひどく冷《さ》めて人と付き合うところがあるけど、根っこはお人好しほどに優しい、逆に、蕪村さんが出て行っちまう。こん人は、この春には、画の雅号を「謝長庚《しゃちょうこう》」として、けっこう忙しくなってきて、家を借りる力は十分より上にあるから、ああ、嫌《いや》になっちゃう。

そう、挽回《ばんかい》しなくっちゃ。

あたしの科《とが》と罪《つみ》を、できるだけ減らすことをと、ともは必死になる。ここで、こそ。

「あのさ、あのね、あたし、死んだ、殺された、お父っつぁんから、『論語』などを覚えさせられたりしたけど、もっと大きいのは、とっても怖い顔と安心する顔の反対の顔つきを一緒にさせて……『無量寿経《むりょうじゅきょう》』の要《かなめ》と、親鸞聖人の言葉だったらしいのを言い聞かせられたのよ」

自らの軀の売りは〝低い罪〟と訴えたいので、ともは、まず、こう切り出した。

「うむ、『無量寿経』か。俺も、今は還俗《げんぞく》したけどや、浄土宗の、好い加減で曖昧《あいまい》な坊主だったわけで、いろいろ、あれこれ世話になり、助けられてきたのや。とゆうより、旅は往来切手がのうてもできるし、泊る場を貸してくれると御利益があるからだけの浄土宗の坊主やった。けども、でもな、法《ほう》然《ねん》の教えには頭を垂れておるんえ」

腕枕をして、節穴だらけの天井を見ながら、不貞腐《ふてくさ》れたように大《だい》の字に身を横たえ、蕪村さんは気のないように煙管《きせる》の火皿を火鉢の縁《へり》に、とんとん、ととんと叩いた。こん人は、俳諧の句だけでなく、軽い動きにも心地良い拍子《ひょうし》を奏《かな》でると分かる。

「ならば、お父っつぁんが畏《おそ》れ、敬《うや》まい、床《ゆか》や畳や地べたに頭とか額を引っつける親鸞聖人の先生、師匠の法然さまのことかしら」

「そうだ。あれこれ、好き放題をやる俺だけど、法然には金縛《かなしば》りになる……凄えのやて」

「そう」

親鸞さま、親鸞聖人の師匠を「法然」と呼び捨てにするのは、こん人《ひと》らしいけど……そのう。

「あのね、あたしは真宗《しんしゅう》、浄土真宗の熱心なお父っつぁんから教わったの。時に、まだ十《とお》ぐらいなのに『無量寿経』の書を諳《そら》んじさせられたの。その書の意《い》と、浄土門の高祖への尊敬と、阿弥陀への本願を信じる御経、『正信念仏偈《しょうしんねんぶつげ》』もね」

「へえ……そりゃ」

「『帰命無量寿如来《きみょうむりょうじゅにょらい》』いーっ、『南無不可思議光《なむふかしぎこう》』っとね」

「ふむ、そうか」

「だけど、お父っつぁんが酷《むご》い目に遭《あ》った後で、これが跡絶《とだ》えて、再び二十歳を過ぎて、どうしても生きてることや、悪さばかりを重ねてしまうことや……仏の道では『邪淫《じゃいん》』は禁じられているはずなのに……するしかないことで」

いけない、いけない、自分の都合の良いところへ導くための言葉が多くて、画や書だけでなく、言《こと》の葉の芸の極《きわ》みで勝ち負けを日日にするこん人は怒る……。

「うん……それで？」

「独りの勉強、自分勝手な狭い学びでゆくと『無量寿経』の四十八願の中の第十八願、第十九願、第二十願の根の根の、途轍《とてつ》もなく広い、おおらかで、泣いちゃう阿弥陀さま、いえ、まだ法蔵菩薩《ほうぞうぼさつ》さまなのかしら、その願いなの」

「う……む。だな」

「とりわけ、第十八願のところ」

「そう……か」

「『念仏を十回となえても極楽浄土に往生することができない人がいるのなら、わたし』、あの、将来の阿弥陀さま、修行中の法蔵菩薩さまのことですよね『わたし』って」

「そう……らしいな」

「『わたしは悟りを開いて仏となることをやめる』って、ところ」

「ふむ、ふむ。良く勉強しとるやないか。その後は？」

蕪村さんは寝そべったまま、その後の説き明かしを聞くのよね。こん人は、唐《から》の国の古い書物や詩ばかりか、この国の歌や随筆などほとんど知ってて、然《さ》り気《げ》なく俳諧の句に織り込んだりするのにと、ともは憎たらしくすら思った。

「蕪村さん、でも、やっぱり、『母や父を殺すとか高僧を殺すなど五逆《ごぎゃく》の……』」

「あ、もう要《い》らんわ。黙っとくれ」

急に立ち上がって蕪村さんは徳利ごと冷や酒に口をつけ、ぶっとい喉仏を尖らせて竹格子《たけごうし》の出窓へと寄り、月も星もない闇空を見上げたのだった、あの、虎《とら》のごとき怖い目つきに「空《むな》しい、徒《いたず》らの命、俺を放っとけ」の画を描いたような暗さの果てを入れてと、ともは困ってしまったあの時の束の間を振り返る。

「だけど……さ、蕪村さん」

ともとてここは引けないと考えた。

普通、『五逆』は一つ、母を殺す、二つ、父を殺す、三つ、聖者を殺す、四つ、仏身を傷つけたり血を流させる、五つ、教団を壊す——のはずで、これに較べれば『邪淫』、騙を売るのは軽いし、軽いから「あのぅ、そのぅ、蕪村さん、許して、大目に見てね」と都合の良いところへとともは行きたかったのだ。

「……何だ」

「法然さまの弟子の親鸞さまは『五逆を犯しても、念仏を唱えたら救われる、極楽浄土に行ける』と説いたと、お父っつぁんは言ってました、真剣そのものの顔で、唾《つば》を飛ばして」

「ん？　何だって、父殺し、いんや、母殺しとかでもかあ。あほくさ、嘘やろうがあ」

蕪村さんはこんなことを知らなかったのだろうか。それとも、仏の道の流派って、一つのところに熱心になったり嵌まったりすると他のところに目を瞑《つむ》ったりしちゃうのかしら……。

「本当ですって。お父っつぁんは、詩の一つの俳諧にだって『ありのまま、その通りに』って夢とか絵空《えそら》ごととか嘘を作れなかったもの」

「おいっ、おいっ、そりゃあ、そりゃあ、凄え、銀河や宇宙みてえな懐《ふところ》の深さだ、親鸞という御人は……仰天や、あ、あ」

蕪村さんは、不貞《ふて》た態《てい》をどこへやら、いきなり改まったように、ともの前に両膝を揃えて座り、二度三度どころか、十度二十度と擦《す》り切れた畳の目に額を押した。

あっ。

この人、やっぱり、うんと若い頃に、何かどでかい悪さを為《な》している……のかも。

だから、二十《はたち》前のことは口を噤《つぐ》んでいる。生まれたところも、本当の名も、決して言わない……のかも。

でも、この人が自ら口に出すまで聞くまい。

「おいっ、軀を売るなんつうのは軽い軽い罪や。せやなかったら、男はどないにするん？　女郎や遊女の尻ばかり追い駆けて自慢しとるやないか」

あ、蕪村さんは、あたしの思い通りに誘われてきている。案外に素直で簡単な性《しょう》かも知れないと、ともは自分を誉めてあげようとした。

違う、違う。

この、込《こ》み入《い》るところを気にしない、絡《から》まない一本の凧糸《たこいと》のごとき質《たち》が、こん人の、詩の、俳諧に、とりわけ発句に、真っ直ぐにいくところに、とんでもなく人を、読み手を、他人を動かす……素《もと》、才《さい》があるんだわと、ともは新しい力《ちから》を見つけてしまった。

そう、だからこそ、

《夏河《なつかは》を越すうれしさよ手に草履《ざうり》》

みたいな、蕪村さんの直の情、「うれしさよ」を句にすんなり、埋め、生かせるんだわとともは思う。この「うれしさよ」のこん人だけの思いを、自分一人だけの心の動きをきりり、きっちり、ごーんと迫る句を、ひどく短い詩を、読み手に突きつけるんだもの。思えば大芭蕉さんすらやっていないもの。大芭蕉さんは、あくまで天然《てんねん》の懐《ふところ》に入り、迫って、その真《まこと》の果てを追った……のだろうけど。

「とも、正式な婚をしたい。どや？　良《え》えか？　良《え》えと答えてくれ」

まるで方角の別のことを、ううん、予《あらかじ》め算盤《そろばん》の玉で弾くこととは違うことを、蕪村さんは、畏まって座ったまま、頭を臍《へそ》より下まで垂れて申し出てくれたのよね。

「ちっこくてもな、ちゃんとした祝儀をやろうや。そうはゆうても宋屋はん、そうや、結城《ゆうき》の雁宕はんも呼ぼう、あん俺の兄弟子は博打《ばくち》打ちより仁義が厚いのや。それに、毛越もや。倹《つま》しいけど、真心の籠もった祝いをするのや」

本人の二人を含めてたった五人の祝いじゃ、一生の一度なのに、ちょっとね。ううん、望みの外の幸せなのよ、あたしはもう三十三なんだもの。

だけどさ。

「何や、面白うない目つきをしおって」

「ううん、幸せいっぱいだって。ありがとう」

「あのな、五人だけの祝儀にするのは、知ってるとは思うけどや、いつも、いつも、画を売らんとして胡麻《ごま》擂りにむさんこ嫌気が差してな、余計な人は呼びとうないのや」

相撲取りでも幕下からもうすぐ幕内ぐらいのごつい軀を揺らし、うーん、そうなんだ、ずいぶん苦労してんだとともが今更ながら知ることを蕪村さんは言った。

「あ、もう二人だな、呼ばんとあかん。一人は……」

あたしの知らないことをこん人は余りに多く持っていて、芸妓や遊女かしらと、ともはちょっぴり落ち着かなくなった。

そしたら、そう、こん人は、こんなあたしと、軀を売って、それすらもう退く頃を過ぎた大年増なのに、婚を成すのが偽りなく嬉しいらしく、かつてない晴れ晴れとした目の芯《しん》の痼《しこり》も失くして、虎どころか子猫がじゃれるような悪戯《いたずら》っぽく楽し気な目つきで、言ったのよね、

「よっし、布団を敷いとくれ。洗い晒《ざら》した新しい浴衣を、枕を包む手拭いは真《ま》っ新《さら》のやつに換えるのや。決心の、互いの誓いの仏の前での式や」

と、さっさと褌《ふんどし》まで外して素裸になったわけ、とともは一人で笑ってしまう。

「『五逆』が救われると教えられた御目出度い日だ。おいっ、俺も初老を過ぎて子種が元気かどうか心配やて。けんどな、やや子を作っておくれな」

長四角の唐櫃《からびつ》の上に、ちょこんと乗っている、三島から川崎への途中、鎌倉に寄った時に土産で買ったちっこい仏さまがいて「父上さま」「母上さま」の木の札が立ててある仏壇が枕になる場所へと、蕪村さんは寝床を移し、ともを手招きした。

「あら、またしてくれるのね」という得《とく》した気持ちの言葉はもちろん吐かず、ともも新しい、神がかった、聖《せい》なる気分と表わして良いのか、要するに畏った気合いを入れ、衣や襦袢を脱いだ。

「あのや、俺も、女や、男をも含め、あれこれあるけど、阿弥陀さまが許すんだから、とも、おまえも許せな。はっふっ、画に生きる肥やしと思うてくれや」

せっかくの聖《せい》なる気分を殺《そ》ぐことをあん人は口に出してあたしに重なったのよね、と、ともにやけ顔は止まらない。こん人の画に女は出てこないし、発句にも。

そうなのだ、聖なる交わりというのはかなり面白味に欠けていて、あん人は腰をからくり人形を操《あやつ》

る仕掛けみたいにしか動かさなかったと、ともはにやけ顔を止める。

――そんで。

婚というより葬いの式みたいな交わりが終わると「そうや、祝儀にきてもらう人や」とへんちくりんな儀式で中断した話を続けだした。

「うん、一人は餓鬼んちょだ。キムラケンカドウっちゅう大坂の男や。ケンカって殴りあい罵《ののし》りあいの喧嘩って漢字じゃねえやて。でも、口喧嘩で負けたことがまるでねえ若いやつでんね。二十四、五やろな。戦《いくさ》のない時世、上方《かみがた》もどこもかしこも酒屋は儲《もう》かる、造り酒屋で余った銭で、書画や古道具、珍しい物を集めて能書きを喋って、時に書いて、これが若いのに大したもん」

造り酒屋は大尽が相場、包んでくる祝儀の金はずしりと重いわけで、でも、祝いごとの返しは倍返しで「後が大変でしょう」とともは口に出そうとしたが止《や》めた。それより大切な心の真《まこと》のことが掛かっている。

「俺にも、おまはんにも、あのだ、そのぅ、親戚はおらんさかい……え、あ、そのケンカドウは学芸、本草《ほんぞう》学、漢詩文、画と、広おく、部門に拘《こだわ》らず好きで、学んでおる最中やから話しても実に楽しいのや。俺の独り善《よ》がりの学問とは雲と泥の差なんやでえ」

「蕪村さんの画についてはどうなのかしら」

そう、ここが要《かなめ》よと、これからの生活《たつき》のこともあるとともの声はついつい甲高く、尖る。

「宋屋はんと一緒の時、ここ京の先斗町《ぽんとちょう》で会うたのが一度、まだ、おまえと暮らす前に訪ねてきたのが二度、この前は宋屋さんとところで一度、その四度とも、うっひゃあ、はあ」

この人は『無量寿経』の親鸞さまの教えを聞いたからか、江戸でも京での再会でも見せなかった心の底からのように朗らかに笑った。たぶん、どでかくキムラなんとかに誉められたのだろう。

「初回で会うたら、まず『駄目、駄目、駄目ですねん、どんならん』とな。『いかに南宗画の写生の凄み、図の構えを学ぶとゆうても、その通りで枠を越えてないのはどんならん。表具屋や古手屋《ふるて》で置いてくれても隅《すみ》の隅《すみ》、どんならん。売れまへん』ともな」

どうも蕪村さんは、親鸞さまの「『五逆』も念仏によって許される」信念というか説を聞いてから、一気に性格がおかしく、いいえ、楽楽《らくらく》気分の性《しょう》へと大きく変わったらしく、これだけケンカドウとかに悪口を告げられていても実に嬉しそうに振り返る。

「そんな御人《おひと》と付き合って、無駄じゃないかしら」

「おいっ、ともっ。あかんでえ」

両手を拳《こぶし》にして握りしめ、ど、ど、んが、どどん、と、文机《ふづくえ》を叩いて、杯《さかずき》と、壬生菜《みぶな》の浸《ひた》しの載る小皿が浮いたほどだった。あら、思えば、ど、ど、んが、どどんって、音の響きが良い。これすら、蕪村さんの俳諧の調子に孕んでる調べと同じ。

「とも、俺は、画とは、砂を、一所懸命としても堆《うずたか》く積み重ねた城《しろ》と思うとるのや。風に曝《さら》されたら崩れ、何もなくなるんえ。とゆうより、大昔の唐《から》の荘子はんの説く中身と似てるか同じ、『形あるものは滅びる』という真《まこと》の通りや」

二重顎みたいな蕪村さんの、目立って抉《しゃく》れ、上向いて分厚く、岩みたいに固そうな下顎が、がくがくがくんと上下に震えた。

「そんなあ」

「おまえが、生真面目に考え込んでいるさかい、俺も真正直に答えるわい」

なんか、五年分《ぶん》、ううん、十年分の話とできごとが起きる、長いとはいえ、秋の夜半《よわ》だった。

「画はな『売れてなんぼ』が本当の性《しょう》や」

蕪村さんは張り切って言うが、そりゃそうだろうけど、でも、一番に重いのは、夢も、尊い最善の望みも、そもそも素人でも山や海や川に心を動かされて描くわけでその営みに意味がある……と、ともは二人にとって大切、大事な夜なので蕪村さんのためにも、思ってしまう。

「うむ、おまえが思うてる通り、『売れてなんぼ』とゆうても銭で買える物や人には限りがあって、あの世には持ってはいけないのや。せやから『売れてなんぼ』は生きてる中で飢え死にはしないという意味で大事や」

ちゃんと現《げん》の世をこん人は知っている。そうなんですと、ともは少し安堵した。

「画は『売れてなんぼ』の本性とまるで同じ値打ちとして、観《み》る人の、心を揺り動かし、ひどく安心させ、楽しませ、時にこの狭い国に旅をできぬ人を旅に連れて行き、広い唐の国へも旅の案内、道連れ役をするのや。流行《はや》らんでも、やがて火事やら地震やらで軀《からだ》が灰や塵《ごみ》になっても、この追って求める欲、志《こころざし》は実に、実に、涙が一斗ほど出るほど哀しく、尊いと俺は信じるのや」

仏の道を歩み始めた十五、六のうら若い僧侶のように蕪村さんはぶつ。

「あんた、書《しょ》は？」

「そりゃ、そりゃ、他人に思いを伝える文字は、恋文も義理や礼の文も、分かり易く、誠を籠め、書く人その人だけの持つ性格を滲《にじ》ませた方が良《え》え。ま、書は、代筆、床の間の掛け軸と小銭にはなる……し。ふっふ」

あんまり自信なさそうに蕪村さんは答えた。

「俳諧は？」

ともは正直に心の中では、画は解らない、書はもっと解らない、くねくねして解りにくいのが名人の字なんだもの、でも、俳諧なら殺されたお父っつぁんの教えもあったし、ちぃーっとはという自負がある。そして、蕪村さんは有名じゃないけど、今までになかった新しい感じの句を作っていると掛け値なしに思う。

「ま、そのう、そのうや」

最も自信のない技なのだろう、俳諧は。蕪村さんは口籠もってから、今度は出家の姿で物乞いする勧進坊主《かんじんぼうず》のように喋りだした。

「何とゆうか、捕えるのが、急流を泳ぐ鯉《こい》を手摑みするほどに難しいのえ、俳諧は。まず、一人の芸や技やないのやでえ。みんなで仲良く、誉めあい、揶揄《やゆ》しあい、皮肉を飛ばして遊ぶ集まりの楽しみやから。せやさかい、何度も言うように、戯《ざ》れ、慰め、入れ込み湯で女の尻を撫でて遊ぶ悪巫山戯《わるふざけ》……みたいなもんや」

「でもさ、蕪村さん、あんた」

「何だ」

「みんなで作りあうんじゃなくて一人で、たった一人で……命を五七五に賭ければどうなのかしら」

そう、それを予《あらかじ》め作っておいて、句会とか歌仙を巻く時に使えば良いと、いともは感じ、好い加減な考えを口にした。

「おいっ、句会の準備のためだけでなく、たった一人で、一人だけで……命を賭けて発句をか。やっぱり、そこへ……か。そこ……へ」

朗らかな顔つきは、元の、ちょいと見《み》、極悪人で邪悪な性格みたいに映るのに戻し、蕪村さんは背中に垂木《たるき》を突っ込んだように伸ばし、瘤《こぶ》の丘のような顎を引いた。

「今の俳諧の中では認められない考えだが……いつの世にかは有り得る形だな。そうか、たった一人だけで発句をか、うーん、そうか。俺も、句会と関わりのない発句には、ずいぶんと前から食指《しょくし》が激しく動いていたのやけど。そうか、そうすると句の読み手は俳諧仲間というより、この国の言葉が解る全ての人にだな、夥《おびただ》しい人人に」

猛猛しさを取り戻したごとき両目の目ん玉を天井に向け、蕪村さんは首を上下に振って続けた。

「だがな、それはそれで画と書は少しは巧みになったけど、短い人の命の中では、銭金と無縁なしみじみ迫る芸、じーんとくる技、願わくは、いつの時世にも通じる美《び》の追い求めが大事、欲しい……と、たった今、気がついた」

「あら」

「ありがとさん、おおきに、感謝や、深く」

両肩を突っ張り、蕪村さんはあたしの両肩を抱き締めたのよと、ともはなお舞い上がる。

「それで祝儀に呼ぶもう一人は誰」

「マルヤマや、通称モンドや」

「どんな人なの」

「画と心中するぐらい熱心な男や。初《うぶ》で、画の外については鈍《どん》で、人を疑うことを知らん二十七、八の男や。玩具屋《おもちゃや》に奉公して、狩野派の正統の画を学んでいよる。会うたら分かるが、ぼけーっとしよるからこそ、ある時、ある場所、ある場合の一点に煮つめた全てを投げ入れられるのやな」

「そう」

「かつては、玩具屋で知った眼鏡絵《めがねえ》から、南蛮流の遠く近くを画法に導いて、南画に熱を入れて、まあ、山岳も、木木も、川も、海も実《じつ》のそれより実を描く稽古に夢中や」

「ま、俳諧はお金《かね》にならないでしょうけどね」

いけない、蕪村さんの画の話の腰を折りこんなことを喋ったら、この人の俳諧への熱《あつ》さを殺《そ》いでしまう……。

「とも、違うのや。一向に上手にならん句を作っていてな、ようやっと見えてきたさかい……」

「何が？」

「銭にならんからこそ、空《むな》しさ、無駄、独り善がりの恥ずかしさをぴったし句に貼りつけて、なお、なお……天然に、人に、情に、季《とき》の移ろいに、他人の心を動かす、混じり気《け》のない純《じゅん》な気持ちを言《こと》の葉《は》に生かせる。うまくすれば魂《たましい》で、詩の哀しさで嬉しさで……読み手を突き刺す」

「そう……」

「おまえと再び会うてから、おまえを食わせようと銭のために画を学んで描いて……やっと、俳諧の今の命の意味、朽《く》ちて死ぬまでの意味がそこに現われたわ」

これだけ言うと、あん人は、大《だい》の字になってしまった。珍しい……。よほど高ぶって急に疲れたのか。

——そう、次の朝。

せっかく新しく見えた朝なのに、蕪村さんはもう出かけてしまっていた。

それに、吐き気がして、困った。

あ。

やや子を孕《はら》んでいたのかも。

やったわ。

何だかんだ画、書、俳諧について説を張っても、あん人は、生活《たつき》が懸かると必死に稼ごうとして芸や技を一所懸命に磨《みが》くもの。

たぶん、年が若い頃、まさかと推し測るけど乞食みたいな暮らしをしてたんじゃないかしら。ううん……。

そして……その前だろうな、斬首どころか火炙《ひあぶ》りになるような、とんでもない罪を……。

知りたい。

すっごく、知りたい。


――ともは、母がいろはのいを教え、母にろをねだって学び、死んだ三島の周助老人が勧めてくれて通ったはの三味線を久し振りに爪弾きたくなった。

格好づけで床の間でちょこんと赤い布に包まれ淋しがっている太棹《ふとざお》の三味線に「ごめんね、放っておいて、あら、人って嬉しくなると歌と音曲が欲しくなる。逆に、淋しい時、悲しい時もそうかも」と思い、三味線を包んでいる布地の塵《ちり》を払う。たんぽぽの綿毛《わたげ》みたいな埃《ほこり》が舞い上がった。

そうだった、確かに久し振りだけど、川崎宿の旅籠で、三人目の客に軀を売った真夜中、切《せつ》なくなって三味線で「かごめ　かごめ　かごのなかの鳥は……」と童唄《わらべうた》を弾いたら主にこっぴどく叱られて……以来だとともは思い出した。

だったら、蕪村さんにも教えなきゃ、三味線を。だってさ、あん人の俳諧には、音の拍子や節《ふし》が息づいてるんだから、もっと、もっと、その句は音曲となって、嬉しい詩、哀しい詩になるもの。


――あら。

新《さら》の紙に、置き手紙だわ。

ともは、きのうの夜のことは夢幻《ゆめまぼろし》、別れの便りかと四つ折の紙を慌てて拡げる。

『婚を契りし昨夜から未だ数刻、木枯らし一番の風吹く中、明け切らぬ藍色の空の下へと出かけることを許されたく候。嵐山の命の果ての誉れの紅葉を筆にて写し取りに出かけ候。この後、家を五日より多く空ける節は必ず便りをしたため申し上げ候。然しながら、昨晩の其許新妻の文字通り新しきこと、しなやかなりしことに参り候。親鸞様の説く中身にも、吾が苦しみの四割、いいや半分は溶けに候。南無阿弥陀仏　以上
　蕪村
　　　　とも様』

便りに、どうせ別の女のところにでも出かけたのだろうと思いながら、ともは蕪村の墨文字に新しい張《は》りを見つけ、嬉しさに噎《むせ》ぶ。でも「半分」って何なの……。

第五章　流行《はや》らん絵師をわいが売る理由《わけ》

一

梅雨明けの情け容赦のない陽《ひ》が真っ直ぐに、山山を、川を、草木を、撃ってくる。もちろん、瓦《かわら》や茅《かや》や檜皮《ひわだ》の屋根も水気《みずけ》を失くして乾いている。

男が団扇《うちわ》で、風を呼びよせる。が、手首の気怠《けだる》さがかえって暑さを招く。

京の三条と四条の間の宿である。

男は、鴨川の河原に夏の間だけ開く屋根なしの床机の並ぶあっけないほど簡単な店を二階から眺め、これから会う約束の俳人、ま、絵師でもある人物を待っている。

生粋の大坂人だが男の顔だちは野武士風、あらゆる古道具や珍奇なる物の真贋《しんがん》を見抜くどでかい両眼、普通はぎょろ目と評される双眸を持っている。両唇はちょいと見、蛸《たこ》の口のように丸く分厚い。が、親指の爪ほどの痘痕《あばた》が十粒《つぶ》ほど顔の半分を占めている。

男の名は、木村蒹葭堂《けんかどう》。しかし、未《いま》だ、この何やら抹香《まっこう》臭く、あれこれの雑学に詳しいような、博《はく》識《しき》に満ちて胡散《うさん》臭いような自称は、ごく一部の骨董《こっとう》や画や彫った像や珍しい国内外のあれこれの品をひどく好む人にしか知られていない。但し、商人として、大坂でどでかい酒蔵だけでなく、珍品、奇物、書画、古物《こぶつ》のみならず金銀の銭箱まで厳しく仕舞っている蔵を二つ持っている。通称、坪井《つぼい》屋《や》吉《きち》右衛門《えもん》だ。大坂を越え、京、奈良、播磨《はりま》、近江《おうみ》まで知れ渡っている。知らないのは、京と大坂の区別を知らず〝下り酒〟と有りがたがっている江戸の芋《いも》だけとの話が京坂にはあるが、さて。

蒹葭堂は三十三歳。

百五十年ほど前、東の徳川の狭くて巧みな術に嵌まって西の豊臣は滅び、政《まつりごと》、鉄砲・槍・刀の力は江戸へと移ったけれど、この敷島《しきしま》、大和《やまと》、秋津島《あきつしま》の国が始まって以来、知《ち》、美《び》への畏《おそ》れと追い求め、学への深い敬い、力の源、人の生きる道と徳、画、詩、音曲の芸とほぼ全て、この京坂と平城京《へいじょうきょう》の奈良にあったと、蒹葭堂は実際に証《あか》しながら、信じている。

だから、ほんに、たまーに、江戸の田舎《いなか》っぺいが、人の紹介で、大坂の淀川沿いの隠宅《いんたく》へと挨拶、違いまっさ、そうやねん、擂《す》り鉢《ばち》で殻《から》の固くちっこい胡麻《ごま》を固くて固い山椒《さんしょう》の木でできた擂《す》り粉木《こぎ》で細かく砕く動きと姿と同じ様子で訪ねてきて、芸事の真贋について聞いてきたのが、この三年で十回だった。

この男の、ぶつらぶつらの不平、不満は、『雑録』として記し始めているが、それは嘘も混じるし、わざと書かぬことも多いし、筆のみで晴らすことはできぬ。胸の内に、あれこれ湧く。

――わいは、そいつらの江戸者の話を如何《いか》にも、ものげっつい大事なことのように聞いた振りをするのや。江戸の芋っぺの、侍の威張る、本音ばっかり言って筋で突っ張る息《いき》の苦しく、詰まる中でのあれこれを。

けどや、ことの外《ほか》はなく、ばれぬように深く息を吸い、吐き、を五、六度繰り返しての後に、

「ま、京、大坂に五年住んで、江戸にはない大きく、ゆったりして、時の移りを教えてくれはる淀川をたんと見つめ切って、漬け物の味も知り、それから、また、おいでやす」

と、追《お》っ払《ぱら》うのが習い。江戸のやつらは、あれこれ教わるのに、土産は浅草海苔《のり》を包んでくる者は誰もおらんのや。この益《やく》たいもない、しぶちんのどあほ。

そや、江戸の、葦と薄《すすき》だらけの野っ原に城を建ててから、百五十年も経《た》つと、少しは賢く、醒《さ》めたのも自らで生むらしいわ。そうや、先先月は、江戸の、京坂に較べたらちっこくて、勢いもむない草双紙とか出す板元のやつがきて、江戸で生まれて育った鈴木春信《はるのぶ》とかの男と女の危ない錦絵《にしきえ》と呼ぶのを持ってきた。あ、これは、江戸の画、延《ひ》いては音曲、俳諧、書を舐めたらあかんと思うた初めや……けど。この鈴木春信の描く女は、女と男の区別のない、中性《ちゅうせい》っつう言葉をわいは作ったのや、そこでの女と、やっぱ、男ではない男の顔、形、雰囲気……だんな。むさんこに惹《ひ》く力を持っておってな、頭を、垂れた。

え、おいっ、だったら、これからくるやつ、そうや、俳号は与謝蕪村、絵師としての名は多過ぎるのやが、せやけど、この頃はほとんど、名は長庚《ちょうこう》、字《あざな》は春星《しゅんせい》を使うておるこやつも、ええーい、やつは画はしんど、俳諧で生き死にを賭ける道が一番に輝いて、凄いのにや。この蕪村も江戸から三十代半ばで京へ……だったはずや。

けどや、やつ、俳号の蕪村と会うのは、これで九回目でんね。どうも、やつの言葉尻、尾っぽ、調子が、上方《かみがた》の中でも、そもそもの浪花《なにわ》の、削りに削れん知《ち》と土《つち》と愛しさと、そや、哀しみまで……を持っておるのや。京へ出てきての付け焼刃と違うんのや、しっかり源《みなもと》がありまっさ。

蕪村を待つ木村蒹葭堂はそもそもあらゆることに好奇と興味を持つ性《さが》ゆえに、その上、待つ相手に早く会いたくて、時を前後に掻き混ぜて乱れさせながら、振り返る。

――そうなのである。

蒹葭堂が九回もわざわざ会いたくなった初めての男が、女は別にして、蕪村なのである。いや、蕪村はんと呼ばなあかん。ええーい、どっちでもええ、自らの凄《すご》みを解っておらんやつやから。なぜ、五十三にして画はやっと、少しは売れてきたが文人画気取りの南宗画、南画の写しから外へ出られないこの男が気になるのか。

凶暴な顔つきで、おまけに屈強な軀つきなのに、正反対に物腰にへんに温かい和《なご》みがあって、底の見えぬ解らん思いやりと気配りで惹きつけるのはどない理由《わけ》か。

画が物真似《ものまね》ばっかりに忠実なやつは、書《しょ》も唐風の、聞こえは良いがこれもまた真似するほど、骨太の態は野暮《やぼ》に堕《お》ち、志や風格を失なうばかり。その良い例が蕪村のやつ、蕪村はんだ。うんとよいしょしたとして、漢字は気張らぬ味わい……仮名文字も法《のり》を知らんゆえの易しさの書《しょ》の味がわずかに救いか。

ま、俳諧の発句、独り立ちして賞味できる五七五の独吟は、うーむ、当たり外れもあって駄作はどいならんが、当たるのは仰天し、心をごーんと撃たれ、嘆声の尾を引きずっちまうわ。

うむ、今日は、だから、「俳諧に、もっと滾《たぎ》る思いを。俳諧の集《つど》いに本腰を入れ、公認の宗匠になれんでも、弟子をたくさん集めて、その中で句を磨き、弟子を京から江戸へ、この敷島《しきしま》の隅隅の地へ」と、蒹葭堂は意見するつもりだ。何《なに》、二十歳も齢下のおのれだが、古今東西の画に、文に、書に詳しい者に儒教の道など要《い》らぬ。あれは、侍が、てめーらの威張りの居直りのための学問、道徳なのだからして。蕪村も「死生一条」、「道は、道を蔑《ないがし》ろにして成り立つ」、「渾沌《こんとん》」と説く荘子に降参しているらしい。本当やろな。

二

蕪葭堂は、時を遡《さかのぼ》る。

——もう、七年半前か、蕪葭堂は五度目に蕪村に会った、いや、その婚に呼ばれて出かけた日の神主や仲人など無縁の三三九度《さんさんくど》を終えた後のことを思い出す。

そうなんえ、祝儀として銀千八百匁《もんめ》は二貫《かん》弱の三十両、大坂から京へ運ぶのも重く、金貨に換えて、それでも、帯に提げた特大の巾着《きんちゃく》は歩く度にぐらりぐらりと揺れたわ。

それも、酒造りの商いは新米を集め、醸《かも》し出すのが霜月《しもつき》下旬からで師走はとうなく忙しい頃や。酒が腐《くさ》ったら一巻のお終《しま》いやて。好きな画や書や骨董や唐や南蛮の珍品も買えのうなるんや。

そいで、約《つま》しいやつの家を訪ねたら、あーあ、客はわいのほかは、京の俳人の宋屋《そうおく》はん、関東の田舎者だが蔵を二つ持つという雁宕《がんとう》とか名は立派だが聞いたこともない俳人、そして、人の善さそうな、それで好色そうな毛越《もうおつ》とかゆう京のやっぱり聞いたこともない俳人だけ。もう一人、いつか必ず誉めに誉め、京一の人気絵師にするつもりの、良《え》えのやわいはやつの画をぎょうさん持っとる、応挙が隅に隠れるように座っておったわい。

そもそも嫁はんは、初初《ういうい》しい美人と思うて期待したら、あーあ、三十をとっくに越えた、水商売の垢《あか》と棘《とげ》が消えず抜けずの感じの女。いんや……良《よ》う見ると、宴の終わりには、京で流行りだした丸顔に、眼《まなこ》は道や森に迷った子供が必死に何かを求めるのに似ていて、どうやら、どうも、むさんこに苦しい暮らしをした味が滲《にじ》み出ていよる。だから、わいは、酔いも手伝ってな、「やったわい、蕪村はん」と正直に口にしたわい。女の美《び》は、顔、姿だけであらへん。心や、情けや、踏んだ苦労の数や。

それが、形に現われるのや、必ず。

そんで、ごんたを嫁はんにゆうてよ、蕪村はんの、これまでの発句、これから句会や前もって歌仙を巻く時に出すつもりの五七五を見せてもろうたさかい。

蕪村直筆の汚い帖面やった。

ふむ、力を抜けばかなりの仮名文字の上手さだ。無知なゆえに墨の濃淡を利用するとか、筆の掠れに頼ることなく、全体の白さに文字の黒さが朧《おぼろ》の山岳となっておるわい。漢字もや、好い加減やけど唐風の〝正しさ〟を和風に換え、へんに和《なご》む文字や。けどや、京にて一流になるのは死ぬまで、死んでも無理でんな。

何《なに》、何《なに》、駄句ばっかり……。

文も、や。

『丹後の加悦《かや》といふ所にて』

短い詩の前書きは、大道芸人の蝦蟇《がま》の油売りの能書きと同じ……。待て、加悦町は別名か近い場に、与謝《よさ》という町があってんね。へえ、ここいらに俳号・与謝蕪村の与謝の出どころ、内緒があると違うんか……。生まれたところも、両親の名も忘れたとの噂のこの男……の。

《夏河《なつかは》を越すうれしさよ手に草履《ざうり》》

芭蕉は、こういう子供じみた心情を真正直には出さんのに、この蕪村、蕪村はんは、おいっ、こりゃ、参りまするわいの。

《離別《さら》れたる身を踏込《ふんごん》で田植哉》

そうっ。わいも銭に飽《あ》かして何人の女子を騙し、泣きついてくるのに酷《むご》く別れた……のやろか。いわんや、一度、婚《こん》を為しての離別は女にとってしんど……のはず。この蕪村はんは、他人の心にも、しかも女に、女にやでえ、なり切れるのや。ここ、はあ、ものげっついい才《さい》やて。
《几巾《いかのぼり》きのふの空のありどころ》
江戸では几《いか》でのうて凧《たこ》と呼ぶとは聞くが、蕪村はんの生まれ育ちは分からんが、どうも、上方《かみがた》、それも大坂が匂うわ……。それもそうやが、この句は、時空《じくう》を超えての人の記憶の懐《なつ》かしさが含まれておる、感じる情《なさ》けが緩《ゆる》い海の渦潮みてえに。
《春の海終日《ひねもす》のたり〳〵かな》
あまりに淡淡として解り易いのに、なんと春の海のゆったりした気分が漂っておるのやろうか……うんすけ、参るわ、ほんま。
《己が身の闇より吼《ほえ》て夜半の秋》
ぎょっ。誰もが、心に暗い影、挫《くじ》け、失敗、取り返しのつかぬ背《そむ》き……と持っておるのやけど、この蕪村はんのはげっついい黒さの闇でっせ。見たい、知りたい……この闇を……。
そいで、せやから、わいは、この人を俳諧一つに絞って精進させねばあかんと決心した。

三

時を遡《さかのぼ》れば、七年ほど前になるか。
蒹葭堂は、蕪村の婚の礼が終わって年が明けて、新酒もうまくできた二月、なぜか、いや、俳諧について「もっと真剣に」と口説くために、祇園社《ぎおんしゃ》の門前の料理屋に招いた。そうや、池大雅《いけのたいが》の嫁はんの、玉瀾《ぎょくらん》が主《あるじ》の茶店の側《そば》や。大雅も呼ぼうとしたら、山登りに凝っておって「富士登山の準備ですねん。許してや」とのこと。この大雅を蒹葭堂は早くから目をつけ、少年時代に師として大雅の弟子入りをして、しかし、本当は可愛がっている。けどな、わいは「俳諧の友人、とりわけ、弟子を連れてきなはれ」と蕪村には便りで知らせていた。

二月といえば如月《きさらぎ》、それも月の半ばで満月の望《ぼう》の日、南蛮の悪魔の極みのいえずすの生まれを始めの日とする暦《こよみ》では三月半ばらしいが、梅の花が散ったのに凍てが手と足の指先に凍《し》みる日の、侍が夕べの飯を食う時、夕七ツ、この日は馳走に有りつけると、既に蕪村は待っていた。この男は、低い態で行儀や礼を心得ているが、ほんの時折〝食う〟ことに獣のごとき眼を光らせることがある。貧しい出自だったのやろう……か。

ほお、俳諧仲間か、蕪村のほかにたった二人だが、いた。二人とも、蒹葭堂は若いし、蒹葭堂を画の目利きよりは銭余りの商人としてしか考えていないらしく、これから酒食を無料《ただ》で飲み食いできるというのにとこぎりでかい態だった。ふん、わいはな、片山北海師《かたやまほっかい》に漢詩文を習っただけやない、今生きとる本居宣長《もとおりのりなが》の八州《やしま》の文の志に〝もののあわれ〟を見たことを知った。俳諧の芭蕉についてはもっとやと、腹立ち、苛立ちを、蒹葭堂は腹の中から奥へと溜めて、我慢した。

それでいくと。

芭蕉は、伊賀から江戸に出て、俳諧の一時の大いなる盛りを作り、その目で見たし、宗匠ともなったが、江戸での俳諧の盛りは急に廃《すた》れ、隠者の思いで過ごしていたら天和二年の大火で庵《いおり》も焼け、命だけは助かり、漂う旅へであった。

うむ、ここからの志《こころざし》に目が眩《くら》む。

芭蕉の辿り着いたところは〝一所不住〟なのや、と、蒹葭堂は、蕪村の連れてきた二人を見下ろした。どこにも、人の命、生、移り変わり、幼ないも若いも老人も、定まったところなどなく、移ろい、移ろい、どこにもおのれはなく、しかし、在《あ》る——意味やぞ、おいっ。という言葉を飲み込んだ。

おやーっ、浪花《なにわ》より京の方がやっぱり寒い、如月なのに、雪がちらほら、半尺ほど開けてる虫籠窓《むしこまど》の外に見え、風も出てきて床の間の安物の掛け軸を揺《ゆ》すった。

「よろしゅうな。いずれ、蕪村さんの弟子になりま」

予め《あらかじ》準備していた手の平ほどの紙に「黒柳召波」とあって住み処《すか》まで記してあるのを出した。

「よろしく頼みます。まだ、弟子になるかは決めてませんが、今夕は、久し振りに、酒をたらふく飲めると聞いて」

別の男が、こらっ、何ちゅう言い種《ぐさ》やこの坊主頭は、初めて会うておるのにと、しかも五十を越えてる老人と映るのにと蒹葭堂は、すぐに帰ろうと思った。うん、この坊主頭で四角顔の男は江戸訛り、京坂の、二重三重の人と人との気持ちの繊《こま》やかさなど、田舎っぺいゆえに解らんのやと我慢した。召波と同じように差し出した紙切れには「炭太祇——どないな句会、歌仙を巻く会にも参じます。句の点付けも丁寧に、早く、正確に、掛け値なしの評を致します」とある。この軽さは何や。

「こないなやつしか、弟子と弟子になるかも知れへんの集められんのか、蕪村はんは」

と、胸の内へと蒹葭堂は「ちぇっ」、「ふん」、「ちょっ」と短い罵《のの》りの息を吐きつけた。

あれっ。

あれーっ。

応挙《おうきよ》、円山応挙やないか。

礼も仁義も知らん弟子と弟子になるやもの俳人二人の後ろに、骸骨みてえに痩せて、厚めで太い髷《まげ》には油こってりだが、顔は脂《あぶら》っ気がなくかさかさ、頬骨ばかりが目立つ応挙やて。そうや、その前の年の師走前の蕪村はんの婚にもきてや、祝ってあげる気持ちがあるのかないのか、楽しい顔も風《ふう》も見せんで、始終、黙ってばかりやった。

せやけど、ゆうたな、帰り際にぶつくさと、

「長庚《ちようこう》の兄《あに》はんは、詩は、古代の唐《から》の、酒に溺《おぼ》れて水中の月を捕えんとしてや、そんで溺れ死んだ李《り》白《はく》に追いつく詩人でんね」

もうすぐ三十路になる応挙はそもそもこの大和の国では〝詩〟とか〝詩人〟とか僧侶か儒者にしか通用せん言葉を使う上に、あのな李白と比較するなんぞあほを言ったらあかん。それに「長庚」と蕪村はんを敢えて絵師として認めての呼び方……や。

「精進《しようじん》の次第では、大和の歌の至聖《しせい》、柿本人麻呂《かきのもとのひとまろ》に、あと一歩二歩かも知れへん」

ふうん、応挙は「山、川、樹木の天然を、きっちり、きりり、その生気《せいき》まで写し取るのだけが絵師の魂《たましい》」と信じていると言っていたが、と、蒹葭堂は、その詩の心の解っていること、何より、応挙が、蕪村の俳諧の才について解っていることに、かなり、説き伏せられていった。

そうや、応挙の絵師としての人気は、その写生の力で京の一番、でも、三十前で若いし、そもそも蒹葭堂の胸の内で、俳諧の句や書の全てを足し総じると、画の力の応挙より最も短い詩の発句では百年に一人ゆえに序列は蕪村が上、だから、呼ぶ時も「応挙」で「蕪村はん」と差をつけている……が。

「画も、長庚の兄はんの方が、単に、山岳や海や川を、あほみたいに写し取るわての技より、遥かに上の上。人の情がありまんね」

おいっ、そこまでゆうか。

おまえら二人は、蕪村と応挙は、もしやしたら……まさかやて。うんや……。

骸骨みたいに骨ばって細い男で優男《やさおとこ》の応挙に対して相撲取りほどにぶっとく、頑丈、けどな、怖さ

を秘めて表わさん男の蕪村はんや。

せやけど、正直、静かに判《はん》じて、蕪村はんの画は中《ちゅう》や、良くて、中の上でんな。

——そのちっこい宴の帰り道、蒹葭堂は一人、声を出し「これから先の京の絵師の位《くらい》はわいが決めまっさあ。ま、蕪村はんは画は駄目、むろん、書もやが。そう、俳諧の位もわいが口を出し、京一にするわ」と呟《つぶや》く。

そうやて、おのれの眼力、広い知、銭金の財の力で、京坂の絵師の値打ちが決まる時がくる。

いんや、始まっている。

わいの、絵師の推《お》しは、あるんや、確《しか》と。

これは、決して、推してるやつらの画を先取りして買い、蔵《くら》に貯め込んで、いずれ高う売れるゆう、さもしい、すこい、がめつい根性だけではないのや。

胸を張って、告げるわい。

一つ。四つの島でできとるこの国の画の良さ、独り目立つ画を、もっともっと前へと進めたいのや。独り目立つゆうは、長崎から入る珍しい唐画《からえ》や南蛮の画と比べてのこと。どない考えても、我が八州の絵の方が、憧《あこが》れや夢や望みがあり、造化《ぞうか》つまり天然の静かにして荒荒しい姿や息づかいにおいて優れておる。

二つ。その才があるのに、萎《しぼ》んでしまう絵師の助けやねん。なるほど江戸では侍の縄張りと威張りで、それへの町人の反発があって浮世絵の鈴木春信が出てこられたが、やっぱり、侍の目の下。京は、禁裏《きんり》とそれに連なる公家衆の物言わぬ格式があるけれど、商人、職人らの町人の自ら治める並み並みならぬ力があり、奇や衒《てら》いや型《かた》破りを許すまことおおらかな気風がある。だから、努《つと》め次第で、埋もれる才を掘り起こし、花を咲かせることができるはず。

三つ。その上で、買いは、あくまで画や、三人おる。

一番は、やっぱ、円山応挙、この座敷で無料酒《ただざけ》をがぼがぼ飲んでいる二人の名もなき俳人の陰でひっそりしているおまはんや。南宗画の写生の技を、この頃は、山岳・樹木・水や氷・人物の魂まで吸い尽くし始め、まさに、気韻《きいん》が生き動いておる、画の中で。二十八、九と若いし。ただ、骨と皮ばかり、どれだけ生きられるか。いや、人の命の明日の長短は解ら……ぬ。

二番は、あんまり懐《なつ》かんけど、しゃあない、禅宗の仏の道に寄り添って、奇《き》っ怪《かい》な、常識外れの虫、鳥、空想のあれこれを描いて、ま、仰天する絵師や、汝鈞《じょきん》、伊藤若冲《いとうじゃくちゅう》や。この奇っ怪さは、唐《から》の画の歴史、今まで観《み》て入手した南蛮の画にもない……。せやけど、わいはあんまりこいつの絵を持っとらんのが痛い。

三番は、池大雅《いけのたいが》や。早熟や。但し、書《しょ》においてのことやけどたった七歳で万福寺《まんぷくじ》の偉い僧侶達を動転させた。画は十五歳で、売れんけど扇子《せんす》に唐画《からえ》を描いて既に仕事として画工、もうでけた絵師やった。江戸へ出て、南蛮、西洋の画を学んで、唐画の枠を越え、遠く近くの画法、平らでなく実物の物が立つみたいな画法を拓《ひら》いたわな。齢は、この時、三十九か四十路に入ったか。招いても、痩せで温和《おとな》しい応挙と反対、「旅だ、女房だ」と渋り、性《しょう》も、かなり生意気で、肥えて出《で》っ腹《ぱら》。

と、ここまできたら、主なる客の蕪村を放って、こいつ、陸《ろく》な句は作れぬだろう、

「坪井屋殿」

と商人としての通称の名を呼んで揉み手をして、召波と称するやつが、京にも田舎の芋《いも》は多い、

「あのでんね、芸妓を呼んで、ぱーっと盛り上げた方が良ろしゅうおまへんでっか」と足した。

「そうですな、『東男《あずまおとこ》に京女《きょうおんな》』と言いますし。召波《しょうは》と名乗るわたしは、島原《しまばら》の悪所《あくしょ》で妓楼の主や女《おな》ご

衆に俳諧を教えることになってます。一応、江戸では『江戸座』の宗匠でしたので」

太祇《たいぎ》という江戸生まれで育ちの坊主頭で四角顔の俳人が応じた。坊主頭だから僧侶とは決めかねるが遊廓《ゆうかく》で俳諧をか、おもろい考えやな、それに江戸で宗匠だったのかと蒹葭堂の心が動いた。

そしたら、応挙のやつ……。

召波と太祇の陰で、もじもじと畳の目を円《えん》を書いてなぞってげに恥ずかしそうにしておった。

その痩せぎすの応挙の額の真ん中を、蕪村が二本指で竹篦《しっぺ》をくれて、揶揄《からか》っていると、何か、蒹葭堂の気分は乗り「呼べや、何人でも」と言ってしまった。京の女ごは、高くつくのに。

——あのや、芸妓と予《あらかじ》め打ち合わせていたのではと思うほど、動物としてはかなり長いとしても馬の尿《いばり》をするほどの短い間で、義太夫節浄瑠璃用の太棹と撥《ばち》、小太鼓と一対《つい》二本の撥を手にして三人の女が、濃い脂粉と一緒に、けたけた笑って入ってきたわいな。

それでや。

蒹葭堂は悔いる。

「俳諧一つに絞り切って精進をやでえ。何《なに》、嫁はんと、腹の中におるやや子が食える分の画の売り込みはわいがしまっせ」の要《かなめ》の説き伏せは酔って騒いで忘れてしもうた。

あ、いや、いや。

忘られんことを、見て、聞いた。

そう、忘られへんで、たんと、とこぎり、むさんこに。

「蕪村の先生、何かやってくれへん」

「そうどす、蕪村はん、踊ったり、太鼓を叩いたりしてもっともっと楽しまんと」

二十を二つ三つ過ぎた女と、三十年増の芸妓が、おいっ、銭はわいが出すのやと蒹葭堂は大坂人の美徳というか誇りとゆうかけちなる心情を説きたくなってしまうことを続けた。

「蕪村さまあ、わてらが、音曲、三味線に合わせて踊りま……太鼓を叩いてや」

ありゃ、お上《かみ》は許さんのではないやろか、襟替《えりが》え前の舞妓《まいこ》で芸妓見習いか、瓜実顔《うりざね》で目鼻だちの整った十《とお》か十一、十二の娘が頭を下げた。

「よし、よし、やりまひょ、こいとちゃん」

そうか、蕪村は、やっぱり女ご、それも、あそこに毛の生えるか生えない女が本当の好みかと思わせ、ごつい軀をぐんにゃりさせ、蒹葭堂は戸惑った。

ところが、三味線の入る前に、蕪村は小太鼓を叩きだしたのだ。

と、と、とんがとんとん　とととんと
とんとん、とおんっ……

と、と、と、とん、たん……と。

そうでんね、小太鼓を膝の上に載せ、撥《ばち》を左右の手で軽い感じで握り、けんど、何やら腰から下は畳に吸いつく、逆や、畳を吸い上げるようにどっしり座り、腰から上は緩《ゆる》い春風に靡《なび》く柳の葉ごとくに揺らし、蕪村は、やがて速さを加え、そして、へんに音と音の間《ま》の隙が巧みなのだったので……あった。

やがて、
仔馬《こうま》が、気分も脚《あし》も喜んで遠くにおる母馬を慕って走る蹄《ひづめ》みたいな音鳴りをさせたのを、蒹葭堂は、くっきり鮮やか、大坂の真ん中あたり、道頓堀《どうとんぼり》川に掛かる心斎《しんさい》橋の袂《たもと》の乞食に誤って百文のつもりで一朱銀を恵《めぐ》んでしまったように、思い出す。

ぱかぱっぱか、ん　ぱっぱか、あ　ぱっぱか……。

右、左、右の手で小太鼓の縁《へり》の革を叩くのだが、左右同じ音の強さ弱さでや。器用なのや。そうやない、蕪村はんの俳諧の発句、五七五の調子の快さの秘密が籠められてるのとちゃうか。

けどや、蕪村はんは大袈裟に構えて太鼓を打つ風《ふう》でなく、あっさり、朝しょんをする態で怖い形相を幼児《おさなご》の笑う顔に変え……。

太鼓の革は牛の尻の肉が最も良《え》えと聞くが、こない音に化けるのは不思議、牛も殺されて革となるのは幸せ……かも。

――気がつくと、芸妓二人だけでなくこいという名の舞妓らしい娘までが、三味線なしで、踊っている。

おい、応挙、さまにならぬ、小袖の裾を短かく帯に挟んで百姓の田植えにはちと早いのや、早乙女が豊作を祈るがごとくに踊り始めた。やあ、召波と太祇の二人も、盆踊りみてえにや。まあ、楽し気に。

つまりや。

蕪村はんは、太鼓叩きの、隠れた名人なのであったと解った。あの……どこで、いつ、習ったんやろか。

兼葭堂は、大坂のど真ん中の外《ほか》は自らに故郷《ふるさと》などないのに、仮の故郷の、土《つち》に塗《まみ》れ、草《くさ》に熱《いき》れ、頑《かたくな》な村の縛《しば》りと働きの上での盆踊りを、夜這いを楽しみつつ、米と麦を実らせる気分に誘われてしまった。踊りの輪《わ》に、みっともなさを捨てて入る。そうやねん、小太鼓の律《りつ》と動《どう》は、生まれ育ちの浪花のどこぞの、港町か、淀川の百姓地かの響きを持ちよる、良《え》えわあ。

蕪村の小太鼓が終わった。

へとへとに疲れたが、軀の底、表、裏に快さがやってきた。

「先生、蕪村しゃま。踊り疲れましたえ。次は、な、な、なあ、あては江戸を知りとうおす。どないな唄でもよろし、やってな」

女ごは、未だ十を一つ二つ越えただけでも、媚《こび》らしきを知ってしまうらしい、こいとと呼ばれている女が首を傾《かし》げ、その片頰に両手を重ねてねだり、太棹の三味線を蕪村に預けた。

おいっ、飲み代はむろん花代《はなだい》を払うのはわいや。それも、うんすけ、むさんこ高いのや。

「なら、見よう見真似で。嗤《わろ》うてくれなはれ」

せやったら、蕪村はんは撥《ばち》を使わず指でな、三味線を爪《つま》弾《び》き始めたのや。

何や、座敷遊びには似合わん暗あい調子やと、酒と踊りが冷めていきだした。

「ねーんねん　ころおりいーよ　おこおろおりいよお　坊やは良い子だあ　ねんねしなあ、あ、あ」

三味線の音の階《きざはし》は、そりゃ猫の革か犬の革と糸が出すわけでまずまず確かだが、唄の地声が相撲取りよりも低く太く、地べたを迷いながら這うようで、三味線にふさわしい甲高い声と無縁で、あのでんな、しんきくさあ、蕪村はん。あ……いや、いや、せやけど……別の味も。

「ぼうやのおもりいは　どこへいったあ　あの山あ越おえてえ　里《さと》へいったあ」

ま、しかし、懲《こ》りずに蕪村、蕪村はんが三味線で唄を、それも子守唄やで、続けていたら、どこかしら音曲と唄が蒹葭堂の鳩尾《みずおち》を搔き回し、やがて肋《あばら》の骨の左上あたりに響いてきた。

「江戸でも、子に対しての愛《いと》しゅう思いは京と変わらへんね。いいや、たぶん、暖かい西国も、寒うて貧しい出羽あたりでもやな」

「江戸って芋侍《いもざむらい》が威張ってばかりと聞いてるけどや、せんど、しなこいところがあるわいな」

二十代と大年増の芸妓が交交《こもごも》、囁く。

「というより、蕪村さんの女房は身籠ってますから、その準備です。準備とはいえ、気がぎりりと入ってますな」

剃《そ》った坊主頭も刀の刃先のごとく青青としている太祇とかが真っ当な評《ひょう》を口に出した。

そうかいな、蕪村はんは「嫁が子を産むから、わては、女とは遊ばん」と子守唄をやったのかと、元元、邪《よこし》まな推し測りにも秀でている蒹葭堂はなるほどと考える。

「ちゃいます、我が師は、遊びをしとる時にも、子守唄や童歌の詩としての韻《いん》や律《りつ》を忘れるなと……ほんま、偉大なる師ですわ」

胡麻擂りは上手だが、こういうやつの俳諧は底が浅いわけで、やっぱり陸《ろく》な俳諧師になれぬ予感をよこす役者級の美男の召波が口を大きく開いて、喉《のど》ちんこまで赤く曝《さら》した。

おい、おい。

応挙のやつ、俯《うつむ》いて何をしとると目で探したら、涙を抑えてまんね、あの……な。

「蕪村さま、十五になったら、わてこいとをおめかけにしてや。そいで、江戸へ連れてってくんなはれね。序《ついで》に、そうやねん、江戸中の駄菓子屋に連れてってな。今の三味《しゃみ》と地声の子守唄で五つ六つ七つの子供の気分を……ぎょうさん、思い出したのえ」

襁褓《むつき》も取れてなさそうなこいとという娘が何となく解ることを告げた。

それで、蒹葭堂は要《かなめ》の蕪村に説く中身を忘れ果てた。

ただ……。

この男は、太鼓持ち、幇間《ほうかん》を志したら、すぐに京の一番になれるだろうとちょっぴり「惜しい」と思った。幇間を舐めてはあかん。自らの芸と他者を歓ばせる厳しい反対の要と、調和の薄氷を踏んでおるのて。

あ、それと、画は駄目なのに、蕪村そのものが好きになる一方のおのれに気づいた。決してべたべたと寄り添ってこず、しかし、「ここ、この束《つか》の間《ま》、この場やあ」で底の見えない優しさと凄みをそっと差し出してくる……。

四

そして、今の今。

蕪村の太鼓と、三味線と子守唄を聞いてから、そうや、既に、えーと、七年余りか。

「遅い……だんな」

約束の時に遅れてはおらぬが、俳号・与謝蕪村は遅い。この二年ぐらいはおのれ蒹葭堂の知識の広さ、深さ、画への眼力を認め、その上、銭金を惜しみなくかつての名人の画、書、便り、骨董、唐《から》ばかりでなく南蛮のそれに注ぎ込む財の力を認めて、招く客の九割は約束の四半刻前にはやってくるのに。

「それも大坂には……決して訪ねてきいへん」

あの天竺《てんじく》より更に西におるとゆう、人ばかりか獣の骨まで食い千切《ちぎ》る豹《ひょう》とかに似とる目つきと、抉《しゃく》れた顎と、相撲取りみてえな軀の男は、蕪村は、いやあの人は俳諧では隠れた達人、蕪村はんと呼ぶべきやろか、ええーい、面倒、どっちでも良《え》え、勿体《もったい》つけておるのと違いまっかと蒹葭堂は腹立たしくなる。

「たゆとう淀川に浮かぶ舟を見ながら、大坂にて一献《こん》を」の人を介しての言づてや便りをそれとなく伝え、投げ、浪花へと招いても、近頃の蕪村はんは、使いの者に丁寧に、便りには便りで腰を低く低くして「相い済みませぬ。女房が病で」とか「七つの娘が腹を痛めまして」とか口実をつけて蒹葭堂となぜか大坂で会うのをやんわり拒んでいる。

嘘をつくんやない。

噂だと、女房は苦労して京へと上ってきたらしいが、その分《ぶん》、頑健そのもの、娘もすくすく育っておるとのわいの調べでんね。

そもそもや、この蕪村はん、江戸にいた頃から旅好き、京に上ってきても旅に旅、婚《こん》を為しても、娘が生まれても、四条烏丸の家に帰るんは月の七日ばかり。何をしとるんや。

「そない大坂の水に合わんのでっか。飾りも見栄ものうて、女子《おなご》は気取らずに情と情、軀と軀で付き合うてくれまっせ」

三年前だったやろか、古老の俳人の宋屋の葬いの後、京の先斗町で会うた時に聞いたら、

「いいや、女房を貰ってから浪花には拘《こだわ》りがなくなりましたんや。あ、ちゃう、ちゃう……半分、消え……これも、違いますわ。ま、帰り路が遠くて」

と蕪村はんのやつぁ、しどどに額、頬、獅子鼻に汗を噴き出し、慌てて手拭いで顔の汗を拭《ぬぐ》ってな。そうか、大坂の女あたりに追い駆けられてるのでひょと……。あの怖い顔やが、女子は惚れたら堪らんなるやろし。わいが男も好きやったら、男としても抱かれたくなったやろうに。奇妙な男としての逞しさはむろん、色気がありよる。美《び》については京坂一の眼力のあるわいだから、解る。

「遅い」

蒹葭堂は独り言を止め、蕪村の俳諧の発句の才、いや、詩の才をもっともっと生かすのには何が必要かと考える。

画や書の才の掘り起こしは、三十三歳となった蒹葭堂が二十代の初っぱなからやってきたと自負しているし、画と書で食えるように育て、宣《の》べ広《ひろ》めはやってきた。その数、十七人。

そうやねん。

わいはでっせ、十《とお》を過ぎる前から、我が浪花《なにわ》の大商人の家へと狩野派、土佐派の画を観《み》させてもらってや、十三の頃には、平城京、奈良の法隆寺っつうところの夢殿の救世《ぐぜ》観音像、同じく金堂の鞍作《くらつくり》鳥《のとり》の作と伝えられる釈迦三尊像を拝観し、仏道のこの国へきた火傷《やけど》しそうな熱さ、おおらかさに参ったのや。興福寺の首だけの仏頭の今と将来に向けての輝かしい望みの、目ん玉のない両目と眉のわずかに反《そ》って上がる顔だちに感極《かんきわ》まり、唐招提寺《とうしょうだいじ》の奥の御影堂の鑑真和上《がんじんわじょう》像の、唐の国から幾度も舟が嵐に遭《あ》ってもなおこの国へ仏の道のほんまもんを伝えんと目が見えのうなってもきてくれはったその執念と根性と魂のある姿に泣きましたのや。

奈良の鄙《ひな》びたところの新薬師寺って寺では、ぎょっ、通り名・伐折羅大将《ばさらだいしょう》の、仏を、人を守るための怒りの顔に、立ち姿に、震えたのや。寺の中には、ことさら布施《ふせ》を多く包まんと吝嗇《けち》をして拝観させんところもあってな、銭金を持ってる家の跡取りのわいは幸せなんやで……ま、心情の引っ掛かりはあるわい。推し測るには、むさんこに、もの凄う画や像やらを作る、つまり、美《び》の果てを追って命を終える人は、貧乏で、飢えとる、女が欲しゅうて堪らんのに手に入らんやつ……と推し測るさかいに。

そうなのである。

蒹葭堂は、十四になると、足にまめができるのを厭《いと》わず、いや、やっぱり九度に三度は淀川を舟で上ったけれど、京の寺寺の天井画、屏風図、襖絵《ふすまえ》、額縁《がくぶち》の画と貪《むさぼ》り、若いのに生意気にもそのできの点付けを俳諧の宗匠が弟子にするようにやりながら、しかし、しかし、偏《ひとえ》に物真似だけの画、そんなんはどうでも良《え》えとして遊びにゆったり任せる画、おのれおのれと我《が》を張って目立とうとする画、格式に染まって窮屈《きゅうくつ》でぐったり疲れてやくたいもない画と解り得る心眼《はぐく》を育んだつもりである。

「そうでっか、あかん、なのですかな」

そう、わいが蕪村に、画名の長庚に、真正直に告げたのは、もう、何年前やろか。うむ、まだ、やつが、今の女房と一緒に住む前あたり、ええっ、そないならもう十年以上も前になるのや、わいが、若造だった、二十二、三の時や。そうや、やつの画を見て、うむ、「何とか頼む」と京ではかなりの俳人の宋屋《そうおく》に頭を下げられたのやて。

見せてもろうたら、よいしょも何もしようもない、駄目、そのものやねん。

唐《から》の南宗画、この国の長崎へも今から三十年ほど前、享保頃《きょうほう》、沈南蘋《ちんなんぴん》がきよっていきなり流行りだしたその真似そのもん。花鳥の描き方、樹木の流し方などくどい写し取りの臨画《りんが》そのもの。

「まだ模写が足りんのどすかな」

宋屋は、的《まと》の外れたことを言い、一旦、蕪村の画を推すことを諦めたように見えた。

蕪村はんのこの六年余り、成長《せいちょう》したかどうかのことだ。もう、今は五十三、俳諧は、京の八、九番目で終わる気配をさせ心配させ、せっかく見つけた才なのにやと、蒹葭堂は肉が痩せる思いをする。

いかに、大器晩成ちゅうても、五十三。

どでかい芭蕉の人生はほぼ五十年やて。『奥の細道』を弟子が清書《せいしょ》したのは、うーんと、そ、死の年の五十一の時。

それでも、蕪村の婚《こん》の祝いの次の年の、あの人が太鼓を叩いて、三味線で子守唄を口遊《くちずさ》んでから七年余りだが、二年前には、あのよいしょの召波や、ぱっとしないが少しは詩心の解っておる太祇などを集め、三十人ほどで『三菓社《さんかしゃ》』とゆうのを作って句会を始めたわな。

なのに、その『三菓社』など忘れて、その年に、嫁はんと幼い娘のくのとかを京に置いたまま、讃《さぬ》岐《き》へと長い旅。

あらゆる古物、画、文や詩や俳諧、むろん女にも、尖って鋭く、淀川どころか海のごときたゆとう眼差しの広さを持つ蒹葭堂だから、少しの時も惜しんでじっとしていられないのだが、やっと、気持ちが落ち着き、時の順序も乱れて交じり合う振り返りを止め、心を固めていく。

——木村蒹葭堂の今日の目論見《もくろみ》は三つだ。

一つ。

「画など嗜《たしな》みぐらいにして、俳諧の発句を、あるいは付句《つけく》の五七五を独り立ちさせ、歌仙を巻く会か句会の、なあなあの前の句を作る他人への気配りをきっぱりと拒み、一人の作る詩としてぎりぎり追いに追うが良《え》えとちゃいまっか」と忠告すること。この言《げん》は、かなり遅い。遅過ぎる。しかし、しかし、今時《いまどき》、五七五七七の五七五で勝負しても相手にする俳人、市井《しせい》の人人はほとんどいないであろうが、いつかの時世《ときよ》には、必ず、生きるはず。

二つ。

そうなのである、一つめを成就《じょうじゅ》させるために、蒹葭堂は、この弥生《やよい》三月、京の公家衆や寺寺の偉い人や侍の上の層や金持ちの商人のためだけでなく、お上《のぼ》りさんとか学問修業の各地の遊学者にあれこれ教えて案内する冊子『平安人物志《へいあんじんぶつし》』に、駄目絵師の蕪村、長庚《ちょうこう》を「画家」の部において押し込んだ。「この恩を忘れんでな」と然《さ》り気《げ》なく、しかし、要《かなめ》で突き刺す必要がある。これで、蕪村への画の注文は沢山くるはず。一幅の値もぐーんと上がる計算だ。もっとも、蕪村は、権威とか大金持ちへの算盤《そろばん》の玉を弾《はじ》くことについて、心の奥底は解らないとしても、あまりに色気が足りない。「妻子を食べさせるための画の銭はむさんこに欲しい」の気迫はあるのだが……。

『平安人物志』に押し込むのに、蒹葭堂は蒹葭堂なりに苦労した。おのれの美《び》への鑑定《かんてい》の見分けでは、一番、やはり可愛がり面倒を見てきた円山応挙。二番は懐《なつ》かないが寺寺と商人の中では色と形が人目を引いて派手《はで》で名が知れ、獣や鳥や植物へのこだわりと愛しさが凄い伊藤若冲。三番はおのれ蒹葭堂も助けたが、助けられたこともある池大雅で、この男の書《しょ》もまた文句なく京一との評判である。

どう考えても、蕪村は五番目には入らず、公平に考えて三十番から五十番の間だ。

そこで『平安人物志』の版元に、掛け合った。勿論、鼻薬《はなぐすり》を嗅がせるどころか、丸裸に限《くま》なく膏薬《こうやく》を貼りつけるほどの銭金を贈った。何《なに》、応挙、大雅の画はかなり持っている。蕪村のは持っていても売れないが、その志で無料《ただ》でくれたのがかなりある。

それでも『平安人物志』の版元は、蛸薬師室町あたりに住んでいて「一番は、間もなく死にはるけど、ごく近所の付き合いと、その功績からゆうて、大西酔月《すいげつ》はんじゃ」と、そのうちすぐに消える絵師について譲らなかった。蕪村については、『平安人物志』を現《げん》に編《あ》み、序列を決める人物から「そない絵師は知らへん」と文句を付けられたけれど、蒹葭堂は、これは鼻薬にもならぬ安い葱《ねぎ》五本で押し通した。

とどのつまり、蕪村を五番目に捩込《ねじこ》んだ。

いや、今日の目論見の三つ目だ。

あまりにどでかい芭蕉が、江戸俳諧の急な凋《しぼ》みから、江戸の外れの深川で隠棲《いんせい》、火事で命からがら、次に「一所不住」で旅へと漂ったとしても、芭蕉は芭蕉、永遠の爺《じじ》むさい、石を抱いて野に唄う気分が満ちて、そのう、待ってくれへんか、もっと夢が必要やて、と蒹葭堂は思う。

やはり、蕪村には「居《きょ》を京に定めなあかん」ときっちり、どすの利いた腹の底からの声を出すつもりである。うん？　待て、どすとは短刀の意ではないのか、だったら、敵《かな》わん、あん人には。あん人は、どない理由か、伊達《だて》の短刀ではのうて、実の、もっと切羽詰まりよる武器を、どこかに潜めておる、確《しか》と。脅しは通じやせん、と、蒹葭堂は思い直す。

ならば、何が通じるのか。

蕪村は、名誉とか、ちやほやされる権威とか、大儲けには欲は出さぬ。しかし、である。「現《げん》の今の人人を涙させ、楽しませ、心の襞《ひだ》どころか心《しん》の臓《ぞう》をときめかせるために独り立ちする発句、地発句を作りなはれ」には気持ちを動かすはず。そうである、「十年後、いいや百年、もしかしたら二百年後の短い詩を愛《いと》しむ人人のために」と説き伏せたら良い。

どないな句を、あの人は、この二年、四国の讃岐で作ったのやろか。うむ、二年余り前に宋屋の葬いで会った時は、互いに暇《ひま》がなく、蒹葭堂の気分《きぶん》のゆとりもなくて、句については「読ましてくれへんか」をしつっこく頼まなかった。

当たり前。

あの人の画については曖気《おくび》にも出さなかった。

——ど、ど、ど、どん、とん、とん、どとん。

階段を登って板を踏む音すら、何やら、五七五のそっくりの息遣いがあるけれど、それは、思い込みと、蒹葭堂は、階段の踊り場へと四つん這いで躙《にじ》り寄《よ》り、あかん、ここは勿体《もったい》つける歌舞伎みたいな芝居の舞台と座り直す。

きた、きた、きたわい。

蕪村はんが、寺の鐘の音鳴りと共に、やってきやしたわ。わいの背筋は、もはや食えん真夏の独活《うど》の大木のように伸びたわ。

そう、矢立《やた》てから墨と筆を出し、この二年、あの時は女二人とのそれぞれの逢い引きで忙しく、実のところは蕪村はんの婚の次の年からでほんま久し振り、どんな句を作ったか、作らんとしよるか書いて貰おうと、蒹葭堂は慌てぎみに紙を用意する。

五

久し振りに会う蕪村はんは、おいーっ、あんな、讃岐《さぬき》へ妻子を置いての旅、流浪は、何のためや、世間では大老人の五十三のはずでひょ、せやけど、男盛りに映って二つの目ん玉は猛猛《たけだけ》しく、顎が重ねて二つあるほどに抉《しゃく》れて志を忘れず捨てぬの思いが詰まって、何より、前より色艶が桃色を含んで脂《あぶら》っ気《け》を増し、あのな、若い女ごと一緒でてれんこ、てれんこしてたのと違うんかあと、蒹葭堂は推し測る。

「やあ、やあ、蕪村はん、ようこそ、おいでやす。首を長うして待ってましたわ」

ぱん、ぱん、ぱんと三つ、強く両手の平を叩き、蕪村の居住まいの堂堂と慎《つつ》ましさを同じく住まわした態《てい》を見て、ぱん、ぱんと二つの拍子を加え、料理屋の仲居を呼んだ。おいっ、あほんだら、何も答えんで。そして、ぱん、ぱん、ぱぱーんと、やったら、階下から、慌てたように二十代半ばの仲居がやってきた。

「こちらこそ、御無沙汰していて」

芭蕉の、思い詰めた果ての諦めの考えの〝一所不住〟とは趣《おもむき》を異にして、旅を楽しく肥やしにする風情《ふぜい》を持ち、蕪村はんは血の色を良くさせての讃岐帰りで、凶状持ちみたいな怖い顔をぐんにゃり和らげ、蒹葭堂と会うのが実に喜ばしい気《き》をはっきり出した。

蒹葭堂は、自らに「焦《あせ》るんやない。こん人の俳諧を知りたい。画について決め、判定する理屈を持ち、鑑識眼の力でそろそろ京の全てはおのれの手の内でわいが一番。同じように、文《ぶん》でもが、わいには次の勝負が賭《か》かっとる、一番になるでえ。そうや、上田秋成《うえだあきなり》にも手を出しとるのや、去年には。あれは、幻《まぼろし》、絵空ごとの作り話で大物になるのは必至でっせえ。既に書物の版元に話をつけ、儲かる算段はしとるわい。わいも何割かは貰う。ちゃう、売る売らないとそれとは別に、混《ま》じり気《け》なしにこん蕪村はんの発句、ちゃうでえ、最も短い詩をこの頃《ごろ》の詩を読みたいのや」と、やはり、前のめりの気持ちに逸《はや》る。

「讃岐では、金比羅《こんぴら》さまの、おもろく、土《つち》の匂いが溢れて嵌まってしまう歌舞伎に参って、毎日毎日、通ってましたわ」

「蕪村はん、讃岐では田舎歌舞伎だけ……やてか」

「えっ、ま……あ」

蕪村が顎で人を食い千切りそうな悪人面《あくにんづら》の目の上を桃色に染め、兼葭堂は、は、は、は－ん、やっぱ、女と一緒やったなと推し測る。

「兼葭堂はん。大いなる自然と一つになって、荘子のゆう『宇宙の一欠けらに過ぎぬ人』も良いけれど、人と人との絡み、柵《しがらみ》、愛《いと》しみ合いも凄い真《まこと》です……ねん。生《なま》の人が、外からの光と蠟燭《ろうそく》の炎の中で演じる素晴らしさを学びましたん……え」

まさか、芭蕉への皮肉や、芭蕉を越える眼差しの要《かなめ》をさらりさらりと言ってるのではなかろうと兼葭堂は考える。

「ほう……でっか、蕪村はん」

「画は、正面や脇のどこから見てもすぐに瞬《まばた》きの間で分かり、書《しょ》は、初めから読むので時《とき》の流れがあり、その二つを芝居や歌舞伎はあり……ま」

ふうむ、画は一瞬、書は時やろか、何か論《ろん》も確かやと兼葭堂は嬉しくなり、かつ、自らの縄張りへの入《はい》り込《こ》みやなかと渋い気分にもなる。

「そないな、そういう詩、俳諧を作りたいもの……作れたら良《え》えわなあと」

それなりに蕪村はんは急いでここへときたらしく、汗が二た筋に額から垂れた。

「蕪村先生、と言はるのどすな、蕪村先生、扇子の替わりにこれを使おてくれはりますか」

仲居が扇を蕪村はんに渡した。

「せっかく御土産とゆうか御祝儀に貰《もろ》うたばかりの蕪村先生の扇で、えろう、済んまへんけどや」

朱塗りの銚子を客である蕪村の盃に傾け仲居が作り笑顔をする。

えっ。

蒹葭堂は蕪村が扇を拡げて、この京の糞暑さには団扇《うちわ》も扇子も空《むな》しく風を扇《あお》ぐというよりゆっくり掻き混ぜると、その画の図柄が目に飛び込んだ。

何や、唐《から》でのうて、この国の中年男が、山のてっぺんで背伸びしとる図やが、背景が黒っぽい群《ぐん》青《じょう》の海、海、海で、白い波がうねうねと騒ぎ立ち、飛沫《しぶき》を上げておる……書《しょ》でゆうなら楷《かい》、行《ぎょう》、草《そう》の草書の、軽い上に、巫山戯《ふざけ》て遊んでの画や……せやけど、人が、海と海の果てを見つめる尺度がとーない規模やで……。画は小さいのに気が遠くなる大きさや……荘子のゆう宇宙というやつやねん。

「蕪村はん、わてにその扇を貸してんか」

蒹葭堂は、追《お》い剝《は》ぎが衣を奪う気持ちとはこないもんやろかと、画と句が記してある扇を強引に我が手にした。

やっぱり、荘子の気分になれそうな、構《かま》えと仕組みのものすごー、どでかい画やねん。南宗画の具《つぶ》さに天然を写し取る心は、海の波のうねりに生き、けれども、この八州《やしま》、敷島《しきしま》、秋津島《あきつしま》、大和《やまと》の国の心へと様《さま》を具《つぶ》さではない心情の気分へと変えとるわ、うんすけ変えとる。

そうやねん。

人伝《ひとづ》てには、こん人は、慢《まん》の気分、心、遊びで画と句を書いて、人を嬉しがらせて実は画で食えんさかいせっせと小さい紙や団扇《うちわ》や扇に筆を走らせて、糊口《ここう》を凌《しの》いでおるとの話は聞いていたけどや……どうせ、蕪村はんの画は二流以下と、向かうこともせなんだった。

何《なに》、何《なに》、その画と対《つい》になっておる賛《さん》、俳諧の句は……。

《稲妻や波もてゆへる秋津しま》

ふむふむ。

「稲妻」は雷《いかずち》の、瞬《まばた》きの青い光、怖いわな。地震の次に怖い。火事なら防げもするが。親父なら逃げれば良《え》えけど。

「ゆへる」は、結えると書くはず、つまり、大海の、たぶん、荒くて白い波が、いや、この画が暗に示している通りやて、垣《かき》や腕《かいな》のごとく結《むす》んでいて、繋《つな》いでおる……。

「秋津しま」は、大昔はこの国の中心としても地方の大和国《やまとのくに》の異名、今では、全てのこの国の名や……。

おいっ、余りに短い詩は、句は、読み手にすぐに解らんようにせんとあかんで、蕪村はん。

ん？　待ちいな。わいは、和蘭陀《おらんだ》から長崎にきた舶来《はくらい》のあれを見とる。七、八十年前からはこの秋津島でも紙の張子《はりこ》でき始めた、そうやねん平べったいのでなく真ん丸の地球儀《ちきゅうぎ》っちゅうのを持っとるのや。それでゆくと、この秋津島、大和の国はちっこくて、ほんまかと疑いたくもなるのやけど……。

そうや。

その、地球儀ってやつを上から、この国を眺めた句、ちゃう、こん人は知に貪欲《どんよく》やが地球儀など高価で持っておらへん、絵空ごと、いいや、分らへん、荘子《そうし》の思いからか、八州を、四つの島から成るこの国を、月か、お天道《てんと》さまから、いいや、銀河から見降ろして……の詩やでえ。

どが、五つ、いんや、百《ひゃく》がつく、どでかい組立ての、荘子の使う言葉の宇宙じみた、ごくごく短い詩……でひょ。大芭蕉の、これこの一句《荒波や佐渡《さど》によこたふ天河《あまのがは》》に、きりり太刀《たち》打ちが可《か》なる句やでえ。凄お……。

違う……芭蕉が、宇宙とおのれを同じゅうするのとちゃう、こん、蕪村はんは、荘子に畏《おそ》れを深く、深あく持った上で、ちっこい、ちっこい芥子粒《けしつぶ》ほどの人が大いなる自然と真正面から向かって、人の凄みを句に、詩に委《ゆだ》ねておるのや……ないか。

「この賛《さん》の発句は、讃岐で作りましたのやろか」

「ま、ある人への愛しい思いが……強くて。ふと、おのれに返り。おのれのみが満たされる独り善《よ》がりの発句ですわ」

蕪村は、また、盃を空けた。

「ある人」って誰や？

良《え》え。

あ、であったのやて。

句に惹き寄せられて、ほんま、文字と文字の意味との間は難しい問《と》いが、幾つも眠ってますねん。素人が見たら巫山戯《ふざけ》た画と、ほお、良《よ》う、左の画と右賛の間の釣り合いが取れた、しかも、実は、画とゆうやつは、空白、つまり、何も描かん白さが重い上で重くて大切で、きちんと白さがあるのやけど、賛の句の文字、そうやねん、書《しょ》が、息《いき》を、はあ、はあっ、ひい、ひいーっ、こりゃ、こりゃあと、空白が攻めてきて、次に驚かせ、ついに安心させて、呼ぶわいに。

そう、書が……。墨の濃さ淡さ、余白の白と絶妙な、画そのものの調和を作っていよる。墨の乾《かわ》きや潤《うる》みの小技《こわざ》は使うておらんのに。

目の前の扇の俳諧画の、悠悠《ゆうゆう》、ゆったり、遊びながら、締《し》まりなく、巫山戯《ふざけ》つつ、しかし、どこかで胆《きも》を撃ち、気持ちを揺さぶる技、いや魂《たましい》は、唐の南宗画の真似の殻《から》を超え……てきた。

書も、なぜか、どない理由《わけ》で気づかなかったのか、このわいがと、その才を見逃したおのれ蒹葭堂がもどかしくなり、恥を、じわりじわり知り、その嵩《かさ》が増してくる。

　この書は、発句の文字は、漢字も仮名も、淀川が下流でのんびり、せやけど、川面《かわも》の力があって揺蕩《たゆた》うごとき……筆の腰を用いず、基本となる〝永字八法〟もどうでも良く、ゆえに、止め、撥《は》ね、打ち込みの筆の圧《お》す力などはほとんどなく、楽楽《らくらく》として……それなのに一見して流れる強さがある……地の白と文字が掠《かす》れて山岳《さんがく》の嵩《かさ》とうねりの黒さになる闘いがある……。

「蕪村はん、この七、八年、書の師匠に就《つ》いたのやろか。その師匠は誰ですねん」

「いいや、我流《がりゅう》で」

「ほう、せやったら、行成《ゆきなり》の『白氏詩巻《はくししかん》』や石刻文《せっこくぶん》の唐《から》の古い時世の『龍門造像記《りゅうもんぞうぞうき》』の倣書《ほうしょ》の死にものぐるいでの臨書《りんしょ》をでっか、蕪村はん」

「貧乏絵師に藤原行成や藤原佐理《すけまさ》の直筆など手に入らんどす。ましてや、唐の壁に彫った文字など無理でひょ。見せても貰えませんやて」

「ほう」

「下手糞なりに努めたのは、恋文でんね」

「ほ、ほう。誰への恋文でんね」

「恋文」と聞いて、蒹葭堂は「嘘や」の思いと、「いいんや、もしかしたら、もしかしたら、書の最もの上達は恋し、好きで堪らん人への直の思いを紙の空白《くうはく》と文字の黒さを筆の息遣いに託した便り……かも」と感心してしまう思いが綯《な》い交《ま》ぜとなる。

「九割は、嫁はんへですねん。旅ばっかりして離縁を申し出られても困るさかい」

「ほ、ほ、ほう。もう一割は？」

「ま、それは」

蕪村が、悪人面《あくにんづら》の目の上を腫《は》らした。似合いまんね、猛猛しい顔に、恥ずかし気な瞼《まぶた》の桃色の膨らみはと蒹葭堂は胸の内で笑ってしまう。

そうや、やっぱり、讃岐へは、若い女と一緒やったんかと、蒹葭堂は、心の中で深く納得する。芸の達人名人は、女と深い交わり、あるいは、蝶蝶ごとき取っ換え引っ換えが肥やしの一番大いなるものやでえ。ちゃう、ひたすら嫁はん、女への一本槍《やり》だけでのうて、男への一本槍も。うん？　女と男を、それぞれひどう愛しゅうなるやつ、そないな男はどないになるのやろ。長崎の通詞をやっておった侍から聞いたが、南蛮では、神さまの掟《おきて》いえずす以前からの教えで、法皇《ばば》とかの厳しい達しで、それは徳川なんつぅのより一千倍は厳しゅうて「男と男は決して、許されんとね」とゆうてたけんど、そりゃ、貧しい、狭い、げっつい……あほんだらや、やっぱり、吉利支丹は。

あ、いやいや。

わいは儲けより、美《び》で、京一、秋津島一、大和の国一で判じる者、蕪村はんの書《しょ》の、緩《ゆる》やかにして、伸び伸び、気儘《きまま》、底の底で譲《ゆず》らん気迫に満ちた書を、まずは京人に教えて広める務めを果たさにゃあかん、と、蒹葭堂は気持ちの中で眦《まなじり》を決した。

そして、思いついた。

「蕪村はん、行きまひょ、挑《いど》みまひょ。そうでっせ、一年以内は無理、二、三年のうちに、池大雅《いけのたいが》と書で、いや、いや、画で勝負をやりまひょ。あ、池大雅は、南宗画では写し取る力が上の円山応挙の下の番付や。若冲、そうや、けったいな画やが、草木や鶏どころか虫《むし》までに心を寄せて、あれは新しい仏の道か邪《よこし》まな新興の呪《まじな》いの画でんね、その伊藤若冲よりもずっと下」

「へえ……え」

そんな序列は、どうでも良《え》えと、仮の顔でも態《てい》でもない感じをよこし、蕪村はんは、おい、仲居はどこへ消えたのや、手酌で酒を飲みだしている。

「けどな、京の公家衆《くげしゅう》には一番人気が大雅や。そう、尾張《おわり》に大金持ちの下郷学海《しもさとがくかい》はんちゅう人がおられるのや。その御方に、池大雅対《たい》与謝蕪村、ちゃう、名は長庚《ちょうこう》、えっと、字《あざな》は春星《しゅんせい》対大雅の競いあう画を二人に注文させるようにしまっせ」

「はあ、おおきに……ありがとうございます。ま、池大雅殿とは勝負にならへんでしょうが。本来、画、書、俳諧に番付とか格《かく》とかは無縁やさかい……けんど池大雅殿は儒家《じゅか》でいけば、孔子《こうし》孟子《もうし》級でん……ね」

謙遜なのか本音なのか蕪村はんは分からないが真っ当なことを口に出し、頭を深深と食膳すれすれまで垂れた。待ちいな、こん蕪村はんは孔子を嗤《わら》う荘子に憧れておるはず……うーむ。

「蕪村はん、唐《から》のあれこれに惚れて参っている唐《から》かぶれの博識のある人には大雅が大人気……」

「ま、老子、荘子、李白、杜甫、王羲之《おうぎし》を生んだ唐《から》ですやから」

そうやった、この蕪村も荘子の、たぶん「死生一条」、「無用の用」、「人は宇宙の泡ごとき」の志と真情へと傾き、画も南宗画の臨画、模写に、十年も費してきたのやと蒹葭堂は吐息をつく。

「そう、書《しょ》は京で一番、せやから日《ひ》の本《もと》で一番との評でんね、大雅は。七つにして清光院一井《せいこういんいっせい》に唐様《からよう》の書を学び、篆刻《てんこく》をやる高芙蓉《こうふよう》と親友、書家の韓天寿《かんてんじゅ》とも仲が良《え》え、蕪村はん」

「は……ふう、う、う」

蕪村が蕪村はんらしくなく、諦《あきら》めみたいな溜息を引きずり、よしよし、わいの縄張り、額縁《がくぶち》、枠《わく》に嵌まってきたわいと蒹葭堂は、やっと、あらゆる知や学や美に好奇心が湧き過ぎて、生き馬の目を抉《くじ》るほどに急ぐせっかちな気分が落ち着いてくる。

そうやて、蕪村はんへの思い出も、やっと時や刻の並びが整ってきたわ。ごり、が、ん、や、む、さ、ん、こに焦《あせ》るのは止《や》めまほ。

一点に、ちゃう、二点、足りんわい、三点に絞って、あ、ん、じ、ょ、う、的《まと》を射た忠告を。

「一番目に、蕪村はんに願いたいのは、追いに追って、愛しんで、求めて、詩を、そうでんね、泣きを、感じて激《げき》する詩を、荘子より凄い大法螺を、言《こと》の葉《は》に。蕪村はんっ、発句に。前後の前句や付句などは無視した、独り立ちの句に託《たく》してくんなはれ」

「良《え》えですなあ」

「ごんたを言ってんのとちゃいまっせ、蕪村はん」

「ええっ、あ、そうでっか」

「次に、二番目に、軽く、巫山戯《ふざけ》た、けんど楽しくもなり、悲しくもなる画と、賛《さん》の文や俳諧を睨《にら》めっこさせて、相撲の蹲踞《そんきょ》から立ち合い寸前のを、そうやて、俳画《はいが》って呼ぶのが良《よ》うでけた呼び方、それに全力を」

「はあ」

「でかい襖《ふすま》や屏風《びょうぶ》とか、でかい三尺、四尺、五尺の幅の画は描かんでよろし」

あかん、ちぃーっと忠告のし過ぎかと蒹葭堂は、息の吐き吸いを一旦緩める。

「せやけど、でも、しかし……ちっこい画と書だけでは、お、ま、ん、まを食えんで嫁はんと娘が痩せて、やがて病になりま、苦しみま、蒹葭堂はん」

「ま、そう……そうでんね。美《び》、美しい、惚れ惚れする画、詩、瀬戸物の絵付け、重箱などの漆器《しっき》の蒔絵《まきえ》、琴の音《ね》、そうやて、こないな美を追うには貧乏は付き物、気魄《きはく》に必要な品ですね、心の構えでっせえ」

話しながら、いきなり蒹葭堂は〝美〟とは何かの根っこの根の、その前を問われたような気がして、この暑さなのに背中だけでなく腿《もも》に冷や汗が湧いてくる。腿に……やでえ。むろん、気にしている痘痕《あばた》からも。

「さすが美の京一どころか日の本一の蒹葭堂はんや、貧乏は芸の果てを追う根っこの力やと解ってま。たぶん、公家はんの偉い人、何十人何百人の侍を抱えている武家、どでかい土地を持つ百姓、えろう済んまへんな、大商人からは、今の時世、これからは、芸《げい》の術《すべ》の道の名人は出まへんやろうね。出るとすれば……」

「胆が凍《い》てつく人、身に闇を濃く持つ人、心に傷の深手《ふかで》を負う人から」

「蕪村はん、『出るとすれば』とは」

「そうやろ……な」

蒹葭堂は得心《とくしん》しかかる。美しさを必死に追わんとする者は、飯を食いたい、安らぐ寝床《ねどこ》が欲しいという欲が強く、心に漆黒の闇や深い傷を持つ者は、たぶん、必ずそれが芸への熱さへと走り、昇る。わいは、顔ばかりか軀じゅうの痘痕《あばた》のせいで、女に相手にされず、醜さの反対の果ての美に凝り、それを種に銭金で女をものにしてきたのや。

そうや、この蕪村も、心に黒黒とした癒やせぬ傷、闇空《やみぞら》、贖《あがな》い切れぬ罪と科《とが》を持ってるはず、それは、何やろか……と、蒹葭堂は覗き込みたくなる。南蛮の切れ味鋭い剃刀《かみそり》で、蕪村の胆を切り出し、探りたくすら……なる。

「あんね、蒹葭堂はん。わいは、そうゆう、貧乏で、悩み、苦しみ、喜ぶ、そこいらに転がっている生活《たつき》の俗にたっぷり浸《つ》かって、けれどや、その俗から少しでも楽しい、美しい、花のあるところへが芸への思いでんね。荘子の大法螺、『死生一条』、『人は宇宙の泡や欠けら』の心になれんとも……その気《き》に触り、楽しむように」

「そう……」

「しかし、あくまで俗に塗《まみ》れ、俗の言《こと》の葉《は》、筆遣い、色あいを使うて……でんね」

蕪村の言い分に、蒹葭堂は、俳諧では大芭蕉とは違って、いいや正反対の、この男の人としての臭さ、だからこそ人恋《ひとこ》いしさ、大いなる造化《ぞうか》、天然を詩に託しても他人より高いところから見ずに、同じ眼差しで悠悠《ゆうゆう》と遊ぶ心の考えが躙《にじ》り寄ってくる。そうやて《離別《さら》れたる身を踏込《ふんご》んで田植哉》なんつうのを大芭蕉は作れっこないで。

この男は、美《び》についての理《り》を解っておる……わいより、上かも。

ようし、蕪村妻子の住まいはここから歩いても四半刻もかからぬところ。もっとも、伊藤若冲、池大雅、円山応挙、大西酔月の家もそんなもので、みんな近くに宅を持っておる。はあ、せやから、競い合って、蕪村はんの他は悋気《りんき》でてえへんなのやな。

もっと、こん蕪村はんを知りたいわあ。

蒹葭堂は、蕪村の心の奥を探して見つけたくなり、「これから、家へ寄らしてくれへんか」と、敢えて切り出した。

六

うへーい、どうらくもん、だらしのない家の中でっせえ、こりゃ。

蒹葭堂は、顔料の匂いより厠《かわや》の臭さの勝る三和土《たたき》を踏み、敷居のすぐ後ろに、旅ばっかりしてんのやから、いんや、そもそも才がもう一つ二つ足りんさかい、売れないまくり前の、表装していない画の山と、反故紙《ほごし》か、塵紙《ちりがみ》寸前ほどで屑《くず》屋に売るしかない役立たずの書とか、俳諧と賛《さん》を合わせた画の仕損《しそこ》ないの紙の山とは言わぬが小さな丘《おか》で、やっぱり急な訪問はもむない、うまくねえわいと知る。

「ちゃんやっ、ちゃんが帰ってきたわ、二日続けて帰ってくれはったわ」

蕪村の七つか八つにはなっている娘だろう、頭のてっぺんあたりにだけ髪を残すのではなく、頭に全て髪を生やしての銀杏髷《いちょうまげ》にして、ぴょこん、ぴょこんこん、こーんと三段に飛び跳ねた。父親譲りの句の拍子というか調子が実に決まっている。

にしてもや、「二日続けて帰ってくれはった」っつうことを娘に言わせて……あのな、普通の父親は、外に情人や妾がおっても天子や将軍じゃあるまいし、毎日帰るもんなのや。

「まあ、良くいらっしゃいました。あ、おいでやす、蒹葭堂さま」

ともとゆうとった嫁はんが、両膝を揃え、しゃきっと育ち過ぎた筍《たけのこ》ごとくに背筋を伸ばし、次いで上がり框《かまち》の板に直角に頭をつけて御辞儀をした。うむ、うむ、よっし。

「いつか再びいらっしゃると、首を長あくして、見たことはありませんが麒麟《きりん》の首にしてお待ちしていました。あら、待って……きつぎり、べったり、お待ちしてましたんえ」

江戸弁の田舎っぽい訛りを無理無理、なお慣れない過《あや》まてる京言葉で繕《つくろ》い、蕪村の妻のともは言い、蒹葭堂は、この女は、米櫃《こめびつ》の源《みなもと》の真《まこと》の主を知っとるやないかと気分が良くなる。

「散らかってて、恥ずかしいけど、どうぞ、どうぞ、蒹葭堂さま、客間へ」

むっつりして、これで亭主兼父親は務《つと》まっておるんかいの、その蕪村を置き、ともは、本当の心は読めないとしても嬉嬉として流しへと向かう。

あ、いや、ともは、婚のひどくささやかな宴をした時の、蓮《はす》っ葉《ぱ》、人の世の苦《にが》さ、せちがらさを背負っていたが、今は、あの頃も惹く力があった「砂山ばかりの浜の泉」みたいな目の愁《うれ》いの深さを増し、尻も胸も豊かになり……そうやねん、蕪村はんは、家に居つかんのに、魂《たまげ》消る躾《しつけ》をやっとる……のやろか。

「おじきしゃん、ようきやはったな。ゆっくりね、ゆっくりね」

ふうむ、娘の躾もようできたる。蕪村似で、目が歓じみてきついけれど蒹葭堂の前に立ち、両手を拡げ、頭を傾《かし》げ、歌舞伎役者より真《まこと》のある仕草と笑みを浮かべる。

「あのな、とも、酒と肴《さかな》を頼むわ。大分《だいぶん》と酒と料理は御馳走になったから、肴は、えーと、そうやあ、夏は……葱《ねぎ》に生味噌だな」

蕪村が、やっぱ、この家の族《うから》は田舎っぺいの集まりの江戸訛りで話しあうのか、京言葉のはんなりした口《くち》を出さずに、やんわり命じた。

まっこと、不思議な男やて、こん男は。

家に居つきはせんのに嫁と娘の躾はすこっちょく、生まれの場所も出自《しゆつじ》も口籠って内緒にし、さすらってばかりなのに、俳諧の独り立ちの五七五の句は宇宙に通じ、人の情けに相《あ》い和《わ》し、山や川や海や空や草木の響きに共鳴りし……せやけど、汚ない部屋ばかりやなあと、蒹葭堂は、屏風《びようぶ》二つに挟まれた仏壇と床の間を見る。

祖父から「禅宗はもっと古いが、真宗での仏壇は五、六十年前の元禄《げんろく》の頃から」と聞いていたし、普通は位牌《いはい》が祭られているけど、それはなくて、何や何や、お釈迦さまがにこっと良《え》え笑みをして、右手で悪人面《あくにんづら》そのものの罪科の証《あかし》の刺青《いれずみ》を手首に入れられている二人の男の頭を撫で、左手で腰巻だけのいかにも遊女風《ふう》の二人の女の髪をさすっている墨画が仏壇の真ん中に吊されている。仏さまは、いや、阿弥陀さまか、どんな罪でも赦《ゆる》すという……意味やろな。どうも男の一人は、目つきの猛猛しさと顎が突き出て抉《しゃく》れている面構《つらがま》えで……蕪村はんそのものではあらへんかと蒹葭堂は直感で思う。

ならば……。

発覚《はっかく》こそしていないが、蕪村は、どでかい罪を犯して……身の内に、心の内に棲《す》まわせておる……と蒹葭堂は推し測る。たぶん、正しい……はず。

そして、背伸びして見ると、仏壇の茶碗には水が入っていて、普通は茎をちょん切ると萎《しお》れてしまう水揚《みずあ》げの難しい紫陽花《あじさい》が瓶に立っている。

その隣りには、巻紙が幾つも幾つも重ねられ、仏壇の庇《ひさし》をも隠して盛り上がっている。

「これ、何ですねん、嫁はん」

「あら、恥ずかしい……蕪村さんが旅からよこした便りです、いえ、便りどす。五十一通やて」

ちいっとも恥ずかしそうでなく誇らし気にともが口を開く。

そして、蒹葭堂は気づく。

仏壇の下に、赤い頭を持つ待《ま》ち針《ばり》で止められている書が左右に垂れている。

右は、奇妙な文字で、いや、博識《はくしき》では京一のわいや、えーと、えーと、「大和州益田池碑銘並序」、うむ、「やまとのくに　ますだいけ　ひめい　ならびにじょ」と読むのやな、あ、あ、あかん、こりゃ、真筆ではむろんないやろが、讃岐の出、彼《か》の、空海《くうかい》、弘法大師《こうぼうだいし》の碑文やて。唐《から》の書を、文字を、この国の書とするために苦悶《くもん》した文字や、崩しておるのが良《え》えのやて。けんど、魂《たましい》があるのや、筆に。

　左のは、おいっ、三蹟《さんせき》の一人、むろん真筆は有り得ぬ、『玉泉帖《ぎょくせんじょう》』や。和様《わよう》の書を拓《ひら》いた人、小野《おの》道風《とうふう》の臨書《りんしょ》やて。

「これは、嫁はん」

　蒹葭堂は、客あしらいが上手な、というより他人にとことん気を使う蕪村が照れているらしく、そうではなく家の中の妻子とのあれこれを見られたくないのか、隣りの客間へと消えていくので、これ幸いと、ともに、仏壇の右と左に吊してある書の紙を指差す。

「はあ、蕪村さん、ちゃんがあたしと一緒になった後から『これからは、飯《めし》を食えるように努《つと》めんと』と、何やら分からない書を古道具屋から、自分の書の千倍もする値段で、それも本物でないのが多くて……三《み》月の間、飾って、じいーっと見るのです、研《と》ぎ上がった米を釜で炊き上げるぐらいの時、四半刻をかけ、ひたすら、見つめに見つめ」

　済まなそうに、ともは言う。

「だったら、ずうっと、この弘法大師の漢字だけの書とか、小野道風の仮名交じりの書だけではのうて、いろんな人のをでっか」

「そう、家にいる時、としても、月に五日ほどですが、三月《みつき》は同じ書を……あたしには分かりませんが、拓本のまた拓本を穴の空くほど睨んで『これは二千年前の唐の国の書、しかも石に刻んだ篆書《てんしょ》や。白と黒の調和と、何つう形の良さ』とか、藤原俊成《ふじわらのしゅんぜい》とかいう歌人の仮名書きのくねくねしたのを見て『仮名は流れ、良《え》えかっこしいを貫き通すのが骨《こつ》やな』と……」

「ただ、見つめに見つめてるだけでっか、嫁はん」

「はい」

「絶品を、いや、その書を手本にして真似て、筆蝕《ひっしょく》、つまりでんな、実地にその書の筆の速さ、撥《は》ねとか止《と》めとかの技、力などを学ぶ、臨書《りんしょ》ちゅうのを、蕪村はんは、してましてやろ、ね、な、そ、そうでんね」

「いいえ、まるで」

「ふう……ん」

解りかけてくる、蒹葭堂は。

うんすけの好評と威《い》と美のある書に頭を垂れることはせず、従って筆法などより、その全体の紙の白と墨の白の鬩《せめ》ぎ合いと調和と勢いの芯を眼《まなこ》で学んで、盗む、にあるのやなと。

「ですけど、せやけど、蒹葭堂さま、あの人は」

嫁はんのともは、隣りの客間に首を向けた。

「一度だけ、禅宗の大きな寺で、鎌倉に幕府があった頃のあんまり名の知らない坊さんの書がとっても好きになり、三日通い、帰ってきて、その坊さんの書を値の張る美濃紙に真似て書いたことがあります……よって」

「ほう」

「それで、四日目に、本物と取り換えて、持ち帰ろうとしてばれ、咎められ、ぅーんと叱られ、それから、そういうのは止《や》めてます。で、しょう、あんた、蕪村さーんっ」

広い家ではないのに、ともとゆう嫁はんは叫ぶ、隣りの客間へと。

蕪村は聞こえないはずはないけれど、娘とすこっちょく遊んでいて、句の名人に、書の名人に、ま、できは今一つ二つ三つだが絵師の凄いのに、子煩悩《こぼんのう》はさまにならんのやて、「ちゃーん、もっと、擽《くすぐ》ってや」、「そりゃ、大きくなって、良《え》え男はんにやってもらうんやでえ」とか、楽しいとゆうか、変《へん》な戯《ざ》れ言葉で弾《はず》んでいる。

「嫁はん、あのですな、叱られただけで済んだのやろか」

もう一つ、むさんこに迫る力、とうない行ない、げっつい思いを蒹葭堂は蕪村に加えながら、聞く。

「はい。あ、いいえ。頭を、ちゃん、蕪村さんは垂れ、詫びに詫び、ほんまもんの書を返しまして、無事、許されました」

「ほお、そりゃ、良《え》えこっちゃ」

あんね、まさか本物と偽物を掏《す》り替《か》えるなど、蕪村っぺ蕪村、あ、いや蕪村はん、やってはおらんのやろね。

「でも、慌てて、ついつい、自分の書いた、もの真似した書を渡してしまい……気づかなかったけど、あのう、そのう、その立派な寺の立派な坊さんの書の方がこの家にあって……その寺には、蕪村さんのがまだ飾ってます」

ああ、やっぱり、掏《す》り替えておるのや。

あんじょう困る話を、嫁はんは口に出す。

たぶん、その、大きな寺とは、相国寺《しょうこくじ》か大徳寺やんけと蒹葭堂は思うが、ふんっ、あんた達坊主は侍の人殺しの救い、殺されてもしゃあないわの慰めの仏の道、座禅ばっかりで現世に疎《うと》いのやと考えてしまう。せやけど、画も書も句も、現《げん》の現ばかりでは面白うないし、しゃあないのか。

——おいっ、客間っても、四畳半で、夫婦が睦みあう狭さ。その上、例《れい》の、売り物にならぬ、表装前のまくりの、画が重ねられたり散らばったり、十幅ほどが隅に放り投げられている。これは客間というより物置き小屋兼仕事場やろな。

「あんね、蕪村はん、えーと、そ、近頃は売れ始めておるとも聞きまんが、その画を粗末に放り投げて、用済みの屑のごとくにしてはあかん。いんや、売れん画でも然《しか》りやて」

蒹葭堂は、くるくる画紙が円《まる》まった小さな作とか、だらけて拡がっているのとかの、長屋のごみ溜《た》めみたいな四畳半の隅へと膝で進む。

「その通りでんね、蒹葭堂はん。しかし、せやけど、娘のくのが紙の上に寝っ転んだり、睨《にら》めっこをして遊んだりが好きどすねん」

「待ちいな、蕪村はん。そない……は」

「けど……もや」

子煩悩の蕪村を思い知らされ、大雅、池大雅との勝負は止《や》めようかとすら蒹葭堂は思ってしまう。刀を握って殺し殺される武士よりも更に命懸けの覚悟が絵師には必要や。それには妻子は……妨げとなり、脇道どころか背《そむ》きになると蒹葭堂は危ぶむ。わいの本筋は画の判定、格の決め、その理由《わけ》の述《の》べ……こりゃ、こん男に見切りをつけんとあかんのかも。先刻は「生活《たつき》の必死さから、心の闇と深傷《ふかで》からの美」に、安易に相槌《あいづち》を打ってしもうたけどな。

「『けども』、何でっしゃろ、蕪村はん」

「形あるものは、必ず、滅びますやろ。違いまっか」

あっけらかあと、蕪村はん、うんや、もう、「はん」を付《つ》けるのは止《や》めや、蕪村のやつあ、とーない、蕪村自らの仕事であり商いの徒《いたず》らと空《むな》しさを口に出す。

そもそも、わいを舐めておる。

なるほど、酒造りとしての商いでは浪花で二番か三番の、坪井屋吉右衛門で儲けに儲けておるが、その銭金で、もっと大切な美《び》を決め、それが何ゆえかを明きらかにし、その凄みあるものを集めてきておるんのや。それを、蔑《ないがし》ろにするんか。

「う、う、うう」

思わず、蒹葭堂は、怒りと怨みの声を出してしまう。

待ちいな。

江戸は、田舎侍と芋職人と我ら抜け目ない商人が集まって作った町、通りも広く、火事になったら通りが風と火の好みに好む通《かよ》い道、百年ほど前の明暦の大火、振り袖火事ではことごとく焼けたのやな。京も……分からんでえ。

そもそも……。

大和の国だけでのうて、唐も南蛮も、何千年何万年と人の類《たぐい》は続くんか。続き……へんやろな。

「形あるものは、必ず、滅びますやろ」は、もしかしたら、もしかしたら、荘子の志《こころざし》を伸ばしたらこないになり、ほんまもん……真の道理そのもの……とちゃうか。

「う、うう、うう」

「どうしましたけ。どないした、蒹葭堂はん」

「あ、いや、いや」

画の真贋《しんがん》の判定や、美の理屈《りくつ》づけ、そこへと銭金を注ぎ込んできたこの十五年ばかりの人生に空しさを感じながら、それを隠すために、屑《くず》のように捨てられた、縦一尺に満たず幅も一尺もない画や、縦幅三尺に及ぶ画の墓《はか》、あ、いやいや、娘のおもちゃの溜まり場へと膝で、不貞《ふて》た気分で更に近づく。

その丸められた一つを拡げた。

ふうむ、南宗画を写し取った後の、近頃描いた画か。南宗画の果てがある画だ。縦三尺弱、幅一尺半、款《かん》は「謝長庚写」。ま、山のぼかし方、樹木の肌理《きめ》細かく生き生きした姿、渓流《けいりゅう》の流れの静かな力と、自分勝手な思いを入れて、南宗画と別れ切れてはいないが、この国の気分がげっつい湧いてお る……せやけどな、やっぱり、唐《から》の国の枠《わく》の内の画やねん。もう一歩、確かな一歩が要《い》るわい。せやけど、この一歩が難しいのやて。

二つめ、三つめ、四つめ。

鷹《たか》、鳶《とび》、鴉《からす》の図や。

おっ、脱《ぬ》けておる、南宗画を。みな、目ん玉が必死に生きんとしよる、背の林の枝、幹《みき》、葉が絵空《えそら》ごとの画なのに鳥どものために脇役をせんど、すこっちょく務めて描かれとる。良《え》え……わあ。そうけ、愛娘が喜こぶという欲がこないな迫る力に満ちる画にへや。不貞た気分が逆さに転びだした。

兼葭堂は、小さめの、縦横一尺も満たない一幅の画を、紙を汚さぬように気配りして拡げた。

おいっ。

絹の地に、山や里の奥の気配が漂う「秋林孤屋」という題のある画やて。唐《から》風、南宗画とさいならして、なお、強いて引きずっておる、淡い色をつけた約《つま》しい茅屋《ぼうおく》を樹木が隠さんと繁る画や。款《かん》はそろそろ旗上げする俳諧の集《つど》いの三菓社からとった「三菓写」だからごく近頃の絵師としての款のはず。造化に果無《はかな》く漂う人の詩の情が溢れておる。円山応挙の写生の真景画や池大雅の南宗画とまるで違う玄人《くろうと》好みの味や。伊藤若冲の賑賑《にぎにぎ》しく、派手で、飾りと装いの華美そのものの味と、唯一対峙《たいじ》し得る渋さと伸び伸びさやて。池大雅と書で勝負させて勝たせ、序でに画では良いところに持っていき、まずは玄人に「蕪村あり」を知らしめ、ゆくゆく若冲と大勝負させたいわ……。

兼葭堂は、暫し、画に見惚れるというより胆が震え、心が掻き混ぜられ、唸り続ける。

よおっし、池大雅との書と画の勝負は急がんとあかん。

「蕪村はん、大雅との競い合いまで、この十幅は売らんで欲しい。わてが纏めて買うわい」

「そりゃ、助かりま」

「この『秋林孤屋』図はどこで描かれはったんか」

「それでっか、そう、讃岐の妙法寺に御礼にと描いてましたが急に連れが京へ帰ると言い、俺、わても帰りたくなり、小品だし先に帰る連れに、京で終《しま》いまで描いて完成させようと預けてまして」

「そう……その連れは誰やねん」

「応挙のやつですわ」

蕪村は猛猛しい両眼を緩め、瞼を少しだが染め、蒹葭堂は、また、あれこれ思い迷う。

何や、女と讃岐でのうて、男とか。

南宗画からのさいならが、どこかにあるのだが……応挙から教わったんか。そう、応挙の画も、この頃、最初は南宗画に刺激されての写生の最果てとゆうか、それを越えて鋭ぎ澄まされてきて、天然《てんねん》の動物植物の真の性《しよう》を描く新しい境地へと辿り着いておるわ。大空《おおぞら》の気《き》を吸い大地の息吹を受けての山岳、木木《きぎ》、人、鳥、魚、蝗《いなご》や蟬《せみ》や螽斯《きりぎりす》の虫けらまで命を脈脈として孕むがごとく……にや。

ま、ま、待たんかい。

蕪村が応挙に教わったんでなく、もしかしたらやでえ、十六、七歳齢下の応挙が蕪村はんに教わったとちがうんか。

だってや、八年前の約《つま》しくちっこい婚の祝いをやった時には、応挙のやつあ、既に後ろで畏って座っておったんえ。うむ、応挙は南蛮の眼鏡《めがね》画で遠い近いの技、画が実物のように立ち上がって見える技を覚えた頃で、ほぼその頃から、同じ写生でも、草木や虫の命への愛《いと》おしさを奏《かな》でることができるようになっていたわい。

けどもや、応挙っていえば円山応挙、わいだけでないねん、実の京一番と考える者は。

蒹葭堂は、自らへの信《しん》が揺るぎだす。

おのれは、徳川の時世からほぼ百五十年で一番の美の収集者、美の理屈づけで一番、美の判定者で最も秀でている者と自負してきて、たぶん、この後百年も然《しか》りであろうと推し測ってきた。せやけど……。

蕪村、やっぱ蕪村はんや、蕪村はんは、同じ画を職とする者への忠告、美しさを審《さば》く深さ、それも画や書だけでのうて言葉についてもで、実際にそれらを作り、太鼓や三味線をやらせても力強いだけでなく人をものすごう楽しませ……。思えば、こん男は、俳諧の発句にのみ精を出すべしと考えていたが、そもそも、どだい、そういう五七五で物ごとを枠に収め、決まった拍《はく》で世《よ》を、天然を、情けを閉じ込めるなんつうことと……飯を食う種としてはあるのやけど……無縁なのやでえ。

そうやねん。

蕪村っちゅう御仁は〝人誑《ひとたら》し〟なのや。

蒹葭堂は、蕪村の人柄、画柄、書の大らかさ、他の全てを含めた人誑しの内緒を、そうした人物を作った秘密を、やっぱり、覗きたくなり、振り出しに戻ってしまうのであった。いつか、いつか……こん人の深いところに巣食う闇を――だからこそ輝きの源《みなもと》を。

そして、こん人は、齢を食えば食うほど突き抜けてゆくはず。死ぬ前の俳・画・書を見たい、己《おのれ》の美に殉じ、どれほど気の遠くなるまで他人を誘うか連れ出すのか、蕪村はんの残りの命を見たい。

木村蒹葭堂自身の命を大切中の大切にせにゃならぬと決心した。

第六章　妬《や》いてこそ芸の道

一

初秋の京である。

木村蒹葭堂が真夏に与謝蕪村と九度目に鴨川の畔《ほとり》で会い、その俳諧の発句と書と画が、否《いな》、全てが〝人誑《ひとたら》し〟の魔力じみたものにあると痛く参り、とどのつまり、岩山の表だけでは分からない掘り尽くせぬ銀山のごとくに、蕪村については底の見えない才と推し測り、「大器晩成」型というよりは「騏驎《きりん》も老いては駑馬《どば》に劣る」ではなく「騏驎は老いて、そもそも騏驎となる」の傾き、あるいは「老馬《ろうば》の智《ち》」、いんや、こんな譬《たと》えはないし通じぬだろうが「老いれば老いるほど怪物となり、他人《ひと》を震えさせる」と信じ、まずは池大雅との競作を企てようと決心した同じ年、明和五年、初秋八月。

——その蕪村の住まいから京の四条通を東へ四半里も離れていないごく近所の麩屋町《ふやちよう》東入ルの、古びてはいるが網代戸《あじろど》の木戸門の構えで切妻《きりづま》屋根の家の中の八畳に痩せて頬の殺《そ》げた男がいる。

男は三十代半ばだ。

外国《とつくに》では、長崎からの噂として、この国の遥か遠くの南の天竺《てんじく》には英吉利《いぎりす》が勢力を打ち立て、和蘭《おらん》陀《だ》が闍婆《じゃわ》の国を手中に収め、その英蘭が覇《は》を競い合っているらしい。

　今年の京は三月に大雨と大木を吹き倒す烈風で川という川の水が溢れ、五月にも再び洪水となり、涼しくなりかけたと思った三日前には縦に横にと家ごと軀が揺さぶられる地震に遭《あ》った。

　しかし、男は、天災などと関りなく、性格を表わすのか寸分の乱れもなく整理され整頓されている紙や顔料の瓶や小皿や、時が経った牡蠣《かき》の貝殻が砕かれて粉にされた胡粉《ごふん》を溶《と》く乳棒《にゅうぼう》に乳鉢《にゅうばち》、筆や、筆を濯《すす》ぐ茶碗の置いてある八畳の仕事場で画を描く。

　八畳は板敷きで、顔料を仕舞う小引き出しつき百味簞笥《ひゃくみだんす》、紙や未完成の画を仕舞う横幅のある衣裳《いしょう》簞笥《だんす》が並び、反故紙は背の高い箱に丁寧に丸められて収められている。板敷きの板には、ごみも、胡粉や顔料の滓《かす》も落ちていない。

　でも、男は画を描くと同じ時を費やし、腕組みして思い出し、考え込む、あん人の言《げん》を。

「な、風の戦《そよ》ぎ、泣き、呻《うめ》き、囁《ささや》きに耳を澄ますと良《え》えわな。音は唄になり、言葉の楽しさを生み、画の色あいと互いに遊んで生きる気がするな。とりわけ画については俺より、数段、数千倍の技と魂《たましい》を持ちよるおんしゃに、偉そうに……許してくれ、くんなはれ」

　こう、あん人は、讃岐《さぬき》の、舟旅と漁の守護神のある金毘羅大権現《こんぴらだいごんげん》から、わざわざ坂出《さかいで》の港まで送ってくれ、雇った舟頭と小舟を前にして瀬戸の穏やかな海の打ち寄せ返す波に耳を欹《そばだ》てながら言った。

「また、何度も幾度も会うだろうが、さいなら、やで。良《え》えか？　女房をとことん、吸い尽くすのが有り触れとるが道《みち》でひょ」

　態《てい》の良い交わりとしては別れの言葉をよこし、あん人は背を向けた。その背中が、たった一度見た京の吉田山《よしだやま》の梟《ふくろう》の翼のように、ちゃう、それより大きい感じで圧《お》してきた。背丈も相撲取りほどやて、その影の尾を長く引いてな。

けんどや、今の今……。

耳を澄ましたが、京の真ん中の鴨川の微《かす》かとしても律義に音をたてるせせらぎは遠い。山に囲まれた窪んだ土地の京の町町には蟬《せみ》の声ばかりだ。

――男は痩せている。それは、野垂れ死にして二た月ほど経つ髑髏《されこうべ》の顔の骨の形はこんなものだと具《つぶ》さに分からせるぐらいだ。一見は虚《うつ》ろな顔つきで、しかし、目ん玉は山を見たら山の肌や木木の一つ一つの枝先や葉っぱの脈《みゃく》を射抜くほど、人を見たらその胆《きも》の中まで腑《ふ》分《わ》けして吟味《ぎんみ》するほど、虫を見たら胴の五臓六腑の中の肉の色あいの有りようを細かく分かり得るぐらいに大きく横長で鋭い光を持っている。口さがない連中は〝狐目《きつねめ》〟と評する。

若い、といっても、既に三十六、この時世《ときよ》ではもうすぐそこは四十で初老である。動きに敏《さと》さ、速さ、しなやかさを少しばかり失いつつある。

痩せた男は、大きく縄張りを拡げてみると京の人である。正しくは京の西、保津《ほづ》川の中流の畔《ほと》丹波《たんば》の桑田《くわた》あたりの百姓の出自、次男だ。七歳で、寺へと「食いっぱぐれがねえやて」とゆくゆく僧侶になる約束で預けられたが、どうも、この辛気《しんき》臭さ、我慢我慢の暮らし、偽りとどないしても映ってしまう仏の道は「命を懸けるに値せぬ」と逃げ、京の真ん中へと上《のぼ》り、呉服屋で丁稚《でっち》奉公をしたが兄弟子による苛《いじ》めを辛抱できずに三月《つき》で逃げ、次に、玩具《おもちゃ》を作る店に奉公し、主《あるじ》になぜか「おいっ、おまはんの人形への顔料の塗り、人形ごとの色の区別、色と色の配り具合いは、ほんま、天のくれはった才や」と人形への絵付けを誉められ、三年の間、鶏《にわとり》の「こけくわっこお、お、お」と鳴く卯《う》の刻より前の七ツ半から、将軍家の京での泊まり宿で睨《にら》みを利《き》かせる二条城の門の閉まる暮れ六ツまで働かされた。いきなり、削ってはいるが新《さら》の欅《けやき》や樫《かし》の材《ざい》の彩色、粘りのある土を捏《こ》ねくって白い胡粉《ごふん》を厚く塗った木地《きじ》への色付け、布の襤褸《ぼろ》をぎゅうぎゅうに詰めて凧糸《たこいと》で縛った上に紙で覆ったところへの顔料の塗りと、こればっかりだった。が、この色への気配り、大きいところの判断と決心、色それぞれの独り立ち、色と色とのぶつかり合いと和《なご》みはゆくゆく——大いに絵師としての仕事に、どでかい元《もと》を作ってくれたのではあるけれど。

むろん、色にばかり追われて、眉と髪を人形に使うほかは黒と白については気配りしないせいか、逆に、かえって、例えば、人形の乙女の唇の紅梅《こうばい》や珊瑚《さんご》の目立つ色に対しての黒と白のようなごく簡単で日常の夜と昼のごとくの色の世界を求めさせてくれ、教えてくれた。

しかし、げっつい、しんどの仕事と、毎日毎日の人形の色付けに、疲れが、十五歳の秋に一気に出てきた。

今度は、逃げたのではない。疲れで気力が萎《な》え、眠れなくなり、飯を食う欲すら失ったのだ。しかし玩具屋の主は「また、帰ってきてくれんかのう。おまはんの色の出し方は人気がむさんこあるんえ」と低い姿勢で告げ、おまけに、「もしかしたら、おまはんは、画へと、職としての絵師になりはったらちゃちゃむちゃくに凄うなるかも」と付け足してもくれた。

その主は、再び戻ってきて欲しい願いであろう、「これ、三幅の画を土産《みやげ》にな。唐の国からきた沈《ちん》南蘋《なんぴん》の臨画《りんが》の模写やけど」と十五だった男に与えてくれた。

故郷の丹波の田舎、穴太《あなお》村へと帰る途中、幾度も幾度も、その、表装なしのまくりの縦三尺幅一尺半の画を見て、胆《きも》を、雷に撃たれるのもこんなものか、上から真っ直ぐに、横からも直に当てられる気分に陥った。疲れが、俄《にわか》に吹き散った。

空の雲の鱗《うろこ》すら描く天然の力への畏れや、山山のでかさを表わす山岳の稜《りょう》の線が空を区切る厳しさや岩肌の細かさ、樹木の葉の一つ一つの生生《なまなま》しさ……天然、造化のありようを写し取っての迫る力、そう、写生の力に……帰りの旅の道端で臨画の写しなのに、模写のそれなのに感嘆し、幾度、しゃがみ込み、蹲《うずくま》り、そして飛び跳ねたことか。

それで。

故郷の丹波の穴太《あなお》村では田畑を耕しながら、働きと共の塩っ気のある汗すら好ましく、そもそも勤勉な質《たち》で疲れるほどに足腰や両腕の肉を使うのが嬉しく、米や大豆や胡瓜《きゅうり》や真《ま》っ赤《か》っ赤《か》の唐辛子の実るのが喜びだった。

そのうち、葱《ねぎ》の土に潜った根からじわりじわり葉の青さへと移る微かな変わり方の妙《みょう》、蕪《かぶら》や大根の土の中から掘り起こした時の大地との闘いと絆《きずな》の泥だらけの素朴な顔に、唐《から》は清国の沈南蘋《ちんなんぴん》の画の写しの臨画を強く慕《した》い、憧《あこが》れ、真似しようと決心した。

絵師にはなれへん、画で飯《めし》を食えるなどできるわけがあらへん、生涯無理やろねと思いつつ、見よう見真似で、懸命にとゆうより、描くのが好きで堪《たま》らず、遠くの山並み、近くの野っ原の芒《すすき》や蓮華草《れんげそう》や蕗の薹《とう》やその掌《てのひら》みたいな葉、白菜から始まり、細かい針みたいな葉の松の木とか広い葉の楢《なら》の木へと移り、池の鯉《こい》か川で跳ねる鮎《あゆ》や山女《やまめ》となり、動きがせわしなく重くもあって難しさが尋常ではない同じ村人の田の泥を起こして、水を入れて、苗を植えて、刈って、稲架《はざ》に稲を吊して干す姿を……。

貧しいので、地べたに、固い柘植《つげ》の木の小枝を尖らせて描いた。寺の煤払《すすはら》いや本堂の拭き掃除や厠《かわや》の掃除をして運良《うんよ》く手に入れた写経の反故紙の裏に、経の漢字の連なる表に、柔らかいけれどそれだけ気配りを要して繊《こま》やか鋭くなれる没骨筆《もっこつふで》で描いた。筆は、母親は「ふん、もったいねえござす」と文句をつけたが、あまりに山、木、野菜、魚、昆虫、人を描くので、七日使うと筆の穂先と芯《しん》の命毛《いのちげ》は擦り切れて失《な》くなり、筆の腰《こし》のところでぼさぼさの生臭《なまぐさ》坊主の頭のようになってしまうのであった。

「もう画は諦《あきら》めまひょ」とも考えるのであったけれど、狭い田畑を持つ近所の木下家の次女が小娘なりに「食べたくなる胡瓜や」、「遊んで苛《いじ》めたくなる蜻蛉《とんぼ》やねん」と画について励ましてくれた。痘痕《あばた》と黒子《ほくろ》だらけのこの娘を「優《ゆう》」と勝手に心の中で男は呼んだ。本当は「ゆふ」なのだが。

　しかし。

　十六歳の雨、雨、雨の続く梅雨時、咳《せき》ばかりついて寝込んでいた母親が夥《おびただ》しい血を吐き「もう駄目だらあ」と男が悲しく思った時だった。

　母の死に際には、父も兄も留守だったのだが、なぜか手伝いにきていた木下家の顔のまずい次女の優がいた。死目前の母は文字通り、土色に近い顔で眦《まなじり》を決し、布団の中から若い男を手招きして、喘《あえ》ぎ喘《あえ》ぎ、告げたのである。

「主水《もんど》や、人は、誰でも苦しんでもや、あっけらかんと死ぬんや。けどな、大切なことは、働きに働き、それでおめこをして死ぬのが一番上等けんね。おめこやねん」

　と。

　推し測った通りに、母は、その後は吸う息ばかり大きくなり、それもできなくなり、息を鎖《とざ》した。

　しかし。

　男は、母は平平凡凡《へいへいぼんぼん》と生き死ぬことの大切さだけではなく、息子である男の性質を確《しか》と見抜いていたのだと切なくなった、やがて。

　男は、女に一向に関心が湧かない。男だけに心が傾き、稀には熱くなるのだ。

　傍らで母の枕に尻を向け木下家の優、こと、ゆふがいて、貰い泣きか、本当の泣きか、大泣きして母のいまわの言葉を聞いていた。あ、この五つ齢下の娘は、あまりに顔が醜くて、自らの命運を思ったのか……。少女としても、ほとんど丸味のない優の軀の震えに、どうしてか、男は惹かれた。

――男は、母の死後、十七歳にて、狩野派の一つの鶴沢《つるさわ》派を継いで纏める絵師の京の石田幽汀《ゆうてい》に入門し、装い飾る華やかにして細かく描く技を叩き込まれた。

そのうち、師の石田幽汀が禁裡《きんり》の公家衆と深い関わりができ、男は二十一歳の頃には、禁中に昇殿を許される公家衆の中でも女官の蓮池尼院《れんちにいん》公に仕え、そこから格式のある寺院からも画の注文を受けるようになった。

そして。

二十七歳の時には、伊太利《いたりい》から唐《から》に渡り、この国へと伝わってきた箱型の覗《のぞ》き眼鏡《めがね》のための画を描き、遠さ近さを表わす技や山岳や樹木の天然の立ち上がるような感じを持つ技を既に習熟していた。それは同時に、西洋の画に触れるきっかけを作り、長崎からのいろいろあれこれに敏くなりその画を見つめ、学んだ。と、共に、十五の頃から痛く心を震わせてきた唐《から》の清《しん》の南蘋《なんぴん》風の写生の画の技も磨いた。この本物そっくりに描く写生の技は公家や寺門を越えて評判を得ていった。

むろん……。

公家の三人ばかりの生まれ育ちのゆえの婀《たお》やかさに、男が男にの気持ちで惹かれた。が、身のほど知らずと諦めた。寺院の若い同じ齢の僧の経《きょう》を唱《とな》える低く渋く唸る声と青いほどに剃り上げた頭にくらりとなった。が、打ち解ける間もなく若い僧は尾張《おわり》の寺へと移ってしまった。

女とも、三度、試した。

きつぎり、思い切り決心して、京の島原《しまばら》へ。昼八ツのお天道《てんと》さまが輝やく頃だった。女の厚化粧より、匂いに、反吐《もど》しそうになった。気がついた。男の匂いは白粉《おしろい》と逆の、獣《けだもの》に通じる汗と、乾いた髪《ふ》垢《け》と、鰺《あじ》や鯖《さば》を焼くと滲《にじ》み出る脂と、ほんの微かな小便のそれを掻き混ぜた好ましくも切《せつ》ない匂いがあると。

二度目は「素人の後家はんですわ」と言う京では老舗《しにせ》の経師屋の主の紹介で、北野天満宮《きたのてんまんぐう》の近くに住む三十女と、その家で、試みた。丸行灯《まるあんどん》と燭台二つの明かりに照らされた女の陰部の、桑の実のおいしくなる季節に熟す、その実のどどめ色に、力を失くしたけれど――。その後、一縷《いちる》の望みを抱こうとした。おのれは、やっと画で暮らしていける絵師ゆえ、色あいに濃《こま》やか過ぎるから……できんのやと。

三度目は、筆と顔料と紙を売る店の主から勧められ、気が引けたが十三歳の、早く父親を亡くした出町《でまち》に住む娘と、真っ昼間の昼九ツ、悲しいわな、泣けてしまうのやけど、その狭く小さい襤褸《ぼろ》家を訪ねた。六月だった。ぎらりと、破れ障子から幾筋かに別れて入る光に、その娘は帯を解いていきなり畳の上に裾を拡げた。「これが、わて以外のほとんどの男の憧れる娘の軀の真ん中なんか。丘は、何となく将来の女の女人としての豊かさをもう孕んでいよると思わせて嬉しゅうなるが、一方で、ちいんと掃き清めた道に気が付かんで落ちてる石みたいやねん、蹴躓《けつまず》く丸っこい石みたいやて。裂け目の上あたりには疎《まばら》でうっすらの草が生えてるけんど、何やら、真夏の藪蚊《やぶか》の大群が野放図に舞っている感じをよこし、うるさいわな。あの唇二つも、ちゃちゃむちゃくに目を見開くと障子の破れ目の光を受けて紅《くれない》に黒ずんだ色も斑《まだら》になりよって、ああ、しんきくさあ」と気持ちの中の独り言《ご》つのぶつくさばかりが男を染め上げていった。

ほんのわずかな救いは、この娘を裏返しにすると可憐にして可愛らしいしこった蕾が小さく咲いていた……ことか。裂けた唇より、遥かに増し、いいや、それなりに惹く力があった。

しかし、島原の女には「駄目な男やな。えずくろしい男や」と蔑まれ、後家とゆう三十女には「何もせえへんで、淋しゅうおへんか」とひどく同情され、十三歳の娘には「おいどを見たりいらったり、汚ないでっしゃろ」と口を尖らせての文句を付けられ、男は、左胸の上の肋《あばら》の下が疼《うず》き、気持ちがへこんでしまい、落ち込み……続けた。

その分《ぶん》、男は、落ち込みを紛《まぎ》らすため、画を、ひたすら描いた。画は、その、とんでもなく深い心の傷ゆえ、師匠や公家や寺門の高僧からは「けったいな迫る力《ちから》がありよる」と評され始めた。

——そうやねん、それから、一年も経《た》たんうちにやった。

痩せて頬の殺《そ》げた男は、眼鏡画に腕を揮《ふる》っていたが、心の中は、いつ果てることもない侘びしさそのものの木枯らしの中、しかも、闇の中の木枯らしの中にあった。

十年前の宝暦八年だった。男は、未だ二十六歳。真夏の六月だった。鴨川の方から河原町通へ入るところでだった。

その時はまだ上からの眼差しを持たず、やけに両唇が分厚く、商人としては遣り手と思わせる大坂の人、古今及び洋の東西を問わぬ画や像を集め、「美しさについての論を張らせたら特級品」という評の木村蒹葭堂が、げっつい、大き過ぎる、ぎょろの眼をせわしなく四方へと配り、両肩を張って擦れ違おうとした。

「こん人に、揉《も》み手をすれば、三年、いいや五年は画で食えるさかい、丁寧に、胡麻《ごま》擂《す》りどころか土《ど》下座《げざ》を」と絵師の友達の三人が言っていた、三度ばかりごく軽く挨拶したことがあり、しかし、この四度目の時の蒹葭堂は低い物腰そのもので「今度、観《み》させてもらいまひょ、画の三幅四幅を」と言ってくれたその御仁だ。

「やあ、円山《まるやま》はん、岩二郎《いわじろう》はん。堂上貴紳《どうじょうきしん》や門跡寺院の、お偉い人の注文で寝る暇もない繁盛でっしゃろな」

兼葭堂は、男が公家や寺門を頼ってしか画を売れぬことよりは、そこの気分に安らぐ心情を嗤《わら》うかのような言葉を投げてよこした。

「う……ううっ」

こんな息《いき》の混じった言葉を発して、兼葭堂より三歩前を歩む男が振り向いた。兼葭堂の連《つ》れなのだろうか。

凶状持ちのごとき、大悪人面の男だった。両眼は、肉親すら殺しかねない底で光る三角眼、顎は抉《しゃく》れて二重、頬は殺《そ》げて主《あるじ》に怨みを持つ浪人風、体格は相撲取りほど。

そんなことよりは、軀の中にある五臓《ごぞう》や全身を巡る血の脈から圧《お》してくる気合い、風《かぜ》、迫るものがあった。若い男は、植物、動物、人を筆で写し取る技に夢中ゆえに、大悪人面の内側が見え隠れして解りかけたのだ。

「あ、こん人は、俳諧をやる人やで。蕪村はんですわ」

蛸《たこ》の口を思わせる分厚い両唇の二つを舐め舐め、木村兼葭堂は言った。

「よろしく、よろしゅう、お願いします」

悪人面の蕪村という中年男、いや、初老を過ぎた男が、いきなり目尻を下げ、いかつい顎から頬にかけての肉を和《やわ》らげた。

「えっ、あっ、はい、わては、わては……」

円山、岩二郎と呼ばれた男は、凶状持ちみたいな面構えの蕪村のそれが一転して、人懐《なつ》っこく初初しい少年の面影まで思わせたのでかなり面食らい咄嗟《とっさ》に挨拶する言葉を忘れてしまった。いや、面食らって驚いただけではなく……男として、胸騒ぎするのを覚え……。

「蕪村はん、こん若い人は、円山はんや。沈南蘋《ちんなんぴん》の臨画をしているうちにむさんこに腕を上げてな。

あんたはんも南画の勉強をせんとあかんわな」

「そりゃ、いい機会でんな。円山はんに教えてもらいまひょ」

「蕪村はん、そりゃあかんでえ。えーと、蕪村はんだって一丁前にシメイとかチョウコウだったか、画号を持ちよって絵師への助兵衛心があるわけで、絵師同士の技は隠しごとの中の隠しごと……さかい」

「ま、そこを何とか、円山はんに」

「あかんて。それにな、この円山はんは、南蘋の臨画ばかりでのうて、眼鏡画もやっておって南蛮、西洋の画も学んでいよる。あと十年もしないうちに京で一番の絵師になるわい」

「だったら、なおさらのこと、円山はんに教えを乞いたいものでんね」

「駄目。あんた蕪村はんは、詩の芸を磨《みが》いたらそれで良《え》えのやて」

蕪葭堂と蕪村は、若い男を置いてけぼりにして話す。

ち、ちゃ、ちゃいます、蕪村ちゅう人は、わての両目をきちんと蒹葭堂と半半に見つめて話しとると、若い男は嬉しくなった。

二

——痩せて頬の殺げたまま男は三十歳になった。二十六歳の時の蕪村との出会いは、蕪村という人の旅好きのせいで、再会は、二年後のその蕪村の約《つま》しい婚の祝いになぜか呼ばれて果たしたけれど、陸《ろく》に言葉も交わさず、そして次には蒹葭堂もいた宴にも呼ばれたが、きっちりと、芸のこと、その真《まこと》のこと、そして、あのこ、と、を話し、打ち明けたのは、更に二年後、三十歳の望《ぼう》の日の晩方で月が奇妙に耿々と輝いていたと覚えている……ただ、男の住まいと蕪村のそれは近く、「やあ、やあ」と蕪村に誘われて、長机だけの安い飲み屋や、蕪村のあまりに汚ない仕事場を兼ねた家に招かれたりの三度のごく短い出会いの後だ。

そうやねん。

水無月、六月半ば、秋が立つと二十四節気では説くが暑いのなんの、お月さんは満月そのもので真ん丸に白く乾いていて、夕涼みの序《ついで》に河原の乞食と一緒に水浴びをしようと手拭いを三本、首に巻いて、朝の寝起きの口漱《くちすす》ぎと柳の房楊枝《ふさようじ》で歯の隙間のあれやこれやを除くことと顔洗いの時ほどしかかからぬ近くの鴨川へと出かけた。

あやーっ。

あん人が、褌《ふんどし》もつけずに、四条の仮橋下で首まで漬かり、満月の月明かりの下で、水浴びというよりは、夜空を見て俳諧を、とりわけ五七五の発句を独り立ちさせるような変な気合いで、いや、唐詩を作った杜甫や李白の詩人達の気宇《きう》を持っていると評すべきか、北方角、北斗七星あたりに目を凝《こ》らしている。いや、童唄《わらべうた》を唄っておるわ。

「蕪村はーん」

土手の上で、男は叫んで、ここまでは良かった。思えば、満月とはいえ、夜。蕪村を蕪村と認めたおのれは、明かりは昼に較べてあまりに暗く、既に、恋心を……と恥ずかしさに蹲《うずくま》りそうになった。

「何やあーっ、円山はん。こっちきいや、裸同士で銀河を見いへんか。早よう」

この頃には、蕪村は与謝氏を名乗っていて、四十七歳のはず、男より十七歳は歳上、羞じらいの気持ちは用済みか、鴨川のゆっくりした流れに男根を任せ、やはり俳人とか俳諧師よりは詩を作る人、詩人という気分を漂わせていた。

「なら、遠慮……のう」

円山という頬の殺げた男は土手で衣を脱ぎ、丁寧に折り畳み、でも、褌《ふんどし》は、恥ずかしくて外せず、そろりそろりと川に入っていった。げっつう、しゃっこいわい。

「あんまりに天の河が凄くて、良え《え》発句はできんさかい。芭蕉はんは立派やなあ」

蕪村は、芭蕉の《荒海や佐渡によこたふ天河《あまのがは》》の発句を匂わせて、大いなる天然の前でも詩の心が縮まぬ偉さを言う。が、男は、かなり気になり好ましい思いを寄せている蕪村の発句を調べて知っている。蕪村だって大自然に負けず、人として対峙《たいじ》する句を、未だ俳諧の句会には発表していないらしいが、安い飲み屋で稲妻が左京の鹿《しし》ケ谷《たに》に走り落ちるのを見て《稲妻や波もてゆへる秋津しま》と酔いながら呟《つぶや》いていた、去年の夏に、昼寝にも満ち足りぬ四半刻後に別れた短い二人の酒場での時に。

「そうや、木村蒹葭堂はんから、円山はんの写生帖を見せてもろうたわ、半月前。蒲公英《たんぽぽ》、薺《なずな》、土筆《つくし》、嫁菜《よめな》の草草と、えろう、良おーっく、見つめ切ってるわ。蟋蟀《こおろぎ》や蝗虫《いなご》も。仏《ほとけ》の命への慈しみは生きてる物全てにある、草草にも虫けらにもと解らせるわ」

「はあ」

「木や花や草や、虫や、山や、海を写し取る以上の魂《たましい》が……息づき始めておるのやなあ」

「えっ……はあ」

生煮えの返事を男はしたが、「ここっ、ここっ、ここやあ」と川底の石ころの上に立ち上がった。おのれの画を誉められただけでなく、まさに、おのれの画の狙いの的《まと》を射ってくれたからだ。

「俳諧どころか画も下手糞そのものの俺、わてがあれこれ判《はん》ずるのは気が引けるのやけれどな」

「いいえ、与謝蕪村殿」

「おい、畏って『殿』なんつうので呼ぶな、あきまへんで、円山はん。蕪村と呼び捨てに」

「あ、はい」

「おんしゃの、草草や昆虫には、生きとし生ける物の、蠢《うごめ》き、吐息、必死さ、歓びまでが写し取られておるわな」

「おおきに……感謝します、そない具《つぶ》さに観《み》てくれはって、しかも好意で観てくれて」

三十年ほど前に唐の国から長崎にきて、色を施す花鳥画、それも写生そのものを伝えた南蘋の画を真似して、その根が天然の姿と命を写し取ることにあると頑張ってきた甲斐《かい》があったと男は水に流されそうになり、慌てて岸へと戻ろうとする。もっと、この蕪村に忠告を受け、画の規模、心根を大きくしたいのや、ここで溺れるわけにはあかん。

「ほいでな、草草の命の脈打つ姿だけでのうて、冷めたい、阿漕《あこぎ》なほどの酷《むご》さも滲《にじ》み出てまんね。命ある物は、生きるために命懸けで闘うしかあらへん。しんど……お」

「蕪村殿、蕪村さま、あ、いえ、蕪村はん。『しんど』？」

「蔦《つた》の蔓《つる》は自ら繁って栄えるために他の木に絡《から》んで他の木の伸び伸びの成長を妨げるしかあらへん。大木は自らのため、小木《しょうぼく》への光を遮《さえぎ》るのや……天然は、決して、甘くはなく、冷酷でもあるのやて……北の蝦夷《えぞ》地の氷は、屍《かばね》までばりばりにさせる、南の天竺《てんじく》の暑さは生きた人の肉の水っ気を吸い取りからからにさせるんえ」

「そう、そうやねん」

草草、木木は嫌《いや》になるほど注意深く、かつ、燃える気持ちが三割はあっても七割は静かな気持ちで見つめ、写し取ってきた男は、しかし、「植物、天然の阿漕《あこぎ》なほどの酷《むご》さ」には気づかなかった。

「円山はん、わての言うことに一一《いちいち》、『そうや、そうや』と賛《さん》じてはあかんえ」

男の胸の左が急に疼くことを蕪村は告げ、水涸れの冬とは異なる夏から秋にかけての水の嵩《かさ》の多い鴨川の真ん中へと、軀の表を夜空に向けたまま泳ぎだす。

その泳ぎは、まさかやろね、ここの河童《かっぱ》であったような、いいや、現《げん》の乞食みたいに上手というより悠悠《ゆうゆう》、男は、ちょいと見は緩《ゆる》いけれど案外に強引な鴨川の流れに蕪村が巻き込まれないかと心配したが、そんなんとは無縁に気儘に泳ぐ。

ん？

そういえば。

円山という男は、なぜか、生まれた地、両親のなりわいを蕪村が明きらかにしていないことを、今更ながら、思う。もしかしたら、蕪村が自分より十六、十七も齢上というのも幻、嘘なんやろかな……とも考えだす。
四、五年前までは、せいぜい俳諧を好む素人の句の点付けと弟子からの賄賂《わいろ》めいた贈り物で暮らす大して儲からぬ俳諧師を志すという蕪村の画は、確か画号は趙居とあった気がするけれど、経師屋の善意の計らいで一度しか観《み》てはいないが、南画風、かつ、写生風で、そして『帰去来辞《ききょらいのじ》』の詩を賦《ふ》した陶淵明《とうえんめい》と山水を絹本《けんぽん》に墨で描いたもの……強いて唐の文人の隠遁《いんとん》生活への憧れの唐被《かぶ》れの人に画を売り込むみっともなさしか男は見つけられなかった。
けれどもや……あの画の陶淵明の顔には、隠遁暮らしへの憧ればかりでなく、虚《むな》しさもあったような。

おのれ円山を、ここまで引きずり、胸騒ぎどころか胸の痛みまでよこす蕪村はんや、とんでもないことをやらかし、行ない、犯したから、出生地、本名、出自、二十歳前までの史《ふみ》を内緒にしておるのや……ないか。

知りたい。

知りたいのや。

知りたいわ、蕪村はんの生きる力の根を。

ああっ。

蕪村はんの、真ん中の足一本、男根が、黒い繁みを靡《なび》かせ、ゆったり、雄雄しく、ちゃう、凜《りん》とした形にすぐにでもなる雰囲気を濃く吐いておる……う、う。

男、円山は、おろおろする。

「おいっ、円山はん、でもや、写生の果ての果てに辿り着いて、次に、魂の画への吹き込みが、問題やでえ。ここが、重くて、大切な境《さかい》や」

蕪村が、鴨川の岸辺のごく近くに立った。

「え……あ、はい」

「円山はん、写生を越えての魂《たましい》を描き出すことでっせ、次は。技を新たに見つけ出し、例えば、氷の有無を言わせぬ天然の乱暴、無法な冷酷そのものの漂う姿……深山《しんざん》の写生の極北の果てにある……漂い続ける魂を」

「そ、そ、そう、思うてますねん」

「わても、円山はんの足許にも及ばんけれど、天然、造化、自然から、そこから溢れる魂を、逆に、わての魂を何とかして……乗り移らさせたいのや。いや、命なき土、泥、石ころにも魂を吹き込みたいわ」

蕪村は、荘子の「土塊《つちくれ》にも魂」じみたことを口に出し、夜目にも全身水濡れの軀から水を弾《はじ》き出し、手拭いで股間を拭き、辰松風《たつまつふう》の髪の水気などそのままにして、さっさかさっさか浴衣を羽織り、齢《よわい》が進んで肩が冷えるのか、女物の前垂《まえだ》れで両肩を包んだ。

例えば、天然の、冷酷そのものの……氷。

それより、写生の極北の上での……魂。

円山、そう、間もなく、応挙と名乗ろうと内心は決めている男は、こん人を、与謝蕪村を、最も重い忠告者として終生、大切にせにゃあかんと決意した。

ちゃう。

この思いは、偽りが半分や。

真《まこと》は、こん人に、男が男と交わる最初の男としたいのや……が、半分。違うでえ、九割でおま。

せやから、告げた。

「蕪村はん、わての家は、近いのや。寄ってくれへんどすか」

と。

「ま、近近、もうすぐ、言葉の遊びの句会が待ってるのや、やっぱり、発句など予《あらかじ》め作っておかんとな」

まるで未練も何もないように、蕪村は、急に月も星も雲に隠れて闇の深い黒い色へと溶けようとした——が、ふと、立ち止まった。


——その日のその後、円山という男は、鴨川から二条城を一周するほどに近い麩屋町《ふやちょう》の自らの住まいと仕事場へと、蕪村より先んじて、ときめく心を抑えつけ、そして、もっと画についても知りたく、気が逸《はや》るのを堪え、急ぐ。

家に着くなり、男は、離れの部屋にいる女の弟子二人に「酒に合うおいしゅうてならん肴《さかな》を仕入れてきなはれ、すぐに」と六匁の豆板銀二枚、大工の二日分の手間賃十二匁を渡した。

傍らにいた蕪村が、

「景気が良《え》えな、羨ましいわ。弟子も二人、それも若くてかいらしい嬢《とう》さんやないか」

と、大悪人面を助兵衛ったらしい態の膏薬《こうやく》売りみたいに崩した。

だから、打ち明けるのは躊躇《ためら》った。

せやけど……。

やっぱり、人生の別れ道がここいら……。

話が聞かれたり漏れたりするのを恐れ、仕事場に、一升徳利と茶碗と、炙《あぶ》ってない鯣《するめ》を出した。

月の明かるさは、逆に、かえって、家や垣根の裏の暗がりを炙り出す、まして、家の中は。這いずってやっと燭を灯した。描《えが》きかけの四隅を玉飾りのついている待ち針《まばり》で止めてある画が嬉し気に浮き出てきた。が、筆や筆を洗う鉢は不機嫌そうに顔を現わす。

「わての画をする場とまるで別やな。整理されとる。おいっ、綺麗過ぎじゃねえ？　ところで、三十になるのやな円山はんは？　そろそろ婚《こん》の時……かも」

男が文机を寄せ、とり敢えず茶碗に冷や酒を「ようこそ、おいでやす」と注ぐ間に、蕪村は、月並みな俳諧の句とか画のような世間の則《のり》に従うつまらないことを口に出した。

「さっきの弟子の二人のうちの一人、十六、七のおちょぼ口の娘、南蛮風やが、良《え》えんとちゃう？」

不惑を越えて初老を過ぎた男と同じく、いんや、このくらいの年の女はもっとうるさいのやけど、蕪村は味気《あじけ》ない、おとよのことだろうが言う。女の色気がむんむんで、ねちこい媚《こ》びを売って、そろそろ右京の広沢池の里に帰そうと思っている弟子だ。そもそも、女の弟子を置くのは、おのれの男色一と筋の欲を紛《まぎ》らかすため。

男は、暫《しば》し、こんなに惹きつけて止《や》まぬ蕪村がいるのに、怨み言、不平、微《かす》かな願いを、ええーい、ままよ、冷や酒を浴びるほど飲みまっせえとどくどく呷《あお》りながら、胸の内へとぶちまける。

蕪村はん。

瞬《まばた》きで値打ちの分かる、墨や色の出る顔料で描く芸の術《じゅつ》の画は、あんたはんの場合はどうもでんが、言葉の芸の追い求めは、蒹葭堂はんも両手を大空《おおぞら》に上げて感心しとったなあ。そ、言葉の芸は、芸人が声で出して客が耳の穴で楽しむ三味線のそれとかあるけど、蕪村はんの俳諧の、とりわけ発句や、前や後ろの付句に頼らん地発句とゆうのやろか、それは一瞬では分からんさかい、ちんと時をかけんとな。

そうどすねん。

わいは、蒹葭堂はんに勧められ、蒹葭堂はんが帖面に写した句や、人伝てに歌仙や句会の発句を求め、知りましたわ。「うう」と唸ったり、「うへーい」と背筋を伸ばして腰の骨が痛むほどに感が極まる、そうや、もう、俳諧を越えて「唐《から》にある詩とゆうやつの伸び拡がり、その詩、詩、詩、そのもんでっせえ」となった五七五の、ひどく短く、なのに季題を含む縛りのほんまに厳しゅうてならん詩の形に降参したんえ、まっこと。蒹葭堂はんが教えた、蕪村はんの、未《いま》だ句会でも発表しておらぬ、あくまで帖面に残した詩をも含め。

《おし鳥に美をつくしてや冬木立》

鴛鴦《おしどり》の見事さに較べて、簡素、淋しい、葉を落とし切った冬の裸木の約《つま》しさ……この詩が解るのは絵師のわいだけやろな。

そうや、もっと喋らなあかんと男は思うが焦《あせ》りばかりが先へ先へとゆく。

それにしてもや、蕪村の首の真ん中の棘《とげ》の出っ張り、つまり喉仏の尖りの鋭さ、でかさは、ちゃちゃむちゃくちゃに形が良《え》え。その棘がゆっくり上へ下への動きも良《え》え、まるで、香具師《やし》の口上の調子みたいに登り降りして見応えがありやす。きつぎり思いっきり撫でてみたいわ。

「何や、おまはん、円山はんは、婚《こん》を勧めたら口を噤《つぐ》みだして、は、はあ、三人も四人も、いいや、十人ばかりの女がいよって誰にするか決められんのやろ」

よお、こん方は見抜いている上に、わてが切り出し易いように仕向けてくれはるわ。

「ごめんやす。遅うなりまして」

「入らせていただきます、御師匠さま」

ふん、早いのや、酒の肴を用意するのは。弟子が二人入ってきて、秋が立ったといえこの暑さに漬け物は如何《いかが》なもんやろか、それに、大切な、いや、大切になんなんとしよる蕪村はんが腹を下したらどないするんや、蛸《たこ》の造《つく》りもあるねん、親の躾《しつけ》がなっとらんわ……と考えたが、どうも今夜のわてはおかしゅうなっとると気がつく。

「お邪魔さまをしやして」

「ほな、おおきに、さいなら」

二人が踵《きびす》を返そうとした。

「あんねえ、酌《しゃく》もせえへんで消えよるのか」

蕪村は、鼻の下を長くして、とりわけおとよに眼を向けていたけれど、鼻の下の肉が縮む。

男は、興醒《きょうざ》めしかかって、ふいっと我に返る。

やっぱり、蕪村は女好きなのだ。それはそうやろ、一昨年《おととし》、四十半ばと晩婚ながら蕪村が婚を為したのを男はこの眼で見ている。

「御師匠さまは、あてらの酌を厭がりますさかい」

おとよが振り向いた。

「わては、女の酌《しゃく》がちゃちゃむちゃくに快くてな。ま、男の酌もげっつい嬉しいけどな」

蕪村の言葉の「男の酌も」の「も」が引き金となり、男に、俄に沸沸《ふつふつ》と望みが現われる。

そうか……。

そうかも……。

――よっし、女の弟子が消えたし、仕切り直しや。

「さっきの話でんが、蕪村はん」

「うん」

「蕪村はんが推し測るほどには、わての画は売れまへん。公家はん、武家のそれなりに位のある人に頼るしかあらへんよって、そいで、『早よう、女子《おなご》を娶《めと》れ』、『女房や子供で苦しんでこそ、第一等の絵師になれるわい、早よう一家を構えんかい』、『子を成したら、家は安泰や。上手にやりはったら、子も絵師で流派を作れるんとちゃうか。早よう、急げ』と……ねちこく、うるさいの……ですわ」

よおっし、ここまでは、本当のことを打ち明ける準備、画でゆうなら、真《ま》っ新《さら》の紙に、膠《にかわ》と明礬《みょうばん》を交ぜた礬砂《どうさ》を引く段……やでえと、男は左胸の上にせわしなさと疼《うず》きを痛く感じながらまさに現《げん》の実《じつ》のことを言葉に託した。

「ふうん。平城に都があった頃も、今の平安京のこれから何十年何百年後はまるで分からんのやが、ま、公家や侍の言うのは世間相場や。但《ただ》し、上からの眼《まなこ》やで、偉そうにや、気色悪いわ。ほんまの忠告をする人を選ぶんや、円山はん」

「そうでっか……なら……」

もう、良《え》えですわ「蕪村はん、さいなら」と男は思った。こん人、こん男、こん蕪村はんにはわての男色の本当と、たぶんそこからくる画など解るわけはないのや、解っても欲しゅうないわ……ぐらいに。

けれども。

頰の殺《そ》げた男、円山は、唐からきた南宗画の目ん玉と指先と頭を削りに削って真似て頭角《とうかく》を現わし、眼鏡画で西洋の画の奥行き・幅・高さの技を学んできて、それは、おのれを冷静に、沈着に構えて、調べ尽くせる力にあるわけで、「待て、待つのや、待つしかないんえ」と制止する。

「今夜の円山はんは、決心の高ぶりは好ましいのやが、乱れ、外《はず》れ、迷い……うう、ふっふ、ふふう……せやけど、好い加減に、てきとうに、悪いいたずらのつもりで言うてみいな」

「えっ、あ、はい」

男は、蕪村に、相撲の掬《すく》い技《わざ》ごときに招き寄せられ、すぐに、その張り手みたいな反攻の押しに参っていく。


——告げるのは、今や。

徳利の底の酒の一滴までも飲み干し、東寺《とうじ》の塔のてっぺんから飛び降りるような決意を固めて、苦労して冬の山岳に登り雪の重みを耐え大地に根を張る木木に感じ入って写生する時の冷めたい指の悴《かじか》みと胸の切ないほどの高ぶりを覚えて……。

「ぶ、ぶ、ぶ、蕪村はん」

「何や、畏《かしこ》まって、迷い犬が新しい飼い主に出会ったように」

「え、そ、そのう」

「ま、わては、迷い犬は好きや、すんごく。おのれに似とる、ひどく。とりわけ、子犬の迷い犬が」

男は、蕪村の「すんごく」、「ひどく」が江戸弁と気づく。そういや、二十頃から江戸に住みながら関東の北あたりでうろうろしたと人伝《ひとづ》てに聞いた。それも、十五年以上も、「下手な画を売り歩いて、押し売りみたいなことを」と。いんや、江戸なら、だだっぴろい野っ原に太田道灌《おおたどうかん》が、そして、やがて家康《いえやす》公が新しく拓《ひら》いた町町、侍の男が命《めい》によって移り住み、ちぃーっと前までは女が少なく、今もなおたぶん男の数《かず》が勝っているはず。そうや、せやから、男と男の好み合いなど、いいや、切《せつ》ない愛などを、ごく、あんじょうできとるはず……と、胸内に男は踏む。

「あのですねん、わいは、女とはどないしても、その心、気分、高まりを覚えんおす。ひたすら、男はんが好きで堪らんさかい」

当たり前、息が切れてぜえぜえとするのを我慢に我慢して、男は、言い切った。

「良《え》えじゃないか、それで。そうやねん、千人がいて、生きていて、千人とも、ちょっきり男と女、女と男では、面白うないわ。気色悪いわ。個個の人の有《あ》り様《よう》が同じ色なんつうのはむさんこにやくたいもない、下らん」

蕪村は、ごく普通の顔つき、朝飯の有《あ》り触《ふ》れた献立《こんだて》を聞くがごとくに、悪人顔を歪めもせず、崩しもせず、むしろ、男の訴えに不思議そうに首を傾《かし》げ、答えた。

「へえ……え」

「何や、円山はん、疑り深い目つきで斜めに目ん玉を上げて、わてを怨むように見て」

「そんでも、あのう、世間さまが、ひっこたらしく、うるそうて」

「放っておくのが良《え》え」

まるで、あっけらかんと、然《しか》り、朝の起きがけの口漱《くちすす》ぎごとくに蕪村は男の打ち明けに、好い加減そのものに答える。

しかし、男は、気になる、深く、広く。男への望みと欲を打ち明けた後には、すぐ、そこ、次に、蕪村への思いの、濃いのは駄目や、淡いのを仄《ほのめ》かす必要がある……のやで、と。

「でも、どのつく偉い公家はんも、江戸からきた二条城の空《から》威張りの侍はんも『早よう、おめこをせいっ』、『おまんこをして子を成し、家を安泰させねえと』と会う度に……もう、堪忍だんね。蕪村はん」

画の得意先の忠告というより圧《お》してくる力《ちから》としつこさについて、男は、正直に話す。

「ほんなもん、せせら笑うのや。笑えなんだら、相手の話に無言で、心で蔑《さげす》み、黙っとれば良《え》え」

「ほお……ただ、仕事、画の注文をもっと入れたいのですねん。画も、いろんな人に観《み》てほしゅうなる欲がありまんね。ま、世間体《せけんてい》も気配りしないと、ぎりり、ちんと、死後も画が生きるとは思えんさかい」

自らの舌の滑《なめ》らかさにびっくりしながら、沈《しず》んで、曲がりくねって、方角を違《たが》えてあれこれへと走る考えを、男は、一気に喋ってしまう。

「わては孔子さまの道は、ど偉い公方《くぼう》や天子《てんし》の欲のための策と思おてますがな、円山はん」

「え……そう、あ、はい」

「どが五つどころか百もつく誤まり、と考えてま」

「ええっ、あ、そう」

「世間体はどうでも良《え》え。ただ、芸の極みを遂げんと必死になる男、女は、たぶん、そうや、わての推し測りやが、助兵衛についても大いなる別の道を得んとしておる、得ていよるはず。全ての信心《しんじん》の誠を追う芸、美しさの果てへと行き着く芸、泣かせて楽しませて情を動かす芸は、男と女、男と男、女と女の助兵衛にあるのや」

ああ、解らんえ。

「あのだよ、円山はん。わてが言いたいのは、普通とは別の欲、願い、助兵衛心《ごころ》を持った人は、いんや、人の方が、草草、虫、樹木、山岳、川、人と、苦しみつつ、悩みつつ、個個の新しいところを発見して特別の長所を出せるはず……ゆう推し測りやねん。でも、たぶん、この説、思いは正しい」

「え……そうやろか」

「例えば、おんしゃの、南画の臨画だけではなく、眼鏡《めがね》画の技も応用した、深山《しんざん》の木木の姿への『参りました』と共に、ひどく静かに『まあ、けんど、生きなはれよ』の酷《むご》く静かな態の眼《まなこ》、川を描く時の虚無の奥底を、まだまだとしても、冷えながらも静かに見つめる眼と……そうやて、その見通す心は、男でありながら単に、全てが男ではない、けどや、助兵衛心が見え隠れする個個の中の独り立ち、たった一人、円山はんが描ける筆づかいの心情がありよる……わ」

芸の美《び》を判じて、理屈も京一、いんや、たぶん、日の本一の木村蒹葭堂よりも、直の感じとしても、底知れぬ論《ろん》を蕪村は口に出し、突っ張る。

そう……かも。

そう……でんね。

そう……そう、そう、なのや、哀しいけど。

「わても円山はんの画の凄みの根が解ったわ。厳しいほどに的《まと》を見つめ切る眼、それを筆で生き写しにしてもっと激しゅう冷めて、哀しみまで、虚《むな》しさまで表わす……のやなあ」

「えっ……」

「むろん、女しか好きにならへん男はそれなりに別の味を滲《にじ》ませたり、五百倍ぐらいに押して花を開かせるなんつうのはできるのや。女も男も好きな男は……ま、喋らんうちが華《はな》やろか。あはあっ、はっ、はっくっ、くっ」

かなり意味の分からぬことを告げ、蕪村は空咳《からせき》ならぬ空笑《からわら》いの甲高いが終わりに途切れもする声をあげた。

あっ、いや、いや……もしかしたら、やっぱり……やろか。

「円山はん。仕事が欲しい、もっと人人に画を観《み》て欲しいとの願い、公家や侍の忠告を聞くならやな、偽りの婚を為《な》せば済む話や……相手の女子《おなご》を説いてな」

「そない……なこと」

「あんねえ、どんな真《まこと》、実のことを画や言葉に作り手が託しても、それはどこかが偽りでもあり、どこかでその偽りが本物を越えるのやて。円山はんの写生のとことん具《つぶ》さな画に、魂《たましい》が顔を出すようにや」

「へ……え」

男は、蕪村の言い分が、木村蒹葭堂ごとくに理路が整っていないけれど、どこかで、それを突き抜ける力を持っていると感じてしまう。

けれど、そうやねん、こん人は、俳諧師とか下手な絵師になるより、薬の効き目は法螺とゆうより嘘に近い、惚れ薬と称して蠑螈《いもり》の黒焼きを売る、口案配《くちあんばい》の上手な香具師《やし》になった方がずうっと儲けになるのになとも男は思う。

「何や、頭《こうべ》を傾《かし》げてやあ、信用でけんわけか」

「いえ、いえ、蕪村はん」

おのれの普通の男とは別と映る性《さが》ゆえ、この男は別であって欲しいし、いいや、抱かれ、抱いてもらいたい強い軀の内側からの欲が、宙ぶらりんにされてしまい、頬の殺げた男、円山は、その薄い肉の頬を両手で撫で、摩《さす》る。

「画や俳諧、和歌の真《まこと》が偽りになり、偽りが本物を越えるのは作り手によってだけではあらへん」

「へえ……何によってどすか」

「歌舞伎と同じや、いや、もっと強う迫られるわな、観《み》る客、観る者、読み手によってやねん」

「そ……う」

「そうや、円山はん。俗《ぞく》そのものの、男と女、男と男、女と女の情にも、この役者と客の真と偽りは、朝がきて、昼がきて、夜がくるように互いに本当なんえ」

「ほ……お」

「わては画も円山はんにはどないに七転八倒しても及ばん俗《ぞく》好み。俳諧も俗に遊ぶ心やて。それは、根っこで、男と女、男と男が心と軀で助兵衛をするのと同じやと思うてま。つまり、俗の力に頼り、俗と遊び、俗そのものから離れず、俗の情、姿、形を美しいとする信条がありますねん。俗と雅《みや》びの融《と》け合いでのうて、俗それ自身の持つ不滅の美、これや」

「へえ、俗そのもんに美《び》ですやろ……か」

「ただな、男ばかりが好きで欲しい男には、偽りの婚を為す時、その女を、とことん、人と人との愛《あい》によって越え、説き、恋心や軀の欲を越える絆《きずな》をぶっとく、ぶっとく、させて結ばねばあかんて。その女の哀しみ、怒り、不満を吸い尽くすしか……。ここが、鍵ですわ」

「え……へい」

俄《にわか》に現《げん》の今のこととなり、そうすると、蕪村の説くことは輝いてくると映る。そう、時を同じくして再び現われた満月が西へ傾き、硝子戸から赤橙《あかだいだい》色の光が射してきた。

「その上で、女とは真っ暗闇の中で交わることや。尻の大切な窄《すぼ》んで、しこっているところを求め、そして男が大丈夫なところで女の真ん中の裂け目へや」

「そないなこと……できまっか」

「できる。子を生《な》すことも……たぶん」

「ええっ」

「安心せえな、自信を持つのや」

確かな考えのごとくに蕪村は言い切った。


――そして、痩せこけて頬の肉がげっそり窪んで殺げている男・円山は、心もその通りに削られてしまい、蕪村への思いを告げることができなかった。

蕪村のかなり如何《いか が》わしい説は、棒手振《ぼてふ》りの大袈裟で、如何様《いかさま》師の口上《こうじょう》に近いのに似……過ぎていると男は、やっぱり思ってしまうのだ。

真が、偽りになるのか。

偽りが、真になるのか。

そもそも、世間のありのままの、俗《ぞく》そのものの、そこに値打ちを置いて、俗に遊ぶだけでなく嵌《は》まり、そこを美しくさせていく思いの蕪村には……少し隔《へだた》りを持って見つめねばあかんえ。急《せ》いてはならん。


――ちょっぴり白けた男の気配を察したのか、いや、そない細かな気配りをする蕪村ではないのやろか、句会か歌仙を巻く用意のためか、なお、憧れの心情は厚いのに立ち上がった。

「あ、忘れ物や。おんしゃの、円山はんの画は、ちっこいのでも売れるわ。済まんわの、ほれ、そこに、整理好き、綺麗病《きれいびょう》みてえに重ねてある紙に、画を描いてくれんかのう。煙草銭《たばこ》にするわ。あ、失礼やな、酒代に」

蕪村つう人は、せこい銭金を求める人でもあるらしい。そうやて、俗に塗《まみ》れた御人や。

男は、顔料を使うのは勿体ないと、貯めていた墨を出し、予《あらかじ》め、水を張って、膠《にかわ》を塗りつけ、滲《にじ》み止めの礬砂《どうさ》を引いておいた、縦は肘《ひじ》から肩の下ほどまでの半尺強、幅は中指の先から肘までの一尺弱の小さめの紙を揃える。

どうにでも観《み》る者には映るであろうぼかしに向く隈取筆《くまどり》を手にする。おーや、蕪村は、蕪村はんは文机の酒の器や皿を脇に置いて、わて円山が画を描くように構えている。

「蕪村はん、あのでんね、何を描いて欲しいのやろか」

「そりゃ、迷い犬でんね。子犬、いや、二つ三つほどの犬が良《え》えわ。大人の犬が迷うのはさまになるけど……頼りないわな。老いた犬では当たり前のこと。うむ、人なら十二いや、いんや十五ぐらいの犬や……な」

「ふむ……ん、よろしおま」

男は、こん人は十五の時に何かけったいなことに出会ったのかいなと、墨で、従って真っ黒の犬を一気に描く。右前足をわずかに上げ、目は塗り残して白く宙《ちゅう》を見上げ……よおっしゃ、でけた。無料《ただ》の画なのやからこのぐらいのできで十分やろ、でも、心は籠《こ》めておる。

「おおきに、円山はん」

「いや、いや」

「わてが、賛《さん》を足してよろしいか」

「どうぞ、どうぞ、かまへん……いんや、ありがたいことでんね、蕪村はん」

「よっしゃ。かなり、前に作った、おのれのこの句やが」

蕪村は、男が丁寧に板の上に並べている則妙筆、削用筆、面相筆、彩色筆、没骨筆《もっこつ》の中から、柔らかい線を描ける則妙筆を手に取り、土塀や板塀に、いいや便所に落書きするような巫山戯《ふざけ》の気《き》を持つみたいに、男の描いた犬の左の空きにすらすらと五七五の独り立ちの句を記していく。

ふうむ、正しく書を学んでおらん筆やな。

けれどもや、文字が、大きな川に浮かびながら遊ぶ感じをよこし……上手ではないけれど、こないに軽さの中の弾《はず》む気分や惑いや深みの味があったか。書で商《あきな》いができまっせえ、もしかしたら。

男は文字のしなこい流れ、悠悠《ゆうゆう》とした形、盆踊りのような遊び心に目を奪われてしまう。

あん……。

《己が身の闇より吼《ほ》えて夜半の秋》

黒い少年ほどの犬が闇に吼え、それを蕪村自身に託し……わて、円山は、今は一時だけだが円一嘯《えんいっしょう》の落款を使おておるが、わてをも暗に示しておる……凄い詩や。「己」は「おの」であろう。「己が身の闇」……。おいっ、こん蕪村はんの闇、少年時代の闇、いや、今の闇は何やあ。

早い、打ち明けを聞くのは早い……。

この御人の極端に短い詩に太力打《たちう》ちできる画を作るまで……待つしかない。

そう、この御人の詩に画を加えた嵩《かさ》に、わての画に一と筋が同じゅうなるまで……男と男は同じ格で愛《あい》を語らうべきや。

しかし、その前に……。

この御人が説く〝偽りの婚〟を、きっちり試そう。駄目、無駄、負《ふ》で、もともとやねん。

いいや、一人の女子《おなご》の一生を不幸せにするかもしれんて……。

そうや、故郷の穴太《あなお》村で画を誉めてくれ、母の臨終の時におった、顔こそ四角面で、女としては醜く、小型蕪村みたいな、けんど、心が優しゅうて広う小娘、田畑を狭いがきちんと耕しとる木下家の次女……まだ、独り身と聞く、あの女子に、正直に話して……。顔は醜いが、尻は堅そうで天井に張り、その谷間に、かなり、例の外として、好き心を抱いた、例の外の女や。五つ齢下のはず……。

《己が身の闇より吼《ほえ》て夜半の秋》

闇こそ、次を、生むん……え。信じよう。

三

それから、次の次の年、円山という男は、決意の上の決意で、画をより多くの人人に観《み》てもらうために、売れるために、婚を為した。蕪村と、あれこれ、重くて、闇《やみ》が付き纏う、しかし、そこから這い上がって光じみたものをもらい、天然の半分の性である阿漕《あこぎ》さ怖さの隠し芸みたいな技まで教わったことが大《だい》であった。木下家の、男が長らく、胸の内で「優《ゆう》」と仇名で呼んでいた、小型蕪村のごつい顔で、その上、痘痕《あばた》と黒子《ほくろ》が顔に黒豆のように無数に浮かんでいる女だが、だからこそか、根の根は心が近江海《おうみのうみ》、琵琶湖《びわこ》ほど、かつ、海としても穏やかで瀬戸内《せとうち》の海ほど、五日五晩、説き、了《りょう》を得た。生涯、頭は上がらない。違う、敬《うやま》うしかない。敬っている。年に六度、望《ぼう》の日に交わりに挑む。今のところ、年に三度、やっとだが成功している。

そして、婚を果たした翌年、画の〝付立《つけた》て〟の技を、これまでの必死な筆づかいの努力の一つの成果として、確かに立てた。何ということはない、画の工夫を数多く経たことから、筆全体に薄めの墨を含ませ、それから濃い墨を筆先に滲《にじ》ませ、筆を寝かせながらゆっくり走らせると、案外なる形の出っ張りや奥行きの広がりが浮き出て、今までの画の技の平《ひら》べったさを越えられたのだ。

この〝付立て〟の技で、幅三尺、縦二尺のかなり大きな絹本《けんぽん》に描いた墨画で、松の太い幹《みき》に枝《えだ》に雪の積もる図を描いたら、公家や武家の偉い人達だけでなく町人衆に、いきなり、人気が膨れ上がった。画の注文と銭金が、念仏をひたすらに唱えもしないのに、天から降ってきた。「蕪村、蕪村はーん、旅ばっかりしよると聞くが貧乏旅、宿賃どころか草鞋《わらじ》の銭も不足しとると聞くのやけど、施ししまっせえ」との思いが募《つの》った……が、せやけどなのだ、蕪村は乞食でも、願人坊主《がんにんぼうず》でもない。銭の施しなど口に出したらあの鬼面で叩き潰されかねない。

その次の年、蕪村の告げた通り、子供ができた。応瑞《おうずい》、とした。嬉しかった。ま、女房が別の男の種を孕んだのやろかとも思ったが、子は全て人人の類《たぐい》の宝やで。幸いな恵みとして、気にせんことや。

そして、応挙、円山応挙と名乗った。

——応挙の胸の内に、思いが過《よ》ぎる。

婚を為し、子を作ることは、なるほどや、他の人を安心させるのやろか、実は、一揆・地震・大火・飢饉と引っ切りなしにあるのに泰平《たいへい》と世間が評するように、公家の中でも力のある円満院《えんまんいん》門主祐常《ゆうじょう》はんから可愛がられ始めた。この人は、関白の養子となってから得度《とくど》して、わての才を実の力以上に認めてくれよる。

もっとも、この門主は『萬誌《ばんし》』とか日記風のを律義に記しておって、わてのことも、あれこれ書いておるらしい。せやから、画の理《り》や論《ろん》、技、構えは、わては同じ京の人と変わらず、本音は塗《まぶ》す。いついつ、どこへ行った、旅をしたかも、あっちゃこっちゃと嘘をつく。ま、これは、蕪村からの入れ知恵や。

その蕪村は、数少ない弟子に、高価な絖張《ぬめば》りの屏風を買ってもらったりしても画は売れずに四苦八苦、しゃあねえどす、不貞腐れて旅へばかり出て……。

そして。

円山応挙は、明和五年、三十六となった。

蕪村は、五十三歳と、応挙は確《しか》と知っている。

三月節気、清明《せいめい》の、一年で一番、季《とき》が心地良く、桜が艶《つや》っぽくいろんな色を微かに違えて咲く頃だ。

京に上ってくる人、京で学問を身に付ける人、京の人人、そもそも京の芸や文やらの通人《つうじん》のための案内書『平安人物志』に、応挙は、画家の部で、第二位に挙げられた。これが出る前に木村蒹葭堂に大坂へと呼ばれ「一位は敬老の気持ちと永年の京の画への尽力で大西酔月はん。二位は、あんたやけど、実の一位や」と告げられた通りだった。因《ちな》みに、三位は気になるがまるで画風が異なって極楽蜻蛉《とんぼ》みたいな派手で華やかで、しかし、生き物への讃美の歌や詩ごとき画で、既に相国寺《しょうこくじ》に『動植綵絵《どうしょくさいえ》』二十四幅が掛けられて名を馳せている伊藤若冲。四位は、文人画の京一、従ってこの大和の国で一番の上に大和風と西洋風を取り入れ奥の深さの画をものしていて、書も京一の池大雅だった。五位は、あん人、蕪村だ。いや、おのれ応挙の画の深みへ革《あらた》めを教え、婚と子の恩人、蕪村さまと呼ばなあかんえ。でも、びっくりするやろから、蕪村はん、やろな。

「いろいろ、あれこれ匂いを嗅《か》がせて、蕪村はんを五位に無理遣《むりや》り押し込んだわ」と木村蒹葭堂は自慢気に言ったが、それは……そうでんねと応挙は胸の内で頷いた。もっとも、「画や書や、いいや、詩、和歌、俳諧も〝正しい〟答など算術と違うてあらへんよって。何十年何百年経っても、この芸の道、術、技は、銭金、偉い人の威力《いりょく》、師匠への胡麻擂りの濃淡が半分以上の〝正しい〟の物差しやろな」と言い足して、応挙の蒹葭堂への従順さを暗に求めた。

この頃《ごろ》は公家の有力者である円満院門主の祐常のみならず、三都で大名貸、呉服、両替などで繁盛している豪商三井家からの依頼や注文の声がかかりだした応挙は「蕪村はんは貧乏やさかい、それに、俗がこよなく好きで俗そのものの美しさに嵌まっとるわけで仕方ないが、わては蒹葭堂はんには屈しまへん」と顔だけは強ばらせた。

帰ろうとする応挙を押し止め、蒹葭堂は、一《ひ》と頻《しき》り蕪村の発句の大いなることを、近作や、句会で詠《よ》む前の稿《こう》、

《鳥羽殿へ五六騎いそぐ野分哉》

の六百年前の保元《ほうげん》の乱まで遡りながらも今を句に託す、絵空ごとで画のごとき新しい詩の兆《きざ》しをよこす五七五や

《楠《くす》の根を静《しづか》にぬらすしぐれ哉》

の、木の根が時雨《しぐれ》を受けゆく時の間を感じさせる句や

《宿《やど》かさぬ灯影《ほかげ》や雪の家つづき》

の旅人の独りの淋しさを託す句を諳《そら》んじて誉め、大きな蔵四つの一つへと袖を引きながら「それにしてもや、何で、あん人の画は下手なんやろか。そ、もう少しわてが売り込んで名を売らにゃあかんけど。正直ゆうて、京一の応挙はん、蕪村はんにげっつう、ものすごう忠告しはってくれんか」とぶつぶつ言いながら案内した。

火事に用心してか分厚い切子《きりこ》硝子《がらす》の笠に包まれた燭の明かりに、蕪村の売れ損なったか、幸いか不幸せか売れるまで待っているらしい画が三幅ばかり、立て掛けてあると分かる。蕪村だけでなく現《げん》に

評判の良い絵師の画、死によって値が急に昇るかも、いいや、昇るはずだからあるのであろう絵師のそれも、かなり余裕の隙間《すきま》を持って並んでいる。それに、決して黴《かび》臭い蔵ではない。蔵にしてはひどく広く、珍しくも三階建てで、注意深く画を貯めていると分かった。

——こん蒹葭堂はんの、ねちこい執念は……銭金がらみだけではないわい。

そいで、わては、蕪村はんの、天井板や壁を突くほどに大きい画の三幅を「贅沢な置き場をもろうて」と、しかし、これまで会って群《ぐん》を遥かに抜いて最もわて応挙を、ぐいぐい、ぐいーっと惹き寄せた男なのだと、両目を見開き腰を据え観《み》たんえ。

じいっと、わてを、目ん玉を寄せて見つめとる蒹葭堂はんを隣りに置いて……や。

わては、言わせてもらいま。

好きで堪《たま》らん蕪村はんでんが、やっぱり、あん人のために。それと、画そのものの決して譲れぬ、美を追いに追い、果てても已《や》むを得ん高い志のためにや。

何や、この画。木の葉が山吹《やまぶき》色や金茶《きんちゃ》色になっておるのやから秋の風景やが、山と岩はまずまず……けど、わてより凝《こ》りよる南宗画に、そっくり、そのまま。せやから、線《せん》が目立ってきつう、全体が具《つぶ》さとしてもくどいのや。

次のは五尺、人の背丈に余るほどの五尺半のでかい二曲《きょく》の大屏風や。墨で、梅や。図の広さに対し、梅の枝や花がちっこく、屏風の大きさが無駄そのもの。あーあ、じじむさお。

えーと、えーと。

次のも、そのう……。大きい、縦三尺、幅一尺半の双幅の図やな。左のは、線が、ぶっとく、南宗画にありがちな大袈裟な写し取りの偏《かたよ》りの癖が、そうや、ごてくさ、しるいわあ。

わては、男と男が心と軀を、真《まこと》の、必死な、交わりは、同じ芸と技の格としてあらねばあかんと思うてきたが……ちゃうわ。

おいーっ、おいっ、おお。

否《いな》、いんや、ちゃいますわい。

左図とまるでそぐわない、俳諧の連歌や歌仙の打越《うちこし》や前句や付句とかの前後と関わりのない、文字通り独り立ちして我が儘なる独吟のような、ごーんと屹立《きつりつ》しよる画や。唐《から》の画、とりわけ、沈南蘋の色の鮮やかさ、樹木や川や山の写生、花鳥の見ごとさとは「さいなら」の画でありよるとじわりじわり鳥肌が立ってきて、胸の内への言葉が溢れましたんえ。

「あ、それだんね。何せ、蕪村はんは売れないもんで、うんすけ描きまくるのやけど、百に一つ、ちゃう、二百か三百に一つ、『おや、まあ、げっつい、良《よ》うでけたるのを描くわい』があるのや。気がつきましたか……の」

あっさり、付き合いのように蒹葭堂はんは告げた。

けどや、わては、惚れ惚れしての鳥肌が立つ間もなく、次に、仰天し、次の次に、冬の寒い日に銭湯で欠伸《あくび》をしながらのんびりし、夏の暑さに参る時に小川のせせらぎで水浴びする気分となって、蕪村はんの画の前に、しゃがみ込んじまったんえ。

夜や。遠くに山岳が、朧《おぼろ》に霞《かす》みながら睨《にら》むようではのうて挨拶するほどに聳《そび》え、手前に樹木が梅雨入り時のように繁り、そうやねん、海か大河か、小舟に父か、中年男が乗って網《あみ》の袋を引き上げ、どうも、その子供と映る少年らしきが、櫂《かい》は竹竿か、舟を操《あやつ》っておるのや。小舟の上で、夜の闇に抗して釜で火を焚《た》き篝火《かがりび》としていて、その光は樹木とその葉を照らしていよる。人の息《いき》する気分は、図の上の方の家からの灯火《ともしび》が漏れていることで表わされ、大袈裟でなく、心持ちの感じで闇へ、海へ、いや、やっぱり川でんね、大いなる自然の許で人が生活《たつき》を為す姿がまさに、ほんま、ここにありよる。漁夫とその子らしき二人の心の通じあいも篝火の余った光に……いじらしいでっせえ。

　そんに……沈南蘋以来の写生の志を持ちながら、しかし、現《げん》のそれではのうて絵空《えそら》ごとを、それも俗そのものの漁を為す人の具《つぶ》さな姿を浮かび上がらせて……いよる。

　わては画を見上げながら、蕪村はんを、もっともっと知りたくなってきた。沢山の中の一つの画としても、蕪村には、蕪村はんには、いんや十七歳年長や、蕪村さまには、大器晩成の、老いれば老いるほどにその資《し》が顔を出す力を秘めておるのどすと、再び、男が男として求めたくなる欲がこの画の篝火のように燃え立ってくる。篝火は、漁の動きを照らすだけでのうて、魚を誘《おび》き寄せる火であり、輝き……やて、もう待っては、あかん……のか。

「蒹葭堂はん、右幅の画の題は……何と言いますねん」

「それがや、わざわざ京から大坂までこの画を数少ない弟子と共に持ち込んできたのが、えーと、そうや、一昨年《おととし》の五月やったかな、けんど、それから、旅の前や帰りの途中に寄ってな、筆をちょくちょく足してたな」

「へえ」

「ま、画っちゅうのは、ある意味、永遠《とわ》に『いっちょでき上がりい』がのうて、未だ終わりがのうて、それで良《え》え。未だ完成せんなんやて」

「う、う、うーむ」

「わては、右幅は『あんやぎょしゅう図』にせいと言うてまんが。こない字での」

　自らの左の掌《てのひら》の上に、蒹葭堂はんは『闇夜漁舟図』と読める漢字を一つずつ記す。

「ぶ、ぶ、蕪村さま、蕪村はんは、今、どこに？」

「円山はんはそないに気に入ったのやろか。なるほどや……虚《きょ》と実《じつ》が入り混じって真《まこと》の心情、しかもあないに浦島太郎の話が広まっておるのに、この大和の国には漁師の画は少ない……舐められておる職やから、俗の俗ゆえやろうな」

「え、はい」

「蕪村はんは、今頃、讃岐《さぬき》のこんぴらさん、金毘羅大権現《こんぴらだいごんげん》や」

「えっ」

わては、このこんぴらさんの真言宗の偉い坊さんの使いから「画を描いてくれちゃあてな」と五度も頼まれておるのやて。むろん、神主さんからも便りを三度や。

「せやけど、絵師と絵師の仲は、妬《ねた》み、嫉《そね》み、張り合ってばかりの競う根性ばかりやと思うていたけど……応挙はんみたいに図抜けて画が一番やと……そんなものあらへんのか」

わては、こない話に巻き込まれては襤褸《ぼろ》が出るよってと、蒹葭堂はんに一旦の別れを告げた。

四

弥生《やよい》の月の穀雨《こくう》を過ぎると、木木は根本《ねもと》から満身の力を振り絞って芽吹きを急ぐ。一と月も、じいーっと見つめ、匂いを嗅ぎ、描いていたいほどに緑《みどり》が噎《む》せ返っている。

しかし、応挙は、今、緑に背を向けている。

同じ年、応挙が蕪村の画に感極まり、蒹葭堂に蕪村の旅先の居どころを教えてもらった時から二十日後。

すぐに飛んで行くのやと考えた応挙だが、鳥羽《とば》や東寺《とうじ》あたりで大水が出て、出で立ちが遅れた。応挙の家と仕事場も床下半尺、中指の先から手首の下ぐらいまで水に浸かった。

応挙は、九人と急に増えた弟子には「造化、天然の写しに行く。誰がきても、行き先はゆわんとけ。円満院の門主さまにも、三井殿の者にも」と告げ、急ぎに急ぎ、備中《びっちゅう》の玉島《たましま》から舟を求め、瀬戸内海を渡り、四国の讃岐の丸亀《まるがめ》から金毘羅大権現《こんぴらだいごんげん》へ、一人で、着いた。通称こんぴらさんは、かなり険しい山道の中腹に鎮《しず》まってある。建物の気分、設《しつら》えは、仏の道と神道が上手に混じりあっている。海の運びの守り神とされ、漁師、弁財舟・樽廻舟・高瀬舟の舟頭や水夫《かこ》などの舟の働き者には有りがたく、信じた方が得で、頼るべき神《かみ》兼仏《ほとけ》である。南蛮の吉利支丹の間では、異なる神を拝んだり崇《あが》めたりするのは厳罰中の厳罰と聞くが、日本良いとこ神も仏もおおらかさと曖昧さに溢れ、道祖神《どうそじん》も何もかも魂を持ち、御利益をくれる。ま、好い加減ではありまんが、何、蕪村さまは、おっと蕪村はんは俗が大好き、俗の中の美を追い求め、俗を美となす御人、全てを受け入れるに決まっとるわい……待て、あん人は、法然さまの浄土宗と、親鸞さまの浄土真宗に、そ、婚を為してからは「悪人こそ救われる」とかを説く浄土真宗に熱いと噂に聞きまんね……それから、凶悪人の顔つきが少しは緩《ゆる》みだしたとも……良《え》え、そんなんはと応挙は、まずは、神の方の本宮拝殿に参拝した。

「ああ、円山さま、京一の絵師の円山さま。だけんど、何にゃのう、こんなところに」

神の方の拝殿なのに白い衣ではない墨衣の頭を青く剃っている僧が呼び止めた。二年ほど前から「画を是非に、うららあのため、水難を防ぐため描いてくれちゃあてな」と訪ねてくる初老の僧だった。

——初老の僧は、京の大きい寺にも負けないほどの立派で広い書院に案内した。顔料、筆、画用の紙や絹地と応挙が京で用いるほどに贅沢なあれこれも準備されていた。書院に接している客間も「思うぞんぶん使うて」とのことで、食も酒も「ようけ食い、飲んでくれちゃあてな」の持て成しぶりだ。

応挙は、然《さ》り気《げ》なく、蕪村について聞くと

「あ、謝長庚《しゃちょうこう》ゆうちょる人でんな、あん鬼の顔の」と答え、

「格下の、違うにゃのう、質素な僧坊《そうぼう》で寝泊まりしてなあ、だけんど、神と仏に捧げての心の人寄せの芝居に夢中、俄《にわか》仲間を集めわけの分からん歌仙を巻いて遊び惚《ほう》け、ほいで参道の金毘羅街道の安宿の方にが多くてなあ」と付け足した。

――やっぱや、金毘羅大権現の境内に蕪村さま、蕪村はんは帰ってこず、わては、三日後の申の刻、夕七ツ、京やったら、二条城の侍が晩の飯を職人や商人より早く食う時に、やっと、こんぴらさん参りでごった返す麓《ふもと》の街道の安宿におると突き止めたのや。

ところが、でひょ、だんな。

蕪村さまは、京坂なら職人が仕事終《じま》いをする七ツ半、二条城の門が公方さまがくる以外は鎖す暮れ六ツになっても現われんのです。わては、安宿の番頭には心付けをたんと渡したけどや、落ち着きを失くすわい。ふんっ、ま、いつも迷って心に呟くのやが、蕪村さまから、蕪村はんに、いんや蕪村へと格を下げたると思うたら、番頭が「御部屋で待つがよろしいちゃあてな」と、鼻奥にこびりつく厠《かわや》の臭いがするのやが、奥の奥の、畳の表が黄ばんで毛羽《けば》がささくれてる六畳へ導いた。

女の匂いはしないかより、男の匂いはせんかなと部屋を見渡すと、あーあ、衣紋掛《えもんかけ》に、おいおいーっ、絹ででけた縮緬《ちりめん》の真《ま》っ赤《か》な襦袢、女用やが、やっぱり許せんやって、このお。

男の匂いも、しよるわい。普通の短い褌《ふんどし》三丁に、何や、この長い三尺もある越中《えっちゅう》褌四丁は。男も、

ここに呼んどるわい。

わて、くわーっと、ちゃちゃちゃむちゃくちゃに、怒りの熱さに逆上《のぼ》せだしたのやけど、廊下の板が軋《きし》む音がするなり、襖戸《ふすまど》の千鳥《ちどり》の画の模様が下手糞で、千鳥が鳴きながら落っこちる画が左から右へと開いた。

「おいーっ、久し振りやな、円山はん」

こないな格好もありやろね、濃紺一色の浴衣《ゆかた》に、女物の被衣《かつぎ》を両肩に引っかけ、蕪村さま、もとい、他人に独り言を聞かれたらやばい、蕪村はんが現われましたのえ。

わての男の樹《き》は、こん御人の悪人顔の目ん玉の猛猛《たけだけ》しい虎のごとき、小指の先ほど二、三厘《りん》ぐらい伸びた坊主頭のいかつさ、顎が二つもあるみたいな重くしぶとく抉《しゃく》れているさまを見た途端、ぎっ……と。そういや、昨日《きのう》、「虎の画を描きたい」と告げたら、真言宗の僧侶は、こん役立たずーっ、実《じつ》の虎の皮をわてに持ってきたんえ。先達者の画が欲しいのにや。いんや……。

「あんですねえ、蕪村さま」

「気色悪い、『蕪村さま』なんつぅのは」

「あ、いや、いや、そのう」

しどろもどろ、たじろぎながら、わては、羞《はじ》らいの果ての果てに行き、決心の中身を固めた。

一つ。おのれ応挙が、これまでの人生で、最も惹く力、魅力と感じ入ってたのは、あんたはん、蕪村さまでおます。

二つ。けどや、画の芸を短かい命でやり遂げるのは互いにごく当たり前。おのれ応挙は、蕪村さまの画はわての同じ格を持っておると知りましたわ。あんたさまの『闇夜《あんや》漁舟図《ぎょしゅうず》』で、はっきり、その時、刻《とき》がきたと悟りましたんや。

三つ。わての画への忠告は、木村蒹葭堂はんより、ず、ず、ずうっと確かやて。男しか欲を感ぜず、求めとうない男の、画への、その感じのみを持ち得る凄う強み、「氷のように冷静に、天然を万才とせずその阿漕さを見つめよ」、「ちょいと見《み》は不幸と映るのに、逆手に取っての、天然、山岳、樹木、川、海、人人の生の息吹きがかえってはっきり分かり、描ける才《さい》の力を」、「世《よ》の当たり前を大事にするのと別の感じ、覚え、ありようが大事」が、蕪村さまの大事な言葉やった。そうやねん、おのれの冷《さ》めて氷のような眼差しを槍や鉄砲として筆に託し、美《び》を追うのがわてのこれからやと。

「おいーっ、円山はん、布団は一つしかないのや。黙ってばっかりは、いつもと同じ、あかん」

蕪村さまは、二重顎を尖らせ、悪人面《づら》を、働き過ぎの百姓風に、疲れたように崩しはった。

……なお、この時の躊躇《ためら》い、決心の浅さ深さの行きと帰りの胸の内のせわしい気分が応挙に、画でなく、文字でもなく、ぶつぶつとした言葉として刻みつけられている。

五

なおも、応挙は、迷いに迷った。

受け入れられた時の歓びと、拒まれた後の凧巾《いかのぼり》の糸が切れてしまうその凧《たこ》の怖さのごとき谷間に揺れた。

鼻穴を、緑が野放図に放つ匂いや厠《かわや》の饐《す》えて臭い臭《にお》いがどこかへ失《う》せ、蕪村の煙草の脂《やに》と男の生臭い匂いが、身の丈の半分、三尺前の正面から、直に漂ってきた。

応挙は、告げる。

「蕪村さま、あ、いや、蕪村はん。わてと、契りを……」

「軀の、それか。応挙はん」

「心も、軀……も」

「駄目だ、あかん」

こんなものやろか、拒まれ、否《いな》まれる場合とはと応挙の心の中の気《き》が一気に凋《しぼ》んだ。

「あのな、応挙はん。俺、あっしも男と男の嗜《たしな》みは、この国の男として、いんや、元元、持っておる。けどな、おんしゃとは決してしとうない。美《び》の神が見てて、できねえんだ」

「は……あ」

こうゆう動きや仕種をしては駄目やねん、と応挙は知りながら、畳の表の目を利き手の人差し指で擦《こす》り、円を描いてしまう、何度も、幾度も。円が歪《いびつ》になるのは、何ゆえや。

「あのな、応挙さん、おぬし、応挙はん」

江戸訛りを微かに交じえ、蕪村が呼びかけた。

応挙は、俯《うつむ》きながら、広く左右や上下を見られる、近くと遠くの深さの度合いも然《しか》りと自負している両眼を上目遣いにすると、蕪村の喉仏の尖りの角張った上での鋭さ、そもそもの太さ、大きさを、今更ながら知った。男おす……きつぎり男や……ちゃちゃむちゃくに男どすねん。

「応挙はん。俺も、あっしも、画を描いて稼いで何ぼの芸人としての絵師や。そう、おぬしの方が、わてより百倍、千倍の腕、人気、力、儲けはある。恋の情、親鸞さまも説いたらしい愛欲の心、助兵衛だけの欲に嵌まるのは大切で、画を描く根の力になる。しかし、けんどや、それを全て満たしては言葉、いいや、画は貧しくなるのやでえ。おいっ、解るかあ」

応挙には、蕪村の野《の》っ原《ぱら》に町を築いた江戸の田舎弁、訛りの「俺」「あっし」「できねえんだ」が初めて新しく鮮やか、男の男としての響きとして聞こえてきた。そ、そうやねん、大いなる芭蕉は伊賀《いが》は上野《うえの》の生まれ、京で北村季吟《きたむらきぎん》の弟子、それで江戸へと下り……江戸言葉の歯切れの良さ、省《はぶ》き、阿吽《あうん》を学んだのではないのやろか。ならば、こん蕪村さまは……？

「聞いとるのか、応挙はん」

「え……え……ええ」

「つまりだ、いかに京で三十番目あたりの芸人としての絵師の俺、わてでもや、一番の絵師と、尻と尻や、たまとたまで交わり合ったら、次は、互いにぎりりは作れんのだわ」

ま、そりゃ……そういや、男と女が恋人同士、情人同士、夫婦同士で、凄い画を、いや、詩も和歌も俳諧のそれも、度肝を抜かれるほどのものを作ったのは……う、う、うーんと昔の、『万葉集』の中の、額田王《ぬかたのおおきみ》と天智と天武の天子しか知らぬ。

「そうや、芸を追いに追う者同士には、友と友の情の濃《こま》やかさが要《い》るのや、時と場合には果たし合い、仇討ち、差し違えごとくに競《せ》り合いも……だ。せやから、肉っちう一つの境を越えてはあかんのや」

「は……あ」

「欲を求めるのか、一時《いっとき》や自惚《うぬぼ》れとしても芸を追うのか、これは、我ら芸人の最初の問いやて」

芸人、芸人と蕪村は連ねて口に出すけれど、応挙は芸人より秀でておるとの絵師としての誇りがあり、しかし、こん御人がそう定めるのなら、そうなんやろなと、失恋したばかりの落ち込みの傷を塞ごうとする。

「芸の極みを追うのが、俺、わての欲や、応挙はん」

「はあ」

「おぬし、あんたはんの筆の芸の術は、山・岩・樹木・川・花・虫を写し取るのに、張り詰めた眼《まなこ》、少しの外《はず》れも許さぬ眼、こーんと凍てついて乾き切った音鳴りのするみてえな氷の眼、こりゃ、こないな力はこの大和の国の史、歴史でもねえほどや」

今頃、おのれ応挙を男と男の極めつきの交わりを拒んだ後に……聞きとうありまへんわ、の気分に滅入り、応挙は黙《もだ》す。

「その、氷の眼差しに、大和絵風の華《はな》やぐ飾りの技を、この頃は互いに混ぜて、良さを引き出し、やあやあ、驚いた後で、胸を圧《お》されるわ」

「おお……きに」

そうなんえ、やっぱ、解ってくれよる、こん人は、と応挙は、恋心を、切り換えようとする。

けんど、気持ちの切り換えなんど簡単にできるわけはないわい。

「ただ、な。次が必要とゆう気がするわ。卑しいとされながら逞しゅうてしこしこ稼ぐ商人、使い捨ても覚悟の汗水垂らす職人、最もの宝を作りながら、つまり、米や麦を作りながら腹を減らして飢える百姓、武士の下っ端で上の罪を被るしかない侍、その下を武士と人人が勝手に作る人人……この、俗の俗の界《かい》についてが、即ち、おぬし、あんたはんの壁や。次の将来や、ここの境を越えるところが」

「えっ……へえ」

今は、落ち込んで、早くこの部屋から消えたい応挙だが、かなり、いや、あんじょう気になって「そうやねん。そこ、やったかも」と思うことを蕪村は口にした。

「食うため、多くの人に画を観《み》てもらいたい欲は解るが、公家の偉い人や豪商ばかりに頼っていては、目差す的《まと》より、その手立《てだ》てで俗が逃げてしまうのやでえ」

「へ……え」

今は、あんまり説教は聞きとうないのやとなお思うが、確かに、公家の上の人、商人の最も儲《もう》けてる人だけに頼っていては、あんな、そんな、そうやて、画に感じてくれる人人は限られ……てしまうのやな。いや、そないなことでなく、画を描く構《かま》え、誰のための画かということやねん。

「円山はんは、綿綿《めんめん》と続く天子の血族や姻族の美しゅう感じるところ、戦《いくさ》もないのに幻《まぼろし》の血の争いを求めて実は現《げん》のちっこい規《のり》と法度《はっと》を求めてばかりで美は切腹しかあらへん侍、銭金のためには情も道理もずかずかと踏み込んで台無しにする大商人《おおあきんど》の、そうや、その美《び》しか見とらん」

「ま……生きる智恵、それに、先走って画を観た上での値打ちにその御人らが正しゅうと思うさかい」

　ここは、いかに、こん男に振られ、拒まれても譲《ゆず》れぬ境《さかい》かも知れへんと応挙は、不貞腐れには行かずとも越えられぬ拘《こだわ》りの一線として、ぼそぼそ言ってしまう。

「俺、わての言いたいのは応挙はん、違うのだよ」

「そ……う」

「それ自らの美《び》も、美を炙《あぶ》り出す醜《しゅう》も、それ自らの醜も、それぞれの人人に、地《ち》に、国に、職にあろうけどや、そもそもの美と醜の考え、思い込みの枠《わく》を取っ払うことが大事と言いたいのや」

「ええっ」

　なにゆえ絵師が在《あ》るのかと問われれば、それは、とどのつまり、美しさを表わすためと応挙は長い間、信じてきた。それへの報酬が銭金なのや。その美の技の磨《みが》きに、せやから、精を傾けてきたのやて。

「びっくりせんといてくれ。何、俺も、ここのこんぴらさんにきて、町人、百姓の演じる芝居、そうや、上方《かみがた》の歌舞伎と似て、まるで別で、もっと味のある義経《ぎけい》と弁慶《べんけい》、作った話やろが女郎衆と貧乏芸人の劇の粗末《そまつ》な舞台での必死なそれに参り……美醜の区別は下らぬ、詰まらぬ、意味がないと知ったのや。美醜の底にある、いんや前に横たわる、人の避けようのない科《とが》、罪、悪さとの真っ向からの、正面からの、取り組みや……そこに真《まこと》を探す、これやないのか……と」

「へえ」

よっし、振られた淋しさの深さは今夜からかなりのはず、明日から、その芝居を観《み》て考えるさかいに……と応挙は、ちょっぴり、気を上向かせようとする。

「応挙はん、俺、わてに明きらかに拒まれたことを大きなきっかけにして、おんしゃ、あんたはんの氷の眼の写生の画、大和画《やまとえ》を越える華やかな飾りの二つのなかなかの味を蹴っ飛ばし……美醜を越えた人の苦しみ、哀しみ、笑い、愁《うれ》い、歓びを画に託すが宜《よろ》しいわ。時に、それらを隠さず、覆《おお》わず、求められる以上に露《あらわ》に」

蕪村は、無責任な思いつきではあるまい……おのれ応挙が薄薄は感じている生涯の宿題が見え隠れしてくることを口に出した。

「俺、わては画では応挙はんに敵《かな》いっこないのやが、一人の競う絵師として精進するわ」

「そ……う」

「俳諧も、みんな仲良うして座《ざ》としての楽しさは素《もと》より、独り立ちする、ひとりぼっちの淋しさはあるとしても、五七五の発句の独吟に、美醜を越えた地平で粘るつもりや」

「そう」

「ほんじゃ、今宵は、さいならや。一旦の別れの刻《こく》だわ」

「へえ」

気を落とすまい、しょんぼりの姿を見せまいとしながらも、未だ三十六歳の応挙なのに、足許が揺らぐ、ふらりとして宙《ちゅう》が動く……。

「しゃきっとせえ、応挙はん」

「………」

「これからも、画の上位者としての応挙はんを敬い、競う的《まと》として越えんとし、男の友として忠告するさかい」

「はい、よろしゅう」

「けどな、応挙はん。そもそも、公家の上の人、武家の偉い人、商人の儲け頭《もうけがしら》とばかり付き合うての芸、美の追い求めは駄目そのものやで。町人衆、罪人、乞食の中に入って交わって、腹を割ってのそこがほんまもんの人や」

「えっ……はい、考えますわ」

応挙は、隙間風に晒されて畳の目が黄色く毛羽立つ宿を出た。この御人は、無理難題を正面から突きつけ、困りもんやて。ん？　けどな、けどや……いつか、考え直しまひょ。

あまりに立派な書院への足取りが、蕪村からの拒みに遭《あ》っただけでなく、今までの画の業《ごう》ごとき底が見えてきたようで刑具の樫《かし》の木や鉄の枷《かせ》を嵌められたように重い。

——しかし、確かに、応挙が京へと戻る舟着き場で、蕪村は見送ってくれた。


——応挙は京に帰るなり、公家の祐常門主の求めではあるが『七難七福図巻《しちなんしちふくずかん》』に着手した。この図巻の『天災図』に、洪水とか地震の災難、追い剝ぎや強盗での、あるいは刑罰の人災を克明に、あたかも絵師がその場に居合わせたごとくに描いた。美と醜とは無縁に、人の人としての苦しみ、嘆きを表わそうと……。蕪村の忠告に従ったのだ。

――また、蕪村に拒まれて凡《およ》そ二年後、赤子から若い女、老女までの全裸の姿を『人物正写惣本《じんぶつせいしゃそうほん》』として局部まで、きちんと描いた。

――変わらず、蕪村は年に四度ほど応挙の四条麩屋町の住まいと仕事場に、あのこ、と、はなかったように訪ねてくる。

ある大寒《たいかん》の、凍てつく夜には、

《筆灌《そそ》ぐ応挙が鉢に氷哉》

の発句の独吟を即席で作り、紙に記した。

蕪村の友としての厚い情に感謝したが、なおそれより、その筆の文字が分かり易く、しかし、文字と文字が軋《きし》み合いながら、一文字一文字しなやかであることに「いつの間にこないに書の達人に」と応挙は驚きの果てへと……。

そして、強くねだり、蕪村の発句に記してある最近の、これから歌仙を巻くための準備の案の発句や、前もって見込んだ発表の句がおかしくなったのが書いてある、安い美濃紙のざらざら紙に記して綴《と》じた、それら、いんや、この御人のは詩や……その帖面を。

「そのうち、見せるわ」

照れていた蕪村が、その発句帖にいつも書き足して頭を傾《かし》げたり、「よおっし」と頷いているのに、実際に見せてくれたのは、ぼろぼろに紙自体が擦《す》り切《き》れ、でも、けっこう厚い帖面で、なるほどこの五、六年の間に自ら気に入ったり気にかけたりの句が貯まっていたのだ……ろうと解りかけた。

彼《か》の大いなる芭蕉すら、俳諧に無知なおのれ応挙すら、明明白に、駄作があると分かるわけで……あのやねん、済まんけど、蕪村さまにも沢山……ありま。

一度か二度、御目にかかった発句や独吟としての発句があるけど……何やら情と景色が迫ってくる。

おのれ応挙を振って拒んで、あっさり打《う》っ遣《ちゃ》る御人の句、それも独り立ちする自信のある詩なのや、諳《そら》んじて覚えにゃあかんて。

《こがらしや覗《のぞい》て逃《にぐ》る淵のいろ》

五七五の三句がみなぶっ切れた上での重なりや、木枯らしの凄まじい冷えた勢い、どこかの高台に立つ詩の担い手の蕪村さま、高台からたぶん見降ろした川か湖の淵の深さや色の濃さの恐ろしいほどの暗さ……やて。

《こがらしや何に世わたる家五軒》

あるさかい、この感じ。でも、句にしにくいやろね。大いなる天然の怖さの前でも、健気に人が生きておるのや……な。

《子を寝せて出行《でてゆく》闇やはちたゝき》

「はちたたき」は「鉢叩」や。空也《くうや》上人が可愛がっていた鹿を平定盛《たいらのさだもり》が殺《あや》め、上人が嘆いたことから京に伝わり、半俗半僧の人が念仏を唱えて歩く冬の四十八日間のこと。解りまっせ、わてとて、ひどう幸いにして一児の父親、聖《せい》にして純《じゅん》なる何かに必死に縋《すが》りたく、けれどや、その思いと、日日の細かにして大切な生活《たつき》とは同じゅうに並ばんのや。いつも、互いに逆へと向かい、ぐつさされ立つ。

それにしても、蕪村さまは〝闇〟が好きや。いや、拘《こだわ》っとるわ。

知りたい、こん御人の真《まこと》の……闇を。

知りたいのや。
《高麗船《こまぶね》のよらで過行《すぎゆく》霞哉》
幕府は異国舟の長崎への入港だけを許すわけで、この朝鮮の舟を句の作り手の蕪村さまは見たのやろか。たぶん、見ておらん。でも、外国《とつくに》への憧《あこが》れ、国の境を越える夢や望みを、そや、そや、その諦《あきら》めをも孕《はら》んでおる……幻の夢と、鎖す望みが……この大和の国の、この時世の。
《牡丹散《ち》て打かさなりぬ二三片《にさんぺん》》
わては濃《こ》さが過ぎて、疎いとしても遊女の三十代半ばの女を想《おも》い、花の王さま牡丹は好きであらへんよって。けれど、その、花の盛りが過ぎての、花びらの落ち行く音すら聞こえる詩や。よくぞ、五つ七つ五つの言葉、拍《はく》にこないな熟《う》れと、ちょびっとの哀しさを……画にはできへん。いいや、いつの世にかは、女自《みずか》ら、女の盛りの過ぎるのを哀しみ、芙蓉《ふよう》の枯れゆく花弁を、蓮《はす》の花の萎《しお》れゆくさまを。烏瓜《からすうり》の、宵《よい》に咲いて、束の間の二刻で萎《しお》れて墓無《はかな》い夢ごとき花を……。
《動く葉もなくておそろし夏木立》
「おそろし」など、蕪村さま、直に、露《あらわ》に、真っすぐな言葉、こりゃ、ないわ。と、思って、再び、この五七五を読むと、ある、ある、あるんえ、こうゆう、梅雨明けの森の、奇妙な、造化、大いなる天然の圧《お》す力に負けそうになった時が。わての場合は、鞍馬寺《くらまでら》への詣《もう》での森、三千院《さんぜんいん》の途中の木木だらけの道、嵐山の竹林ばかりで細かな風の流れがあると思いきや決して微かにも動かぬ筒《つつ》ごとき幹《みき》と葉の繁り……そうやねん、恐ろしい樹木、木木、森の底にある静けさの、強盗や追い剝《は》ぎに遭ったすぐ後みてえな、凄み……がこの句、いんや、詩にはありま。
《腰ぬけの妻うつくしき火燵哉》
蕪村さまの言う要の「公家の上、武家の偉い人、大金持ちの商人ではのうて普通の町人衆、罪人やなどなどの人人」の嫁はんのことか。それも、老いぼれたかみはんの腰抜けの姿か。よう、ぴんとこぬわ。待て、蕪村さまの嫁はんは、えーと、未《いま》だぴんぴんのはず、こないな句にはならへん。

あ、こりゃ、火燵の中で、助兵衛、男と女が交わった後の詩や。

わてには、終生、辿り着けん地平の思いやねん。

あん御人の、茶屋の芸妓どころか、危ない遊女に現《うつつ》を抜かしておるのはかなりの噂でんね。それでも……嫁はん、かみさんへの愛の句や。罪償《つみつぐな》いとちゃうか。

いいや。

助兵衛の俗の俗が、俗に塗《まみ》れたままに、純《じゅん》なところへと高められる……「うつくしき」そのまんまや。

――みな、熱《あつ》うなる、画とか言葉とかは何え。

ただの暇人《ひまじん》の、憂《う》さ晴《ば》らしか。

いや、万《まん》に一つ、銭金となるのやから、富籤《とみくじ》の札《ふだ》か。

うーむ。では、のうて、自らの目立ちたい欲、立派と思われたい見栄《みえ》かも知れまへんで。

それとも、それとも、おのれ応挙は、この七、八年、画の注文が多くて忘れいよったが、自らの言葉の芸、画の芸が、ほとんどの他の者が認めへんよって、認められるためがゆえの五人囃子《ばやし》、そうや、へんずりか。

解らへん。

けどや。

蕪村さまには、言葉、画、そうやねん、書も加えまひょ、もしかしたら、太鼓や三味線、踊りもありま、みーんなそれぞれ深く掘って、けれど繋《つな》げて欲しゅうおます。繋げることが、また、言の葉の詩、画、書、あらゆる芸の楽しさと面白さと美しさをきりりと立たせ……。

ん？

あれーっ。

美濃紙やろな、それが毛羽立つほどの句帖の終《しま》いに、五七五の独吟を記して、速い筆の脚二本で消してある……。目を、矯《た》めつ眇《すが》めつ、よくよく見ると……。

『かの東皐《とうこう》にのぼれば』

《花いばら故郷の路《みち》に似たるかな》

「東皐」って東の丘や、わても読んだような、彼《か》の陶淵明の詩の一節か前書きとして。それより、この句、ええわあ、勿体ない、二本の線で消すなんて。

生まれの場所、両親や兄弟のことを一切語らぬ蕪村さまが「故郷」を詩に託しておるんえ。

ふうむ、故郷の路には、棘《とげ》が痛《いと》うて、強い香りを放って、白くて小さい野の花いばらが咲いておるんかいの……。

どこやねん。

第七章　こないなはずでは……池大雅の力の源

師走《しわす》の京の朝は、行く道道、家の屋根屋根と淡い白さに満ちている。霜が降りたせいだ。

鴨川に、うっすら湯気が流れている。京の凍てつく気《き》より、川の水の方がほっこり温かいのだ。

明和八年。

長崎の通詞《つうじ》の下役をした人の話だと、南蛮、西洋では威勢のある国の英吉利《いぎりす》で、水を沸かして出てくる熱い湯気《ゆげ》で糸《いと》を織物にする力にするとか、人の力を借りずに道具のあれこれを動かす新しいものが生み出されつつあると聞く。わっとか言う英吉利人が初めて機織《はたおり》とかの道具に応用したとの話だ。

こちら、敷島、大和、日の本の国では、三月、江戸の処刑場の千住小塚原《こつかっぱら》で、殺されたばかりの罪人の腑分けと言って全身が刃物で切り裂かれ、開かれ、調べられ、「医のため」と検分《けんぶん》されたという噂だ。やった頭《かしら》は、蘭学者の前野良沢《まえのりょうたく》とのことだ。

あと二日で五十歳となる男が腕組みして、鴨川縁《べり》を歩いている。本多《ほんだ》風の髷《まげ》は、三割方白く、五割は胡麻塩《ごましお》の髪の色だ。

「ちぇっ」と、男は舌打ちをする。この男に、舌打ちは、案外に似合う。男の顔は大福餅に似た大きい顔の額に黒子《ほくろ》が一つ、鼻から口にかけて尖って盛り上がり、猫というより、数多《あまた》おる野良猫を一町《ちょう》・三千坪《つぼ》ごと纏《まと》めて圧《お》す猫親分の雰囲気を持っている。顎は、猫にある円《まる》みよりもっと大きく緩やかである。

男の名は、池大雅《いけのたいが》。

生まれは京の西陣、四歳にて京の銀座の下役の父に死なれ、母に一人っ子として育てられ、可愛がられた。

七歳にして清光院一井《せいこういんいっせい》に唐様《からよう》の書を学び、宇治の万福寺で書を見せ、その住職らに「神童」と驚嘆された。

画においても早熟で、十五歳で母と共に扇も売る判子《はんこ》などの印刻《いんこく》の店を京二条にて開き、扇には唐様の画を描いて職としての絵師の初歩を始めた。売れ残った画扇を背負って行商もした。

二十三歳頃から、唐《から》から伝わった指墨《しぼく》の絵画で名を成し始め、江戸に出て売れだした。指先に墨を塗り溜めての技は、墨と水の鬩《せめ》ぎあい、滲《にじ》み、線と面の割合い、濃淡を教えられ、西洋の画を見てからは写し取りの確かさ、陰影のつけ方、遠い近いの技へと開花していった。

憑《つ》かれたごとくに旅好きで、そこで出会う山岳、樹木、川を克明かつ力強く描き、真景画《しんけいが》の名人、奥行きの深い文人画、南画の絵師として、四十代で京での位置を確立していた。

大雅の妻は、祇園の茶屋を営み和歌を作って京に名を馳せた梶《かじ》の孫の玉瀾《ぎょくらん》である。画も和歌も作る。茶屋を取り仕切って男と女について知っているのに、焼き餅をひどく焼く。

大雅には、この国で普通であった唐の明《みん》の刻風を秦《しん》、漢《かん》の復古調に一変させた篆刻《てんこく》家の高芙蓉《こうふよう》、書家の韓天寿《かんてんじゅ》を親しい友として、また自称他称の弟子が沢山いる。画の理と論、古今東西の書画や古道具の収集で有名な大坂の商人の木村蒹葭堂《けんかどう》もその一人だ。もっとも、蒹葭堂は十三歳で入門したとはいえ、既にその頃から「絵画の売《う》り捌《さば》きのための関わり」とも良くない評をされていた。

「ちぇっ。なんで、あないな五十六の蕪村ごとき爺いに、初老とはいえ男盛りの四十九のわいが……

完璧な勝ちをできんかったんや」

大雅の吐く息と呻き声が、白く、狐《きつね》どころか狼《おおかみ》の尾っぽもかくやほどに鴨川の流れの真ん中へと拡がっていく。


——あれは今年の六月、大暑《たいしよ》の次の次の日あたり。わい、大雅は、尾張名古屋は鳴海《なるみ》の代代続く大尽の下郷学海《しもさとがくかい》の注文の『十便帖《じゆうべんじよう》』を、茹《う》だる暑さの昼、手の平まで汗に塗《まみ》れて画を汚さぬよう乾いた布で易者の気にする生命線まで丁寧に拭き取り、下郷学海の使いの者に渡した。もっとも、この画帖は中指の先から肘までの一尺の半分の真四角なもの十枚で、もう一人の絵師の十枚と合わせて一と揃いとなる。関東で主に使われる金貨の小判二十枚二十両が紙に包まれて謝礼として出され「そうや、格下の下の俳諧名は蕪村、絵師としての名は、えーと、あのぅ、そぅやった、春星《しゆんせい》とかやて、それと競い合ぅなんつぅあほらしい役をやるのやから」と、その小判の心地良い重さに、不満は消えた。十両は、白米十石分や。一石は十斗つまり百升。せやから二十両では二千升の白米を買うてやれるわい。嫁はんの玉瀾も、わいの女への手出しの数数に文句をつけへんようになるに違いないよって……甘いとゆいはりまっか。

下郷学海を操《あやつ》っておるのは、やつ、蒹葭堂や。わいの弟子と称してちぃーっとも学ばず、商人だから頭を低くして揉み手はするが、不遜《ふそん》の態が見え隠れする。せやけど、謝礼を年に二度、他の弟子の五倍を、何と十三歳の頃から払っておるんえ。もっとも、わいの力や関わり、伝《つ》て、陰《かげ》で、その百倍、うんや五百倍も儲けておるとの噂や。

んで、注文は、「唐《から》の明《みん》の終わりから清《しん》の初めにかけての文人やった李笠翁《りりゆうおう》の『十便十二宜詩《じゆうべんじゆうにぎし》』を画に」やった。ま、その李笠翁の詩は、兵乱を避けて山中に侘び住まいの暮らしを「不便やろ」と聞かれて「ちゃう」と答えた御仁やて。

わいが描いたのは『十便帖』の方で山の中の暮らしが都や町で得られぬ人としての楽しみ、手軽さ、そ、案外の便利さや。

蕪村とかゆう垢抜《あかぬ》けせえへん画を描くのは『十宜帖《じゅうぎじょう》』の方じゃ。文人の田舎暮らしの造化、天然、自然やて。

そもそも、勝負にならへん、わいと俳名・蕪村とかの爺《じじ》いとは。年一度の勧進《かんじん》相撲でいうと、東の大関がわい大雅、四股名《しこな》、いや絵師の名をころころ変えて幕下と幕内の間をのんびりうろうろしているよる、春星とか、覚えられんゆうて、そう、長庚とかのあないへぼの絵師とは。

下郷学海の求めとゆうより、あの画や古道具の値打ちを定める理と論を刀に鉄砲にして、本来の儲けに賭ける商人の欲を果たしておる木村蒹葭堂の狙いやろ。

本来は狡いが、ま、やつの方が遥かに格下、わいのできあがった『十便帖』を下郷学海が蕪村のやつに見せるのを了解して、つまり、わいのを手本や踏み台にするのを許してから三月《みつき》、秋風がひゅーいと吹く九月、やつのを見せてもろうたわ。

下郷学海が京に上ってきて、京の宿やった。

当たり前やんか、おのれ、わい大雅。

圧《あっ》する勝ちでしたえ。

その、証しは、わいの天賦の才がある眼《まなこ》からではのうて、冷えて静かな眼として注文の主の下郷学海が、「ほ、ほお。やっぱり、この大雅殿の『釣便図《ちょうべんず》』一つ取っても、主《あるじ》の釣り糸を垂れる顔つきの悠悠《ゆうゆう》さに味があるなあも。勝っとるでよお。蕪村さんの『宜夏図《ぎかず》』と較べると、蕪村さんの方の主は渋い面《つら》でよお、山中に籠もっとるのも苦し気だなあも」

と、正直で、優れて、正しい判定をしたわい。

そこへ、何が「序《ついで》に寄らしてもろうて、おおきに」や、どうせ、この十枚の画帖の値定めにきたのやろ、自称、わいの弟子の蒹葭堂がやってきて、わいのと蕪村のをとっくり見つめ、にやり、にやりの笑いやて。

ま、良《え》え。

蒹葭堂は、蕪村の図の余白の詩の真名《まな》書きに目を近づけながら
「蕪村はんは李笠翁の漢詩より、その意《い》の画を先に描いたのやろね、余ったところに詩を書き、款《かん》の『春星』の場は図によって区区《まちまち》、印もちぐはぐに押し、一つに纏まる感じが……せえへんね」

と、節穴《ふしあな》の眼力ではのうて、さすがや。

「それに、大雅はんのは一図一図の画の訴える的《まと》が確かどす。全《まった》き、仕上がり、完成の画でんね。筆一つ加える必要も……あらへんよって」

大雅師匠とか大雅殿と呼ぶべきやが、ま、許すわ、それより、うむ、よしよし、蒹葭堂の美しさへの勉強はしっかりしておるわ、その通りや。

「大雅はん、絵師は、そうやねん、美《び》を追う芸人は、自らを凄い技、力を持っとると信じ込み、せやさかい、競い合う絵師との闘いになると言の葉に絶《ぜっ》して厳しゅう気持ちになりはる……自惚れ、焼き餅、独り善《よ》がり、落ち込み。それがまた、次の力を生む……のや」

既に、蕪村の爺いは「独り善がり」もできず、「落ち込み」の底なしの穴に足掻いているやろと、大雅は他人《ひと》ごとのように聞き流す。

そうや、蕪村の爺いはこの負けの悔しさを、軽い、仲間で細《こま》い気配りをして互いに通《つう》ぶって、わびだ、細みだ、軽みだ、さびだと狭い解釈をして誉めあい、唐の詩に敵《かな》いもせん俳諧に熱を入れ直すと

良《え》えわ。

——ところが、だった。

注文主の尾張の素封家の下郷学海が地元へと帰る前に、もうちょっと、蕪村の爺いとの競《せ》りあいの勝利を確かめて心地良くなりたく、また、勝った点についてより吟味したい欲が湧き、次の日の未《ひつじ》ノ刻、昼飯を食って午睡《ごすい》をしての昼八ッ、学海の了解どころか大いなる歓迎の許、大雅は、学海の常宿の三条の鴨川河畔の部屋に使いを走らせ、ごく親しい友を呼んだ。

一人は、細身そのものの軀と骨ゆえ、逆に、篆刻《てんこく》の角張り、骨組のがっしりした力強さに参り、研《けん》鑽《さん》するのだろう、高芙蓉《こうふよう》だ。江戸の田舎者には未だ通用しないかも知れぬが、漢字の持つ本来の見事さを、唐《から》の秦《しん》や漢《かん》の時代の荒荒しい息吹きと素朴な形を取り戻したと京では名を成している。

「京は、この時季、ほうれ、回りが山岳だらけ、川に枯れ葉が集まって……秋の終わりやなあ」

秋なのに、夏用の、ひどく細かい縦《たて》の格子《こうし》のついた、狭く渡した横板《よこいた》に季節外れのとんぼの舞う簾《すだれ》障子をずらし、高芙蓉は、遠く吉田山や御所あたりから舞いに舞って鴨川にゆったり、あるいは慌てて落ちてくる枯れ葉を眺めた。

この、高芙蓉とは、大雅が十九歳以来からの、もう、そろそろ三十年間ともなるごく親しい友人である。大雅の母子二人だけの暮らしで甘やかされての世間知らずのあまりのひどさを、かえって、母子二人の切なさゆえに愛し、しかし、きっちり忠告してくれる一歳齢上の親友だ。桁外《けたはず》れの女好きの大雅に「芸のためにとおのれを許してはあかんで。何、多分、一人も百人も女は大した違いはないはずやて。嫁はんを骨の髄《ずい》まで可愛がるのがよろしゅうて」と忠告してくれる。ま、本来は儒学者だから、道の法《のり》にうるさいとゆうことか。

高芙蓉が、大雅と蕪村の競《せ》り合いながらの画帖を捲《めく》り、喉仏を尖らせて唾《つば》をごくんと飲み込み、両目を見開いて、顔を崩したり、軀の細身の上に顔まで枯れ芒《すすき》のそれをちょっぴり膨らませて両目を垂れ、終《しま》いに、出刃包丁二本の刃を重ねたみたいな薄い唇二つを酒に湿らせ、しかし、口を開かぬ。

そこへ。

同じく、十九歳以来のひどく親しい、書家ではあるが画も描く、四歳齢下の韓天寿《かんてんじゅ》が息急《いきせ》き切ってやってきた。この天寿は、品の良い公家みたいなのっぺり顔だ。

大雅、芙蓉、天寿の三人は遠慮もない間柄、天寿が芙蓉がなお見つめる『十便帖』と『十宜帖』を奪い、化けものを見るように目ん玉を大きくさせた。

「書の京の三名人、いんや、日《ひ》の本《もと》の三名人が、おいりゃあなも」

直の画帖の注文主の下郷学海が嬉しそうに全体を綿くずみたいに崩し、三人の顔を見て、大雅のところで止めた。

「画の実力は日の本一の大雅殿でもあったきゃあも。……そう、芸妓を呼びますじゃあ、ゆっくりしてくれなあも」

学海は、蒹葭堂の指し金に決まっている、二位円山応挙、三位伊藤若冲、四位池大雅の『平安人物志』の画家の部の序列を無視してくれ、立ち上がった。

——そうや、学海がいなくなるなり、いきなり、芙蓉が螽斯《きりぎりす》が鳴くような甲高い声をあげよってな。

「わいは、漢字の、あれこれ、えろう、ぎょうさんある形の画から意味をよこし、その形、隷書《れいしょ》・楷《かい》書《しょ》の元になる形、絵の匂いを残す形、素朴で荒荒しく潔《いさぎよ》い形、そうどっせ、篆刻《てんこく》を五つの時から、好きで好きで堪《たま》らんかった。そん文字の持つ意味より形に……と、幾度も話した通りやねん」

ずるずる、ちゅうちゅっ、と京人にしては品のない酒の飲み方を、珍しくも今は、朱塗りのえらく大きな盃で芙蓉はするんえ。

「あんな、大雅、天寿。石とか木、金《きん》にもやってや彫る篆書《てんしょ》の見事さは不滅や。唐や朝鮮の人を除けば、天竺《てんじく》の人、西洋の南蛮人は、ついにこの美しゅう形と意《い》を解らんで死ぬのや。可哀想……」

そりゃそうでんなと思うところを、芙蓉は、ぶつ。

「この漢字の美しさに背くのは、漢字を含めての筆の仮名書きじゃ。その、えろう大事な手本が、藤《ふじ》原佐理《わらのすけまさ》の書や。勝手気儘、伸び伸びとの評《ひょう》は、まとも、必死に、漢字を学ぼうともせん公家どもの中で、正しゅうて正しい手本として、何とゆうことでんね、八百年も通用してきたのや」

人生の四十年ほどを篆刻《てんこく》に賭けてきたのがこの芙蓉なのやから解るが、くどいのや。

「そうやっ。与謝蕪村の文字が、仮名文字が、まさにや、その真似、亜流《ありゅう》とわては見抜いたんえ……三条の脇の店やったか、ぼろくその経師屋で。そう、下手な松の画が浜辺に五、六本、よたよたと斜めに立っていよった。凧か嵐も描いておった」

やばいでえ、芙蓉はいつもと違うて、何かに背中でも押されるのか、腹でも下したのか、話の中身の回り道の迷いに入ってしもうたわい。

「あんな、芙蓉、早よう、話の尻《けつ》を言いや」

わてでのうて、天寿が急かした。

「許しや。そうや、売れ残ったその画に、発句が仮名書きであったんえ。覚えておる。《春の海終日《ひねもす》のたり〳〵かな》でんね」

「それが、何なのや、芙蓉」

「そう、俳諧の発句の話か、画の話か」

わい大雅も、天寿も、焦《じ》れる。

「何や、なぜや、今日は、狐の嫁はんに酒を注がれたように酔ってしもうて。そうやっ、その発句はどうでも良《え》え。その発句の文字が、篆刻《てんこく》の、凛凛《りり》しく、骨組みが逞しく、素朴にして素朴なる字と、対決、いいや、畏怖しつつ遊んでおるのや。気儘に、しなやかに、目立たとうとせんで、あっさり、朝の小便、朝の口漱《くちすす》ぎがごと……わては、やっと初めて、大和風の文字の柳のような、嵐がきても折れんで聞き流して含める優しさが解ったんえ」

何やて、もう、話の要領も得んで、芙蓉。酒は、もう、飲むのやない。

「あかん、大雅よ、目の前の『十便十宜帖』の、おんしゃの、京一、大和一の書は、負けや。良ぉ、自分で見いな、負けや」

この三十年ばかり、互いに励まし合い、その力を認め合い、厳しい批判もし合ってきた、篆刻で「印聖」とまで言われだした高芙蓉が、とんでもない、じらじゃらした人を食ったことをゆうのや、「負けや」と。しかも『十便帖』のうちの、画はもちろん、書も一番できの良い『課農便図』の漢詩に右人差し指を紙すれすれに差して確かめ、その次に、蕪村の『十宜帖』の『宜風図』の漢詩に左人差し指を引っつけてや、わい大雅をまじまじ見据えるのや。

「大雅。おまはんは余裕に高ぶり、甘んじて、いつの間にやら仮名書きの遊びに楽しむ爺さまに、真《ま》名《な》書き、つまり漢字で負けるようになったんえ」

なお、芙蓉のやつあ、責めくるのやて。

「見て、比較してみいや。蕪村の一文字一文字の力強さ、真剣さ……凄いわい。漢詩全体を通してもや、迫る力がありよる。なのに、一つ一つの文字に、敢えてか、わざとか、幼《おさな》さ、完璧さを敢えて欠かす、あるいは、強いて欠けさす……全体もや、何かがあるのや」

ここまで芙蓉が説くならと、わい大雅も、再び、わいの漢字と蕪村のを見較べた。

人生四十年、せいぜい五十年のこの時世で三十年も付き合うておる男に……は、なるほど嘘はないよう……や。わいの文字は、へなへなして、中途半端に腹を下《くだ》したように頼りない……わい。

「何かがある……潜《ひそ》んでおる……隠そうとして隠し切れんが……とゆう謎を持っとる文字や。蕪村の仮名書きのひしめきあって伸び伸びとも違う……漢字になると謎が謎として浮かび上がる。何やろ……この爺さまが老いても拘《こだわ》るのは……あにをしるだあ、何だべえ、やぶせったい秘密を持ってるべえ、蕪村の爺さまは」

二十前までは甲斐《かい》のどのつく田舎で暮らしていた芙蓉は、お国《くに》言葉を並べ立てた。思いが激しくなると、こん男はこないな風になる。

せやから、わい大雅も、芙蓉の通り名を呼んで、

「あんな、逸記《いつき》、大島《おおしま》逸記よ。肝腎《かんじん》の、要《かなめ》の、画は、どうなのや。えっ、おいっ」

と、三十年に渡る友と情をも無《む》にしても良《え》え、真《まこと》を知りたい、と切り返した。

そしたらな。

目鼻だちがはっきりせん、のっぺらの面《つら》ゆえか、逆に、その書は、真名書きは線がすっきり強く、仮名書きすらきりりとしてるのやけど、韓天寿が、口を挟んだ。

「画も、春星《しゅんせい》、そうや、俳号は蕪村の勝ちにて決まりでおるわい」

あっけらかんと、天寿が、掠《かす》れてはおるが、確かに、ゆうた。

「そりゃな、古道具屋、経師屋、骨董《こっとう》を扱う店では、五分五分やろ。けんどや、もっと目が肥えていやはる、銭金が絡まん、画の目利《めき》きには、三分七分で、おみゃあはん、大雅の負けとするやろ」

こん、天寿までが……か。この男が、武家の十四の女に孕ませた折は、大坂の名医中の名医に見

せ、あんじょううまくやってあげたのに。いや、わいも、嫁はんの玉瀾にばれぬよう、十度、いんや、十五度も、「昨夜は、わての家におりました」と嘘をついてもらった……けどな。

「どうしてや、天寿」

確かに、美を追う芸人中の芸人は、やつ、木村蒹葭堂の説いたように「自惚れ、焼き餅、独り善がり、落ち込み」が、描く、作るの大事そのものの力やて。わいは、天寿に問いかけながら「この後を、見とれ、爺い蕪村」、そんに、わいの上を行くとの評の「男らしゅうない応挙めえ」、「野菜を売ってなはれ、わけの解らん派手で細か過ぎる若冲めっ」と同時に思うた。

「聞いてるのか、大雅」

「え、うむ」

「おんしゃの画は、目を細めたくなるほど田園も山岳も丘も畑も川も清清としとる。とりわけ『課農便図』は。そこで、せやけど、全て、それで終わりや」

「ま、そりゃそうでんね、天寿」

「確かに、蕪村の画は、技は、かなり荒いわ。懸命になっておるが、技は足りんのや。人の顔つきも、ぼけーっとして、その心のさま、動きが分からへん、大雅」

天寿とわいの遣り取りを芙蓉は黙って聞いとるばかりでのうて、天寿の言《げん》に、一つ一つ頷く。あんねえ、お、おいーっ、書ばかりでなく、画についてもや。

その芙蓉が話を引き取り、纏めるごとくに「そうやねん、蕪村の画は、全てを描き切らず、物語りや情に溢れておりま。たぶん、俳諧の根っこの詩を作り、その中で、夢、嘘、嘘でありながら真《まこと》の情、謎、そうや、読み手、画を観る者に絵空ごとへの誘い、謎をよこす……よお、解らへんが、そこいらが画にもありまんね」

と、まだるっこいことを説く。

「そうやろ……か。むしろ、あの蕪村は、性格、質《たち》、いんや、人生そのものに救い難い闇を抱え……外見は、余裕たっぷりやけど、内側は迷いに迷ってどろどろ……とちゃうか。あるいは、心の闇に溺れながら、やけのやんぱちで詩を、書を、画を……。わては、その闇を、謎を知りとうてな、ちゃちゃむちゃくに」

天寿は、まるで、迷い犬、いや、迷子みたいに低い声で唸り、ついに、吼えるように喋り、唾まで飛ばす。

「どないな画の大家、名人でも、死の寸前までは挑《いど》み挑みの続きやて、大雅。がっかりせえへんとけ」

わいは、がっかりなんかしておらん、頭《あたま》にきておるのや。蕪村の爺いを盛り上げる昆布《こぶ》や鰹《かつお》の出し汁にされたのかと。

「そうや、蕪村はもう五十半ばを過ぎた老人にて、やっと芽を出しはった。あんた、大雅は、唐風に西洋風を交ぜての山河を詳しく写し取ることから、山河、人の根本の志を描くと良《え》え」

駄目押しのように芙蓉は告げ、まだ飲み足りないのか、漆《うるし》塗りの銚子から、盃を大杯《たいはい》に代えどくどくどくんと喉鳴りをさせて呷《あお》る。

――然れども。

池大雅は、その日から三日三晩、ほとんど眠れなかった。悔《くや》しくて……。

東山《ひがしやま》三十六峰の麓、知恩院袋町の家から一歩も出なかった。出られなかった。知恩院の鐘と、時折、風に乗ってごくごく微《かす》かに届くうぐいす張りの廊下の軋《きし》むのを耳にするだけだった。

が――誰も、大雅の、ぐじゃらぐじゃらして折れ曲がり、捩《よじ》れて捩《ねじ》れ、それが、自らの誉りと自らの値打ちへの信じとぶつかり合ってのしんどさとは解るはずもない。また、解ってもらうための言葉も行ないはしなかった。できなかった。

――しかし、大雅は『十便十宜帖』のことから、やがて、四季の山水図を描いても、あるいは題が月《つき》でも、遠い山、岸辺のさま、月など描かずに、つまり姿と形や態などより、その根の志《こころざし》というか心の風景を単純なさざ波によってのみ、例えば『東山清音《とうざんせいいん》帖』の中の『洞庭秋月図《どうていしゅうげつず》』のごとくに、扇の面に墨画を描くようになった。また同じ『東山清音帖』の『江天暮《こうてんぼ》雪図《せつず》』は、たった四本の太い、あるいは中太の線のみで描いた。形や態を越える、あるいは、形や態を捨て去りその核のみを摑《つかま》えるという地平へ……と。

そして……。

安永五年の四月に五十四歳で没する前の年には、大雅は自らの書の刻んだ冊子の板行《はんこう》を頑として承知しなかった。蕪村との勝負の件ゆえ……なのか。

池大雅の碑は翌年建てられ、高芙蓉が「故東山画隠大雅池君墓」と題し、韓天寿が書して刻した。

第八章　寡婦は躓《つまず》く……か

一

池大雅と与謝蕪村が『十便十宜帖』で競い合ってから、五年半が経つ。

安永六年、二月下旬。

西洋では悪魔の吉利支丹の要の要の「いゝえずゝが生まれて一〇〇〇に足して、南蛮では縁起の良いらしい七が三つ続く一七七七年」と長崎通《つう》の徒歩《かち》医者が言っている。本当か。

京の南、伏見《ふしみ》の夕方だ。

御陵《ごりょう》と寺院と田畑の間から潜《くぐ》り抜けて、鳥羽方角から、川のせせらぎが、誰だかの発句のように、隠された太鼓や三味線の音曲のように囁《ささや》き合っている。川が、多い。桂川、鴨川、東高瀬《ひがしたかせ》川、絡みあう用水と並んで、交叉している。

その微《かす》かな音鳴りに紛《まぎ》れ、酒蔵から、闌《た》けた酒の匂いがやってくる。あん御人が、病に伏しても止《や》めない、好きな、酒のそれだ。

浪花の海底の深さか、暗がりか、それを眼の光に持つ京女が思案顔で、手伝いの女が受け取った便りと、まずまず薄めの十丁ほどの冊子を見て、どちらを先に読むかと惑いながら、竹籠で包んだ手雪《てぼん》洞《ぼり》を引き寄せた。

女は、三十一歳。夫は、二条城の城内の二割ほどの広い田畑を持ちながら一と粒種の息子を残し、六年前、夥しい血を吐き、辞世の句などを作れずに、血を吐いて悶えながら死んでいる。死のさまの、救いたくてもできなかったことも然《さ》ることながら、夫の死から、いや、それ以前から決して埋めることのできはしない心や軀の薄暗い洞穴を抱えている。

なお残る稚《おさな》さの証しであろうが、そして、どの女も多かれ少かれ誉め言葉を信じるように、俳諧の連衆《れんじゅ》の人や近隣の農家や商家の人が言う「はんなりした瓜実顔《うりざねがお》の美人」と自ら思っている。元元は、ここ伏見からは御所のぐるりを二十度ほど回る道程《みちのり》の八里、京の御土居堀《おどいぼり》の内側の商家の生まれ育ちである。父親は上菓子《じょうがし》屋《や》、それも白砂糖の使用が許された商家の主だったが、娘に、この女に、算盤《そろばん》はもちろんのこと、七歳から漢籍、和歌、書を学ばせた。この傾きは、京だけでなく、この時世の商人の活力がかなりとなってきた大坂、そして江戸でも然りと全国を股に掛けての富山の薬売りの説というが、女自身は、富農の寡婦の身分、和歌から見たら品《ひん》がなく、なあなあの仲間うちの芸で〝美〟とほど遠いのであろうけれど、死ぬ前の夫の、それこそ死ぬほど惚れた夫が嵌まった俳諧を好むようになった。

そもそも、俳諧は、五七五の長句と七七の短句の作り手は違ってても仕上がってみれば和歌であるから、和歌の素《そ》を孕《はら》んでいる。人が一人で和歌を楽しむのも良いだろうが、二人、三人……七人、九人と楽しんだ方が人の世の本来の姿と、女は思う。

それに、俳諧の、句会や歌仙を巻く時の最初の発句、いや、あるいは前の句に頼りながら、次の句を期待しながらの長句の五七五は、何だかんだいって、潔《いさぎよ》い。たった一人、しんねりむっつり、自らの心と態《てい》に満ちて喜んでの五七五七七の和歌の作りは「むさんこ気色悪う」と女は思い続けている。

女の名は、柳女《りゅうじょ》。姓は、笹部《ささべ》。

田舎者の江戸の男どもが、川柳《せんりゅう》、付句《つけく》のみが独り立ちして季節はなくて良い、切れ字もなくて良い、喋《しゃべ》り言葉で良いの狂句ともいわれる五七五の中で「京女立ってたれるが少しきず」とか、解るのに少し手間取るが解ると腹の立つ「小便は近いと京の仲人口《なこうどぐち》」とは、まるで無縁に育った。立ち振る舞いの躾《しつけ》は実に厳しかった。

柳女は、死した夫の俳諧への熱さの波に染められた。夫、鶴英《かくえい》は、十二年前、伏見の川も凍てで音鳴りが硬い真冬の夕べ「わいは、俳諧を、一時《いちじ》しのぎでのうて、生涯一所懸命にやりまっせえ」と家に帰るなり叫んだ。その言葉がくっきりと、夏の暑さに参るとしても青そのものの山山、北に浮かぶ桟敷《さじき》ヶ岳《たけ》、鞍馬山《くらまやま》、比叡山《ひえいざん》の聳《そび》えのごとくに胸に湧いてくる。夫は「絵師の方が名の知れてる蕪村さまの弟子になるんや」と続けて言い、その発句を二つ挙げた。

《月天心貧しき町を通りけり》

月が夜空のてっぺんの真ん中の天心に高く照るのであろうか、この、「月天心」が、京の例えば東本願寺の回りの、それこそ日日の飯に困り切りひいーっひいっと苦しんでいる薄暗い路地をも大いに公平に遍《あまね》く照らす嬉しさを蕪村師匠は詩に託したのか。

《己《おの》が身の闇より吼《ほえ》て夜半の秋》

亡き夫がこの発句を七度ほど口遊《くちずさ》むと、じわり、その文字が、情景と共に湧き上がってきて、やがて女の胸の底を騒がせた。そして、この「闇」ってどないなことやろうかとも……。穿鑿《せんさく》でも良《え》え、業《ごう》というのか、誰の胸にでも棲《す》みついてしまう普通の人にある心の暗がりが……。それと共に、発句の作り手、蕪村ゆう師匠の特にある消しがたい暗がりが……。

そういえば、蕪村師匠は、〝闇〟を織り込んだ発句がなぜか冴えていると夫は言っていた。

《闇の夜《よ》に頭巾を落すうき身哉》

「うき身」とは越前や越後では「浮身」と記して遊女のことだとゆう。月も星もない真っ暗闇で、遊女は頭巾を落としてしまい、拾えない哀しさ、希《のぞ》みのなさに陥るということか。

いずれにせよ、そうですねん、柳女もまた真っ黒な闇を抱え続けてきた……。消せんの……え。

――夫が死して三年後、息子の賀瑞《がずい》と一緒に「夜半亭《やはんてい》」の門を叩き、「夜半亭」の二世を受け継いで同業者ばかりかお上《かみ》の認めで宗匠となっている蕪村の弟子となった。

弟子の少ない師匠の番頭格は几董《きとう》でそれからの弟子の順番はほとんど男が続き、女は少ない。仲間同士では「我が『夜半亭』は格式が高いのや」と慰め合っている。が、柳女は、京の宗匠でも二流の俳諧師の蕪村師匠の顔つきが凶悪人のそれ、目ん玉は獅子と野犬とを合わせたくらいに猛猛しく、顎はもう一つあるように抉《しゃく》れていて恐ろし気だからと推測している。つまり、師匠に手籠めにされるのではと女は弟子入りをしないのだろう。絵師としては京の五本の指に数えられているらしいので、まさか手籠めはしまい。そもそも、俳諧の宗匠は名を成したいとか弟子の金品の贈り物を当てにして各地へと行きたがるが、蕪村師匠は偉ぶっているのではなく、目の先の細かい銭金が欲しくて、いや、画も書もかなりの額で引き受けているとの噂だから、嫁が怖いのか、それとも、育ちが貧乏でその心の傷が尾を曳《ひ》いているのか、毎日毎日、汗水垂らして画と書を追いかけ働いているらしい。「あん師匠は、良くて真面目に田畑を耕す農の人、普通では怠けを知らぬ画の職人」と、柳女が出たたった五度の連句の席で、三度目に大きな部屋の隅で弟子が誉めか皮肉か声を低くして語り合っていた。

柳女は、なお、蕪村師匠からの便りを先に読むか、新春の俳諧の席で詠まれた句や送られた句を選んで板行《はんこう》した定例の春興《しゅんきょうじょう》帖を読むかと迷う。

どないな意味や……まさか……せやけど……。

なぜなら。

この前の句会で厠《かわや》に立ったら帰る師匠と出会い「決して消せない黒そのもんがある良《え》え目ん玉をしてはるな」と告げられたのだ。


——わたしの自惚れやろか。

あれは、二年半前。

初めての句会以来、ずうっと便りでの投句《とうく》だけを主にして、久し振りに、蕪村師匠から直の直しや、「夜半亭」の冊子に入集《にっしゅう》した嬉しさのゆえに、京の真ん中より下った四条の小路を入った酒旗《しゅき》を潜《くぐ》り、奥の広間に出かけた。

そうや、長月《ながつき》、九月の下旬。

京のあちこちの神社の祭りがあり、心が浮き立つと共に、淋しい西や北からの風が吹き始め、遠くに見え隠れする嵐山が紅葉してな、既に寡婦《やもめ》なのに、夫との恋の気分は桜花の淡い色やんしたが、こないな哀し気に燃える赤い色になりとうおますと、気持ちの奥深いところのどこかで、雨戸の隙間から流れ込む、二十九で罪ある恋で深井戸に身を投げた母の切な気な声みたいに囁きますのえ。その母の血を……わたしも。

そう、師匠は、句会に出たわたしに目を止め、どないな句を作ったか忘れましたが、会が終わって堂堂と、わたしの衣の下まで透《す》かし見るみたいに、まずは、帯の下の三寸、小指の長さ三つ分を、然《さ》り気《げ》ないように見つめ、わたしの尾形光琳《おがたこうりん》の図の、ま、高価やしたが、白群《びゃくぐん》の地に洗朱《あらいしゅ》の楓《かえで》が散る袷《あわせ》の衣の内側を覗くごとくに、胸の盛り上がりを見つめたのどす。じぃーっと、あの獅子と野犬の眼に加え厭らしゅうて鳥肌の立つ、内風呂の釜が壊れて偶偶《たまたま》行った銭湯の三助《さんすけ》の目を加え、乳房の形を見定め、乳房の嵩《かさ》を測るごとき、ひめたらし、ずるい、助兵衛の果てへとゆく両眼で……や。

わたしは、当たり前にも、二つの眼で、その厭らしい眼を弾《はじ》き返《かえ》しましたんえ。じろーん、と。

ほたら。

二十日ぐらい後に、五丁ほどの薄い冊子が送られてきて、わたしの句は、力や中身や新しさがなければ入集しないのにくっきりと記され、違う、ちゃいます、師匠の発句も、一句浮くようにありましたのどす。

《老が恋わすれんとすればしぐれかな》

と。

しぐれ、時雨は、普通の俳諧では、そこに天然、自然、花、鳥、風、月と似合うように歌い、作り、詩としますけどな、この発句は、恋心のやるせなさ、思いに賭けておるのどす。

気持ちが、ちょぴっと動いたのは確かやです。俳諧の発句の五七五は、和歌と違うて、恋の思い、付け文、便りは苦手《にがて》なのに、良《よ》う……と。

せやけど……やあ。

実際《じっさい》に、心が動くわけはあらへんよって。

わたしは算盤《そろばん》上手ゆえに、数える負《ふ》のことはもっとありま……。

いろは、の、い。詩の一つの形の俳諧を教え、導き、直す師匠と、学ぶ身の者に、恋情、軀のそれがあっては決して弟子は上達しない……はず。なぜなら、助兵衛の道具にされ、道具は道具で、俳諧の上達とは無縁おす。待ちいや、の気持ちもどこからかやってくる。軀と軀の関わりになれば、誉めは多くなるだろうが、厳しさは要の要を突くはず……解らへん。

いろは、の、ろ。夫が死して、未だ、とゆうか、既に、とゆうか六年。あれほど恋し、恋され、焦がれ、焦がれていたけれど、死なれた妻としては、恥ずかしいのやけど、女はありゃ、生きてまんね。母やけど、ここは、しっかりせんと。舐められま。息子の賀瑞も、もう、十二どす。「偉い人に靡《なび》く母さんは嫌い」とか「女って節操はないのですか」と問われるのは、あんじょうきつい。女の前に母親でなければあかんて……。母親が道ならぬ恋で自らの死を求め、そいで、その娘が苦しんだこと、わたしの十七までの人生を息子に繰り返させては仏が許さんて。

待ちいや、師匠が今の嫁はんと離縁すれば、許されるのとちゃうか。それは、あらへんね。蕪村師匠の与謝の姓は、亡き母の生まれが丹後の宮津付近の与謝からきておる、師匠が丹後へと長旅をした時にその与謝の町を見てから名乗ったと番頭の几董《きとう》はんはゆうてまんが、古い弟子の大魯《たいろ》はんは、上田秋成《あきなり》ゆう怪奇な幽霊話を書く人が「嫁はんから、浄土真宗の核の『悪人こそ許され、浄土に行く力を持つ』を身を以って教わり、『阿弥陀さまに生を与えられ、生かしてもらっていることに感謝します』から『与謝』なんや」と教えられたとのこと。ならば、芸妓と遊びまくる、年端《としは》のいかぬ少年すら人の有りよう年長の男の務めとして可愛がるゆう噂もちょこっとある師匠は、もとかの嫁はんの広う広う懐《ふところ》にいて、お釈迦さまの元で伸び伸び悪さをする孫悟空みたいなものや……嫁はんとは別れへん、嫁はんから奪いはできへん。

いろは、の、は、の負《ふ》のことは、せんぐり、幾度も心の内に呟《つぶや》いても飽きがこないのやけど、師匠は六十二の大老人でんね。わたしの齢の倍です。それに、あの、強盗、強姦、殺しをやり兼ねない顔立ち、あきまへん。

けどや。

女心《おんなごころ》を擽《くすぐ》らはる……ことも。

親馬鹿でっせ。くのゆう、一人娘が愛《いと》しゅうて堪らんらしいのですわ。不惑を過ぎて四十六、七で成した子供のせいやろか。それまでの旅の、放浪の人生を勿体ない、いいえ、立派どす、我慢して、やっと一人前の男はん、家の主となったのやから。それでも、長《なご》う間、四国の讃岐《さぬき》の金毘羅大権現に行って留《とど》まったとゆうから、ま、男という生き物はおのれが引き受けて行わなあかん務めを怠るのが希《のぞ》みの中の一番……らしゅうて。

師匠は京にやっと居ついても、そして、画と書の仕事は真面目に一日一日熟《こな》したとしても、花街に通う、歌舞伎を観る、怪し気な女の襤褸《ぼろ》の長屋に行くなどを繰り返しても、くのゆう娘の襁褓《むつき》を替えたがり、娘が四歳にして大芭蕉の発句を諳《そら》んじさせ、五歳にして百人一首を耳と口で覚えさせ、七歳にして漢詩の杜甫と李白などを学ばせ、九歳にして大法螺を吹く『荘子』を口誦《こうしょう》させ、十歳で彼《か》の『源氏物語』の『桐壺』と『夕顔』と『末摘花《すえつむはな》』だけを筆写させ、十三歳で何と、わたしは真言宗でもあるし読んでもいないけど、仏典の『無量寿経《むりょうじゅきょう》』とか、良おくはわたしは解らへん、その中のらしい『四十八願《しじゅうはちがん》』を幾度も文字通り鬼の顔をして写経させたと聞く。せやから、くのゆう娘はんは、算盤など学ばんかったらしい。ほいで、足し算、引き算、むろん掛け算もできへんさかい、世の中でどないにして生きてゆくべきか解らんままやと……。

そうですのや。

「あてのお父ったんは、あての友達も、あての着物の善し悪しも、食べたら毒になる食べ物も一つ一つ舌で調べ、嫁ぎ先も、亭主はんも決めてくれはったんえ。これからも、そうやろと思うと大舟に乗った楽しい気分どす」

その娘のくのはんがゆうた。婚を為《な》す一と月前、霜月《しもつき》半ば、わたしが偶偶《たまたま》出た俳諧の集いの時、目出度いことが待っている時とて、くのはんは胸と頭を弓形《ゆみなり》に反らし、甲高い、はしゃぎ声を挙げましてんね。

「やあ、やあ……あっ、ああ、いや、いや」

娘の場を超えた高い声を師匠が聞き、娘の婚の決まりへの嬉しさを鬼顔と獅子と野犬の眼に出しての雰囲気を山羊《やぎ》や子猫のそれに俄《にわか》に変えていたのやけど、それより、娘の話の中身の空《そら》恐ろしさにやろね、いきなりですねん、萎《しお》れましてな、腰を崩しそうになりはったんや。

あん、哀しい親娘《おやこ》や。とりわけ、娘は……。

そない、わたしは思いましたんえ。

せやけど……。

わたしは、待ちいや、普通は四十半ばは死の齢の頃、それでできた娘や、仕方ないのやろかと。

それだけでのうて、得意に満たされる娘と、急に凋《しぼ》んで凶悪面《づら》が悪戯好きの子猫の甘える顔となった師匠の正反対の図に、そうですねん、闇の一つを見た気分に陥りまして……せやから、蕪村師匠を両腕に抱いて、そう、倍の齢を食ってる男はんを慰さめ、宥《なだ》め、励ましてやりとうなりましたんえ。

それにな。

《己が身の闇より吼《ほえ》て夜半の秋》

ゆう師匠の句の、その〝闇〟を覗いて見たい気にますますなりましたんえ。

何せ、師匠はんは生まれたところ、父と母などの族《うから》のことは一切明かさんのどす。

上方《かみがた》の言葉と田舎臭い江戸言葉を使い分けているのは、このことを隠すためであらへんのか。

もっとも、おのれ柳女とて、誰にも打ち明けられん内緒を、罪深さを、闇を抱えて……久しい。

ま、師匠の闇、そうえ、謎もあれこれあって一つ一つ追い駆けたら、追い駆ける鬼がついに探し当てたのがみんな幽霊だらけみたい……なことになりそうなのだ。

例えば、画はあんまり人気がなかったのに、目利きの好事家《こうずか》の情けでようやっと京の五人にしてもらい、そして大家の池大雅はんと勝負をさせてもろうたのに、当たり前、負けて寝込んだとの噂の頃から、画は老いれば老いるほど凄みを増すものか、今は、親友と評判の京一の絵師の円山応挙はんほどの人気……。不思議な還暦過ぎの大老人や。どこで、どない思いで画の修練、精進してるんえ。

それなのに俳諧、ま、お上《かみ》に認められた京の宗匠の番付《ばんづけ》では末席で細い文字で載ってるだけやけど、わたし達の宗匠なのに、発句では他人の付句を突き放すような高慢さ、違いますねん、一人で、たった一人ぎりで遊ぶような……そ、詩へと漂っておます。海、山、川、樹木、花を写し取って遊ぶだけでのうて、唐の詩やこの国の和歌を内に含んでの遊び、離別した女や遊女の魂にもなり変わり、富める人も貧しい人も真っ当に相手にして夢を、絵空《えそら》ごとを、詩心をくれなはる……。俗に嵌まって……純《じゅん》でありまんね。

そうですねん、絵空ごとまで自由に作り、しかも、その中に人人の真《まこと》をちんと入れてま。例えば、嫁はんは生きておるのにや《身にしむやなき妻のくしを閨《ねや》に踏《ふむ》》とな。

女好きは、画の芸を追う男ならしょうもないことやが、男もどうやら受け入れ……。そうか、この二、三年、「食えんやつの面倒を見る」とか、左手首に入れ墨の線を押された罪人、博打《ばくち》打ちになれんかった者、こそ泥なども画の弟子入りを許し、どないなるのや、こん人らを俳諧の数少ないとしても弟子にしたり……。うーん、これは、嫁はんをもろうてから、一向宗、浄土真宗に関心が集まったゆえでっしゃろか。それまでは法然さま一本やったと聞くけどや、その弟子の親鸞さまに入れ込んでおるゆうことやろ……か。もっとも、師匠は表向きは未だ法然さまの浄土宗で、目立たんように浄土真宗を尊《たっと》び「隠れ吉利支丹ならず、隠れ真宗やて」と言う弟子もいる。親鸞ゆう御人は、師の法然さまの命《めい》なら「人殺しもやる」とかゆうたのは本当か。

そもそも、画と俳諧で、時に書で稼ぐとゆうことがどこでどない心と眼とで繋《つな》がっておるんえ。

——えぇーいっ。

柳女は、解らぬまま、便りより先に冊子を手に取る。黒い表紙に「春興帖『夜半楽』」とあるから、春先の句会の作とかが記されているのだろう。

摩訶不思議な……字が連なっていよるわあと、漢籍、唐詩も学んだ柳女だが束の間、戸惑う。

まずは、詩の標題と、和歌の前書きの詞書《ししょ》みたいな序《じょ》が現われた。

　春風馬堤曲《しゅんぷうばていきょく》　謝蕪邨《しゃぶそん》
余、一日《いちじつ》、耆老《きらう》ヲ故園ニ問フ。澱水《でんすい》ヲ渡リ馬堤ヲ過グ。偶《たまたま》女《ぢょ》ノ郷ニ帰省スル者ニ逢フ。先後シテ行クコト数里、相顧ミテ語ル。容姿嬋娟《せんけん》トシテ癡情憐《ちじやうあはれ》ムベシ。因リテ歌曲十八首ヲ製シ、女《ぢょ》ニ代ハリテ意ヲ述ブ。題シテ春風馬堤曲ト曰《い》フ。

ふーん、澱水《でんすい》って、京の桂川、鴨川、宇治川、木津川が一つになって大坂へと流れる大河の淀川、馬堤《ばてい》ってどこの土手やろ。わたしの親戚は浪花にいよるし幾度も行っているその大坂なのやろけどと思いつつ柳女は漢文を読み下す。そうや、以下は、嬋娟《せんけん》、つまり、たおやかなる、癡情《ちじやう》、そう、色気づいて色情に迷うような娘に出会い、その女に成り代わって思いを述べるという風《ふう》な意だ。

蕪村師匠は良《え》えなあ、身替わり地蔵みたいに若い遊女にもなりはる。

　　春風馬堤曲　十八首

○やぶ入《いり》や浪花《なには》を出《いで》て長柄川《ながらがは》
○春風《はるかぜ》や堤長うして家遠し
　堤ヨリ下リテ芳草ヲ摘メバ　荊《けい》ト蕀《きよく》ト路《みち》ヲ塞《ふさ》グ
　荊蕀何ゾ無情ナル　裙《くん》ヲ裂《さ》キ且《か》ツ股《こ》ヲ傷ツク
　渓流石《いし》点々　石ヲ踏ンデ香芹《かうきん》ヲ撮《と》ル
　多謝ス水上ノ石　儂《われ》ヲシテ裙《くん》ヲ沾《ぬ》ラサザラシム
○一軒の茶見世の柳老《おい》にけり
○茶店《ちやみせ》の老婆《らうば》子《す》儂《ワレ》を見て慇懃《いんぎん》に
　無恙《ぶやう》を賀し且《かつ》儂《わ》が春衣を美《ほむ》
○むかし〳〵しきりにおもふ慈母の恩
　慈母の懐袍《くわいはう》別に春あり
○春あり成長して浪花《なには》にあり
　梅は白し浪花橋《なにはけう》辺《へん》財主の家
　春情まなび得たり浪花《なには》風流《ブリ》

○郷《きやう》を辞し弟《てい》に負《そむ》く身三春《みさんしゆん》
　本《もと》をわすれ末を取接木《とるつぎき》の梅
○故郷春深し行々《ゆきゆき》て又行々《ゆきゆく》
　楊柳《やうりう》長堤道漸《やうや》くくだれり
○矯首《けうしゆ》はじめて見る故園の家黄昏《くわうこん》
　戸に倚《よ》る白髪《はくはつ》の人 弟《おとうと》を抱《いだ》き我を
　待《まつ》春又春
○君不見《みずや》古人太祇《たいぎ》が句
　藪入《やぶいり》の寝るやひとりの親の側《そば》

律義やな、師匠は。もう何年前やろか死にはった炭太祇《たんたいぎ》はんの句を終《しま》いに引いて。蕪村はんと太祇はんは親しい仲、太祇はんは島原の遊里に住み、芸妓や遊女に俳諧を教えていて、師匠は「その志と魂こそ詩を為《な》す人や」なんつうことを言い、俳諧より書の方を多く教え、実のところはそこで安う持て成されることを期待したのが本当……や、と柳女は悋気《りんき》と「芸の果てを追うて美《び》に辿り着く人の肥やし」と蕪村師匠を許しながらみな綯《な》い交《ま》ぜて一人笑ってしまう。

せやけど……。

そのう、あのう、こん歌は、どこか知らへんが田舎から出てきて、大坂の花街で働く若い娘が、藪《やぶ》入《い》りで故郷の母の元へと帰る詩であらへんか。それも、漢詩、俳諧、言の葉に掟《おきて》のある俳諧を越えた伸び伸び気儘、そうどす、自由《じゆう》なる詩での挑《いど》み……。新しい……。

二度、三度と読み直し、柳女にはこの新しいが奇態《きたい》な、せやけど、若い娘の切なさと里へ帰る安堵と明日の分からなさの一時に、頭を垂れてくる。

そして、柳女は気付く。

この変わった挑《いど》みの詩が、師匠はんの故郷への已《や》み難《がた》い、引きずるがおおらかに歌えぬ、くぐもって曲がる、思いを。師の、初めての……打ち明けなのかも。

えっ。生まれた里は淀川を渡ったところ、ならば「馬堤」はいずこや。

えっ。

——柳女は、三重に折り畳んだ便りを「あかん」、「はしたない」、「せやけど、早よう」と拡げる。

そう、でっか。

そう。

柳女は、蕪村師匠の書の文字の一つ一つがいつもの不真面目そうなのと異なり、犇《ひしめ》きあいがなく、照れ臭そうにひどく簡潔に映る。何かが起こりそうな気配すらよこす。

『さゝ部様』

柳女と、息子の賀瑞宛だが、賀瑞は嵐山の叔父の家へ遊びに出かけている。そもそも、この文字は分かり易い以上の優しさがあっても、息子には解るまい。息子は侍に生涯屈するしかない農の身分に目醒め、嫌い、これではならじと相撲、剣、弓矢の道ばかり追っている。

ゆえに、これは、柳女だけへの便りのはず。

「さてもさむき春ニて御座候《ござさうらふ》。いかゞ御暮被《おくらしなされ》レ成候や、御ゆかしく奉《ぞんじたてまつり》レ存候。……」

ふんふん、さすが、書《しょ》は隠れての京の一番、便り、手紙の中身は、もっともっと秀でているとの評判、「御ゆかしく……」など、これだけで上品《じょうぼん》の、あんじょう快い、すんずりした気持ちになりますわ。「ゆかしい」は、この京では、落ち着いた、奥深く惹きつけられる美しさがある意味……。

あん？

「『伏《ふし》見の人の句の入集』はあなたと御子息だけで他の人が立腹しないように気配りを」との旨の前に『春風馬堤曲《しゅんぷうばていきょく》』の説き明かしがあり、その詩の題の下に「馬堤は毛《け》馬《まの》 塘《つつみ》也。則《すなはち》、余が故園也」とあり、便りを手にする指先にまで汗が滲《にじ》み出るのを柳女は覚える。

蕪村師匠の出生地は、淀川の下流の毛馬……やて。たった一度だけは訪ねたことがあるんや、遠い親戚の法事でな、その毛馬村や。春は蕪《かぶら》の花いっぱい、晩春は土手に花茨《はないばら》、初夏に麦が熟れる大坂の海に近いところや。

――柳女は、蕪村師匠が初めて生まれた場所を、誰にも打ち明けていないそこを、打ち明けてくれたと久しくなかった何やらが地から湧き上がる嬉しさ、信用されている喜びに、胸が、そして四肢が、股間が湿りを帯びた火照りへと。

――しかも、別の縦が中指の爪先から手首までの三寸、幅は一寸にも満たぬ、小さな紙切れに、

「五月九日、望の日の夕七ツ、仮橋の荒神橋の東の袂にて御逢ひ出来れば恐悦至極にて候ふ」

とあった。

蕪村師匠はんは律義に日誌を記していると聞くが、ま、ちゃんとした絵師もそう、そいで、嘘を真《まこと》らしく嫁はんや世間を誤魔化《ごまか》すために書いていよるのやろね。良《え》え……どす。

二

川には、京の奥の方の北からの森の匂いと、生きて迷う川魚の匂いと、川草と川藻《かわも》の匂いが混じりあっていると初めて知った、三十一にして。

柳女は、構《かま》えて、荒神橋へと行った。

寡婦とはいえ、雇人《やといにん》が七人もいて家を空けるのはしんどい。しかも、農のあれこれが始まるせわしない時。生活《たつき》と恋心とは戦《いくさ》でありまんねとも、戦ゆえ、その間に為すことは意味が高い値打ちを持つとも考え、荒神橋の東大路側で、約定の時より早く待った。

寺ばっかりで、ゆえに、精進落としとゆうのだろうか如何《いかが》わしい女のうようよする店が続く五条あたりを過ぎ、御所を背にして鴨川の右手の、四部屋の奥座敷までついている水茶屋だった。

さらさら、すうーん、すんすんと、川草や川藻と共に、狭いのに気張る高瀬川が流れ流れる脇の西向きの奥座敷だ。

あれ、格子窓から寅《とら》の方角に、大文字山《だいもんじやま》がくっきり、ごつさと心の広さの気分で、青く青く見えて……ま。

悪人面《づら》の最果ての師匠だから、いきなり帯を解かれ、押し倒されるのかと柳女は少し怖くはあったが、淡くも甘い期待をした。

が、思えば師匠は既に六十二歳。

柳女の心の中で思い描く若い頃とはまるで別で、息子の賀瑞より羞《はじ》らいのある頬の緩め方をして、地獄の鬼が有馬《ありま》の湯に漬《つ》かる感じをよこす。違う、せっかくの忍び逢いなのに元気がないのやて。ほいでも、師匠はその気らしく、茶屋の賄《まかな》いの老女を呼んで、酒と、季節でもないのに「鰻《うなぎ》の胆焼きはありまっか」、「それに、山芋のとろろに生卵を加えて」と精のつく肴を注文した。そうどすな、齢《よわい》も齢、せんどはできへんやろ、……可哀そうどすねんと柳女は弟子としての師匠への気兼ねの気持ちが、むしろ、救ってあげたい気持ちへと移っていく。そういえば、師匠はんは一昨年、胸にしんどい痛みを味わい、去年の十月は大坂で歌仙を巻いた後に病に臥した。

どちらかというと、口数が少なく無駄な言葉は吐くとしても黙《もだ》しの感じの深い師匠なので、柳女は軀の内の方から、かえって言葉が次から次へと溢れ出る。

——ほいで。

師匠は、わたしの縮緬《ちりめん》の白い半衿《はんえり》の下の胸へと続く首許を見つめたり、西陣織の小袖の靫草《うつぼぐさ》の花模様や気張って締めた鳩羽《はとば》色の地に臙脂《えんじ》の蝶の飛ぶ帯にはあんまり目を留めず、その下の小袖の衽《おくみ》あたりの盛り上がる小さな丘あたりを、あの獅子と野犬を合わせて、その上、助兵衛の強突《ごうつ》く張《ば》りの眼の光が四《し》、何やら哀し気な瞳の少し薄濁った光の六《ろく》で見つめますのや。

そいでも、手も握らへん、こん師匠、この御人。せやから、あんじょう上手《うま》くと水を向けましたのや。

「一人娘の嬢《とう》はん、去年の師走に嫁ぎなはれて、嬉しゅうおますやろね。ふっふ、たぼたぼした大事な夜の床も慣れはったろうし」

となな。

あかん……みたいや。

「おいっ、あ、違う、柳女さん、柳女はん、違うのでえ。違いまっせ、大変な目に、俺の、わてのくのは遭《あ》ってまんね」

師匠は、いきなり、目ん玉の白いところに細かく赤い線を浮かべた。怒りの証しやろね。

「くのの嫁ぎ先の舅《しゅうと》、姑《しゅうとめ》はけちの権化《ごんげ》だわ。小間物屋の主なんだけど、暮れには、松飾りの代の半分、正月には重ね餅代の半分、雇い人への祝儀の半分。みんな、みーんな、その度に細かい銭を求めてくるのや」

師匠の気持ちは解る。師匠とてどーんと「新築でんね」、「家の建て替えやあ」、「嫁の孕《はら》みどす」だけでなく、月月にある祝いごと、「蔵開き」、「涅槃会《ねはんえ》」、「雛祭り」などには見栄を含めて銭金を、祝い物を、花を、米を届けたいのや。なのになのに……やな、細《こま》こう細こうきたら、腹が立ちまんね。

「それにな、うちの女房、嫁はんに泣いて零《こぼ》しおったと……『月に二度だけ……なのに、初めての夜から乱暴で、殴ったり、蹴ったりしはる』とな」

師匠の怒りは、段段と忍び泣きに近い声と姿になる。親馬鹿で嬢《とう》はんを可愛がり過ぎるとこうなるんえ。わたしも気をつけんとあかん。

「そう……でっか」

「わても、いつか、短い間、木彫りや人形作りに挑んだことがあるのや。画が売れんのでな。その気に入った一つの御所人形《ごしょにんぎょう》を毎日毎日抱いて……や、眠ったこともあるんだ」

気を許してくれてるのか、師匠はんの話には江戸弁が混じる。

「そう……でっか、師匠はん」

「うん。娘、くのもそう育ててしまったのや。世間を斜めに、疑ってばかり見ては駄目やが、そういう眼も要《い》るのだよ。わての躾《しつけ》、教えがあかんかった。わての……言うなり……に」

師匠には、確かに、おのれを省《かえり》みる力がある。もう遅いのやけど。

「まだ、ひい、ふう、みぃー、三月《みつき》どすねん。これから、これから、師匠はん」

「いいや、要《かなめ》の自分であれこれを選んで、切り開く力はねえ、あの娘に」

師匠はんは、いつの間にか怒り肩が撫で肩になったように円くさせ、げんなり、指先から手首まである五寸釘《ごすんくぎ》ほど下げた……とゆうのは少し大袈裟やろか。

「師匠はん、気を強く持ちなはれ。『案ずるより、産むが易い』でっせ」

「でもな、せやけど、もう、わての人生の諸諸《もろもろ》は、幕が降りたみてえなんだわ」

師匠は、せっかく注文した鰻の胆に箸《はし》を付けず、やっと、生卵を溶かした山芋のとろろを半分食べ、酒豪と聞くのに三合入りの徳利の酒の一合ほどを飲んだだけで溜息をつきなはった。

「そない弱気なことを話さんといてや。俳諧も、画も、はい、書《しょ》も、これから山の頂《いただき》へ、頂を越えて、空《そら》、大空へ……登りなはれや、師匠はん」

「うーむ、齢《よわい》がな。もう、尊《たっと》い友、別れがたい弟子、失いがたい俳諧の人は……鳥曇《とりぐも》りに消えて、彼方だ。俺、わても陸《ろく》な句も作れへんで、画も未だ唐《から》の南画の写しの枠《わく》のままで……終わりやて」

「何、ゆうてま。書《しょ》だって、池大雅はんとの勝負に勝って京一、上方《かみがた》一、江戸とは勝ち負けでけへんの当ったり前で勝ち、やあ、日の本一どすっ」

「せやけど、終わりや。画も、唐様《からよう》の近頃の南画、南画と写し切って飽《あ》きたわ。別のを描こうとしても、軀の芯《しん》や幹《みき》や手先が燃えねえのだよ。朧《おぼろ》に、ぼんやり、次のが……見え隠れはするけどや、力《ちから》が内側から湧いてきいへんのや」

やっと、気づいた。蕪村師匠は、思えば、女に飢えておらへん。わたしに、泣き、嘆《なげ》き、先の無《な》さの愚痴をこぼしたいだけなのや……と。

「達《だち》っ子の太祇《たいぎ》は死んだぜ、六年前に。弟子の召波《しょうは》もその年だった。二人とも死ぬ二た月《つき》前までは、太祇は枇杷《びわ》の木に登って甘い実を盗んで、俺に、わてにくれたし、召波は鴨川の上流の淀みに潜って真珠みてえな円い粒が魚の肌にある山女《やまめ》をくれたのや」

「そう……惜しい人を亡くしはって……な」

「違うぜ、命運でんね。人の類《たぐい》の」

「はあ……そうやろか」

「そうや、わての下らん発句集の序《じょ》を誠を持って書いてくれはった、加賀《かが》の千代女《ちよじょ》はんも、一昨年《おととし》、死んじまった」

千代女は、そうえ、加賀の国と遠くにあるとしても、蕪村はんより数段は格上で、その女人について師匠はぐんにゃりと軀の上半分を蒟蒻《こんにゃく》みたいにして話す。

しっかり、しなはれ。

あれ、あの、あれが、もしかしたら、そうや、師匠はん次第では待ってますのや。

「千代女はんの《渋かろか知らねど柿の初ちぎり》の発句は、うーはあ、はふう、女が、この国で初めて男と女を同じ眼で見る詩や。あ、許してくんなはれ、乙《おつ》に澄まして、気高い……あ、いや、済まーん、ごめーん、重ねて許してくんなはれ、笹部はん、柳女はん」

「師匠はん……ですから、えーと、ええ、全て許しまひょ」

「うん？　柳女はん、知っとるな。あん、俳諧の史《ふみ》、歴史が、たぶん、ついに越せない、自らの子を失った発句、いいんや、詩の心の、これ、これ、これぎりの一句を」

「はい。早い病死の亡き子を思うての《蜻蛉釣り今日はどこまで行ったやら》でひょ」

「そうやあっ。現の、実の、生きるそのそれの、一番に酷《むご》いことを……千代女はんは詩にしはったんだぜい」

ひく、ひく、ひっくと、師匠は、尖って太く、少年なら鹿や猪《いのしし》を矢の代わりに撃って使いたくなるような喉仏を、ぐ、ぐ、ぐぐ、ぐぐっとへこませた。

「大事で、ただこの人だけはの、悲しさも喜びも分けあう友達、先達、これからの人を失うのは……辛《つら》いわな。これも、長生きをした罪からや。それにや、惚《ぼ》けて、すぐさっき、今のしたことを忘れ、顔料や筆や礬砂《どうさ》の置いた場所を忘れるのや」

「みんな覚えてはったら、逆に、困りまっせ」

「せやけど、ま、老いは、死より怖いのだよ。友に先立たれ、娘の躾《しつけ》と育ては裏目に出る、わてはわてで覇気《はき》を失って細細《こまごま》しさと目先の仕事に酔ってか慣れてかの働きばかり……や」

師匠は、そういや、太く、斜めにきりりと反り上がる眉にすら、白いものを二割ほど入れていますわ。

「師匠、あんですねえ、老いたら、天然の凄み、海や川や山や空、草草の一本一本の葉と茎、人の情や……酷《むご》さまで、深く深く知ることができなはる……必ず」

ここで、はっきり、師匠の、老いの惚けや、物忘れや、気力の薄《うす》れから、死へまでの必死な足掻きと踏ん張りのためには、わたしは僕《しもべ》となり、中間《ちゅうげん》となり、奉公人となり、乞食となっても良《え》えと、決心しましたんえ。

「柳女はん。男の根っことして、女、女子《おなご》への欲が少のうなり、ああ、いや、欲があってもそれが、まるで駄目……でえ。この二年、二年半……ばかり。若衆にはもっと駄目……やねん」

獅子でも子供のそれが泣いてぐずる顔となり、師匠は天井を見上げて頻りに瞬《まばた》きをしはる。そうどす、同じ子猫でも、飢えて甘えながら餌を求める生まれて七日の猫みたい……にや。天竺《てんじく》に棲《す》むと聞く獅子は見たことあらしまへんが、獅子と猫はもしかしたら同じ類かも知れんとも思わせ……。

ほな。

男の若衆にも、一丁前の男の嗜《たしな》みや見栄《みえ》でのうて、真面《まとも》に向こうてます……のやね。純《じゅん》たる構え、粋《いき》な情どす。

「あんなあ、師匠はんは、祇園の小雛《こひな》、小糸《こいと》、石松《いしまつ》とか言わはる芸妓を可愛がって、仲の良《え》え、けんど、死になはった太祇《たいぎ》はんが俳諧の根城《ねじろ》にしてた島原《しまばら》の、はい、西新屋敷《にししんやしき》の街の揚屋《あげや》でも……持《も》て、持てて困っていやはるとの噂。そこなところ、どないになっておりますねん」

ついつい悋気《りんき》から、嫁はんしかできへん問《と》い質《ただ》しをしてしもうたのです。

「みーんな試した果ての終わりで、そうなんだわ。決して消せねえ心の闇との絡みと、それに助兵衛の欲こそ、画も書も詩も、おっと俳諧も……力の源と、今さらに知らされてま。しんど、しんど、げっつう……しんど」

師匠はんは、天井を見上げて睫毛《まつげ》をぱちぱちさせたのを止《や》め、節穴《ふしあな》一つだけを見つめましたんえ。

待ち……い。

わたしの操《みさお》は大切中の大切としても、京の、上方《かみがた》の、違います日《ひ》の本《もと》の俳諧の、そうどすねん、命運が、今、ここにかかっているのかも。画では、かつて百年、五百年、千年残る光琳はんとか今は応挙はんとかいやはるし、書も、弘法大師さまや道風《とうふう》はんら三蹟がそもそもおるんえ。今の時世は俳諧でんね、普通の人が大和言葉を知ってるのなら楽しめる詩、とりわけ発句や長句の今とこれからずーっと先の命のために……わたしも腹を括《くく》って命懸けで、師匠の男の蘇《よみがえ》りを、というより、欲を蘇らせねばあかんのとちゃうか。

それは、何によってでありま。やっぱり……。

「師匠はん、恋して遊ぶ女人は芸妓や遊女ばかりと聞いてますが理由《わけ》はあります……のやろか」

「はあ？　そりゃ、島原の置屋の『桔梗屋《ききょうや》』で女達と書《しょ》を遊び、俳諧を共に学んだ、俺の、わいの友達、炭太祇の詩、句に、《蚊屋《かや》くゞる女は髪に罪深し》の通りや」

「分からへん……え」

「罪深さ、業《ごう》、地獄なのに色に乱れる……玄人《くろうと》の、そない女が堪らんほどに哀しく、好きだからや」

当てずっぽうに、蕪村師匠の経た女について問うたら、そのまま真っ当に答が返ってきましたんえ。

師匠の嫁はんも、火のないところに煙は立たんゆうけど「芸妓どころか遊女の下の方の飯盛女の出」と俳諧の門人でのうて町家《まちや》の呉服屋の女将《おかみ》からひっそり、せやけど怨みのあるように眉を逆立てながらの言葉を思い出しますわ。

確かに、女の誰もが望んで芸妓や遊女を、場合によっては五条橋の袂《たもと》で誘って鴨川の河原で交わる惣嫁《そうか》、江戸ではなんでやろ、俳諧の夏の季語の夜鷹《よたか》と呼ぶらしいけどや、そないな女になりとうない。親が死ぬとか、貧しゅうて親に命じられてとか……が、その道やて。

うーん、素人は追わんでその職の女とのみ裸で交わる師匠はんの心の底の底は……闇そのものおす。

そう言えば、そうやあ、昨今の師匠の句や。

《狐火や髑髏《どくろ》に雨のたまる夜に》

怖い絵空ごとが現《うつつ》となるのやな。八十年前に亡くなりはった大芭蕉はんに知らせたい句や。

《山人《やまびと》は人也かんこ鳥は鳥なりけり》

五七五や七七の詩の掟《おきて》を易易《やすやす》と破って、最も簡単で当ったり前のことを唄い切れるのや。

《盗人の首領哥《うた》よむけふの月》

たぶん、この首領は浄瑠璃で知られておる、いいえ、謡曲でも有名な牛若丸に討たれる熊坂長範《くまさかちょうはん》や。あるいは子と共に熱い湯の釜煎《かまい》りで死へと罰せられた五右衛門《ごえもん》、石川五右衛門の心情を静かに句へと……庶民の最果てのところへ、悪人の心の底へ師匠の心情は行きまっさ。

そいでも……。

もう、三年ほどの前の句か、
《なの花や月は東に日は西に》の、菜の花の一面全ての黄色さや白粉《おしろい》に似た匂いばかりか、この、あんじょうどでかい大地の大きさと、荘子ゆう人の説く宇宙までに届く句ほどの規模や。

師匠は天井の節穴の一つだけを虚《うつ》ろに見つめていやはったが、やがて尻を向け、俯《うつぶ》せ、畳に顎を預け、静か、静か、いいえ、不貞腐れてか、いいえ、ちぃーっと違いまんね、やっぱり、先が見えずに、望みを失ない、あの怖く、逞しゅうて、なのにゆとりそのものの態を失くして……なまじの演じる技ではあらへんね、鬢《びん》と耳たぼの狭い間を忙《せわ》しなく掻き毟《むし》る。

そもそも、吐息、溜息ばかりで、好き心を口に出すのでものうて。

礼を欠きよる、放っときまひょか。

そうどすわ。

画も、わたしも気になってな、師匠の売りなはったのを、あるいは寺社に奉納したのを、経師屋か古道具、骨董、書画を扱う店に預けたのを、金持ちの商人の客間や店の玄関に飾ってあるのを観《み》たことが七度。

あきまへん。

樹木の生きてる嬉しさ、激しさ、厳しさ、伸び伸び仕放題の迫る力、山や岩のそこに在《あ》る力には参りましたけどや、みんな、ことごとく、人の姿も、唐《から》のそれですねん。獣、鹿や、鳥に「あーん、生きてまんね」と心を動かされたとしても……や。

「師匠、元気をお出しやす」

「人の生き死にの句読点《くとうてん》は、俳諧の切れ字より難しいわな」

話が嚙みあわんけど、人生のこの先の的《まと》を失くしたと映る師匠に一一《いちいち》ゆうても仕方あらへん……。

「それで、そのな、柳女はんは夫を若くして喪《うしな》い、ぽっかり胸に胆に穴蔵、夏も融《と》けねえ氷室《ひむろ》、蠟燭《ろうそく》の灯でやっと深さと広さが分かる洞窟を……抱えている気がするさかい、ついつい、甘え」

やっと師匠は、よろよろと軀を酒と肴《さかな》の載る膳へ、わたしの方へと向けなはった。

せやけど、良《よ》う……解ってる師匠や、わたしの心の奥とゆうより隙間風《すきまかぜ》だらけの廃屋《はいおく》のごとき……過ぎた日の、若い日の余りの科《とが》を見抜くように。

ここでっしゃろ、しなだれかかって、もっともっとこん御人の謎と闇とわたしのそれを照らしあわせるのは……。そ、恋のための我が儘の悪さ、あの消せない罪を、暗がりを……。

折《おり》しも、さ、さ、さあ、さすーんと雨の音がしめやかに、高瀬川のせせらぎと重なって囁やき始めましたのや。

けんど、けんど……。

「ならば、俳諧も、画も、書も何も知らへんわたしどすが……生意気な考えを、師匠に」

夫を亡くして六年の心と軀の淋しさを露《あらわ》にしたらさもしゅう、醜いと……。いや、もっともっと醜いことを為したのやから、気にせえへんことや。

「うむ、頼むわ。むしろ、素人の方が的《まと》の真ん中を射つ意見を持ちはるものやで」

なお、酒と肴に口をつけるのを止《や》めたまんま、師匠は言わはった。

「俳諧の発句を纏《まと》め、句集をもっと多く板行《はんこう》されたら良ろし。銭金は飛ぶやろう……けどな」

「ま、しかし、ひでえ文句が必ず湧くのや」

「そなな悪口より、五七五の楽しさ、哀しさ、遊び心をもっともっといろんな人に伝えんとあきまへんやろ、師匠。それで、町人、百姓、武家まで発句の虜《とりこ》にせんとな。仲良く、気心知れた者同士も良《え》えけど、一人、たった一人で一番短い詩に思いを托すのも大切な気いします、この頃、気がつきましたことですねん」

「なるほどな」

ほんの少し、師匠はんの瞼の下あたりに桃色が射しましたえ。

せやから調子に乗って、わたしは喋りま。

「師匠はん、絵師の人気、格《かく》のことではあらへんのどす、その中身でっせ。画が売れんと嫁はんも嬢《とう》はんも困る、師匠はんも女遊びをできへんとは解りまっせ。せやけど」

「せやけど……何や」

「師匠はんの画の十《とお》のうち八から九は唐《から》の画、南宗画とゆいまっか、その臭《にお》いばかり。ぐつ物足りんさかい」

「えっ……そりゃ、ま、そのう、知っておるな」

「親鸞さまに降参する前までは、いえ、今も荘子ゆう人に師匠はんは心の底から参り、御飯の種のためにも……は解るのどす。けどやあ、この敷島の、大和の、日の本の国の人、山、木木、川、海を……俳諧のようにや、できへんのやろか」

「あっ……えっ。『宇宙の一と欠けらの人』の荘子で、生きるまことの救いで親鸞聖人……互いに大切に絡みあって……一人合点だろうが、不思議にも一つや、今は」

再び、顔を青黒くさせ、師匠はんは口籠もり、わたしでのうて、高瀬川の涼し気な川音と雨脚がちょぴっと激しくなる音の入る、格子の整った形の窓、虫籠《むしこ》窓《まど》に目を投げましたのや。その瞳には、あれこれぎょうさんな思いがあるように映りましたわ。虚しさ、悔しさ、苦《にが》さ、躊躇《ためら》い……ですねん。いっしょくたに、別別に……と両眼の色すら変わるのやから、できまっせ、師匠は。

「円山応挙はん、京一の座はずうっとの御人の画は、唐の国に拘《こだわ》ってはないと感じましたえ。この国の天然の荒荒しさ、天を突くゆうより呪《のろ》うほどの叫び……やったような」

わたしは、禅寺でも格が高く威張っている相国寺《しょうこくじ》でひっそり見た、応挙はんの『七難七福図巻』の『天災図』の驚きを言葉にしましたんえ。

「うへーい。おい、おいーっ。応挙のやつう、やったぜえ。やったというのとちゃうかあ。応挙っ、喜べえーっ。ど素人が、やてーっ」

師匠は、いきなり、両手を天井へと挙げ、やあ、床が抜けますでひょ、身の丈半分二尺五寸ほど飛び跳ねるのどす。鬼面、悪人面、強盗面さえ忘れ、一寸前の萎れ切った態とはまるで別に……。

「あ、師匠、応挙はんとできてはるん？」

「ない、ない。誰にも言ってはあかんぞ。拒んでおよそ十年になるわ」

「あ……はあ」

「でもよお、せやけど、狂うほどに嬉しいわあ。応挙のやつう、画にど素人をも、ついに、動かし、感じ入らせるのをものしたのやあ」

わたしは、絵師、三味線弾き、和歌作りの人、もちろん俳諧に凝《こ》る人の自らに酔って自惚《うぬぼ》れになるのは自らを含め知り尽くしておりまんね。せやけど、どない親しい友としても、その人の素晴らしさに我がことより喜ぶ御人が……あるとは。

「あのお、師匠、もっと考えがありますえ。書《しょ》についても」

立ち上がったまま盆踊りか、京の舞妓の踊りかごとくにやりはる蕪村師匠はんに、わたしは冷や水を掛けとうなりました。

「まだ、あるってか」

悪人面が桃色に染まるのを好むのは絵師だけ。わたしは少し気色の悪さを感じましたんえ。それでも、こん御人のため。延《ひ》いては、最も短い詩と、画と、人との遣り取りの直《じか》そのものの書く文字のためでですねん。書《しょ》の根っこは、人が、別の人へと心を、折れ曲がる願いを、愛しさを、時に怨みや怒りを伝える最もの命……下手糞でも、上手でも、達筆でも、その一文字一文字に一人の情、感じ、知が、詰まっておりまんね。師匠の書には、とりわけ、墨の濃さ淡さに潤《うるお》いと、渇《かわ》きと、白い余白との楽《がく》、響き合い、時に酷《むご》い闘いがあるんえ。

「あ、はい」

間《ま》の抜けた頃に、わたしは、口を開きましたのや。

「六、七年前か、池大雅はんと画の勝負を師匠はんはしはって、画はともかく、書は勝ちの京の人の評」

「どうかな」

「勝ったのどすうっ。そもそも師匠はんの文字はど素人が、永字八法も何も知らんど素人が、止め、打ち込み、撥《は》ねなど無視してや、筆の圧《お》す力がなく滑らかなんどす。そいで、その詰めを、やりなはれ。文字だけびっしりは、誰も読まへん。師匠はんの得意で、師匠はんだけの俳画っちゅうのを入れ……文字が六分から七分、易しゅうて面白しゅうての画が三分から四分のを」

図に乗り過ぎでしたのやろか、わたしは、それなりに的《まと》を射たつもりの案《あん》を出しましたんえ。

「う……う……うう」

師匠が、呻きながら天井を睨《にら》むので耳穴を拡げて研《と》ぐ気分で聞くと、ただ、溜息じみた声ばかり。

どうやら、書の注文は多いと聞きますのやが、自信がのうて、ぐちぐちと躊躇《ためら》うらしいのどすわ。

「うう……うーん……んん」

通りゆく雨と、高瀬川のせせらぎと、師匠はんの微かな吐息と、三つが静かな重なりあいをして、ふと、わたしは、改めて気付きましたのや。

蕪村師匠は、この、おのれ柳女の軀が欲しいと呼び出したのではないのや……と。

ほなら、せやけど、なぜ……でんね。


――蕪村師匠の長い、長あい、炊《た》きあがった米を蒸《む》しておひつに入れて再び出すまでどころか、おひつの米を家族四人が食べ終わるほどの時をかけての黙《もだ》しの後に、柳女は、告げた。

「嫁はんのことを考えると、許しおす、と思いますけど、芸者、芸妓、遊女の女《おな》ごでのうて、区別せんで素人の女と……あのう、そのでんね……枕を並べたらどうやろ。芸にとって女ごとのことは必須の宝や」

この、推し測ったよりぱちっと、遊び女としか交わらぬ蕪村師匠に柳女はきりり言い放つ。

「ま、嫁はんのともに……罪深くてな」

「そない理由《わけ》は？　師匠はん」

「えっ……聞くな」

師匠が立ち上がろうとした。

「済みません、許し……おす」

「ああ。また会うてくれや。ほなら」

「わたしかて、消せない科《とが》を……獄門、火罪、死罪も已《や》むを得《え》んような闇を抱えてますねん」

「ん……ん……ん？」

師匠が座り直した。画を懸命に描いても、三蹟《さんせき》の学びなし、書の法なし、素人の伸び伸びさだけが良しの噂の筆を揮《ふる》っても貧乏から脱けられぬ蕪村師匠は、五分下《ごぶさ》げの髷《まげ》に油を使えないのかぼさぼさして白い毛が頭の左右の鬢《びん》に縞縞《しましま》になっている。

「と言うことは、俺の、わての嫁はんが……あのうだ、苦界《くがい》にいたと……知ってるわけでんね」

「あ……はい。俳諧の弟子の人と商人の女主人から」

「その噂を知らぬのは本人と嫁はんだけや」

蕪村師匠は、冷《さ》めて、おいしゅうない酒をごく、ごく、ごくーんと、漆《うるし》の掠《かす》れた艶《つや》のある洗朱《あらいしゅ》色の銚子をむんずと摑み、直に口を接《つ》けて飲む。

「それで……生涯の内緒にしてくれるか、くれへんか。俺は、わては……や。もっと……」

「約束しますよって、必ず」

「今、思うても懐かしく、そこへ『帰りたい、帰れんさかい』の心と、年端《としは》がいかぬとしても、決しては、やってはあかん罪を……やってしもうた心で……俳諧に、画に、書に、太鼓、踊り、三味線、時に、下手糞そのもんで琵琶《びわ》の弓弦《ゆづる》に逃げて、預け……裂かれ……老い、男のもんは……駄目に……耄碌《もうろく》し」

師匠の蕪村は、筆達者《ふでだつしゃ》だけれど決してお喋りでなく、こないに口が回るのは珍しい。よほど……気持ちの底の滓《かす》、澱《おり》、暗がりが溜まっているのだろうか。

「だから、せやさかい、俺、わいと嫁はんのともとは、法然さまの弟子の親鸞さまの説く教え、『悪人は救われる、むしろ、悪人こそ』の思いと結んでおる……ま、『本願《ほんがん》ぼこり』と真宗の偉い人は戒《いまし》めるらしいのやが」

柳女は、蕪村師匠とその妻のともの絆《きずな》が、見え隠れしてくる。強いのや、強いのですねん、強いのどす。こないなら、師匠に裸に剥《む》かれるのは無理や。

せやけど、ここまで打ち明けてくれたのやと、柳女は、決心する。

「わたしは、人殺しをしてますねん」

水《みず》っ気《け》は酒でたっぷり取っているのに、喉と舌が渇《かわ》く。

「えっ……あ……そう。よ、よ、良かったら、教えて下さらんか」

どでかく、猛猛しい、蕪村師匠の両眼が、くわっと見開き、目の白いところの血の脈が浮き出た。

「夫のあの人に惚れられる前には、恋敵《こいがたき》がおりましたんえ。四条通から、ちょこっと入った……紅《べに》、白粉《おしろい》、櫛や簪《かんざし》を売る小間物屋の一人娘の嬢《とう》はんでしたわ、その人は」

「うーん、そ、そ、そうか」

「その時は、一途な思いで……せやけど、消えてもらわんと、あん人と夫婦《めおと》になれぬと一年を越え悶《もん》悶《もん》……としましたんえ」

「そう……かあ。その、激しい心は詩そのもん」

「十四の秋の、荒れて大きな嵐が京あたりを過ぎた日、わたしは、その嬢《とう》はん、同い歳の十四の娘を殺すことをついに千載一遇の天の恵みがきたんやと決心しました……のや。その嬢はん、画と唐詩を学んでましたんえ」

「う……」

「嵐の次の日、明け六つ朝早く、秋なので夜明けは遅く薄暗い中、文字通り風前の灯の手雪洞《てぼんぼり》を提げ、その娘を葵橋《あおいばし》へと『良《え》え画と漢詩ができるよって、行こ、行こ』と誘いだし……もう、左の胸の上が痛うて壊れそうで」

柳女は、その時を思うまい、思い出すまい、考えまいとしてきたが、消せるわけもない。嵐は過ぎたが、なお風は強く、暗い中でも垂れこめた雲が速い流れで行く中、そうやねん、可愛らしいが消えてもらわなあかんその娘の睡た気な目の下の腫《は》れに「止《や》めよ……か」と束《つか》の間《ま》、迷ったことを。

けれども。

「ふみ、見てみい、鴨川も唐《から》の大きな川と同じや」

「ふみ、もっと、身を乗り出さんと、漢詩も和歌もできへんよ」

「ふう……ん」

「そう……かあ」

その娘が葵橋の低い欄干《らんかん》から土色《つち》に迸《ほとばし》り、渦巻き、逆巻《さかま》く川を覗き込んだその時……柳女は両岸が寺と野原と森ばかりで人の気配のないことを確かめ、屈み込み、その娘の括《くび》れて細い両足首をいきなり持ち上げた……。川の激しく怒鳴りあうように騒ぐ中、娘が水に落ちる音も、悲鳴も……掻き消えた。

当たり前、なお、柳女はその娘の叫びもない静けさに悩み、その軀の軽さを思い出し悔いは増すばかり。

「話さんで良《え》え、その後は」

現《うつつ》に戻ると蕪村師匠は、獅子鼻の大きい鼻穴で、せわしない息をしている。

「噂で知りよると思うが、三十年前あたり、寛保の頃のお上《かみ》が裁きなどの公事《くじ》を改めた定書《さだめがき》によると、十五歳未満はせいぜい遠島《えんとう》、島流し……そもそも、十と二た月経っても罪や悪事が覚《さと》られん時は算盤《そろばん》の御破算《ごはさん》と同じやて……とのこと。お上は、その定書を知らせんけどな」

「知ってま……せやけど、奉行所の裁きなどより……一人の人として……恋の敵としてや、自分の利益だけを考えて、将来のあるいたいけな十四の娘を殺めてしまったなど……大日如来《だいにちにょらい》さまはもちろん、空海はんも決して許してくれへん。許しておくれやしても、わたし自らが許せへんよって」

「そうか。偉いわな。法《ほう》の裁きより、おのれの裁きを……か」

「せやさかい、亡きあの人との生活《たつき》が幸せであればあるほど……罪深さも嵩《かさ》を増し、あの人が早死にして悲しゅうて堪らんかったけど……殺したあの嬢《とう》はんへのごく小さな餞《はなむけ》、供養《くよう》とゆう気もするし、当たり前の仏罰による報《むく》いとの気も」

要《かなめ》の中の要を打ち明けたせいか、柳女の心の中が微《かす》かに軽くなる……。

「そう……か」

これだけを呟《つぶや》くと、再び、蕪村師匠は分厚い唇をきつぎり固く閉じてしまった。

夜が、更《ふ》けてくる。

もう、夜道を伏見までは帰れへん……帰りたくもあらへんけど……と柳女は思う。しかし、おのれ柳女の話をきちんと聞いて受け止めてくれるのは師匠もまたちゃちゃむちゃくに心に軀に、髪に、肌の細かい穴に、闇を抱いているゆえ……やろ、たぶん。

こう考えると、柳女には、蕪村師匠の凶悪な面構《つらがま》えの底にある別のものが貌《かお》を顕《あらわ》してくる。

逢瀬の前と違《たが》えて、段段と気持ちが増しに増してくる。抱かれたいのや。老いて駄目なのは承知の上で、温《ぬく》いもので……。

「師匠、わたしの罪と暗い黒さを消してくれへんどすか」

「え……消しようがねえ、消せんわい、生涯、拘《こだわ》るしか……あらへん」

「そう……やろか」

「そうだ、せめて、罪への拘りを、不幸せな人、苦しむ人、悲しむ人……へと向け、せいぜい、それらの人人の罪の洗いや喜びを願って詩、俳諧、画に生かすしかねえ……やて」

師匠は「消してくれへんか」の求めを深くは推し測らないのか、つれない。

「あのな、柳女はん、おめこで罪や科《とが》が無《む》になるのなら、俺の嫁はんも俺、わての闇そのものもとっくに消えてまんね」

いや、師匠は解っていた。

「確かにだ、『大経《だいきょう》』、そうや、浄土宗、真宗の根本の経の『大無量寿経《だいむりょうじゅきょう》』の四十八願のうちの第十八願だ。『……念仏を十回となえても極楽浄土に往生することができない人がいたら、わたしは悟りを開くなんつうのを止《や》めまひょ』との、阿弥陀如来に出世する前の法蔵菩薩《ほうぞうぼさつ》の凄え、凄え、慈《いつく》しみやねん」

「え……許してや、解らへん」

あかんえ、解った振りをせえへんと、と、柳女は思ったが遅い。

「そうか。解らんで良《え》えよ。けどな、この第十八願には例の外があってな、『但《ただ》し、両親や高僧を殺すなどの五逆《ごぎゃく》の罪を犯す者は駄目じゃ』なのや」

「わたしは『般若心経』の『空《くう》』も解りゃしまへん……さかい」

少し遜《へりくだ》り、柳女は、師匠のかなり凝った仏のあれこれの一つに言葉を挟む。しかし、あの同い歳の娘を赤く褐色に染まって暴れる川へと突き落としたことをこの経の「色即是空《しきそくぜくう》　空即是色《くうそくぜしき》」の「色即是空」は、微かとしても救いになる。やった実の罪深いことの「色《しき》」を「空《くう》」として流し、薄めてくれ……そうなのや。

「そう……か。けどな、その五逆の悪さすら、親鸞さまは許されるとして『往生《おうじょう》できまんね』と言って、大丈夫と約束したのや」

「まさか」

「うんや、本当のことや。それを、もっともっと詰め切った書を、『悪人こそ、救われる』との説を、真宗の中心の本寺は、誤解を恐れて……内緒にしておるとの噂もあるのや。けどな、ここの思い、心、切なる親鸞さまの願いは、響くわな」

そんな、そんな、仏の教えがあるん？　と柳女はびっくらこいてしまう。京には、お東《ひがし》さん、お西《にし》さんと真宗の寺が大きいし、信者も多いのに、この肝心で要の教えを……もっと広めにゃあかんゆうて。

ならば、わたしも往生できると柳女に俄かに勇気が湧いてくる。

「この教えのきっかけを吹き込んでくれたのはわての嫁はんや……けどもな」

「せやけど？」

「経の教えや、理屈では解けん情、感じ、もの思い、引っ掛かり、棘《とげ》、ささくれはどないしても……消せんのやて」

「はあ」

「むしろ、罪と科と罰を気にして……詫びてもしようもねえとしても詫び……生きるしかないのやて」

ここまで言い、やっぱり、師匠は、自分柳女に何かを包んで、許してほしく、呼び出したのだと、色欲とはかなり違う嬉しさに出会う。そう、蕪村師匠は、六十二にして初めて生まれ故郷を打ち明けて便りに記してくれた……のや。

「けどな、心と軀に棲《す》みついて巣《す》を作る闇こそ……画と詩の一つの俳諧へしがみつく力《ちから》の源やな。健やかで、貧乏せんで、悩みのねえやつからは、ぶったまげる画も詩も作ることはできへんよ」

やっぱり、老人でも終わりの方だ、師匠はごろんと畳の上に大の字に寝転び、すぐに、母親に抱かれるように全身を丸めて横になる寝姿となった。

良《え》えでひょ。何もなしに、蕪村はんを懐《ふところ》に包んで……や。

――雨は止んで、高瀬川の音鳴りが赤子の寝息のようになったが、時は、町木戸が閉じてしまった夜四ッ過ぎ。帰れない。

柳女が仲居を呼ぶか呼ぶまいかと迷い、押し入れに気づいて開けると夜具が二た組ある。別別に敷き、気《き》を入れ換えようと両開きできる出窓を指先から肘《ひじ》までの一尺ほど開けると、蛍《ほたる》が青白い光を放って七、八匹、ううん、二十四ほど舞っている。

燭の火を吹き消す。

漆黒の世界となった。

「おっ、ここからも蛍が見えるわな」

済まんことをしてや、師匠が目を覚ました。

「おいーっ、窓のあちらに、向こうに、藍色《あいいろ》を残す空に、まさに黒色《くろいろ》そのもんの大文字山が聳えて、見えるわ。東の、そう北寄りやな。せやから、蛍の……仄白《ほのじろ》さが朧《おぼろ》なのに……悲しゅうて、広がるのだよな、柳女はん」

「あれ……そうどすなあ」

「柳女はん、俺、わては、悪業に懲《こ》りへん男やな。とゆうより、真宗では説かぬ、人の業《ごう》、男と女の命運やな」

「は……あ」

「虫が良過ぎると知っとるわ。せやけど、嫁はんを愛しく大事にして……醜い老人と恥を忍びながら……男が駄目でも、追うわ、柳女はんを。良《え》えか」

「は……い」

「俳諧の発句は、恋が苦手で、そこがまた素っ気ない不器用さに満ちて魅《ひ》く力があるのやが……浮かんだわ」

蛍の明かりか、雨が過ぎて望《ぼう》の満月の沈みかける余りの光か、師匠の、上の欠けた前歯四本が老いぼれても死に切れぬ妖怪じみてぼんやり見える。いいえ、亡霊になってもわたしを……と柳女はかえって新しく、好ましくさえ映る。

「《つかみとりて……こころのやみの……ほたるかな》……を送るわ、おまはんに」

蕪村師匠は、こう聞こえる発句を口遊んだ。漢字を混じえると《摑みとりて心の闇のほたる哉》になるのだろうか。字余りの上に、歯が欠けているので、あくまで、こういうふうに……聞こえまんね。もしかしたら「やみ」は「闇」でなくて「病み」か……。いずれにせよ、たぶん、この句はこの通りではないとしても既に作っていた……のやろう。

しかし師匠は、そのまま、地獄の王の閻魔《えんま》さまのような鼾《いびき》を搔いた。

――柳女が目覚めると、既に、蕪村師匠の布団は、空《から》っぽだった。この後、どないになるん……え。

三

外は耳たぼが凍てで切れてしまいそう。

高瀬川のせせらぎを二人して聞いてから二年と幾月か。

あと、四日で、新しい年がくる。食べられれば良《え》えのにと思うほど南天《なんてん》の実が赤い。

自惚れと半ば知りながら、柳女は酔う。

わたしの忠告、あの何もなかった、梅雨少し前の高瀬川の宿での、一つ、「書《しょ》をもっと自信たっぷりに、に俳画も」、二つ「画は、唐風を置いて大和風に」が少しは利いておりまんねと。三つ、師匠だから言いにくいけどや「句会や歌仙を巻く時のほかにもぎょうさんの句、とりわけ発句を外へ外へ知らせはって」と告げたことも。

そうえ、と、柳女は、振り返りながら、今を見据え、せんないやがてを淡く追い、自らの内に思いを吐く。

蛍を師匠と二人して見た宿の件から、あん御人は、時折、いや屡《しばしば》か、左の胸の痛みを患《わずら》いながらも、やる気を取り戻したように思えるのや。

画は画、書は書、俳諧は俳諧のそれぞれの井戸の深掘りだけでのうて、画、書、詩の互いの交わりゆえか、画に詩が、それも感情が籠もってしなやかで太鼓や三味線の響きや調子を孕むがごとき詩の心がちんと漂い、書に画と詩の気分が入って易しく伸び伸びとしてきて、俳諧の発句や付句の五七五に画の嬉しい絵空ごとがもっと溢れてきはった。

とりわけ、色恋の句に艶が。五七五は、ここが弱いのにや。

わたしは、あの晩以来、師匠の発句の毎年の自信作やこれからのそれの帖面をも読み、二百ぐらいの発句を諳《そら》んじてま。
《女郎花二もと折ぬけさの秋》
女郎花《おみなえし》は女の喩《たと》え、二もとは二本。「もう、勃《た》たん」は嘘やったんでっか、商売女とは二人もやりはって「嫌《いや》や」「去《い》んで」と言いとうなります。しゃっちもない。大いなる俳人も駄句を作る証しでひょ。
《筋違《すぢがひ》にふとん敷《しき》たり宵《よひ》の春》
前書きに「几董とわきのはまにあそびし時」とあるから、ふふっ、惑いますぅ……。
《絶々《たえだえ》の雲しのびずよ初しぐれ》
雲は男、初時雨は女に喩《たと》えたのやろね、艶《えん》なりでんね。男と女がやりとうて切羽詰まってる気配もありま……。
《妹《いも》が垣根さみせん草の花咲《さき》ぬ》
「師匠が可愛がってる芸妓の小糸《こいと》のことやろう。師匠自身も打ち明けた」と弟子のみなさんは決めなはってるけど、わたしは違うと思いま。師匠が伏見を偶偶《たまたま》訪ねてきてくれた時、夫が死んだ後は庭の手入れが悪く、垣根に三味線草が沢山やったのえ、ほんまや。
《誰《たが》ための低きまくらぞ春の暮》
低い枕は男用、高い箱枕は女用、せやから訪ねてこない男を思う女の心の切《せつ》なさやねん。
そして、月渓ゆう、師匠の画と俳諧の弟子が、先日の連句の会が終わって師匠が帰るなり、わたしの隣で話しかけたんえ。
「柳女はん、上田秋成しぇんせえの『雨月物語』読みましたかいな。あの九話の一つ『蛇性《じゃせい》の婬《いん》』には鬼気迫る話と、和漢を混じえた文の快さ、堪らんて。さっすがあ、読まはりましたか」

　にっと月渓は笑い、喋り続けますのや。

「打《ぶ》ちましたのや、この前の小さな宴で師匠がきいへんかった時、あの本居宣長に喧嘩を吹っかけた上田秋成しぇんせえは。『おいーっ、何が芭蕉やあ。石を抱いて、野に佇《たたず》んで、古池や蛙《かえる》を見て気持ちのへんずりを扱《こ》いておのれに酔い、海を見て縮こまり、大空《おおぞら》を見上げて大悟《たいご》一番《いちばん》の気になってや……嗤《わら》わせるやないっ』と開口一番でんね」

　わたしは隣りで大芭蕉批判を聞き、困ってしまいましたんえ。

「『俳諧の根っこは、庶民の、愛《いと》しい、悲しい、辛《つら》い、嬉しいの軽く軽く、ぅ、ぅーんと俗《ぞく》と交わり、すれすれに越えるのが魂でんね』と上田しぇんせえは続けましたわ」

　そりゃ、百年ほど前の貞徳《ていとく》などの人人の心意気……ですねん。せやけど、時世が移り、そう、歴史とゆうのやろね、それが移れば……進んで変わる気がしますわ。

「秋成しぇんせえは、続けましたのや。『やっと、やっと、造化の召し使いの芭蕉から、人が、悲しみ、喜び、泣き、物語が欲しい、絵空ごとに遊びたい、そない、人の側《がわ》に立って、発句の五七五を、ま、短句の七七は儂《わし》は良《よ》う解らんさかい……うむ、唐《から》もこの敷島の国を含めて、命を削るほどに短い詩に身心を賭けておるのが、ぅ、ぅ、ぅぅー、おりゃ、泣くぅ、泣きまっせ、貧乏でや、嫁はんと出戻り娘の明日の飯《まんま》を心配しはる……ぅ、ぅ、ぅぅ』と泣き崩れ」

　口の回りが弾《はず》む月渓つう人だが、じんわり、その上田秋成の訴えや嘆きが伝わってきますのや。

「ほいで……月渓はん」

「『蕪村はーん、蕪村殿お、止《や》めてくれへんか。石を抱いて、蛙《かわず》の顔に感じ入る芭蕉の旅の文を、あんたはんの直の文字で再び表わすなんど……悔しゅうて、悲しゅうて、どもならへん。人に、詩を戻し、蘇らせんとあかん……でえ』とな、秋成しぇんせえは」

月渓つう人は、上田秋成の態《てい》に、言《げん》に、仕草《しぐさ》になお参ってるらしく、歌舞伎役者が見得《みえ》を切るように束《つか》の間《ま》、動きを止めて、狐目も見開くと様《さま》になりまんね、天井を睨みましたわ。

「人《ひと》、人《ひと》、人《ひと》……の側《がわ》にいて、そこから、詩、情け、嬉しさ……さすがやあ、秋成しぇんせえは」

やや舌の回りに、まだるっこしさをよこし、月渓つう人は、半身を捩《よじ》りながら震わせたんえ。

「柳女はん。秋成しぇんせえは、ああ見えてもや、実に実に暗い生い立ち……聞いておるわね、実の父母は分からず、四歳で養子にやられ、五歳で疱瘡《ほうそう》で両手の指が儘ならず、自ら剪枝《せんし》畸人《きじん》と名乗って読本《よみほん》を書いたりしたのや」

天井を睨む代わりに、あれ、蕪村師匠の山水図の描かれている屏風を見つめ、月渓ゆう人は溜め息をついた。

「謝寅《しゃいん》師匠、蕪村師匠の生い立ちもまた、二十までは一切分からへん。両親、親御はん、ははじゃひとについて語ったことなどあらへんさかい、何か、きつぎり、ねちこい、けったいな、せんど暗いことが……」

「ほたら、不幸は不幸しか生まへんの？　月渓はん」

「いや、そないなことは……とゆうより、その末若《うら》い頃の苦しさを持つ者同士、秋成しぇんせえと蕪村師匠は互いに惹《ひ》きあうのかも知れへんな。暗がりの同志……間違いなく」

ああ、そうどすかあ。

わたし柳女は、せやけど、師匠の発句の一つが急に浮かんできましたのや。

《埋火やありとは見えて母の側《そば》》

灰に埋めた炭火の芯《しん》が確かにあるのえ、その温《ぬく》もりに、そうやねん、亡き母のごく近くにあるみたいにや……の意やろうと思うけど、この句はこの二、三年のもの。やっとやっと、師匠は自らの生い立ち、心の闇を音無《おとな》しくさせたのかしらん……。母を、亡き母を……句に、詩に。

とことん、知りとうおます。

法然さまから、隠れ真宗へと、親鸞さまへと登るしかない師匠の全てに……無理でんね。

第九章　罪《つみ》と科《とが》の悶えこそ……

一

風の芯《しん》に、目溢《めこぼ》しのない凍てがある。

京は五条の如何《いかが》わしい店の多い、その傍らの居酒屋の長椅子に老人が独り、手酌で飲んでいる。

──。

天明《てんめい》三年、冬十一月である。

商いの儲けにおおらかなその分《ぶん》、鼻薬《はなぐすり》や袖の下も流行るような時世となった。幕閣の実力者は田沼意次《おきつぐ》だ。子の意知《おきとも》も若年寄になった。

七月に、上州と信州の境に頂《いただき》を持つ浅間山《あさまやま》が赤いどろ、どろ、どろを夥《おびただ》しく噴き出し、死人は一千人以上とも一万人を越すとも聞く。その噴火の灰とか煤《すす》とかのせいであろうか、奥羽、東北の米の実りはかつてなく悪く、既に大凶作で死人が出始め、この冬を越せずにあの世行きが数十万人だろうとも上方《かみがた》には伝えられてきている。

この国の人人は憧れこそするが、それを戒《いまし》める風潮もある唐《から》の国は清《しん》王朝で、高宗《こうそう》・乾隆帝《けんりゅうてい》の治世で盛えているとの話だ。

南蛮、西洋は、長崎からの風の噂では、英吉利《いぎりす》の属国の亜米利加《あめりか》が独り立ちせんとして戦《いくさ》をして勝ち、七、八年が経《た》つとのことだ。

蕪村は、六十八歳である。

もっとも、俳諧名の蕪村より、画名の謝寅《しゃいん》の方がすんなり通る。

自身の日記や便りに嘘が多いのとは別に、真っ直ぐ、正直、素直に思いを馳せる。

六年前のはず、俳諧の弟子の笹部柳女、夫を早くに亡くした女を、こましてやるわい、師匠の位《くらい》から、思い通りに、弟子、それも素人の女をと邪《よこし》まな気持ちを初めて思ってしまった。が、ま、それは狡いし性《しょう》に合わないし、大いなる悪さへとこの小さな悪さは梃子《てこ》となってしまうだろうと、ことさらに、予《あらかじ》め、決意してからその柳女と逢った。

大いなる悪さとは、妻のともへの背きである。おのれ蕪村は、男は別として、素人の女に心と軀の欲が一つとなって追ったのは未だ大人の女になってなかった幼いともだけなのだ……。

自らの決意を確かなものとさせるために、柳女と逢瀬を初めてする六年前の前夜、通称は島原、正しくは西新屋敷《にししんやしき》の揚屋《あげや》で馴染《なじ》みの芸妓と深酔いして自宅と画の工房に遅く帰り、妻のともを探した。夜食と寝酒は厨《くりや》にきちんと揃えられていたが見つからぬ。やや冷やりとしたら、ほっ、何ということはあらへん、四畳半の寝間で眠っていた。娘のくのの件のあれこれ、描けども描けども貧しい暮らしの銭の遣《や》り繰《く》り、画の弟子達の面倒見と、疲れたともの顔を翳《かざ》す手燭はうっすらゆえにかえっておのれ蕪村のともへの思いを膨《ふく》らませた。

嫁はんの顔は、偏《ひとえ》に疲れていよるだけでのうて……子を産み育て、うまくいかんかった五十女の哀しさ、亭主がいくら頑張っても俳諧の点付けの謝礼や、作を募ってやらせに等しい勝った句を板行《はんこう》して買わせたり、芭蕉の命日に献詠《けんえい》をさせて入句《にゅうく》料をもろうたりの儲け、文字通りの薄謝《はくしゃ》の銭、画の注文は多いのやがみーんな安い値で顔料や紙や絹布のそれにやっと追いつくほどの厳しさ、おまけにそれを上回る亭主の揚屋通いと芝居小屋通い……「俗に染まって俗の凄みを純《じゅん》にする」を売りにするその亭主は若い芸妓と遊んでばかりやねん、どないしたら良《え》え……と惑いながら、せやけど、一日一日、一所懸命にやっておるのえ、こん、ともはと蕪村はともに代わって嘆く。

しかもやでえ、わて蕪村は、十年前の、五十八歳ぐらいから、胸の左上が急に痛んで息がひどう苦しゅうなるのやが、そして、その痛みに初めは一年に三日、そのうち一年に十日ほど、今年は、十五日と二十日も寝込んだのやけどな、ともは、按摩《あんま》のところへ行って頭を低く低くして習ったらしいのやて、わての首の付け根の喉仏《のどぼとけ》の上を丁寧に丁寧に、家におる日は揉んでくれるのじゃわ。〃じんげい〃とかの壺《つぼ》らしいのや。

そればっかりでねえのだよな、ないのや、左の胸の上の肋《あばら》のあたりには心《しん》の臓《ぞう》とかあって、血の脈の井戸《いど》の水を汲《く》み出す釣瓶《つるべ》の桶《おけ》みてえな役を果たすらしく、そこの「滑《すべ》りを良くしなはれ」と漢方医から教えられ、杏《あんず》の種を細かく砕いた粉と、蓬《よもぎ》の葉っぱを採《と》って乾かしたのを煎《せん》じてな、毎朝、毎朝、飲ましてくれるのや。ま、そんでも、やっぱり、左の胸の痛みは、あやあ、しんど。

せやけどな、女の五十は既に老女とて、頬の脇に並んで二つ、額に三つ、鼻の下に二つの土色に際立つ染《し》み……すら良《え》えのや、ほんまやで。十四、五の女の最も瑞瑞《みずみず》しゅうてや、可愛らしい頃、二十から二十五、六のはちきれんばかりの盛りの溢れる頃、三十七、八から四十二、三にかけての艶《つやや》かさと清さも濁りも飲み込んでしまうゆとりの惹《ひ》く力と共に、五十女の哀しさ苦《にが》さ嬉しさも孕んで静かに迫る美しさは、男、夫、亭主が思わず息を止め、ついつい泣いてしまう凄みがある。身に沁みる……秋の発句の季題を遥か遠くに越えて……越えてしまうのや。

ぼけ、あほ、や、わては。

息《いき》をせんように黙りこくって眠る嫁はんに、ついつい、慎しみのない発句が、俄に、強い勢いで、湧いてきてしもうてな。
そう、今の時世は、酒ばかりでのうて女の姿形も同じで、京の女の髪の形が江戸の女にまで下《くだ》るのやが、頭の後ろのつとを強く、せやけど、そっと訴える、小鳥の鶺鴒《せきれい》の尾っぽを思わせる鶺鴒《せきれい》づとの髪に刺した黄楊《つげ》の、そうや、わてが買うてあげられん象牙《ぞうげ》や鼈甲《べっこう》ではねえ黄楊の櫛が髪から外れて枕の脇に転がっておるねん。
そいでなあ、秋でもないのにや、
《身にしむやなき妻のくしを閨《ねや》に踏《ふむ》》
が出てきたのやって。
絵師の一番と評される御人も、尻《しり》っぺたと貶《けな》される御人も、俳諧を捻《ひね》る宗匠の偉い御人も、門弟のこれからの御人も、自惚《うぬぼ》れの枠《わく》から逃げられへん。わて蕪村もそうやねん。然《さ》りとて、この自惚れがないとや、自分の哀しさ喜び、他人の苦しい思いや嬉しさに「よっし、俺が、わてが、我《われ》が、前向きに」と応《こた》えられへんよって。天然、造化の厳しさ、和《なご》み、凄みに震《ふる》える自信が湧かへん。言わせてもらえれば、美しいものを作り情を詩に託す者の、業《ごう》やねん。人生への年貢や店賃《たなちん》と似てまんねん。
それでいくと、当たり前、実のところ、妻、嫁はん、ともは死んではおらへん、生きとる。けどや、ことをそのまんまから、もっと飛ばして、いろんな人の胸へと入っていく設《しつら》え、ことの重さを孕《はら》む絵空ごとが……得意なのや、おのれ蕪村は。これは大芭蕉はんを背くことから学ばしてもらいましたんえ。彼《か》の人は、大いなる造化と対峙《たいじ》し溶けてゆく偉さや。けどや、人って、夢を追い駆けとうなる、無駄をして遊んで俗塗《ぞくまみ》れになるしかあらへん、情《なさ》けを持って泣きたいのや……。

――あ、そうや、柳女とのこと。

わて蕪村は、嫁はんの寝顔と外れた櫛《くし》を句、詩に歌い、決意をぐいっと決められ、柳女と、おおっぴらでなく、ま、かなり密《ひそ》かに逢うた。

柳女の夏にふさわしいちっこい靫草《うつぼぐさ》の花模様が走る西陣織の薄地の小袖から怒ったように突っ張る肉置《ししお》きの丸味ある逞しさと、年増女の闌《た》けた匂い、襟《えり》許から覗く張り替えたばかりの障子ごとき白さに耀《かがや》きある肌、衣《ころも》の合わせ目の前《まえ》身ごろが邪魔なように広がる乳房、わては、自らを制《せい》する発句を前の夜に作ったばかりなのに……色の欲に動かされ……始めたのや。

実の実は、男の男は、三十代半ばのごとく、みっともねえわな、張り叫んでや。

柳女も、また、夫を亡くして孤閨《こけい》のせいやろか、許し、受け容れる態やった。

わての心に「悪人こそ救われる」の、嫁はんのともの、限りなく、けれど、やはり人の悪さやべったり貼りつく業《ごう》の全ては綺麗にならへん言葉が浮かび、消え、浮かんだ。

胆を冷やして落ち着くのや、静かになるのやと、柳女の顔を、ゆっくり見つめると、澄まし顔、そもそも仏さまが寸法を測って作ったような整って美人の顔なのやが、暗い、暗過ぎる、そない亡き夫《つま》を愛しておったんやろか。それより暗く、闇を持つ面《つら》構えと、絵師ゆえに、山を川を海を、花を草木を、人を、見つめて筆を手にするさかい、気がついた。

柳女は、その暗がりを、やっと語り、打ち明けましたわ。

わて蕪村と似ていて、同じではない暗がりを。

恋ゆえのかなり狡猾なやり方、嵐の翌朝、「良《え》え画と漢詩ができる」と誘い出し……てや、恋敵《こいがたき》を殺して恋を成功させ……たのや。おのれの欲ばっかりで、これからがある若過ぎる女を。

むろん、わての暗がりの方が真っ黒けの黒やけど。

ほいで、わては、こない美女の柳女なのに、目ん玉二つの芯にべったりと暗い痼《しこり》を張りつけるどころか縫って剝《は》がされることのないように刻みつけておる顔つきを見ながら、腹を括《くく》ったわ。枕を並べることはこの女とは決してせえへんことを。ほいで偽りの泣き面を作ってや、「男のものが駄目やねん」と煙幕《えんまく》を張ったんえ。

せやけど、人であれば、鯉《こい》売りや鮒《ふな》売りや浅蜊《あさり》売り大根売り冬瓜《とうがん》売りの棒手《ぼて》振りでも、せっせと汗水垂らして土を耕やす百姓であれ、建具屋であれ畳師であれ、禄《ろく》の少ない侍であれ、例の外なくみーんなが大芭蕉になれる望みがあるのや。その手助けをするのは駄目宗匠としても俳諧師の務《つと》め。いわんや、志して弟子となっている者には。この女に手を差し延べんとあかん。

但し、俳諧をしようと思う人、いや、画もやな、おのれの骨折っての励みばかりでのうて、おのれの弱み、醜さ、悪さと必死に向き合うことが要《かなめ》やろう。忘れず、捨てず、打《う》ち克《か》つ努《つと》めと、しかし、引きずっての同居やねん。

世間ではわては「もう一つ、二つ、いや三つ物足らん絵師」と言われておるが、かすかすに食べていけるのは、おのれの弱さ、醜さ、情けなさとの対峙《たいじ》と、そして同居や。その上で要《かなめ》のことでんね、おのれのあかんたれ、駄目さを見つめ切り共に暮らすことは。

そうや。

柳女と裸で抱き合うことはせえへん決意……は、罪の深い男と、科《とが》の浅からぬ女が交わって、慰め合うても次が出てこんさかいにや。互いに納得して消えてしまうわ。嫁はんのとも、い、いが苦界《くがい》の出なのは本人に罪も科もないのや……。せやけど、柳女には、あるんえ、確《しか》と。

あそこを眼を開き切って見つめ、指や舌で弄《いろ》うて、柳女だけに男が漲《たぎ》る男を……とは切《せつ》に願うけどな、そこを断ち切っての、情けと情けの交わりも……新しい嬉しさ、喜こび、助兵衛寸前の心を断ち切った情けと情けの力を知らせ、どこからか、老いた身と心に、次への欲を繋《つな》げ、拡げ、深く掘ってゆくんえ。

柳女のわてへの発句や独吟への忠告も、素人ゆえに却《かえ》って素朴で的《まと》を撃ったし、少しは玄人《くろうと》ゆえにわて蕪村の長所をも見抜いていよった。画の「唐風を生かし大和風へ」の忠告も、画に生きたかどうかは疑わしいが次の挑みを為す力をくれはったわ。せやから、柳女との初めての逢瀬で怪し気な宿から大文字山が東からやや北寄りの寅《とら》の方角の濃い藍《あい》色の中にくっきりと漆黒《しっこく》として見えたので、画号はその頃から「謝寅《しゃいん》」にしたわ。みんなは唐《から》の明《みん》代の文人で詩や書画を残した唐寅《とういん》から貰うたと思うとるが誤りやて。

柳女との軀なくしての逢瀬での活力と忠告は、画では、唐の国ではのうて内心はこの国の京の暮《く》れ泥《なず》む景色を描いた『夜色楼台図《やしょくろうたいず》』、揚屋の角屋の襖四面に頼まれた『夕立山水図』、若い頃に憧れた鴉《からす》や鳶《とび》などの風雨に曝《さら》されながら縛られずにどこまでも伸び伸びと飛ぶ一連の淡く色をつけたり墨一色のものへと、かなり稔《みの》った……ような。もっとも、木村蒹葭堂に言わせると『新緑杜宇《しんりょくとう》図《ず》』は唐の国とこの国に共通している山岳や樹木、重なりあう葉の繁み、一羽の小さな杜宇《とう》、つまり杜鵑《ほととぎす》が画の規模を大きく膨らませておる。以後三百年は残りまんね」と評するし、親友の円山応挙は「四方、上下の広がりが、あっと魂消《たまげ》まっせ。杜鵑の目立たぬちっこい空を走るのも束の間の命のけたたましさと謎をくれますわ。ああ」とゆうた……けどもや。ま、これもや、南画で学んだ天然を具《つぶ》さに見つめ切って写し取る技と、詩の一つの俳諧の発句での絵空ごとに遊ぶ夢の心が効《こう》を奏《そう》したのかも……知れへんけど、柳女の忠告の一つでんね。

せやけど……や、わて自らは思うのや、画は、とどのつまり、おのれ蕪村が〝俳画〟と呼ぶ、巫山《ふざ》戯《け》たり、伸び伸び野放図に遊んだり、俗に染まっての画に俳諧の発句や独吟を賛《さん》としてつけたやつが気に入っておるんえ。後の時世の人が、便りをこないなふうに楽ちんにやったら画と詩と書の三つが一つとして三倍どころか百倍に増して、誠の心が伝わる……はずさかい。

俳諧の発句や独吟は、いくら柳女が誉めたり諫《いさ》めたりしても……どうも、あかん。

しかし、画にも、発句と独吟にも、書にすら、他人、生きてる他の人との絆《きずな》、情、恩義《おんぎ》は確《しか》とあるのや。他人さまの心を動かし、他人さまの情に訴え、せやから、画も、句も、書も成り立ち、輝くのえ。

——そうや。

わいは、偉そうなことは一切、ゆうてはあかん。その資格は、まるであらへん。

わて蕪村が、辛うじて、画と俳諧と書で食ってこれたんは、十五歳の、あまりに酷《むご》いことを為出《しで》かした、罪深く、科《とが》が消えんことをやってしもうて、それを償うことが真っ当には行《おこな》えん、その負《ふ》の心を越えること、いんや、越えられるはずもなく、いつも、常に、罪と科を抱《かか》え、消せぬことにあったのや。

消せねえのだ……消せんのや。

なお、身の中、頭の中、いんや毛穴にすら棲《す》んで、わてを、ちくちく、時に、胆《きも》に引《ひ》っ摑《つか》むごとく甚振《いたぶ》る。

二

蕪村は深い悼《いた》みと、激しい傷《いた》みを持って振り返る。

ただ、一度も古里《ふるさと》へ帰りたいのに帰っていないせいか、懐《なつ》かしさばかりが膨《ふく》れて尾を引きずり、時に要《かなめ》の件があるのに甘酸っぱく胆《きも》を掠《かす》めゆく……とりわけ、淀川の土手へと続く小高い丘に繁る花《はな》茨《いばら》の匂い、素足に手にちくちく甘噛みしてくる棘《とげ》は。そして、一面の蕪《かぶら》と菜の花畑は……老いるにつれて風景も心の情も濃くなる一方や。

それに、亡き母の弾《ひ》いた細棹《ほそざお》の澄んで心地良い三味線の音鳴りは、今なお五感を引っ攫《さら》う。母が爪《つま》弾《び》く三味線は、母が一人弾くのに、撥《ばち》の厚み、硬さ、柔らかさで音色《ねいろ》ががらりと変わる。とりわけ、三つめの弦を一段だけ下げた三下りの音は哀切《あいせつ》だった。胴《どう》の下の駒《こま》の置くところのずらしだけで、聞こえる音が化けるのだ。おのれ蕪村が、大芭蕉と違う点はたぶんここ。おのれ蕪村は、夫に捨てられた女になれる。乞食になれる。大昔の公家になっちまう。心中寸前の二人になれる。ま、良《え》え。そして、あん男とおのれ蕪村の叩く祭り太鼓の響きは、今なお、心の臓ばかりでのうて腸《はらわた》、頭《こうべ》、髪の一本一本、毛穴の一つ一つに共鳴りし、生きて、泣くのやて。俳諧の根っこの調子のごとく。

――けれどや、その五日前から、どうもせわしなく、落ち着かなかった、十五歳の五月だった……わい。未《いま》だ、ごんた、悪戯《いたずら》っ子のままやったが、おのれと他人《ひと》との差が気になりだした頃でんな。

独り呟《つぶや》く蕪村の胃の臓あたりから苦いものが溢れて遡《さかのぼ》り、口の中の濃い涎《よだれ》と混じりあう。

五町歩の田畑を持ち、一年年季《ねんき》の雇われ人も常に七人ほど抱えていた父が中風《ちゅうぶ》で倒れて死んで五年が経ち、父の弟の独り身の耕次郎《こうじろう》が父親代わりを務めていた。耕次郎は死んだ父より躾《しつけ》が厳しく、手習いや田畑の仕事を蕪村が風邪で熱さに唸って休んでも許さなかった。大人になり、老いて振り返ると、たぶん、父に代わって躾《しつけ》と愛《あい》をの必死の志があったのや。そうやて、祭り太鼓を首にぶら下げて庭で稽古《けいこ》をしてるわて蕪村に細く吊り上がった眼を見開いて手を叩いて喜んでおったわ。十五になった正月には、侍なら元服して前髪を切って月代《さかやき》を剃っていっちょ前になるのに子供扱いにしたり、「餅《もち》の代わりやねん」と、無理して銀六十匁、一両も入っておる小さな紙に包んで……。

母は優しかったこと以外は思い出せんわい。

しかし、あの日の七日前、田畑は半反歩しかない雇われ奉公人の永助《えいすけ》が母の寝間《ねま》から出てくるのを見たおのれ蕪村の驚きと焼き餅のやるせなかった……きつうく。

ほんま……切《せつ》のうてな。

けどや、男も女も、嫁はん、亭主がおらんかったら淋しゅうなると、ほんのちょびっと、薄く、解ったのや。悲しい解り方やねん。

そうや。

あの日、あの日……の昼八ツやって。

梅雨前の、陽《ひ》の足が長くて得《とく》した気分、仄白《ほのじろ》い空の甘ったるい感じ、緑《みどり》の匂いと淀川の河口の灰汁《あく》に似た匂いが綯《な》い交《ま》ぜになって漂っていよったわと蕪村は日に一度は、年《ねん》にしたらこの老《お》い耄《ぼ》れなのに四百回は、時空を越えて蘇ってくることを瞼《まぶた》どころか眼前に浮かべてしまう。

梅雨が明ければ夏祭り。

母への不信、焼き餅、けれども易《やす》くは崩れぬ頼る心のまま、母の三味線に合わせ、おのれ蕪村は、固い黒黐《くろもち》の木で作った撥《ばち》で、太鼓を叩いて祭りへの準備をしていた。

蕪村はどでかいことが起きる前の、夏祭りの待ち遠しさを二本の撥に預けて締太鼓《しめだいこ》の革を打つ気分の弾《はず》みを、たった四、五日前のように思い出す。父が死んでから、十歳頃か、叔父が人が変わったように父に代わって畑仕事をして雇われ人をきびきびと指図していた頃、叔父が手取り足取り教えてくれた太鼓打ちだ。叔父は赤っ鼻の天狗鼻で醜男《ぶおとこ》だったけれど、祭りの時には、一番前か殿《しんがり》で勇ましく晴れ晴れとして打つことができた。

叔父は太鼓を締める紐《ひも》の強弱で音鳴りの高さ低さ、丸みや強《こわ》ばりを教えてくれた。

蕪村が十三歳の頃からは、耕次郎叔父は「祭りの初めと真っ盛りにかけては、太鼓は両肩に提げていても、撥に力を籠めるのや、うむ、臍《へそ》の下の丹田《たんでん》に力を入れるのやさかい。ここ、ここ」と臍下一寸半に指を腹の肉に入れて示し、「祭りがいよいよ終《しま》いになる頃は、両足を地面に吸いつくように定め、あんじょう淋しい思いを入れて叩くのやで」と教えた。

母は、蕪村が十歳を過ぎると傍《かたわ》らで三味線を弾いて、太鼓に合わせてくれた。蕪村としては、祭りの実際として笛を吹いて欲しかったが、三味線だった。もしかしたら、笛には撥が必要ないが、三味線の三本の糸を三角の撥で爪弾《つまび》くことで叔父の教えとは別に、音の強弱、長短、拍子を教えたかったのではないのやろかと推し測る。太鼓は偏《ひとえ》に、曲《きょく》なしに、音の響き、調子、拍子だけが勝負……。

そう……え。

母が、びゃびゃびゃん、ん、んとんと、つつんとやると、蕪村は、どどおんん、どどどんどおんと……。振り返れば、あの故郷のあの時の祭りの太鼓の拍《はく》は俳諧の響きを持っていた……わけだ。

それだけで……のうて。

みんなで連句の巫山戯《ふざけ》や滑稽や笑いや揶揄《やゆ》を楽しんだり、二人で歌仙を巻く時に似た和《わ》、合わせ、自分の思いや叫びや泣きの訴え、互いの息の吸いと息の吐きをも。思えば、この音《おと》に対する教えは叔父と母の共鳴《ともな》りの懸命さやて。

——が。

そうや。

あの日、夏祭りが真近と、蕪村と母が稽古をしていると、七日前ばかりに母の寝間からぬっと現われた貧しい雇われ人の永助が、ごつい一本の竹の釣《つ》り竿《ざお》に、ごつい刃金《はがね》の鉤《はり》、ごつい道糸《みちいと》を手にしてやってきた。永助は歌舞伎役者のように目と鼻と口が減張《めりはり》の利いた色男だった。

「あんなあ、祭りの前の景気づけに鱸《すずき》でも釣ってきいや。今夜は朔《さく》の大潮《おおしお》。どでかいの釣れるでえ、淀川と海の境で」

色男だが雇われ人の永助が馴れ馴れしく十五にもなる蕪村の頭を撫でて、一本の、出刃包丁を目の前に見せた。

「釣り上げたばかりの鱸は、血合《ちあ》いから血を抜かんとな。身《み》と鰓《えら》の間にこの出刃包丁の刃を立てて
や、すぐに血を抜かんとあかん」

稽古の最中なのに永助が、牛の尻の革でできた締太鼓の表の上に置いた出刃包丁は、刃先が生生《なまなま》と匂う刃渡り一尺余りもあった。

「永助、永助はんっ」

蕪村は、母の剣幕がかなりきつかったので少しほっとして安心しかかった。母と永助の間には内緒が確かにあるはずだが、それほど深くないのやと。一人息子のおのれの方が可愛らしゅう思うとると。

「そない、むなくそ悪う顔はせんといてや」

永助は、えへらえへらと薄笑いをして母の背中へと回り、剰《あまつさ》え母の両肩に手をやり、その小袖に肩が冷えると風呂敷を折って重ねて掛けているところを、揉み始めた。

「止《よ》し……なはれ。なあ、息子が……見よる」

あかん、と蕪村は思った。母の声に、わずかに母親よりは女の甘さが入り、声が低くなり、掠《かす》れたのだ。

もっと、あかんっ。

父が生前に住んでいた母屋と、死後に住みだした別棟《べつむね》を仕切る木槿《むくげ》の生け垣から、父親代わりとな

っている叔父の耕次郎が、ぬっと、否《いな》、赤鼻で天狗鼻《てんぐばな》を見せ、大きな寺の門の阿吽像《あうんぞう》のごとき憤怒《ふんぬ》の顔つきで両目両眉を吊り上げ、現われたのだ。

しかも、叔父、蕪村と同じ姓の谷口耕次郎は、薪《まき》を叩き伐《き》る矩形《くけい》のでかい刃の手斧《てよき》を空へと両手で翳《かざ》し、真っ直ぐに進んでくる。

「許せんーっ」

あ、の待ちもなく、叔父が、へたり込む永助の脳天に鈍色《にび》の艶《つや》が食み出す手斧の刃を振り落とした。

「んぎゃ、お、お、おおっ」

頭の骨の砕ける硬い音のすぐ後、永助の金切り声の甲高さを消すように、血が、梅雨時の二尺の幅もない田畑への引き水が走るよりも速さがあって溢れだした。すぐに、真新しい糞《ふん》の臭いが立ち昇ってきた。

「ゆくゆくは、わいの嫁さま、嫁はん、嫁になるあんたは売女と同じやっ。えっ、おいっ。あかんたいーっ」

あかん、あかん、あかんのや。叔父が赤鼻の毛穴すら拡げて、両膝を崩して筵《むしろ》に軀を丸める母の背に、血塗《まみ》れの手斧を振り翳した。

蕪村は、太鼓の上にある出刃包丁を、咄嗟に手に取った。急がにゃ、わいはあかんたれになるう。早く刺さんと、母が殺されるのやてーっと気が逸《はや》り、包丁の柄を握り直し、叔父の脇腹へ軀ごと突き進もうとした。

叔父は、ひょいと、身を避けた。が、弾《はず》みか、嫉妬の嵩《かさ》か、振り上げていた手斧を母の頭というより首へと降《ふ》り落とした。が、が、ごんっ。

「あ、ぎゃあ……ん……」

ほんの束《つか》の間《ま》、遅かった。母は、頭の後ろを手斧の重たく分厚い刃で叩かれ、少し輝やいて白いもの、そうや、骨を曝《さら》し、赤子のような泣きの声を出し、両手を伸ばし俯《うつぶ》せてしまった。

「こ、この、このぉ」

蕪村が、叔父に憎しみと怨みの言葉を投げつけた時は、もう、両手両腕の手応えはぐんにゃり柔らかいやんけ、深く刃が入っとるわいと知った。が、もっと、刺さんと、あと二回、三回、四回と、ずぶ、ずぶっ、ずぶっと深く、深く、また深くと……。

が。

母の項《うなじ》と首の間から垣間《かいま》見せた白い骨など無かったように、瞬《まばた》く間、磯《いそ》の岩と岩の間に波打つ潮のごとくに、くどく、赤く、新しい血が湧いたと思ったら、すぐに血の流れは横へ横へと拡がり、母の衣の小袖や肩掛けの風呂敷を新しい赤さと小さい血の泡で埋めていった。

ここなのや。

蕪村は、母を守るから、明らかに、怨みの果て、憎しみの極み、母への仕打ちへの仕返し、報復の情で、真《ま》っ赤《か》の炎となり、叔父が哀願するのに、その喉笛を更に突いた。

「あん……あん……あ……」

実に、叔父は哀し気に赤鼻の天狗鼻と反対の細い目を見開いて、血の海の中で、両手、両腕、両足を、泳げぬ子供が淀川の岸辺でやるように踠《もが》いた。

蕪村の、耳穴に、目に、鼻に、肌の細かい穴に、不気味そのものの音が残った。刻まれた。最後の肋《あばら》の骨を削り潜《くぐ》っての出刃包丁の音……だ。叔父の母を罵《ののし》る「売女」の声と……共に。

いいや。

逃げんと危のうなるのや。

十五になっているゆえ大人の扱いとされるはず。鋸挽《のこぎりびき》、磔《はりつけ》、獄門、火罪、死罪、下手人、斬罪が……待ちよる。寺子屋の師の僧侶は「なに、ばれんかったら十と二た月したら罰せられん」と何故か幕府の偉い人しか知らぬ刑と罰の掟《おきて》のことをこの春弥生《やよい》に口にしていた……けど。

いいや、母がと、蕪村は、腰手拭いを外して俯せて夥しい血の中に埋まる母の首筋の血を拭いた。が、血を吸い切れはしない。手拭いは晒木綿《さらしもめん》一反より血とその糊《のり》で重くなっている。

母の鼻と口すれすれに耳をつけた。

生け垣から木槿《むくげ》の花つきの枝を折り、母の頭の髷《つと》に置いた。

切《せつ》なくて堪《たま》ら……ん。

せやけど、刻刻、血の色が黒《くろ》みを帯びてくるのに、木槿の白い花びらに紅《くれない》の芯《しん》は母のこれまでの命に調べを合わせて……美しゅうての。これが、おのれ蕪村の絵心《えごころ》の初めや。


――走りに走り、逃げた。

京の鴨川の河原で浮浪人というよりは乞食をした時も、食うということの他は、大坂の毛馬《けまむら》村のできごとが心から離れなかった。

健気で優しい母の最期の姿は、京での乞食暮らしに、必ず、うつらうつらの朝の浅い眠りに現れた。

そして、母を男としての妬みでくわーっとなり殺した醜男《ぶおとこ》の叔父の顔……をも、時折り。やがて、度度《たびたび》……。振り返れば、太鼓の打ち方だけでなく、寺子屋で学んだことのおさらいも月七日ほど蕪村になる前の蕪村にさせて面倒を見てくれたのだ。おのれ蕪村は喧嘩で負けることはない餓鬼大将だったが、時折、博打打ちの子分みたいな歳上の男に脅されたわけで、その時には耕次郎叔父は手斧《てよき》を手に仕返しや詫びを求めて一人出かけた……。あの細い目の死の際の見開いての哀し気な……不細工で、赤い鼻を死に際でも赤くさせ、女に好かれなさそうな顔。わて、おのれ蕪村を憎むのでなく、大きな懐《ふところ》から叱り、「もっと生きたいのやでえ」の両目のぱちぱちのせわしない瞬《まばた》き……。

――浄土宗の中年僧侶の弁空《べんくう》に拾われて学問を教え込まれたが、その宗派で最も大切にしているという『大無量寿経《だいむりょうじゅきょう》』の阿弥陀《あみだ》さまの四十八願のうちの第十八願の弁空の嚙み砕いた教えは有りがたかった。その漢文を記した「私が仏になったあとにも、清らかな心で深く仏の教えを信じ、また念仏《ねんぶつ》を十回となえても極楽浄土《ごくらくじょうど》に往生することができない人がいたならば、私は悟りを開いて仏となることをやめよう」の深く広い阿弥陀さまになる前の法蔵比丘《ほうぞうびく》の願いには心を打たれた。

せや……けど。

この後に「ただし、両親や高僧を殺すなど五逆《ごぎゃく》の罪を犯したものは別である」が弁空の口から続いたのであり、ここで、耕次郎叔父は、父なき後の父であったゆえに……おのれは救い難いと、滅入り、苛《さいな》まれ、不貞腐《ふてくさ》れた。

苛まれ、不貞腐れても、やがて母と共に、殺した叔父の哀し気な面《つら》が屢屢《しばしば》夢ばかりでなく、起きて目醒めている時にも眼《まなこ》の裏どころか目の上あたりの前へと出てきた。命乞いの……あの細い三日月の目の怒りが凋《しぼ》んで、驚きから、哀しみへと移り変わった……最期の訴え……。

せやけど、叔父は、母を殺したのや。

消せ、耕次郎叔父の死にざまは。

でも、あの時、わて蕪村が、出刃包丁で叔父に体当たりせなんやったら、どうえ?

消せんのやて、生涯……。消せるわけもない。鴨川の河原で乞食仲間の恩知らずの三人を傷つけたのは已《や》むを得なかったし、忘れたし、忘れて良《え》え。けれどや、面倒見、情け、愛をくれた実のところの父殺しの罪は……。母の三味線の音と一緒に、耕次郎叔父の太鼓の音は、今なお、俳諧、五七五の詩に脈脈として生きておる、確かに。

——二十一になって、江戸に出た。

自らの為したことを御破算にして故郷の人人に忘れさせるために……遠くて、人が沢山集まるところへ隠れようと。

むろん、京の鴨川の河原での乞食暮らしのような飢えを、人の最も当たり前のこととして身をもって教えられ、食うことへの執念《しゅうねん》を自らの力の源《みなもと》にして、職を身に付けることに重きを置いた。一方では、あの悪事を忘れ果てて鳥のように伸び伸びと羽撃《はばた》きたいと旅に憧れ、絵空ごとの天然との出会い、無垢《むく》になって人と交わっての愛しさや優しさや温かさを夢に見て、下手な俳諧や画にそれらを託し……。

京の浄土宗の僧の弁空が紹介してくれた江戸の宋阿《そうあ》は太っ腹。蕪村が訳も分からぬ俳諧の発句の作り方、付句の座の人との気分での作り方、俳諧の連句の会に参じる人との付き合い方、みんな教えてくれた。偶偶《たまたま》、描いて見せたひどく描い画の良さすら、無理をしつつ。

もっと嬉しかったのは、なお、幼いとしても、両親を強盗に殺されて明日の行方が淡いともと出会ったことだった……ともよ。

せや……けど。

あの時は、はぐれてしまったともと出会えぬ淋しさの中で、関東の北をほっつき歩いて、ほんのちょっぴり、俳諧というより、その発句の魅く力を知り、ともを探し出せぬ後の山山、野辺、道の草草、花に画の心を、教わった……。

けどもや。

叔父殺しは、実際の父代わりの父殺し。消えん。人の心情は胆《きも》にあるのやと医者も世間のみんなは言うが、どうも、頭や、左の胸の心の臓に宿っておるのと違うのやろか。

胆にはもちろん、頭の真ん中、左胸の上に、恩義ある叔父殺しへの悔いが巣を作り、それが灰色から黒いものへと濃くしてゆく……のだ。叔父の、恩義をこちらが背負うのに、出刃包丁で殺されながらの、不細工そのものの顔を歪《ゆが》めての、細い細い目の淡い光の瞬《しばたた》き……。

――関東の北を、奥州を十年ほどうろうろして食客暮らしと貧しさと別れたく、行ないをもっと伸び伸びとしてえ、もっと食い物をあれこれしてえ、したいのやと三十六にして京へ出てきても、おのれの身の内に潜《ひそ》んで巣食う闇は真夏の唐傘《からかさ》の陰にぽとんと落ちる蠑螈《いもり》みたいに黒い濃さを増し、占める広さを大きくし……。

――京を根城《ねじろ》にしたが、故郷の大坂の毛馬村は近く、やはりおのれを知る人がおるのではと腹が据わらず、丹後などへと逃げていた。

ただ、画は、罪と罰から解き放されようと、そのおおらかさと細かい筆にと踏み込んでの南宗画の真似がほとんどだったが、画筆の技《わざ》は漸《ようや》く基本を身に着けだした。

俳諧、とりわけ発句は、目の前の現《げん》にあることがらや造化の写しと、絵空ごとへと離れ離れに言葉が飛んで、うーむ、なのだった。

そう、書《しょ》が、案外に、正攻法の文字に飽きた風変わりな好事家から好まれだした。書は、寺子屋にてすら「おまはんは、筆の初めの付《つ》け、止め、撥《は》ね、払い、反《そ》り、曲がりもできへんで師をおちょくる字ばかりでどんならん」と叱られっ放しであったわけで穴にでも入りたい恥ずかしさを感じたが、謝礼の小銭が入り飯《めし》の種だけでなく画の紙や筆を買えて助かった。

そう、それで、ずるずると不惑を過ぎてしまった。

現われたのだ、ともが。

ともが語らずとも、ま、はっきりと打ち明けもしたけれど、両親を殺されて失なった若い女の身の上は辛酸《しんさん》そのものだった。遊女、それも旅籠《はたご》で飯盛女として軀を売るしかなかったと知った。母は、叔父に「売女」と罵られ、殺された。

この時から、おのれが殺した耕次郎叔父への罪の心だけでないもの、生きとし生けるもののやるせない科《とが》、人《ひと》としてどうしても犯してしまう罪、泥沼より深く粘《ねば》つく業《ごう》へと……思いが行くようになった。叔父は女に持てる男ではなかったし、醜男ゆえにその噂もなかった。母を当てにして、必死そのものになっていたはず……。母は優しかったが、夫を亡くして淋しい……。お洒落、多趣味で、叔父には靡《なび》かず、雇われ人で貧しくても色男で押しの強い永助へ走った……または、転んだ。あるいは、軽い気持ちで……。仕方ないのではないやろか。いや、解りかけてきた、人のありようの哀しさを……。通じた永助だって、たぶん、命懸けだったはず……やて。

だから、元元、ともが好きだったし、幼ないともに悪戯すらしているわけで、ともと夫婦になることを決めた。

そしたら、浄土宗の世話になり、その墨衣《すみごろも》さえ許され、その教えの要『大無量寿経《だいむりょうじゅきょう》』の第十八願、阿弥陀如来に昇る前の法蔵比丘《ほうぞうびく》が、「念仏をとなえても極楽浄土に往生することができない人がいたならば、私は悟りを開いて仏となることをやめよう」の旨のその例外の〝五逆の罪を犯したもの〟におのれ蕪村はあると思い込んでいたのに、ともは「親鸞さまは五逆の罪を犯した人でも往生できると教えてます」と言い切ったのだ。

五逆とは「父殺し」「母殺し」「最も高位の修行者の阿羅漢《あらかん》殺し」「仏身の傷つけ」「僧侶の和合の破り」……が普通だ。耕次郎叔父は父亡き後の父だ……。

ともは人として、女として、底の底を這いずったゆえに、この第十八願に研ぎ澄まされていたのだ、真宗の檀家、門徒であるよりも。

――せやから。

ちゃう、済まんな、とも。婚《こん》を為したのに、婚の前より「五逆に較べれば、安い、安い」と京の芸妓と遊び、女郎を買い、若い男ばかりか稚児を可愛がり……許しておくれ。

婚をして三年経ち、あかん。画も、発句と独吟も柳の葉どころか蝶蝶よりも重さがないと気付いた。

その時だった。

東海道の京への入り口、粟田口《あわたぐち》に遠くないところで、後ろ手に縄で縛られて曳《ひ》かれゆく、うら若い男を街道で見たのは。街道脇には多勢の人がほとんど不安そうに、そして二割ぐらいは楽しそうに見送ったり後を付《つ》いていったりして「二度目の盗みやて。足すと盗み高が十四両との話や」、「ほなら、十両を越えてるさかい死罪やろうな」、「そうえ、死体は様斬《ためしぎり》にされるわ」と囁きあっていた。

科人《とがにん》は、まだ二十過ぎと映る。が、七十の老人のごとくにとぼとぼと歩き、時に役人に「急ぐんやっ」と叱られ縄を引っ張られてよろめき、時に小石に躓《つまず》く。疲れ切った顔よりは悔いで両眼の三割方が沈み、皺を額に刻みつけている。

科人が遠い彼方を見て溜息をつき、地べたを見て吐息をつく。その目は窪んでいるのに、細い。細い。内心は震えと高い音が自慢の草笛にする麦の葉っぱの感じで細い……。

あ、殺した耕次郎叔父の目にひどく似ている……。人は、殺されるのを目前にして両眼が細くなるのやろか。

違う……わな。

そもそも「十四両の盗み」とのことだが、おのれ蕪村は、縦横一尺の画の一幅が半両、つまり銀三十匁《もんめ》の値打ちもないのに金持ちの商人には法螺を吹いて二両で売りつけるなど妻のともとの暮らし、女遊び、雅児可愛がりのために、三十度以上もやっておる……のに。

これ以上は科人のしょっぴかれるのを見ることができず、背を向けた。済ま……ぬ。

四条烏丸《しじょうからすま》の家へと走った。


――それから。

御上《おかみ》からの刑と罰とは関わりなく、人が人としての有り様《ありよう》として、再び、出刃包丁で胸の肉、肋《あばら》の骨、その奥のしこしこする肉まで貫《つらぬ》いたおのれの酷《むご》さを、叔父の哀しげに、吐息と無言で訴えた細くて細い眼が明け方の浅い眠りに、いいや、芸妓と枕を並べている時にも、偽りなく打ち明けると、みんな仲良うしての俳諧の集まり、筆を持って南宗画を写してちょっぴり工夫して付け足す時にすら……眼の裏だけでなく、目の前に、半歩一歩先にすぐそこに出てくるようになった。

――やっと、本当にやっとであった。

妻のともと一粒種のくのを京に残し讃岐《さぬき》へと旅立ち、舟から瀬戸内海へと至る海路で、淡路島の門《と》崎《ざき》と四国の孫崎《まごさき》の間の海峡《かいきょう》の狭間の傍らを過ぎた。鳴門《なると》だ。潮の流れは耳穴の奥まで海という広過ぎる水の嵩《かさ》と恐ろしさで轟き、渦はどでかく、怖さが男のきんや鳩尾《みずおち》にまで響いた。舵取りが下手な舟頭なら飛沫《しぶき》を上げる大渦に引き込まれ、たぶん、舟は木の葉のように舞って壊され、沈む……。

ならば。

この鳴門の大渦とは無縁なのに、おのれ蕪村は、生涯、叔父殺しの罪を抱えていくしかないのやと感じた。思った。決意した。たぶん、いや、もしかしたら、この海峡の激しく、厳しく、でかく渦巻く造化の有無など言わせぬ力に、否《いな》、厳しい摂理に、人は人として、きちんと罪を抱え、それも、死に至るまで忘れず、確かな闇として、持ち続けるしかない……。ここ、だ。ここ、やろう。

鳴門の大渦を過ぎたら、何や、眠たくなる海だった。

ついつい、かつて丹後への旅の帰りに作った

《春の海終日《ひねもす》のたり〱かな》

の発句が湧いた。自惚れはみっともなくて可愛いの、悪い句でない……わな。

陸《ろく》な画も、発句もできんかったのだけど、おのれ蕪村の、画を描く、詩、いや発句とか独吟を作る力の源は、この、おのれに巣食う黒黒とした罪を抱え、いつも忘れずに……持つことだったわ。ここや。

おのれの暗闇こそ、唄い、画を描き、心を伝える文を書き、ものを作る力の源《みなもと》。

闇と同じ住まいを、いつも。

せやけど、越える努めと、越えられぬ虚《むな》しさを知りながら……するのや。

三

そして、一と月後。

十二月二十五日、丑《うし》ノ刻、夜八ツ。

大寒に入って元日まであと四日しかない。夜の闇の深さはかなりで、黒茶色《くろちゃ》を五倍黒くして、底なしの漆黒《しっこく》となった。空が白むのにはまだまだある。従って、ひどく凍《い》てつく。

仏光寺烏丸西入ル町の蕪村の住まいと画の仕事場だ。白梅がやっと三、四輪咲き始めている。

三十男の弟子、それも画と俳諧二つの弟子の松村月渓《げっけい》、去年改号しての呉春《ごしゅん》は、蕪村の住まいの方から金物《かなもの》で生木《なまき》を削るような呻《うめ》き声を聞きつけ、火鉢の熾火《おきび》を藁《わら》に移し、手燭に火を灯した。

何や、苦しそうな師匠の声や。

けど、師匠は、半年前に日記をちらりと見せ「女房のともの手前だけでのうて、こうやって日日、嘘の夢に遊ぶのや」と、その日は蛍狩りなどしなかったのに「蛍は眩《まぶ》しく、夜の島原の不夜庵で芸妓と戯れるごとし」と記しておったし、いかに筆《ふで》まめとゆうてもわてへの便りに去年の夏、「鮎《あゆ》をぎょうさんくれておおきに」の旨をよこして、どうも俳諧や画だけでのうて実の生活《たつき》でも歌舞伎の台帳《だいちょう》を書くみたいなことをするのや。わては釣りはようせんし、川魚は苦手やて。

待ちいな。

今夜はとも姐《ねえ》はんと出戻りのくの嬢《とう》はんは共に近江海《おうみのうみ》、琵琶湖見物に泊りで出かけて留守や。こんくそ寒いのに……。

けどや、苦し気や。持病の左胸の上の痛みやろか。

呉春は、母屋と呼ぶべき蕪村師匠の住まいへの廊下に出る。足袋《たび》にも京の大寒の凍てが容赦なく凍《し》みてくる。

「お師匠、どないしましたんえ」

あ、あかん、手燭に映し出される師匠の顔は歪んでいて、虎みたいな両眼は子山羊《やぎ》のよう、抉《しゃく》れた顎は大福餅《だいふくもち》が潰れたよう、何より、顔の色が青さを通り越して白みがかっておると呉春は慌てる。

「う、う、う……む。わい……のさ、さ、最期……の、ほ、ほっ……」

師匠が、呉春に右手を挙げて、もぐもぐ言う。

「ご、ご、呉春。げ、芸、び、び、び、美《び》は滅ぶのが、ま、ま、真っとう、やあ。せや……け、け、けどや……ああ、あ、あ」

呉春は、こない凄い俳人でも予め辞世の句を作っておかんものかとも思うが、師匠は案外に根が単純と気がつく。いや、純朴《じゅんぼく》……やあ、と。

——とどのつまり。

《しら梅に明《あ》る夜ばかりとなりにけり》

三句ばかり作って一番終《しま》いのが師匠らしくない真正直さだが、良いのであろう……か。終わりの「なりにけり」の五言の無駄のような、まどろこいいような嘆きが効いておる……わ。

——やはり、空が微かに黒茶色《くろちゃ》から美藍《びあい》の色に変わる頃、左胸の痛みへの叫びすら失くし、蕪村師匠は息を鎖《とざ》した。

——翌年、春。

連句修業の檀林会《だんりんかい》の会頭で弟子の頭《かしら》の高井几董《きとう》が蕪村師匠の追悼集を出すということで、呉春は相談を受けた。

その時、追悼集に載せるか否かを話し合っているうちに次の三人の発句が呉春の頭に入った。

《かな書《がき》の詩人西せり東風《こち》吹《ふき》て》

怪奇なる物語を著《あらわ》し、喧嘩ふうの理屈好きで、彼《か》の芭蕉の悪口まで述べて他人を誉《ほ》めぬ上田秋成の句だ。「詩人」など、規模の大きい好意を蕪村師匠に捧《ささ》げて悼《いた》んでおる。

《あこがるゝ梅まいらせて涙かな》

画や俳諧の師匠としてよりも、何か女が男に「あこがるゝ」の気分が漂って、うーむどないことがあったのやろか。寡婦で操《みさお》がきつうという噂の柳女の作や。

《汗と底おおきに父ちゃん極楽へ》

何や何や、死んだのは寒い頃で「汗」の季題はいかがなもんか……。師匠の嫁はんとも、姐さんの句やで。載《の》せられんよって……。

——同じく蕪村が死んで一年目の暮れ、几董が選んだ『蕪村句集』が出た。

が、売れず、その続きは出なかった。

おのれ呉春は師匠の蕪村は唐《から》の南宗画とその晩年の伸び伸びして野放図で和風も孕んだ画を学んだけれど、振り返れば俳諧の宗匠であったとしても京においては二流か二流半、江戸を含めたこの八州《やしま》の国でも知る人はほとんどないのやな……と淋しくなった。

しかし、蕪村師匠の親友の円山応挙はんが「あんたはんは我が門に」とわざわざ出向いてくれはった。けどもや、その他は何も、一切、口を開かず、仏壇の前で、ただ萎《しお》れ、あんね、本当やねん半日も畳に額を付けてばかり……。

蕪村師匠は、このまま、消えゆくのやろね。

画の世間《せけん》では独り満ち足りる絵師ばかりで壁を高くして、俳諧の浮き世《うよ》では五七五と七七の誇りの壁を築く中で、師匠はその壁をぶち壊して密に繋《つな》ぎ、書《しょ》は好い加減そのものとしても楽しく心を伝えて分かり易いのを人さまに差し出し、俳画に至っては柔らかく、巫山戯《ふざけ》の遊び、滑稽《こっけい》さを示して万人にこの遣り方の行方《ゆくえ》を示したわけや……けども。虚《むな》しい。

それにしても。

蕪村師匠の俳諧は、これはどうもでんねも多いけれど、ことのそのままから飛んでゆく奔放《ほんぽう》なしなやかさ、感じや情へのしがみつきと思い入れはどうやねん。
呉春は、推し測りのし過ぎやろかと自らに小言《こごと》を呟《つぶや》きつつ、蕪村師匠の母と遠い故郷へとゆく句を口に、喉に、舌にして諳《そら》んじる。
《几巾《いかのぼり》きのふの空のありどころ》
今日《きょう》でなく「きのふ」なのだ。気の遠くなる広さと、限りは有り得ぬ時の、永遠《とわ》の交わりの、あ
あ、詩。
《藪入《やぶいり》の夢や小豆《あづき》のにへる中《うち》》
蕪村師匠の二十《はたち》ぐらいまではまるで藪《やぶ》、しかし、しかし……。こういう思いや情を胸へと満ちさせて発句にするのだから……村や田舎の暮らしを知っていて、作ったはずや。
ま、良《え》え。
画も、文も、詩も、書《しょ》も、役者の演じる芝居も、みな、流れ流れ、時世に揉《も》まれて流行《はや》り、滞《とどこお》り、廃《すた》れ……ゆくのやろね。
ここ、切《せっ》ない真《まこと》やな。

終章　朔太郎、蕪村に思う

西寄りの北、上州《じょうしゅう》あたりから吹き下ろしてくる空《から》っ風が吹いてくる。

ここは、東京の世田谷は代田《だいだ》の高台。関東平野が目の前に見えて、家が少ないせいか、いつか旅をした飛驒《ひだ》の里の乾いて殺風景な野にひどく感じが似ている。

一九三五年、元号では昭和十年。十二月。

世界は騒騒しく、次にでかいことが起きそうな兆《きざし》に満ち満ちている。

二年前、国際連盟が日本の満州からの撤兵勧告案を42対1の圧倒的な数で可決して、日本は国際連盟から脱けた。去年はドイツでヒトラーが総統に就いた。

今年四月は、天皇機関説を唱えていた美濃部達吉《みのべたつきち》という学者の本が発禁となり、本人が不敬罪で告発された。

十一月の七五三は、男児の紋付袴の和装がぐっと減り、軍服姿が多くなった。

五十男が、自ら特注した一畳半もある洋式の机の上に、本をばらばらに沢山積み、珍しい青焼きコピーや原稿用紙を前にして頰杖を付いている。

男の眼窩《がんか》は窪《くぼ》み切っているが、そこから放つ鋭い、いや、鋭さの度を越した両眼の底から湧いて射《う》つ力はかなりである。かなりを越えて凄惨《せいさん》さを孕んでいる。

この男の名は、群馬県前橋出身の萩原朔太郎《はぎわらさくたろう》。

男は、河東碧梧桐の蕪村についての探偵小説に似て、熱さがあっても好い加減な、青焼きコピーを読み終えた。但し、墨文字の漢字はその起源の素朴さに満ち、力を抜いているのに迫るものがある。仮名文字はしなやかさそのもの、昨今の書道とは違って見る者にひどく優し気だ。五、六十年の先には「書の名人の先駆」と評されそうだと感じた。

男が旧制中学を卒業したのは、やっと十九歳、熊本の五高落第、岡山の六高退学、慶大に二度学籍を置いたが長続きせずとなった落ちこぼれと歩みの遅い朔太郎である。

処女詩集の『月に吠《ほ》える』を出したのも遅く、三十一、二歳の時だ。

但し、その中身はぶったまげるほど。出版前に出版社の編集者が仰天して二編を葬ったぐらいだ。ただ、この時代は、デモクラシーや民衆詩派の力があり、あんまり注目されなかったのだが、確実に口語詩の世界を切り拓いた。この詩集は、詩吟や、和歌の朗詠や、俳句の〝歌う〟の韻律から解き放ち、詩の意味性と訣別するものであった。ま、詩が〝歌う〟と外れたら、六十年後七十年後八十年後にはついには無残な姿になる——という説が既にあったし、現実にはあるとしても。

『月に吠える』の近代人の繊細な感性を持ち、説得より感覚の激しい言葉は次の詩にもある。

《 天上縊死

遠夜に光る松の葉に、
懺悔の涙したたりて、
遠夜の空にしも白き、
天上の松に首をかけ、
天上の松を恋ふるより、

祈れるさまに吊されぬ。》

いずれにしても、一九三五年のこの頃《ころ》、萩原朔太郎は、虚無と倦怠、更には、警句、アフォリズムを含む近代抒情詩人の頂点に立っている。政治と同じく文学にも頂点があるらしい。

――朔太郎の机の上には、今から四十年ほど前に出版された正岡子規の『俳人蕪村』、その直後あたりに出た子規のあれこれ、内藤鳴雪・河東碧梧桐・高浜虚子などによる『蕪村句集講義』が積んである。

子規とその弟子どもは必ずしも、「蕪村は、写生一と筋」とまっくるけえるではねえな。はりえーが悪いと、朔太郎は気づく。いけねえわ、こんな上州弁を吐いたら、メランコリック詩人でもある俺の評が下がるべえに。因みにまっくるけえるは、夢中になること。はりえーが悪いは、期待外れの意味だ。

子規は蕪村の評価を「客観的美」以外に「人事的美」、「理想的美」、意味不明だが「複雑的美」、「精細的美」にも置いている。

が、ここはつべてえほど、そう、冷めたいほどに叩きに叩かねえと、日本の俳句、短歌を含めた現代の詩は腐る。言語に〝客観〟など文法だって変わるのに、ない。写生ばっかりで何の浪漫があるっつうか。そんだらことをしていたら、絵画や写真や映画に言語芸術は敗北して不要にならあ。

朔太郎の机辺には、原稿用紙も毛筆で埋めた碧梧桐の分厚い小説の青焼きコピーもある。文字は素朴さと優しさと飄飄《ひょうひょう》とした力のある味わいがあるが、こいつの子規門下時代の詩の原理が解っていないのと同じく小説としてはいかがなものか。出版社が相手にしねえ。だから俺のところへ回ってきたんだろうがしゃいもねえ、他愛もない、実質上の父殺しの闇が蕪村の詩と画の根の力だと。そもそも、三人称に一人称の独白のくっちゃべりが入り乱れてよ、何だあ？　ま、老いぼれた新傾向俳句人、自由律俳句人でまだ生きていて文学に挑む志は立派だが……。

それにしても蕪村の本質は、今の不安の時代にも通じる抒情詩なのだが、もう一歩、二歩、三歩、どう本質を規定して良かんべ。

朔太郎は、やや焦る。

一年八カ月を費して朔太郎自身の個人誌である『生理』に連載した蕪村へのいろいろな思いが、来年三月あたりには第一書房というところから出版されるのだ。今は、そのゲラ刷りを直し、これっ、のタイトルを付けねばならぬ。

朔太郎は赤鉛筆を握り、ゲラを一行一行読んでいく。

「……

僕は生来、俳句と言うものに深い興味を持たなかった。興味を持たないというよりは、趣味的《しゅみてき》に俳句を毛嫌いしたのである。……」

正直に書き過ぎかとも朔太郎は思う。

「……僕にとって、蕪村は唯一《ゆいいつ》の理解し得る俳人であり、蕪村の句だけが、唯一の理解し得る俳句であったのだ。……彼の詩境が他の一般俳句に比して、遥《はる》かに浪漫的の青春性に富んでいるという事実である。……例えば春の句で

《遅《おそ》き日のつもりて遠き昔かな》
……
《歩行歩行《ありきありき》もの思ふ春の行衛《ゆくへ》かな》
《菜の花や月は東に日は西に》
《春風や堤《つつみ》長うして家遠し》
《行く春やおもたき琵琶《びは》の抱《だき》ごころ》
……」
もっともっと名句はあるが……。
「蕪村は不遇《ふぐう》の詩人であった。彼はその生存した時代において、ほとんど全く認められず、空《むな》しく窮乏《きゅうぼう》の中に死んでしまった。……」
これは蕪村の研究家としては第一人者の河東碧梧桐の勝手気ままな小説でも明きらかにされている事実。蕪村は、二流以下の俳人だったらしい。しかし、この文を読んで「てめえは凄い」と考えているへぼ俳人、歌人、詩人は夢を持てて幸せ気分になれるっぺに。ふひっ、ふへっ、ふふと朔太郎は笑いを堪《こら》えられない。こう考えると河東碧梧桐は自己分析ができていて心理学者以上だ。が。
そんだらことは、俺、朔太郎にだってあった。三十一の頃、処女詩集『月に吠える』の生原稿を抱えて印刷所に渡すために前橋から、いや、鎌倉の安宿にいたか、東京に出て「この詩集で、一躍、小説で二年前に『羅生門』を出した芥川龍之介君並みになれるべえ。そんだから、売れに売れて印税《いんぜい》ががっぽり入るむし。東京の銀座の女も靡《なび》いて前橋まできて列《れつ》を為《な》すはずだあ」と夢想して前祝いにビヤホールで酔い、要《かなめ》の原稿を失くしてしまったことがあるのだ。しかし、あの酔いの心地良さは、なお詩に託せないほどだったぺに。

朔太郎は冷え混じりの笑いを止めた。

どんな下手糞で自分に酔う俳人志願者、歌人志願者、小説家志願者でも、何かをきっかけとして、厳しい努力で、空想力の羽を拡げるだけ拡げ羽撃《はばた》ける。そもそも、大いなる夢を持つのは幸せそのもの。ま、おのれの才と力で実現できないとしても、だっぺに。ここに、文学や芸術の怪しく、激しく、深い阿片《あへん》に似た魅力があるからに。阿片は警察に取っ摑まるが、俳句、短歌、詩、小説は貧乏以外の罪には引っ掛からねえだよ、あんじーあねー、そう、心配する必要はねえっぺに。

いいや、ゲラ直しを急ごう。

「蕪村の句の特異性は、色彩《しきさい》の調子《トーン》が明るく、絵具が生々《なまなま》しており、光が強烈《きょうれつ》であることである。

……。

……

《愁ひつつ岡に登れば花いばら》

……」

そうだべい、蕪村はそもそも絵画を主な飯の種にしていたわけで、しかも、中国の画に参り、凝って、何となく静《せい》そのもの、老人の果ての枯れ、自然に降参して感激する画風だ。あ、爺《じじ》むさい芭蕉の俳句みてえだに。はあん、蕪村は、芭蕉に、内心は負けて敵《かな》わぬ地平から、芭蕉的な力は画に注いで捨てたのでねえのか。本当は、駄目俳人達の評なのに、芭蕉を仇《かたき》として……。決して、芭蕉への敵意は出さんのだったけんどよ。

うむ、子規一派の「蕪村は写生主義」への罵倒をもっとだ。自分の文を読み直しても、やっぱり、正しいと思ってしまう。俺、朔太郎の利害でなく、あらゆる詩とその形を好きで、愛しく思い、感動する人へ、譲れぬ一線だべえ。

そんだ、かつて芥川龍之介君は俺に「芭蕉にある主観のポエジイが無い」と蕪村を貶《けな》し、ごく親しい詩人仲間の室生《むろう》犀星《さいせい》君もまた同じことを語った。子規を評価し過ぎ、蕪村を「主観の冒険」を含む抒情派、浪漫派というのに無知、無知そのものだったに。


「……子規一派の俳人たちは、詩からすべての主観とヴィジョンを排斥し、自然をその『有るがままの印象』で、単に平面的にスケッチすることを能事とする、いわゆる『写生主義』を唱えたのである。（この写生主義が、後年日本特殊の自然主義文学の先駆をした。今日でもなお、アララギ派の歌人がこの美学を伝承しているのは、人の知る通りである。）こうした文学論がいかに浅薄皮相《せんぱくひそう》であり、特に詩に関して邪説《じゃせつ》であるかは……」


うむ、うむ、俺の文は的《まと》を外してねえむし。

そして、朔太郎は、結論の文でどうするか、はたと、悩む。

本のタイトルについてもだ。この五、六年、レコードなる流行歌が流行りだし、純粋な詩集、それについての本は売れないのだ。解らんだに。でもでや、その詩、作詞と音楽と歌い手で、確かに詩は膨らみ、人人の胸底へと響いて……。あ、これが、一番の敵だべい。四年ほど前は陸《ろく》な詩も作れぬ高橋掬太郎という奴が急変して、古賀政男《こがまさお》という作曲家と東京音楽学校を出た藤山一郎という歌手で『酒は涙か溜息か』を出し、大流行り。俺も、ついつい、前橋の盛り場の小料理屋で聞き惚れてしまったぜで。

そう、真の敵は、流行歌、俗の俗の果ての歌詞かも。

西条《さいじょう》八十《やそ》。十七年ぐらい経つか、鈴木三重吉主宰の餓鬼んちょ相手の童話や童謡を載せていた『赤い鳥』が出て、その同人の男だ。あの男は、フランスへ洋行《ようこう》してランボー、マラルメを研究してきたと称するが、どうせ早稲田のセンセエ、教授だど、はったりだろう。その西条八十が、二年前だったか、『サーカスの唄』を作詞して、職人、職工、農民、商人、おいっ、インテリまで巻き込んでその胸郭《きょうかく》へと忍び寄った。純粋詩人の俺とは比較にならぬ印税が入ったはず。ま、なるほど、作詞の導入部からして

「旅の燕《つばくら》　寂しかないか

おれもさみしい　サーカスぐらし

……」

で、古賀政男の音楽と松平晃《まつだいらあきら》の声が入るとしても引きずり込まれる。この西条八十の『女給の唄』の作詞の三聯《れん》、三番、「弱い女を　だまして棄てて　それがはかない　男の手柄」っつうのは、女を男に換えて俺のことではねえだっぺか。最初の妻の稲子には、若い男などいるとは知らず騙され続けた俺……その傷は、なお、新しい血を、澱む膿《うみ》を、時に濃い涎《よだれ》を吐き続けてる……っぺに。

いや、ゲラは明日には出版社に持参するしかねえ。

急ぐだあよ。

いんや、この結論で惑ってきたと朔太郎は赤鉛筆の先で頬っぺたを小突く。

うーん、ん、ん。

蕪村の句を、全て纏《まと》め上げる思いは、難しい。画を描き、書は好い加減としても碧梧桐の師匠になっておる一見へなへな、よおっく見つめると「筆跡なんつうより、心、気分、気持ちの伝えの文字」の腰の据わった上の文字、俳諧はもう現われ得ない抒情、浪漫、空想、哭《な》き、よお知らん荘子的、仏教的な真面目さと虚《うつ》ろ、俳画の楽しさの極み……。

解らんでよ。

あ。河東碧梧桐の熱さばっかりで、たぶん陽《ひ》の目を見ぬ小説の、そうだに、探偵小説の一等下の、外《はず》れのそれはそれで良いが……無視だで。ま、蕪村の詩の凄みは〝闇〟を抱えていたがゆえは……この自由律俳人なりに苦しんだ生の軌跡……で功績かもしれねえ。

「……彼のポエジイの実体は何だろうか。一言にして言えば、それは時間の遠い彼岸《ひがん》に実在している……」

よし、よし、ここは、こうやって直すべきと、朔太郎は赤鉛筆の芯を小刀で削る。

「……彼の魂の故郷に対する『郷愁《きょうしゅう》』であり、昔々《せきせき》しきりに思う、子守唄《こもりうた》の哀切《あいせつ》な思慕であった。……」

ここまでゲラを直し、新しく朱《しゅ》を入れて足し、朔太郎は、これからは純粋詩に対する凄まじい脅威として前面に現われ、開《はだ》かり、突き抜けていく流行歌の作詞、否、やはり、ぎりりとした詩だっぺに、くらり、くらり、今更ながらに目眩《めま》いを覚え、机の上に顎を乗せて、深い溜息をつく。

おいっ。

あれっ。

そんだべ。
蕪村の句、詩は、流行歌ともなり、生き、自分の足で立つぞ。

《完》

この小説は『蕪村全集　全九巻』（尾形仂を中心とした編集・校注、講談社）を底本にしたフィクションである。

他に、次の資料を参考にした。

1「蕪村句集」（玉城司訳注、角川ソフィア文庫）
2「蕪村俳句集」（尾形仂校注、岩波文庫）
3「与謝蕪村」（日本アート・センター編、河野元昭解説、新潮日本美術文庫）
4「与謝蕪村」（藤田真一監修、平凡社「別冊太陽」202号）
5「特集　与謝蕪村」（佐々木丞平・佐々木正子解説、「芸術新潮」2001年2月号）
6「円山応挙」（日本アート・センター編、星野鈴解説、新潮日本美術文庫）
7「池大雅」（日本アート・センター編、武田光一解説、新潮日本美術文庫）
8「郷愁の詩人　与謝蕪村」（萩原朔太郎著、岩波文庫）
9「近世生活史年表」（遠藤元男著、雄山閣出版）
10「ヴィジュアル百科　江戸事情　全六巻」（NHKデータ情報部編、雄山閣出版）
11「日本画　画材と技法の秘伝集」（小川幸治編著、日貿出版社）
12「江戸絵画の非常識」（安村敏信著、敬文舎）
13「新選　書を語る」（會津八一・川端康成・須田剋太・塚本邦雄・吉川英治など著、二玄社）
14「説き語り　日本書史」（石川九楊著、新潮選書）
15「太鼓を打つ！」（浅野香著、麦秋社）
16「三味線をはじめよう！」（津川信子監修、成美堂出版）
17「よくわかる浄土真宗」（瓜生中著、角川ソフィア文庫）

18「江戸の刑罰」（石井良助著、中公新書）
19「和食は京都にあり」（熊倉功夫解説、小学館「サライ」２０１５年10月号別冊付録）
20「新芭蕉伝　百代の過客」（坪内稔典著、本阿弥書店）
21「秋成研究」（長島弘明著、東京大学出版会）
22「音楽入門」（伊福部昭著、角川ソフィア文庫）
23「町人文化百科論集　第六巻　京のくらし」（原田伴彦編、柏書房）
24「京の口うら」（杉田博明文、京都新聞社）
25「講座　美学」（今道友信編、vol１〜５、東京大学出版会）
ほか。

俳人・歌人の永田吉文氏から俳句・連句・連歌・川柳・短歌などの個人誌『しらべ』を送っていただき、アドバイスを受けました。

また、作家・元日本大学芸術学部教授の夫馬基彦氏、日本大学芸術学部教授の浅沼璞氏、角川文化振興財団から俳諧や連句について教示を受けました。

美術全般について、『読売新聞』編集委員、日本大学芸術学部講師の芥川喜好氏に示唆をいただきました。

各氏に深く感謝いたします。ありがとうございました。

そして、全編を通し、共立女子中学女子高校教諭、共立女子大講師の金井圭太郎氏に、文化・風俗・社会について教示していただきました。深く頭を垂れます。

本書は書き下ろし作品です。

小嵐九八郎（こあらし・くはちろう）
1944年秋田県生まれ。早稲田大学卒業。『鉄塔の泣く街』『清十郎』『おらホの選挙』「風が呼んでる」がそれぞれ直木賞候補に。'95年には『刑務所ものがたり』で吉川英治文学新人賞を受賞。2010年、『真幸くあらば』（講談社文庫）が映画化。他に『蜂起には至らず　新左翼死人列伝』（講談社文庫）、『ふぶけども』（小学館）、歌集『明日も迷鳥』（短歌研究社）などがある。主な著書に『悪武蔵』（講談社）、『天のお父っとなぜに見捨てる』（河出書房新社）、『彼方への忘れもの』（アーツ アンド クラフツ）、『我れ、美に殉ず』『犬死伝　赫ける、草莽の志士』（ともに講談社）がある。

蕪《ぶ》村《そん》　己《おの》が身《み》の闇《やみ》より吼《ほえ》て

第一刷発行　二〇一八年九月二十六日

著者　小嵐九《こあらしく》八郎《はちろう》
発行者　渡瀬昌彦
発行所　株式会社講談社
東京都文京区音羽二―一二―二一　〒一一二―八〇〇一
電話　出版　〇三―五三九五―三五〇五
販売　〇三―五三九五―五八一七
業務　〇三―五三九五―三六一五

印刷所　大日本印刷株式会社
製本所　株式会社若林製本工場

定価はカバーに表示してあります。

N.D.C.913　350p　20cm

Printed in Japan　ISBN978-4-06-512594-6

小嵐九八郎の単行本

犬死伝　赫《かがや》ける、草莽《そうもう》の志士

まさか、偽《にせ》官軍とは！
農民のために志《こころざし》を立て、赤報隊を結成した
相楽総三《さがらそうぞう》は、なぜ官軍を追われたのか。
義に散った尊攘志士の生涯を描いた長編歴史小説！

講談社　定価：本体1900円（税別）

※定価は変わることがあります。